복숭아 파이
PEACH COBBLER MURDER
살인사건

조앤 플루크 지음 / 박영인 옮김

해문

복숭아 파이
PEACH COBBLER MURDER
살인사건

조앤 플루크 지음 / 박영인 옮김

해문

등장인물

....

한나 스웬슨	'쿠키단지' 라는 베이커리 카페 운영
리사 허먼	한나의 어린 동업자
허브 비즈먼	리사의 약혼자, 레이크 에덴의 주차 단속원
안드레아 토드	한나의 여동생, 부동산 중개인
빌 토드	위넷카 카우티 경찰서장, 안드레아의 남편
딜로어 스웬슨	한나의 엄마, 그래니의 앤티크점 운영
캐리 로드	노먼의 엄마이자, 딜로어 스웬슨의 친구
루앤 행크스	그래니의 앤티크점 직원
노먼 로드	레이크 에덴의 치과의사
마이크 킹스턴	위넷카 카운티의 경찰관
쇼우나 리 퀸	매그놀리아 블로썸 베이커리의 주인
바네사 퀸	쇼우나의 동생, 언니와 같이 산다.
윈슬롭 해링턴 2세	딜로어 스웬슨의 남자친구
샐리 래플린	레이크 에덴 호텔의 여주인, 한나의 친구
글로리아 트라비스	프리티 걸 화장품사 사장의 개인비서

"방금 딕 래플린이 들어갔어요!"

리사 허먼이 카페 유리창을 반 이상 가린 커튼 틈새로 눈 덮인 넓은 메인 가를 내다보며 말했다.

"바바라 도넬리도 뒤따르고요. 이쪽을 봤어요. 나를 본 것 같은데 그 래도 딕을 따라 안으로 들어가네요."

"그렇게 세세하게 알려주지 않아도 될 것 같은데."

한나가 어린 동업자를 향해 말했다.

건너편에 있는 '매그놀리아 블로썸 베이커리'를 더 잘 보기 위해 금 전등록기를 이용할 때 쓰는 높다란 의자를 창가로 가져가는 리사를 보 며 한나는 제발 그만 두라고 외치고 싶었다. 하긴 바닐라 크림을 채워 넣기 전 텅 빈 슈크림 속만큼이나 텅 빈 한나의 쿠키단지 안에 의자 따 위가 무슨 소용이 있으랴.

"우울해도 계속 감시하고 있어야 해요. 우리의 경쟁자에게서 눈을 떼 면 안 된다구요."

리사는 한나가 언제든 사용하기 편하도록 마련해 둔 수첩을 손에 쥐 고 높다란 의자에 가까스로 걸터앉았다. 하이힐을 신어도 고작 5피트

(152㎝) 밖에 되지 않는 아담한 숙녀에게는 결코 쉽지 않은 작업이었다.

"어-오!"

"이번엔 또 뭐야?"

"샬롯 로스코가 방금 커다란 상자를 들고 카페에서 나왔어요. 일주일에 한 번 있는 교사 모임이 바로 오늘이잖아요. 늘 우리 카페에서 쿠키를 사가곤 했는데!"

"호기심이 사라지면, 다들 우리 카페로 돌아올 거야."

하루에 열두 번은 되뇌곤 하는 마음속 주문을 한나는 입 밖에 냈다.

2주 전 쇼우나 리 퀸이 그녀의 여동생이자 부유한 미망인인 바네사와 함께 마을로 돌아와 새로운 베이커리를 연 이후로 매일같이 되풀이하던 주문이었다.

"매일 그렇게 얘기하지만, 정말 그렇게 될까요?"

리사가 의심스러운 얼굴로 물었다.

"그러니까……, 만약 그들이 구운 게 우리 것보다 더 맛있으면……?"

한나는 충격을 받았다. 리사는 지금껏 단 한 번도 한나가 구운 쿠키와 빵의 맛과 품질에 대해 의심한 적이 없었다.

"죄송해요."

배신감이 서린 한나의 표정을 읽은 리사가 사과했다. 그리고는 곧바로 노선을 수정했다.

"분명히 우리 것이 더 맛있을 거예요. 당연히 맛있을 수밖에 없죠. 우린 전문가고 그들은 단지 쇼우나 리가 개인 사업을 욕심내다가 마침 동생이 그걸 뒷받침해줄 수 있는 돈을 갖게 되자 베이커리를 연 것뿐이잖아요. 분명히 우리가 만든 것의 발꿈치도 못 따라올 거예요. 근데 좀더 확실히 해 두기 위해 맛이라도 한번 보고 싶어요."

리사에게 제발 그 입 좀 다물어달라고 외치고 싶은 욕구를 꾹 참으며 한나는 이성적으로 대처하자고 마음을 다잡았다.

한나는 물론이거니와 리사 역시 매그놀리아 블로썸 베이커리의 빵이나 쿠키를 맛볼 일은 결코 없을 것이다. 그곳의 쿠키 맛은 꼭 톱밥 씹는 것 같고 파이 껍질은 푸석푸석할 테니 말이다. 하지만 정말로 두 자매가 구운 것이 우리 것보다 맛있으면 어찌한다?

이대로 쇼우나 리의 존재는 완벽히 무시해버린 채 우리의 쿠키와 빵이 훨씬 맛있다는 행복한 자신감에 젖어 있어도 좋을까? 아니면 공개적으로 맛 평가회라도 열어 메인 가 디저트 전쟁에서 쇼우나 리와 바네사 자매가 만든 것이 승리를 거두게 되면 아예 카페 문을 닫는 것이 좋지 않을까?

"왜 그래요, 한나?"

"나 자신과 머릿속으로 논쟁을 좀 벌이고 있었어."

리사가 미소를 지으며 장난스럽게 물었다.

"그래서 누가 이겼어요?"

"물론 나지. 금전등록기에서 돈 꺼내서 건너편 베이커리에 다녀와. 남부식 복숭아 파이(피치 코블러, 과일 파이로 파이 껍질을 따로 만들지 않고 두껍고 깊은 접시에 속을 채워 위에 간단한 껍질을 올려 오븐에 굽는 것)가 그들이 가장 자랑하는 디저트라던데, 그걸 사오면 좋을 것 같아."

"그럴 수 없어요!" 리사가 상당히 충격받은 듯한 얼굴로 외쳤다.

"그건 배신이잖아요!"

"우리 디저트랑 비교만 하지 않는다면 괜찮아."

"그래도 배신자 같은 기분이 들 거예요. 그냥 한나가 가서 자연스럽게 인사를 건네며 하나 사오면 안 될까요?"

그러자 한나의 눈썹이 마치 하늘 끝에 닿을 듯 치켜세워졌다.

"부유한 미망인 동생을 꾀어 우리 카페 바로 건너편에 똑같은 베이커리 카페를 열고는 90%에 가까운 손님들을 뺏어간 여자에게 자연스럽게 인사를 건네라고?"

"그게 그러니까……."

"리사는 정말 내가 메인 가를 건너가 우리 출장서비스 주문을 절반이상 떨어뜨리고, 열여섯 건이나 되는 취소 건을 발생시킨 원인 제공자를 직접 찾아가 친근하게 굴길 바라는 거야?"

"열일곱 건이에요." 리사가 바로잡았다.

"오늘 아침에 로즈 맥더못의 사촌이 베이비 샤워(임신을 축하하기 위해 여는 파티)에 쓸 쿠키 주문을 취소했어요. 쇼우나 리와 바네사가 레이크 에덴 저널에 출장서비스 광고를 낼 때부터 조만간 이런 일이 생길 거라고 예상했다니까요."

"나도 봤어. '첫 주문에 50%나 할인'이라고? 쇼우나 리가 이런 식으로 싸움을 걸어온다면 내 무기는 철자법이 될 거야."

그러자 리사가 웃음을 터뜨렸고, 그녀의 웃음은 어느새 흐느낌으로 바뀌고 있었다.

"그렇게 화를 내는 것도 무리는 아니에요, 한나. 쇼우나 리가 내 남자에게 치근덕거리면 나도 엄청나게 열 받을 테니까요."

"어느 남자?"

"당연히 허브죠."

"리사의 남자 말고, 내 남자 말이야. 어느 쪽을 말하는 거야?"

원칙적인 질문을 던진 후, 한나는 사뭇 긴장하며 리사의 대답을 기다렸다. 한나는 현재 두 명의 레이크 에덴 총각과 데이트를 하고 있었다.

한나의 결혼에 혈안이 되어 있는 엄마를 만족시키고도 남을 만한 상황이라는 건 확실했지만, 딱 한 가지 엄마가 만족하지 못할 일이 있었는데, 그것은 바로 일 년 넘게 만나는 두 남자 중 누구도 아직 한나에게 프러포즈를 하지 않고 있다는 사실이었다.

"그게……, 쇼우나 리가 정말로 그에게 대시하는 건지 확실하지 않아서요." 리사가 모호하게 대답했다.

"그럴지도 모르겠다고 생각했을 뿐이에요."

"그러니까 어느 쪽?"

한나가 되물었다.

"음……, 마이크요."

한나는 목 안으로 깊숙하게 가라앉는 묵직한 기분을 떨쳐내기 위해 숨을 깊게 들이마셨다. 위넷카 카운티 경찰서의 형사팀장인 마이크 킹스턴은 생업으로 카메라 앞에 서는 남자 모델들보다 훨씬 더 잘생기고 멋졌다.

한나는 마이크와 쇼우나 리의 관계가 단순히 친구나 전 직장동료, 아파트 이웃 이상일 거라고 의심하고 있었다. 그러나 마이크는 극구 부인을 했고 결정적인 단서도 없으니, 쇼우나 리처럼 잘 빠진 여자보다 곱슬곱슬한 빨간 머리에 유머감각이라곤 조금도 찾아볼 수 없는, 직접 구운 빵과 쿠키를 맛보느라 살만 엄청나게 늘어버린(얼마나 늘었는지도 전혀 개의치 않는) 한나에게 더 호감을 느끼고 있다는 사실을 믿을 수밖에 없었다.

"아무도 알려주지 않았는데……."

무거운 돌덩이가 마치 줄 끊어진 엘리베이터처럼 마음속 깊숙이 쿵 하고 떨어지는 것을 느끼며 한나가 불평을 했다.

쇼우나 리와 마이크 사이에 뭔가 있다는 것을 마을 사람들 중 누구라도 눈치 챘다면 곧장 한나에게 알렸어야 했다. 그것이 바로 작은 마을만이 가진 장점이 아닌가. 레이크 에덴 저널에 실릴만한 일은 미리 다 아는 한나였다. 신문에 실리지 않을만한 소재라도 사람들의 소문을 타고 마을을 돌곤 하니 말이다.

"아마 그걸 눈치 챈 사람은 허브와 저뿐이기 때문일 거예요. 그런데 어느 쪽인지는 왜 물어본 거예요? 노먼은 쇼우나 리에게 눈길 한 번 주지 않잖아요. 그는 정말 한나에게만 충실해요."

"노먼이?"

레이크 에덴의 유일한 치과의사이자 엄마와 함께 앤티크점을 운영하는 로드 부인의 아들인 노먼을 떠올리며 한나는 슬쩍 미소를 지었다.

노먼은 마이크처럼 섹시한 외모를 지니고 있진 못했지만, 밝고 재미있고 믿음직스러웠다.

"한나가 두 사람과 각각 같이 있는 모습을 모두 봤지만, 마이크는 바람기가 다분한 것 같아요. 항상 여자들을 흘끔거린단 말이에요, 심지어 한나와 같이 있을 때도 말이에요. 하지만 노먼은 아니에요. 오늘 아침에 카페에 왔을 때만 해도 한나에게서 거의 눈을 떼지 못하던 걸요."

"그건 카페 안에 있는 사람이라곤 우리 둘뿐이고, 그나마 리사는 예비 신부이기 때문이었을 거야."

리사는 잠시 미소를 지었다.

20일 앞으로 다가온 결혼식을 떠올린 듯했다. 한나의 여동생인 안드레아가 결혼식 준비를 대신 맡고 있었는데, 이번 주 들어서는 매일같이 카페로 전화를 걸어 리사와 결혼식에 쓰일 꽃이며, 전체적인 색상이며, 장식 등에 대해 의논하고 있었다.

한나가 지켜보는 가운데 리사의 얼굴이 어느새 근심스러운 표정으로 바뀌고 있었다.

"죄송해요, 한나. 처음부터 쇼우나 리와 마이크 얘기를 꺼내는 게 아니었는데. 그냥 뭘 좀 봤을 뿐인데, 아마 별것 아니었을 거예요."

"봤다고?"

한나는 미소를 지었지만, 눈은 전혀 웃고 있지 않았다.

"몇 사람이 동시에 UFO라도 본 거야?"

"그럴 리가 없잖아요."

"그렇지. 외계인들은 우리보다 똑똑할 테니까. 나 같아도 미네소타에 착륙하려면 여름까지 기다릴 거야. 자, 이제 마이크가 왜 뼛속까지 금발 양이랑 엮이게 됐다고 생각했는지 말해봐."

그러자 리사가 웃음을 터뜨렸다.

"뼛속까지 금발 양이요?"

"화났을 때만 쓰는 표현이야. 쇼우나 리에 관한 얘기라면 늘 열이 받거든. 쇼우나 리 같은 여자들 때문에 안드레아 같은 착한 금발들이 욕을 먹는 거라고."

"쇼우나 리는 원래부터 금발은 아니죠?"

"안드레아 말이 전혀 아니래. 쇼핑몰에 새로 생긴 미용실에서 염색하고 나오는 걸 봤다던데."

한나는 화제를 돌리려는 리사의 시도에 대답하기는 했지만, 궁금증은 여전히 해결되지 않은 채였다.

"그나저나 봤다는 건 뭐야? 누가 뭘 본 건대? 어디서? 언제?"

"어젯밤에 마이크가 그의 허머를 매그놀리아 블로썸 베이커리 뒤쪽 주차장에 세우는 걸 허브가 봤대요."

리사의 얘기를 그대로 받아들이려는 듯 한나는 묵묵히 고개를 끄덕였다. 리사의 약혼자인 허브 비즈먼은 마을의 유일한 교통단속원이었다. 그는 레이크 에덴의 주차와 과속 단속을 맡고 있을 뿐만 아니라 근무 종료시간까지 야간에는 치안방지를 위해 순찰 업무를 한다.

한나와 조단 고등학교 동창 사이이기도 한 허브의 말이라면 전적으로 믿을 만했다. 허브가 매그놀리아 블로썸 베이커리 뒤쪽 주차장에서 마이크의 허머를 봤다면, 허머는 정말로 거기에 있었던 것이다.

"그게 몇 시였는데?"

"11시쯤이요. 바네사는 오늘 아침 11시까지 마을에 없었다니까 아무래도 쇼우나 리에게 무슨 문제가 생겨서 마이크를 부른 것 같다고 허브가 그랬어요."

허브의 추측에 한나는 좀처럼 믿음이 가지 않았지만, 어쨌든 사실일지도 모른다.

"흠……, 마이크는 고등학교 때 수리공으로 아르바이트한 적도 있다고 하니, 허브의 생각이 맞을지도 모르지."

"전 그렇게 생각 안 해요. 밤 11시면 베이커리 문을 닫고 집에 돌아갈 때인데 도대체 무슨 문제가 있을 거라는 거예요?"

"글쎄, 정전?"

한나는 여유를 보이려고 일부러 우스갯소리를 했다.

"그런데, 정말 갑자기 정전이 되는 바람에 쇼우나 리가 두꺼비 집을 제대로 찾지 못했다면 마이크에게 전화했을 수도 있잖아."

"정전 같은 건 없었어요. 허브가 베이커리 위층에 있는 아파트에서 흘러나오는 희미한 불빛을 봤다고 했거든요."

한나는 물어보고 싶지 않았지만, 어쨌든 알아야만 했다.

"어디서 흘러나온 불빛이었는데?"

"쇼우나 리의 침실에서요."

한나는 무언가가 울컥 치밀어 오르는 것을 꾹 참았다. 이건 정말 심각했다. 그런 정황 속에서 마이크가 할 수 있을만한 일은 수리 기술과는 전혀 상관없는 것일 테니 말이다.

"자정쯤 허브에게 다시 가서 확인해보라고 했는데, 마이크가 그때까지도 거기에 있었대요. 그래도 뭔가 그럴만한 이유가 있었을 거예요. 한나가 건너가서 옆구리만 살짝 찔러보면 쇼우나 리가 뭔가 얘기해주지 않을까요."

한나는 고개를 저었다.

"됐어, 리사. 내가 그 베이커리로 한 걸음이라도 발을 들였다간 질투심에 달려왔다는 걸 단번에 들키고 말 거야. 지금 우리한테 정말 필요한 것은……."

"안드레아." 리사가 끼어들었다.

"안드레아? 내 동생, 안드레아 말이야?"

"네, 안드레아라면 충분히 쇼우나 리의 베이커리로 가서 빵이나 쿠키를 사올 수 있을 거예요."

"그거 좋은 생각이야! 안드레아라면 순수익에서부터 시작해 베이커리 운영비용, 판매 정도, 어떤 손님들이 오는 지까지 5분 내에 전부 알아낼 수 있을 거야. 아마 두 자매는 자신들이 그런 얘길 해줬는지조차 알지 못할걸? 안드레아라면 그런 일에 능통하니까."

"사람들이 얘기를 술술 털어놓게 하는 데는 확실히 일가견이 있죠."

"그게 다 엄마에게서 배운 거라니까. 엄마가 CIA에 들어갔다면 수석 수사관 자리는 떼 논 당상이었을 텐데. 지금 당장 안드레아에게 전화해야겠어."

"그럴 필요 없어요. 이미 여기 와있으니까."

리사가 의자에서 일어나 작업실 쪽으로 향했다.

"1분 전에 모퉁이를 돌았으니 지금쯤 뒷문에 도달했을 걸요. 제가 문을 열어줄게요."

한나는 커피포트로 가서 세 개의 컵에 커피를 따르고는 텅 빈 테이블 사이를 가로질러 뒤쪽 자리에 앉으며 살짝 얼굴을 찌푸렸다. 하루에 손님이 고작 열두 명뿐이었으니 쿠키단지의 미래가 그야말로 암담했다.

그때 홀과 작업실을 연결해주는 회전문을 열고 안드레아가 모습을 보였다.

"그 소식 들었어? 그라운드호그(마못 종류의 동물)가 드디어 자기 그림자를 봤대. 그건 곧 겨울이 끝났단 얘기지!"

리사는 한나와 눈빛을 교환했다.

"전 안 할래요." 리사가 말했다.

"한나가 말해요."

"뭘 말해?"

"그건 그런 뜻이 아니야, 안드레아. 햇살 좋은 날이 계속되어도 그라운드호그가 자기 그림자를 봤다면, 그건 겨울이 6주 정도는 더 지속할 거란 의미야(2월 2일 성촉절에 그라운드호그를 꺼내보는데, 이때 그라운드호그가 자신의 그림자를 뒤돌아보면 봄이 6주 더 늦게 온다는 민담이 있다)."

"정말?" 안드레아는 얼굴을 찌푸렸다.

"말도 안 돼! 오늘만 해도 이렇게 날이 좋은데, 내일이라고 크게 달라지겠어? 모레도 그렇고, 글피는 또 어때? 이렇게 좋은 날씨만 계속되다가 결국 봄이 올 거야."

"그렇다면, 가련한 그라운드호그를 얼른 동면에서 깨워야 하겠네."

"내 말이."

안드레아가 어깨를 들썩이며 두꺼운 코트를 벗고는 알쏭달쏭한 표정으로 카페 안을 둘러보았다.

"다들 어디 간 거야?"

"길 건너에." 한나가 말했다.

"리사가 세어봤는데, 아까까지 정확히 스물세 명의 손님이 거기로 들어갔어."

"새로 생긴 베이커리라서 그래."

안드레아가 코트와 장갑을 벗어 근처 의자에 걸친 다음 제자리에서 한 바퀴를 빙 돌았다.

"어때?"

"잘 차려입었네."

여동생의 와인빛 바지 정장을 바라보며 한나가 대답했다.

스웨이드로 된 하이힐 부츠는 정장과 완벽하게 어울렸고, 반짝반짝 빛이 나는 안드레아의 금발은 공들여 굽슬굽슬하게 컬을 낸 뒤 역시 와인빛 돌이 박힌 핀으로 올려 묶여 있었다.

"그거 말고, 다른 건?"

안드레아는 패션쇼에서 멋진 워킹을 선보이는 모델과 같은 포즈를 잡고 서 있었다.

한나는 난처했다. 도대체 무슨 답을 해주길 원한단 말인가?

한나는 망설임 끝에 가장 모범 답안을 내놓았다.

"정말 예쁜데. 새로 산 옷이야?"

"아니, 이건 작년 1월에 산 거야. 쇼핑몰에서 디자이너가 직접 디자인한 옷을 팔았을 때 산 거라구. 내가 말한 건 바지 정장이 아니야. 나를 봐! 베서니를 임신했을 때보다 골고루 1온스(300g)씩 살이 빠졌어!"

"그것참, 잘됐구나."

한나는 아카데미 여우주연상이라도 받았을 때나 나올법한 탄성 짙은 목소리로 대답했다.

베서니는 12월 레이크 에덴 크리스마스 뷔페가 있던 날 밤에 태어났다. 이제 두 달이 지났을 뿐인데 안드레아는 고등학교 시절의 날렵한 몸매로 돌아오고 있었다. 이건 정말 불공평한 일이 아닐 수 없었다.

한나는 1, 2파운드(450~900g) 빼는데도 엄청나게 많은 시간이 소요되는 반면 동생인 안드레아는 물에 흠뻑 젖은 강아지가 부르르 물을 털어내듯 순식간에 살들을 털어내니 말이다.

"어떻게 한 거야?"

정말 안드레아의 답을 듣고 싶은 건지 아닌지 스스로도 알지 못한 채 한나가 질문을 던졌다.

"쇼핑몰에 새로 생긴 헬스클럽에 등록했어. 시할머님이 베서니를 봐주시는 동안 아침 일찍 있는 수업을 듣고 온다고. 얼마나 재밌는데!"

한나는 얼굴을 찡그렸다. 아침 일찍 일어나 무언가를 하는 것을 채찍질만큼이나 싫어하는 안드레아였는데 말이다. 그러고 보니 둘 사이에 공통점이 있는 듯도 하다.

"나 자신에게 자극 좀 주려고 매일 아침 가고 있어. 그게 어떤 건지 언니도 잘 알거야."

한나는 고개를 끄덕였다. 물론 일하러 가기 전에 헬스클럽부터 들른다는 것은 상상도 해본 적이 없었지만 말이다.

"운동할 때 내 모습이 예뻐 보이면 운동을 더 열심히 할 수 있을 것 같아서 아주 깜찍한 운동복도 장만했어. 검은색 장식이 달린 밝은 분홍빛 스판덱스로 된 운동복이야. 언니한테도 보여 주고 싶은데, 얼마나 귀엽다구."

"안 봐도 알 것 같아."

한나는 진심을 담아 대답했다. 도대체 무슨 이유로 운동이 전혀 필요 없는 사람들에게 운동복이 잘 어울리는 걸까?

"어쨌든 이제 원래 몸무게로 돌아왔으니 파트타임으로 일을 다시 시작하려고. 트레시는 학교에 보내면 되고 시할머님이 베서니도 봐주시면서 요리랑 청소 같은 집안일을 전부 해주신다고 하셔서 집에서 내가 할 일은 전혀 없거든. 게다가 재정적으로도 살을 찌울 필요가 있어."

안드레아가 리사를 돌아보며 말했다.

"오늘 아침에 리사의 이웃집을 팔았어."

안드레아가 뒤쪽 테이블에 자리를 잡고 앉자 리사가 그 옆에 앉았다.

"누구네요?"

"도라 렘브레이트."

"그거 잘 됐네요! 도라가 메리 진이 있는 콜로라도로 이사 간 뒤 줄곧 비어 있었잖아요. 얼른 새 이웃이 들어왔으면 했는데."

안드레아가 커피를 한 모금 마신 뒤 여전히 텅 비어 있는 진열대를 내려다보며 염려스러운 얼굴로 물었다.

"설마 쿠키가 하나도 없는 거야?"

"있어." 한나가 안심시켰다.

"단지 네가 뭔가 변화된 메뉴를 원할 것 같아서 말이야. 새로운 종류의 패스트리를 맛보는 건 어때?"

"재밌겠다! 이제 다이어트 할 필요도 없으니 마음껏 먹을 수 있다고. 좋은 이유에서라면 더더욱. 얼른 가져와 봐."

"안 됐지만, 네가 직접 가서 가지고 와야 해."

한나가 완벽하게 무표정한 얼굴로 말했다.

"리사랑 난 여기 있을 테니 말이야."

"알았어. 작업실에 있어?"

"아니, 길 건너 매그놀리아 블로썸 베이커리에 있어. 종류대로 하나씩만 사와. 복숭아 파이 반 조각도 포함해서."

안드레아는 잠시 당황하는 듯 보이더니 이내 씩 웃기 시작했다.

"그러니까 경쟁 베이커리에 가서 빵을 사오란 말이지? 그것도 쇼우나 리와 바네사가 우리의 의도를 모르게?"

"바로 맞췄어. 오늘 하루만 우리 스파이가 되어주지 않을래?"

"그럴게!"

"내가 돈을 줄게."

한나가 자리에서 일어나며 말했다.

"그러지 않아도 돼. 오늘 집 판 걸로 수당을 두둑이 받았으니까 그 정도는 내가 살 수 있어. 난 그럼 뒷문으로 나가 차를 타고 갔다 올게. 그래야 내가 여기서 나오는 걸 못 볼 테니까 말이야. 그리고 파이를 사는 대로 바로 돌아올 테니 나를 '집시 로즈 리'라고 불러줘."

'집시 로즈 리?' 한나는 잠시 어리둥절했다.

안드레아는 유명한 스트리퍼('집시 로즈 리'라는 전설적인 스트리퍼가 실존했다)와 스파이로서 자신의 역할을 서로 연관해서 생각하는 것이 분명했지만, 그 둘이 도대체 무슨 연관이 있는 것인지 한나로선 알 수가 없었다.

"잠깐만 기다려."

작업실로 향하는 회전문을 막 밀려는 안드레아를 잡으며 한나가 말했다.

"집시 로즈라니 그게 무슨……."

그때 어떤 생각이 한나의 머릿속에 번뜩 떠올랐고, 이내 한나는 웃음을 터뜨렸다. 관련이 있긴 했다, 물론 잘못된 연관이긴 했지만 말이다.

"집시 로즈 리라고 한 게 혹시 도쿄 로즈(세계대전 당시 일본군의 선전 여자 아나운서)를 말한 거야?"

"그래, 그거! 항상 두 이름이 헷갈린단 말이야. 아무튼 내 의자나 잘 데워놓고 있어. 승전품을 들고 번개처럼 돌아올 테니!"

한나가 두 번째 커피를 막 따르고 나자 카페 정문에 낯익은 얼굴 하나가 비쳤다. 노먼이었다.

그는 밝은 빨간색 종이로 포장하고 예쁜 금색 리본을 묶은, 가운데 역시 금색의 하트가 달린 꾸러미를 들고 있었다.

"안녕, 노먼."

카페 안으로 들어서는 그를 한나가 반갑게 맞아주었다.

"오늘 아침에 진료가 있는 줄 알았는데요."

"그랬죠. 그런데 바텔 부인이 약속을 다시 잡아야겠다고 연락이 왔어요. 남편도 없는데, 차가 고장 났다고 하더군요. 시내까지 데려다 줄 사람을 찾아보겠다고 했는데, 어쨌든 처음 약속했던 시간은 지키지 못하게 됐어요."

한나는 바텔 부인의 상황이 충분히 이해가 갔다. 헬렌과 에드 바텔 부부는 시내에서 7마일가량 떨어진 곳에 살고 있었는데, 시내까지 오는 도로 대부분이 차 두 대가 간신히 지나갈 수 있을만한 좁은 길이었기 때문이다.

"커피 마실래요, 노먼?" 리사가 물었다.

"네, 고마워요. 쿠키도 몇 개 같이 부탁해요."

"좀 기다리셨다가 건너편 베이커리 것을 함께 맛보는 건 어때요?"

리사가 제안했다.

"몇 개 사오라고 안드레아를 보냈거든요."

"좋아요, 그렇지만 한나가 구운 것만큼이나 맛있을 것 같진 않은데."

"그 말은 아직 한 번도 먹어보지 못했다는 거예요?"

리사가 깜짝 놀란 듯한 음성으로 물었다.

"그럼요. 한나의 것이 훨씬 나은 데 무엇 하러 거길 가겠어요."

노먼이 코트를 벗어 옷걸이에 걸고 꾸러미를 든 채 뒤쪽 테이블로 다가왔다.

　"당신 거예요, 한나."

　"고마워요! 근데 밸런타인데이 선물치곤 너무 이르지 않아요?"

　"밸런타인데이 선물이 아니에요. 빨간부엉이에 포장지가 이것밖에 없었거든요."

　"아⋯⋯, 고마워요."

　어리둥절한 기분이 겉으로까지 표시 나지 않길 바라며 한나는 고맙단 인사를 다시 한 번 건넸다. 노먼이 왜 선물을 주는 거지? 내 생일도 아닌데.

　"어서 뜯어봐요. 냉장 보관을 해야 하거든요."

　한나는 노먼을 향해 미소를 지은 다음 포장지를 북북 뜯었다. 포장지와 리본 따위를 간직하기에는 인생이 너무 짧았다. 포장지에 싸여 있던 내용물을 확인한 한나는 노먼을 바라보며 혼란스러운 표정을 지었다.

　"아침식사용 소시지?"

　"그래요, 어쨌든 오늘은 특별한 날이니까요."

　"그래요? 오늘 특별할 만한 것은⋯⋯."

　한나는 하던 말을 멈추고 갑작스레 웃음을 터뜨렸다. 그리고는 노먼의 입술에 키스했다.

　"아침용 소시지, 그라운드호그데이(성촉절)."

　한나는 짤막하게 말하곤 다시 노먼과 키스를 했다.

"어쨌든 뚜껑은 몸체랑 잘 어울리네."

안드레아가 매그놀리아 블로썸 베이커리에서 가져온 상자를 뚫어져라 내려다보며 한나가 말했다.

남부 출신의 두 자매는 포장용 상자 디자인을 꽤 고심한 듯했다. 눈부시게 번쩍이는 황금색 마분지 몸체에 분홍과 하얀빛 매그놀리아 꽃(목련꽃)이 잔뜩 그려진 뚜껑 달린 상자는 누구라도 한 번 보기만 하면 머릿속에 각인될 만큼 강렬했으니 말이다.

"매그놀리아 꽃은 노란색인 줄 알았는데."

리사가 상자를 물끄러미 바라보다가 말했다.

"노란색도 있고, 분홍색, 하얀색도 있어, 세 가지 색이 골고루 섞인 것도 있고. 바네사가 설명해주더라고. 거긴 분홍과 흰색을 주요 컬러로 정했대. 베이커리도 그걸 염두에 두고 인테리어를 했고."

"그럼, 벽이 분홍색이라도 돼?"

풍선껌 색으로 가득한 방을 떠올리며 한나가 물었다.

"크림색. 커튼이 분홍색이야. 뒤쪽 벽에는 꽃이 만발한 매그놀리아 나무를 벽화로 그려 넣었고 잎의 색은 반짝반짝 윤이 나는 짙은 초록색을 썼는데, 카운터랑 테이블 윗면의 색도 똑같이 짙은 초록색을 써서 포인트를 줬어."

"멋지네."

인정하고 싶지 않았지만, 한나는 인정할 수밖에 없었다.

"환상이지. 하지만 그럴 수밖에 없어. 쇼우나 리가 그러는데 미니애폴리스에서 인테리어 전문가를 데려왔대. 그리고 매그놀리아 나무와 벽을 가로질러 가며 새긴 꽃들을 그리는데 엄청나게 많은 돈을 지불했다더라고."

"비용이 상당했을 것 같네요."

노먼이 덧붙였다.

"아름답기도 하고요." 리사는 크게 감명을 받은 듯했다.

"얼마나 들었을지 궁금해요."

"우리한텐 도저히 무리인 금액일 거야."

경제적 난관이 한창인 지금 쿠키단지를 재단장하자는 엉뚱한 아이디어가 리사의 입에서 나오기 전에 한나가 얼른 나서서 말했다.

"정확히 얼마 들었는지 난 알고 있지."

중요한 정보를 제공하려 할 때면 늘 그랬듯 안드레아가 살짝 뻐기며 말했다.

"인테리어 비용이 무려 5,000달러나 들었대. 그것도 가구나 집기류를 제외하고 말이야."

"가구나 집기류?"

"거울이나 테이블, 의자, 조명 같은 것들 말이야. 매그놀리아 나무랑 꽃들을 그려 넣는 데도 1,200달러가 들었대. 포장용 상자를 디자인하는 데도 무려 500달러를 줬다고 하던걸."

"엄청난 비용이군요!" 리사가 충격을 받은 듯 외쳤다.

"모두 하면 6,700달러나 돼요."

"테이블이랑 의자, 그리고 다른 집기류를 제외하고 말이지."

한나가 상기시켰다.

"맞아요. 그 부분을 잊어버렸네요."

리사가 쿠키단지 안을 둘러보았다.

"처음엔 조금 부러웠는데, 있는 그대로의 쿠키단지가 더 나아요."

안드레아가 매니큐어를 곱게 칠한 손톱으로 상자에 붙은 테이프를
떼어냈다.

"계속 얘기하니까 더 배고파졌어. 얼른 맛을 보자고. 나머지는 먹으
면서 얘기해줄게."

한나는 자신이 뭘 기대하고 있었는지 정확히 알 순 없었지만, 적어도
안드레아의 손 밑으로 드러낸 모습은 아니었다.

상자 안에는 자그마한 종이컵에 담긴 타르트와 다양한 토핑이 올라
간 케이크 도넛, 장식된 컵케이크, 삼각형의 케이스에 담긴 파이와 퍼
지 브라우니, 쿠키 여러 개, 그리고 남부식 복숭아 파이 반 조각이 들어
있었다.

"왜 그래요, 한나?" 노먼이 물었다.

"무척 실망한 것 같은데요."

한나는 일반적인 베이커리를 살펴보며 어깨를 으쓱해 보였다.

"생각했던 것과 달라서 그래요. 뭔가 색다른 것일 줄 알았는데."

"이를테면?"

"전에는 한 번도 맛보지 못한 것들이요. 슈플라이 파이(shoofly pie: 당밀 파이)라든가 애플 팬도우디(apple pandowdy: 당밀을 친 애플 파이)라든가."

"그건 노래 가사에 나오는 것들 아니야?"

과일이나, 장식, 그밖에 토핑들이 손에 묻지 않도록 조심스럽게 상자에서 파이와 타르트를 꺼내던 안드레아가 잠시 멈칫하며 말했다.

"슈플라이 파이랑 애플 팬도우디가 도대체 뭐야?"

"슈플라이 파이는 당밀과 달콤한 재료들을 가득 채운 파이야. 당밀에는 파리가 잘 꼬이거든. 그래서 그렇게 이름이 붙여진 거지."

"그럼 애플 팬도우디는요?"

새로운 베이커리에 대한 설명에 완전히 몰입한 리사가 물었다.

"애플 파이랑 비슷한 거야. 당밀이 들어간다는 것만 빼고. 원래는 뉴잉글랜드에서 처음 만들어졌는데, 지금은 남부 지역 주에서 많이 만들어 먹고 있어."

안드레아는 믿을 수 없다는 표정으로 물었다.

"언니는 어떻게 그걸 다 알고 있는 거야?"

"사전에서 슈플라이 파이랑 애플 팬도우디를 찾아봤어. 그때가 아마 2학년 때였을 걸. 글래디 선생님이 노래를 가르쳐준 뒤에 말이야. 내 눈을 휘둥그레지게 만들고, 금방이라도 뱃속이 반갑다고 외쳐댈 만한 디저트에는 어떤 것들이 있을지 알고 싶었거든."

"여기서 정말 '남부식' 이라고 할 만한 건 복숭아 파이밖에 없군요."

안드레아가 가져온 상자 안을 쏘아보며 노먼이 말했다.

"진짜 조지아주 복숭아로 만들었다고 적힌 스티커가 붙어 있어요."

"정말이네요."

리사가 미소를 지으며 맞장구쳤다.

"컵케이크도 집에서 흔히 만들어 먹는 종류이고, 파이도 그래요. 이 것만 봐도 기분이 훨씬 나아져요!"

그러자 한나가 경고 어린 시선을 쏘아 보냈다.

"너무 일찍 축배를 들진 말자고. 아직 아무것도 맛보지 않았잖아."

"알았어요. 부정 타면 안 될 테니까요."

리사가 나이프를 가져와 파이를 네 조각으로 잘랐다. 그리고 각자 하 나씩 맛을 보기 시작하자 안드레아는 매그놀리아 블로썸 베이커리에 대해 알아낸 나머지 이야기들을 다시 풀어내기 시작했다.

"직원들은 마진이 어느 정도 되는지 모르더라고."

안드레아가 파이를 한 입 먹더니 커피를 한 모금 들이키며 말했다.

"재정적인 건 일 년 동안 바네사가 전적으로 지원해주기로 했기 때문 에 마진 같은 건 신경 쓰지 않는대."

"완전 천사를 만났군."

한나는 사람들이 든든한 후원자를 만났을 때 흔히 쓰는 표현을 했다.

"안 그래도 빌과 같이 베이커리를 나오면서 그이도 그렇게 말했어."

"빌이 거기 있었어?"

"마이크랑 같이 카운터 자리에 앉아 있던데. 왜 여기로 오지 않았느 냐고 내가 막 닦달했더니 단지 언니의 경쟁자가 누구인지 알아보려고 온 것뿐이래."

한나는 눈썹이 거의 일자가 되도록 미간을 찌푸렸다. 허브의 말에 따 르면 마이크는 자정이 가까운 시간까지 쇼우나 리와 함께 있었으니 필 시 둘이 같이 밤을 보낸 것이 틀림없었다. 경쟁자를 알아보기 위한 시간이 그것으로도 부족하단 말인가?

"이 얘긴 하지 않는 게 좋을지도 모르겠는데 말이야. 자리가 빈 곳이 하나도 없을 정도로 손님들로 꽉 찼더라고. 금전등록기에도 줄을 길게 서서 그것 때문에 오래 걸린 거야. 줄을 서서 기다리느라구."

'손님이 차고 넘친다고 말해줘서 고마워. 그 얘길 들으니 기분이 한결 좋아지는 걸.'

물론 생각을 입 밖으로 내진 않았다. 한나는 그저 안드레아에게 경쟁 카페에 대한 얘기를 계속해보라고 말했을 뿐이었다.

"그밖에 알아낸 건?"

"쇼우나 리는 오늘 침대 정리를 안 했고, 시스루 새틴 잠옷 세트를 갖고 있어."

그때 노먼과 눈이 마주친 안드레아가 살짝 당황하며 말했다.

"미안해요, 노먼. 노먼이 남자라는 걸 잊고 있었어요. 시스루 새틴이 뭐냐면……."

"알고 있어요."

노먼이 재빨리 말했다.

"그래요? 아니, 그걸 어떻게……?"

"더 얘기해 봐."

안드레아가 돌이킬 수 없는 실수를 저지르기 전에 한나가 제지하고 나섰다.

"알았어. 음……, 그리고 쇼우나 리는 컬러 렌즈를 끼고 있었어. 그렇게 완벽한 초록빛 눈은 세상에 없거든! 또 미니애폴리스에 있는 병원에서 처방받은 다이어트 약을 복용하고 있고, 바네사에 대한 것도 얘기해줄까?"

"물론."

사적으로 고용한 스파이의 보고에 푹 빠진 한나가 대답했다.

"바네사는 100% 실크 가운을 세 개나 가지고 있는데, 전부 다 매그놀리아 꽃이 그려져 있었어. 매그놀리아 꽃에 완전히 꽂혔나 봐."

"그거 흥미로운데요."

리사가 말했다.

"하지만 중요한 건 그게 아니야. 정말 중요한 건 바네사가 적어도 열두 켤레가 넘는 마놀로를 갖고 있다는 거야. 그녀 침실 바닥 여기저기에 흩어져 있었어."

"마놀로가 뭐예요?" 리사가 물었다.

"마놀로 블라닉(영국의 유명한 신발 브랜드), 디자이너 구두 말이야. 진짜 비싼 거야. 자세히 보진 못했지만, 크리스찬 루부탱도 몇 켤레 있었고 지미추 신발도 두어 켤레 있었던 것 같아."

"그걸 다 어떻게 알았어?"

한나는 놀라움을 감추지 못했다.

"몰래 훔쳐봤지. 쇼우나 리랑 바네사는 손님 맞느라 정신없었거든. 엄마한테 나 대신 줄 좀 서달라고 부탁했어."

"엄마도 거기 있었단 말이야?"

한나는 가까스로 단어를 끄집어냈다. 그다지 충성스럽지 못한 손님들이 한나를 배신하더니, 드디어 엄마까지 경쟁 베이커리에 발길을 하다니!

"진정해, 언니. 엄마도 나랑 똑같은 목적으로 가신 거였어. 루앤이랑 로드 부인은 앤티크 상점에서 기다리고, 엄마는 포장해 가려고 오셨더라구. 오늘 아침에 세 사람이 머리를 맞댄 결과 일단은 경쟁 베이커리의 맛이 어떤지 보자고 결정하셨대."

"내 경쟁자를 감시하러 간 사람이 또 누구야?"

한나가 날카롭게 질문을 던졌다.

"시릴 머피, 그의 상점 수리공들에게 줄 것을 주문하고 있었어. 매그 놀리아 블로썸 베이커리의 쿠키나 파이 맛을 사람들이 어떻게 평하는지 나중에 나한테 알려주겠대."

"그것참……, 감사하네. 또다른 사람은?"

안드레아가 리사를 돌아보았다.

"마지와 함께 리사 아버님도 있었어. 전보다 확실히 차도가 있으시던걸, 리사. 내가 누군지도 기억하셨고, 한나 언니까지 기억하시더라구. 새로 쓴 알츠하이머 약이 효과가 있나 봐."

"그런 것 같아요."

리사는 잠시 행복에 젖어 있다가 안드레아의 말뜻을 퍼뜩 깨닫고 말았다.

"잠깐만요. 아버지랑 마지가 거기엔 왜 가신 거예요?"

"허브랑 같이 테이블에 앉아 계시던걸."

"우리 허브요?"

"그래."

대략 돌아가는 마을 사람들 분위기를 눈치 챈 한나가 재빨리 물었다.

"그들도 우리 경쟁자를 감시하러 왔다고 하지 않든?"

"맞았어! 어떻게 알았어?"

"척이지."

한나가 애써 아무렇지도 않은 척 대답했다. 가끔 이렇게 안드레아는 믿을 수 없을 만큼 순진할 때가 있다.

"그냥 궁금해서 물어보는 건데, 도대체 몇 명이나 되는 사람들이 우리 경쟁자를 감시하러 왔다고 말한 거야?"

"그게……, 딕 래플린도 있었고, 케이트 매쉴러, 베라 올슨 웨스트콧……, 언니도 알겠지만 이제 결혼했으니까. 그리고 스탠 크래머, 찰리 제섭, 베넷 선생님도 있었어. 다들 같은 테이블에 앉아 있던걸. 밥스와 마틴 듀빈스키 부부도 있었고. 주문한 것을 거의 절반쯤 먹고 있었는데, 언니네 퍼지 컵케이크가 훨씬 낫다고 했어. 그밖에 사람들과도 이야기를 많이 해봤는데, 모두 하나씩 맛보고 어떤지 언니에게 얘기해 주겠대. 언니는 정말 좋은 친구들을 뒀지 뭐야."

한나는 한숨을 내쉬었고, 옛 속담 하나가 머릿속을 스쳐 지나갔다.

'그런 친구들과 함께라면 적이 아예 필요 없지 않을까.'

"왜 그래? 표정이 안 좋네."

"생각을 해봐, 안드레아. 마을 사람들 전부 우리 경쟁자를 감시하겠다는 이유로 거기에 가서 돈을 주고 쿠키와 파이를 사먹고 있다구. 매그놀리아 블로썸 베이커리에 얼마나 많은 돈이 흘러들어 갔을 거라고 생각해?"

"난……, 모르겠어. 많겠지, 아마도. 그것까지 생각 안 해봤는데."

"리사랑 나는 오늘 고작 해야 26달러 35센트의 매출밖에 못 올렸어. 우린 계속 제빵을 해야 하고, 각종 세금도 내고, 월세도 내야 해. 우리 친구들이 경쟁 베이커리에 얼굴을 비추는 동안에도 계속 말이야."

"한나 말이 맞아요."

노먼이 한나의 어깨를 감싸며 말했다.

"시험 삼아 한 번 들러서 맛을 보는 것도 좋지만, 진짜 친구라면 그런 식으로 배신하지 않죠."

"내 말이!"

한나가 외쳤다.

"맛 품평회를 위해 도대체 몇 개나 되는 남부식 복숭아 파이를 먹어야 하냐구. 쇼우나 리와 바네사가 베이커리를 열고 우리의 친구라는 사람들이 우릴 외면하면서 우리 사업은 지금 위태로운 지경에 처했어."

안드레아는 잠시 아무 말이 없더니 이내 한숨을 내쉬었다.

"그래, 언니 말이 맞아. 하지만 쇼우나 리와 바네사가 만든 건 별로 맛이 없어. 적어도 내 생각엔 말이야."

한나는 안드레아의 접시를 내려다보았다.

안드레아는 가장 좋아하는 블루베리 파이를 겨우 한 입만 베어 먹고 말았을 뿐이었다. 역시나 사족을 못 쓰는 초콜릿 컵케이크도 윗부분에 자그맣게 갉아먹은 흔적만 있을 뿐 더는 손을 대지 않았다.

"동의해요." 리사도 나섰다.

"당밀 쿠키를 하나 먹어봤는데, 꼭 병원 자판기에서 뽑은 것 같은 맛이었어요. 갓 구운 것이 아닌 것 같아요."

한나는 초콜릿칩 쿠키를 집어 맛보았다.

정말 리사의 말 대로였다. 쿠키는 특별한 향미도 없이 버석거렸고, 초콜릿칩은 초콜릿이라기보다 캐롭(사료로 쓰이는 콩과의 나무 열매) 같은 맛이

났다.

"쿠키나 파이, 컵케이크, 어느 하나도 제대로 된 게 없어."

한나는 먹다 남은 디저트를 내려다보며 말했다.

"남부식 복숭아 파이는 다를지도 몰라요."

노먼이 유일하게 아직 맛보지 않은 디저트를 가리키며 말했다.

"어쩌면."

한나가 안드레아를 돌아보며 말했다.

"이걸 따뜻하게 데워서 줬어? 아니면 차갑게 해서 줬어?"

"따뜻하게. 접시에 담고 전자레인지에 돌린 다음 위에 바닐라 아이스크림을 얹었어. 보니 서마에게 가져가기 전에 바네사가 그렇게 하는 걸 내가 봤거든."

한나는 조그맣게 끙 소리를 냈다.

보니 서마는 스카우트 행사나 파티가 있을 때마다 다량의 쿠키를 주문하곤 하는 한나의 가장 큰 단골손님이었다. 그런 그녀가 매그놀리아 블로썸 베이커리가 자랑한다는 디저트 따위에 마음을 뺏기다니!

"그럼 우리도 그렇게 먹어야죠. 그래야 공정한 품평회가 되잖아요."

리사가 파이를 들고 자리에서 일어났다.

"제가 가서 데운 다음에 아이스크림을 얹어서 올게요."

리사가 자리를 뜨자 안드레아가 한나의 손을 애정 어린 손길로 꽉 잡아 쥐었다. 필요 이상으로 감정 표현을 하는 법이 없는 안드레아로서는 몹시 드문 행동이었다.

"왜?"

안드레아의 눈가가 촉촉이 젖어드는 것을 본 한나가 물었다.

"정말 쿠키단지를 잃을 수도 있다고 생각해?"

"그렇게 되지 않아야겠지만, 지금 상황이 너무 안 좋아."

"그래서 걱정되는구나?"

"오, 물론. 리사 앞에서는 얘기하고 싶지 않을 뿐이야. 곧 사랑하는 사람과 결혼을 앞두고 있는데, 괜한 걱정을 하게 하고 싶지 않거든."

그때 노먼이 한나의 어깨를 팔로 감싸며 전에는 한 번도 꺼내지 않았던 말을 했다.

"그게 내가 당신을 사랑하는 이유 중 하나예요, 한나. 당신은 항상 다른 사람들을 먼저 생각하죠, 당신이 곤경에 처해 있을 때도요."

"아까 빌이랑 얘길 해봤는데."

안드레아가 한나의 손을 다시 한 번 다정스레 잡아 줬다.

"혹시라도 돈이 필요하면 우리가 집을 담보로 가계자금 대출을 받아 줄게."

한나는 너무 감동한 나머지 제대로 목소리를 낼 수 없었다.

"그럴 순 없어. 매달 손실이 나더라도 일 년 정도는 끄떡없을 자금줄인 바네사가 있는 상황에서는 더더욱. 그런 생각일랑 하지 마. 너랑 빌, 아이들이 더 중요해."

"난 결혼도 안 했고, 자식도 없답니다." 노먼이 말했다.

"저축해 놓은 것도 있고 하니까 한나에게 빌려줄 수 있어요."

"고맙지만 괜찮아요."

한나는 혹시라도 결심이 변하지 않을까 하는 의심조차 들지 않을 정도로 단호하게 대답했다.

"두 사람 다 정말 고맙지만, 그렇게 무작정 돈을 쏟아 붓는 건 문제

해결에 도움이 안 돼. 쿠키단지의 재정 문제가 이달 말까지 해결되지 않는다면 앞으로도 가망 없을 거야."

"그럼, 그땐 어떻게 할 건데?"

"정리해야지. 자산을 전부 팔아서 리사의 몫은 현금으로 떼어줄 거야. 그 돈으로 다른 일을 찾아볼 수도 있고, 그것도 여의치 않으면 가사에 전념하는 것도 좋겠지. 허브의 직업이 튼튼하니까."

"그건 말도 안 돼! 엄마도 돈이 있잖아. 그러니까……."

한나의 표정을 단번에 읽은 안드레아가 하던 말을 멈추었다.

"알았어, 그건 됐다고 쳐. 언니가 엄마한테 그런 부탁을 할 리 없으니까. 그래도 가족이란 건 서로 돕고……, 아, 더 이상은 모르겠다! 쇼우나 리와 바네사를 없애버릴 방법만 있다면, 지금 당장 해치울 텐데!"

안드레아의 음성에 묻어나는 분노에 한나는 조금 염려스러운 마음이 들었다. 그녀의 여동생은 화가 머리끝까지 나 있었다.

"일단은 물러서서 남부식 복숭아 파이가 오기만을 기다리자구. 그게 정말로 맛이 있으면 계속 걱정해야겠지만, 별로 맛이 없다면 조금은 안심해도 좋을 거야. 매그놀리아 블로썸 베이커리는 아주 잠깐만 반짝인 거고 맛없는 쿠키에 질린 손님들은 다시 우리 카페로 돌아오겠지."

마치 사인을 맞추기라도 한 듯 리사가 아이스크림을 얹은 복숭아 파이 네 조각이 든 그릇을 들고 나타났다.

"자, 여기 있습니다. 입맛에 매우 안 맞았으면 좋겠네요!"

한나는 웃음을 터뜨렸다. 누군가에 대해 나쁘게 말하는 법이 없고, 비평하기를 좋아하지 않는 리사가 복숭아 파이에 이미 상당한 혹평을 하고 있으니 말이다.

"맛봤어?"

"작업실에서 살짝 맛을 보긴 했는데, 괜한 선입견을 주고 싶지 않아요. 일단 각자 맛을 보세요."

안드레아가 파이를 한 숟가락 떠서 입으로 가져갔다.

"이 아이스크림, 정말 맛있는데."

"그건 브릿지맨 사에서 만든 거고. 파이 맛을 봐."

안드레아는 다시 파이를 떠 맛을 보았다. 그리고는 신중히 씹어 삼킨 뒤 어깨를 으쓱해 보였다.

"재밌는 걸. 어디선가 먹어 본 맛이야. 아, 물어보기 전에 말하는 건데 매그놀리아 블로썸 베이커리 걸 먹어 본 건 오늘이 처음이라구."

"맛은 어떤데? 맛있어?"

그러자 안드레아는 살짝 얼굴을 찌푸렸다.

"특별히 이상한 건 없어. 그냥……, 괜찮아."

"그냥 괜찮다구?"

고개를 끄덕이는 안드레아를 보며 한나는 어쩐지 마음이 놓였다. 그리고 자신도 역시 파이를 떠서 맛을 보았다. 정말 안드레아의 말대로였다. 일반적인 복숭아 파이였다. 특별히 나쁠 것은 없었지만 특별히 맛있다는 느낌도 들지 않았다.

"노먼은 어때요?"

"24시간 커피숍에서 흔히 맛볼 수 있는 복숭아 파이네요. 나쁘진 않지만, 또다시 가서 사먹고 싶은 생각은 들지 않아요."

"그럼 모두 생각이 같네요."

한나가 안도의 한숨을 살포시 내쉬며 말했다.

"하지만 여전히 우리 카페는 텅 비었고, 저쪽 베이커리는 손님들로 미어터져. 맛 때문이 아니라면 도대체 왜 손님들이 우릴 버리고 매그놀리아 블로썸 쪽으로 몰려드는 걸까?"

"혹시 유니폼 때문은 아닐까요?"

노먼이 물었다.

"거기에 한 번도 가본 적이 없다면서요!"

한나가 인상을 쓰며 노먼을 쳐다보았다.

"가본 적 없어요. 하지만 바네사가 유니폼 차림으로 검진받으러 왔었거든요."

"그러게, 유니폼 얘기를 진작 해줄 걸 그랬네. 조금 특별하긴 해."

안드레아가 재빨리 고개를 끄덕이며 말했다.

"어떤 옷인데?"

한나가 물었다.

"짧은 드레스인데 치마에는 풍성한 주름이 잡혔고, 목 부분은 깊게 패어 있어. 손님에게 주문한 것을 내갈 때마다 어찌나 몸을 자주 숙이는지, 아마 그래서 남자 손님들이 몰리는 건지도 몰라."

"그럼 여자 손님들은요?" 리사가 물었다.

"남자들이 몰리는 곳에 여자들도 몰리게 마련이지, 자연의 섭리야."

한나가 대답했다.

"그리고 다양한 콘테스트도 한몫해."

안드레아가 이야기를 이어나갔다.

"무슨 콘테스트?"

"공짜로 쿠키나 파이를 주는 거 말이야. 계산을 하고 있을 때 스피커에서 '바람과 함께 사라지다.'의 테마 음악이 흘러나오게 되면 '솔직히, 내 알 바 아니오!('Frankly, my dear, I don't give a darn!', 원래는 'I don't give a damn!'이라고 말한다)'라는 대사를 외기만 하면 돼. 그러면 무엇을 주문했든 공짜로 준다는 거지."

"'I don't give a darn?'이라구?"

"아이들 때문에 살짝 바꿨나 봐. 아이들이 진짜 욕을 외우고 다닐까 봐."

"당연히 그래야지."

"그리고 꽃무늬 머그잔도 있어. 내가 상품으로 탄 것이기도 하고."

한나는 신음소리를 냈다.

안드레아가 상품을 탔단 얘기는 하지 않았는데…….

"꽃무늬 머그잔이라니?"

"커피를 하얀색 머그잔에 담아 주는데, 그중 몇 개는 바닥에 분홍색 매그놀리아 꽃이 그려져 있어. 커피를 다 마신 다음 컵을 뒤집어서 바닥을 봤을 때 꽃이 그려진 컵이면 아무 디저트나 공짜로 준다는 거야. 내 커피잔에도 매그놀리아 꽃이 있어서 오늘 산 거 돈 안 내고 공짜로 얻어왔어."

"깜찍하네." 한나가 냉소적으로 말했다.

"그런 식의 콘테스트가 손님들은 재밌겠지만, 카페 주인한텐 엄청난 부담이야."

"오, 그러게 말이야. 쇼우나 리도 그렇게 해서 하루에 거의 300달러 가까이 손해를 본다고 했어."

"개점한 지 얼마 안 되는 상점들이 손님을 끌려고 몇 주간은 그런 콘테스트를 벌이곤 해요."

리사가 말했다.

"몇 주만 하고 끝낼 게 아닌가 봐. 처음 석 달 동안은 하루에 두 개의 콘테스트는 꼬박할 거라던 걸. 그 후에 조금씩 줄여나가는 거지. 다양한 콘테스트를 생각해내느라 마케팅 전문가도 불렀대."

"오, 세상에!"

한나는 가쁜 숨을 내쉬었다.

자금이 무한대로 제공되는 매그놀리아 블로썸 같은 상점을 쿠키단지처럼 소규모 사업체는 대적할 수가 없었다.

풀이 죽은 리사가 한숨을 내쉬었다.

"우린 매일 300달러씩 손해를 보면서 공짜 디저트를 제공할 수 없어요. 짧은 치마에 가슴이 파인 유니폼을 입고 서빙하는 건 더더욱!"

"그럴 필요 없어요." 노먼이 입을 열었다.

"사람들의 입맛은 결국 더 맛있는 걸 찾게 될 거예요. 한나가 만든 것이 매그놀리아 블로썸 것보다 훨씬 나으니까요."

"그럼 당장은 무엇을 하면 좋을까요?"

한나가 노먼의 옆에 다가서며 물었다.

"일단은 아무것도 하지 말고 기다려요."

노먼이 미소로 한나를 바라보며 한나가 몇 번이고 읊었던 주문을 말해주었다.

"호기심이 사라지면 다들 돌아올 거예요."

아파트 문을 열며 한나는 곧 있을 맹습에 마음의 준비를 했다.

그녀의 고양이인 모이쉐가 하루 종일 혼자 집을 지키고 있었으니 배고픔과 외로움에 지칠 대로 지쳤을 것이다.

"나 왔어!"

문을 열고 안으로 들어서며 한나가 외치자 20파운드(9kg)를 훌쩍 넘는 무게의, 오렌지와 흰색 섞인 고양이가 한나의 팔 안으로 뛰어들었다. 독립적이고 자립적이기 그지없는 이 고양이 룸메이트를 아기 돌보듯 어르고 볼을 부비며 달랠 수 있는 것은 지금뿐이었다.

"나 보고 싶었어?"

"냥!"

모이쉐가 자신의 코를 핥으며 외쳤다.

거침없는 속력으로 달리는 잔디 깎기 기계처럼 맹렬한 기세로 가르랑거리는 것을 보니 녀석은 한나를 꽤 애타게 기다렸던 모양이다.

한나는 저글링을 하듯 한쪽 팔씩 번갈아 모이쉐를 안으며 파카 코트를 벗고, 물소 근처에 한 번도 가본 적이 없는, 밤비를 사랑하는 사람들에게 단단히 찍혀버린 물소 가죽으로 만든 부츠를 발로 차 벗어냈다.

"자, 저녁식사 시간이야."

애꾸눈의 모이쉐를 주방으로 데려가 녀석의 먹이그릇 옆에 놓아주며 한나가 말했다. 그리고는 모이쉐의 사료를 보관하는 찬장으로 가 잠금장치를 풀던 한나는 널따란 나무 문짝에 새롭게 찍힌 모이쉐의 이빨 자국을 발견하고는 얼굴을 찌푸렸다.

'이것도 얼마 가지 못하겠군.'

먹을 것이라면 사족을 못 쓰는 모이쉐는 늘 이렇게 문의 나무판자를 잘근잘근 씹어놓곤 한다.

'자물쇠는 문이 있을 때만 그 효용이 있는 것이지.'

한나는 아버지의 말씀을 떠올렸다.

아버지는 레이크 에덴 철물점을 찾아오는 손님들에게 늘 그 말씀을 해주시곤 했다. 물론 잠금장치는 모이쉐를 난처하게 만들긴 했지만, 잠금장치 대신 문의 가장 취약한 부분을 공략할 만큼 녀석은 똑똑했다.

모이쉐는 문에 녀석이 지나다닐만한 공간을 만들기 위해 벽장을 통째로 리모델링하고 있었던 것이다.

한나는 모이쉐가 벽장을 완전히 탈환하기까지는 약 1주 정도 시간이 남았을 거라 가늠했다. 이제 또다른 방책을 생각해놓아야 할 때다. 그게 무엇이든 과한 무장이 필요 없는 것으로. 물론 무조건 모이쉐를 비난할 일만은 아니었다.

거리의 떠돌이 고양이였던 녀석에게는 언제 또 먹이를 얻을 수 있을지 알 수 없는 나날의 기억이 머릿속에 깊이 각인되었을 것이다.

모이쉐를 집으로 데려왔을 때 녀석은 거의 아사 직전이었으니 말이다. 그 겨울날로부터 벌써 2년이나 흘렀고, 규칙적이고 영양가 높은 식사로 녀석의 체중은 거의 두 배로 늘었지만, 모이쉐는 먹이그릇 바닥에 그려진 가필드의 모습이 보일라치면 금방이라도 패닉 상태에 빠져버리곤 했다.

"키티 크런치 먹을래, 아니면 삶은 간 요리 먹을래?"

한나가 모이쉐에게 물었다.

"아니면 둘 다?"

한나가 세 번째 옵션을 내놓자마자 모이쉐는 맹렬하게 울어대기 시작했다. 그 소리가 어찌나 큰지 거실의 저편에 있었어도 선명하게 들렸을 법했다.

한나는 녀석의 울음소리를 키티 크런치와 간 요리, 모두를 원한다는 것으로 해석했다. 그렇게 되면 두 메뉴를 따로 준비해야 할 터였다. 나름 미식가다운 까다로운 입맛을 자랑하는 모이쉐는 마른 음식과 젖은 음식을 섞어 주는 것을 좋아하지 않았다.

모이쉐가 삶은 간 요리를 순식간에 먹어치우고 크런치를 행복하게 오물거리자 한나는 침실로 가서 실내복으로 갈아입었다. 여름에는 아무 그림이 없는 회색의 가벼운 바지에 한나가 좋아하는 색인 빨간색의 짧은 소매 티셔츠로 이루어진 실내복을 입는다.

빨간색 티셔츠가 한나의 빨간 머리와는 상극이란 것을 알고 있지만, 그 점에 대해 불평할 대상은 모이쉐 밖에 없으니 아무래도 좋다. 고양이가 색을 구분할 줄 모른다지만(한나는 그 사실에 가끔 의심을 품지만) 사실, 모이쉐는 먹이그릇만 그득하다면 한나의 외모야 어찌 됐든 만족하는 듯 보였다.

"이제 내 저녁식사 시간이야."

주방으로 들어서며 한나가 말했다.

역시 빨간색 긴 소매 스웨터 셔츠에 그것과 어울리는 끈바지의 겨울용 실내복 차림이었다.

"내가 클론다이크 샐러드 먹으면 너 또 방해할 거지?"

그러자 모이쉐는 찬장에서 붉은 눈의 연어 통조림을 꺼내어 뚜껑을 따는 한나를 향해 한나가 무엇을 먹든 전혀 관심 없다는 듯 순진무구한 시선을 보냈다.

하지만 생선 향이 녀석의 코끝에 닿으면 무관심한 시선은 온데간데 없이 사라져버리고 말 것이란 사실을 한나는 잘 알고 있었다. 모이쉐는 연어를 좋아한다. 그것도 빨간부엉이 식료품점에서 파는 것 중 가장 비싼 연어 통조림일 경우에는 더더욱 말이다.

아니나 다를까, 한나가 채 통조림의 물을 비워내기도 전에 모이쉐는 한나의 발목을 비비적거리기 시작했다.

한나는 녀석에게 먹일 생각으로 은색의 껍질을 벗겨 내고 등 부분의 부드러운 지느러미 살을 잘라냈다. 그리고 나머지 연어는 잘게 썰어 그릇에 넣은 다음 냉동된 초록색 콩 꾸러미를 꺼내 전자레인지에 넣었다.

콩이 녹는 동안 한나는 양파 1/4개를 썰어 연어가 담긴 그릇에 넣고 냉장고에 항상 저장해 둔 삶은 계란 두 개를 꺼내 껍질을 벗긴 다음 잘게 다져 넣었다. 그리고 조리된 콩 꾸러미를 얼음물에 띄워 식힌 뒤 포장을 뜯어 섞어 넣은 후 마요네즈와 함께 달콤한 피클 소스를 넣고, 후추를 약간 뿌렸다. 그렇게 샐러드가 완성되었다.

한나는 거실로 샐러드를 들고 나와 가장 좋아하는 소파 자리에 앉았다. 갑자기 친근하게 굴어대는 모이쉐 역시 한나를 따라 소파 위로 펄쩍 올라와서는 한나 옆에 앉아 샐러드 그릇에 거의 코가 닿을 정도로 머리를 기울였다.

"왜 클론다이크(캐나다의 어느 지역명) 샐러드라고 하는지 모르겠어."

모이쉐를 안아 멀찍이 보내며 한나가 즐겁게 중얼거렸다.

"아마 연어가 알래스카에서 오기 때문에 그럴지도."

한나는 입 안 가득 샐러드를 오물거렸고, 모이쉐는 그런 한나에게서 좀처럼 눈을 떼지 못하였다.

한나의 포크가 그릇으로 갔다가 다시 한나의 입으로, 그렇게 여러 번을 왔다 갔다 하는 동안에도 포크에서 단 한 순간도 시선을 떼지 못하는 모이쉐를 더 이상 지켜보고 있을 수만은 없어 녀석을 위해 따로 모아 두었던 연어 조각을 그릇에 담아 커피 테이블 위에 놓아주었다.

막 다시 자리에 앉으려는데 전화벨이 울렸다.

"엄만가?"

갑자기 꼬리털을 바짝 세우는 모이쉐를 향해 한나가 물었다.

녀석은 엄마를 무척 싫어했다. 녀석이 마구 할퀴어대는 바람에 올이 나가버린 엄마의 팬티스타킹 몇 장이 그 증거라고 할 수 있겠다.

그때 다시 전화벨이 울렸고, 녀석은 목의 털을 삐죽하게 돋우며 마치 핼러윈 고양이처럼 등을 활처럼 구부렸다.

이건 엄마의 전화가 분명하다.

한나는 수화기로 손을 뻗었다.

"안녕, 엄마." 한나가 말했다.

"한나! 마침 집에 있어서 다행이구나!"

엄마는 금방이라도 숨이 넘어갈 듯 탄성을 내질렀고, 그 바람에 한나는 바짝 긴장하고 말았다.

"엄마, 괜찮으세요?"

"아니! 정말 끔찍한 일이 있었단다. 아직도 충격에서 헤어나질 못하겠구나! 하마터면 심장발작을 일으킬 뻔했지 뭐냐!"

뭐든 가려 말하는 법이 없는 엄마는 공황 상태에 빠진 듯했고, 한나의 맥박도 위기 지수에 맞춰 급상승하고 있었다. 이건 정말 긴급 상황이다.

"무슨 일이에요?"

"거실 벽장에 쥐가 있잖겠니! 코트를 벗어서 걸려고 하는데 그것이……, 그것이 내 발 위로 지나갔단다! 도와다오, 한나!"

"알겠어요."

한나는 무엇을 알겠다는 것인지 스스로도 알지 못한 채 대답했다. 엄마는 도대체 내가 어떻게 해주길 바라시는 건가? 당장 엄마 집까지 달려가 몹쓸 놈의 쥐를 쫓아 달라고?

"진정해요, 엄마. 쥐가 좀 성가시긴 해도 사람을 해치진 않아요."

"그건 나도 안다. 근데 그것이 날 만졌잖니! 그게 어떤 기분인지 넌 모른다, 얘야. 몸이 막 근질거리는구나!"

"저런, 혹시 아버지가 차고에 보관하시던 쥐덫 아직도 갖고 계세요?"

"선반 위에 있지. 헌데 내 손으로 놓진 못하겠구나. 쥐덫은 너무 잔인하잖니."

"미끼만 잘 놓으면 괜찮아요. 미끼를 놓는 접시의 정중앙에 땅콩버터를 조금 떼어 놓으면, 쥐의 목을 바로 내려치는 위치가 될 거예요. 쥐가 미끼를 잡는 순간 누르개가 앞으로 작동하면서……."

"그만해라!" 한나의 설명을 엄마가 가로막았다.

"쥐덫은 쓰고 싶지 않다, 애야. 너무 무자비한 방법이야."

"엄마가 정 그러시다면요. 그럼 어떻게 도와드려요?"

"모이쉐를 이리로 데리고 오면 문제를 해결할 수 있지 않을까 싶은데. 집도 그렇게 멀지 않고 또 모이쉐가 쥐를 잘 잡는다고 했잖니."

"모이쉐더러 쥐를 잡게 한다고요?"

한나는 귀를 의심했다.

쥐덫이 무자비하다고 하시더니 쥐잡기에 냉혹함을 떨치는 모이쉐를 데려다 쥐를 잡게 하라고?

"녀석에게 사례는 넉넉히 하마. 냉동실에 냉동새우 한 꾸러미가 있으니, 쥐를 잡고 나면 집에 가져가서 모이쉐에게 먹일 수 있도록 말이다."

한나는 깔깔거리며 웃기 시작했다.

"우리 고양이를 암살자로 고용하고 사례로 냉동새우를 주시겠다고요?"

"그렇게 우습게 생각할 것 없잖니. 정말이지, 애야…… 난 쥐가 끔찍이도 싫단다. 고것이 내 집 안 어딘가를 휘젓고 다닌다고 생각하면 잠을 한숨도 못 이룰 것 같구나."

한나는 한숨을 내쉬었다. 그건 사실일 테다.

꿈이란 온갖 장난을 걸어오기 마련이니 말이다. 이대로라면 엄마는 어마어마하게 큰 설치류에게 쫓기는 꿈을 꿔 정말 심장발작을 일으킬지도 모른다.

"잠깐만요. 모이쉐와 얘기 좀 해보구요."

여간해서는 쉽게 넘어가지 않겠다는 생각으로 한나가 대답했다.

모이쉐를 캐리어로 몰아넣는 일부터 쉽지 않을뿐더러 엄마 집까지 가는 내내 녀석의 불평을 듣는 일도 즐겁지 못할 것이 뻔했다.

"고양이와 얘기를 한단 말이냐? 오, 세상에, 한나! 고양이를 마치 아이 대하듯 하는구나!"

"고양이가 애들보다 낫죠. 생각해봐요, 엄마. 용돈을 달라고 조르지도 않지, 캔에서 바로 담은 찬 음식도 군소리 없이 먹지, 화장실도 알아서 가릴 줄 알고, 대학 학비 같은 것도 필요 없잖아요."

잠시 침묵이 흐르더니 이내 엄마의 웃음소리가 터져 나왔다. 한나의 유머감각은 아직도 생생했다.

한나는 커피 테이블 아래 앉아 꼬리를 핥고 있는 모이쉐를 향해 씩 웃으며 물었다.

"어때, 모이쉐? 쥐잡기 사냥 한 번 나서볼 테야?"

한나의 입에서 '쥐'라는 단어가 나오기 무섭게 모이쉐는 귀를 쫑긋 세우고는 미니 사이즈의 위성 쟁반처럼 휘휘 돌리기 시작했다.

그 모습을 본 한나는 다시 수화기를 단단히 붙들었다.

"관심 있어 하네요." 한나가 말했다.

"그럼 오는 게냐?"

"그럼요, 가야죠."

셋이나 되는 딸에 든든한 사위 한 명, 그리고 전화번호부에 적힌 수많은 친구는 제쳐놓고 왜 엄마는 문제가 있을 때마다 항상 나에게 제일 먼저 전화를 거는 것일까 의아해하며 한나가 대답했다.

"왜 저렇게 쉿쉿 소리를 내는 게냐?"

엄마가 몸을 굽혀 캐리어 안을 들여다보며 물었다.

"벌써 쥐 냄새를 맡은 게야?"

'아뇨, 엄마 때문에 그러는 거예요.' 한나가 속으로 생각했다.

모이쉐가 엄마를 얼마나 싫어하는지 엄마는 모르고 계시는 편이 나았다.

"녀석이 멀리 가는 걸 좋아하지 않거든요."

한나는 털을 잔뜩 곤두세운 채 쉿쉿 소리를 내는 모이쉐에 대해 양해를 구했다.

아파트 차고에서부터 엄마 집까지 오는 동안 어찌나 맹렬하게 울어 대는지 한나는 귀가 다 먹먹할 지경이었다.

"쥐는 어딨어요?"

"손님방에 있단다. 벽장에서 튀어나와서는 거기로 들어갔어. 내가 쫓아가서 손님방 문을 아예 닫아버렸지."

한나는 모이쉐를 데리고 박물관에서나 볼 수 있을 법한 앤티크 가구들과 예술 작품들이 놓인 창백한 푸른빛의 거실을 가로질렀다.

거실은 언제나 그랬듯 티 하나 없이 깨끗했다. 물론 엄마가 직접 청소한 것은 아니다. 루앤의 어머니인 마조리 행크스가 매주 화요일과 금요일이면 집에 와서 청소도 해주고, 가구에 광도 내주고, 설거지도 하는 등 모든 집안일을 도맡아 해주었다. 고등학교 과학 시간에 '자연은 진공을 싫어한다.'라는 말을 배운 적이 있는데, 그건 엄마에게도 똑같이 적용될 것이다.

"그거 무겁니?"

한나가 복도에서 걸음을 멈추고 캐리어를 다시 잡아 쥐는 것을 본 엄마가 물었다.

"네."

너무 당연한 질문을 하시는 게 아닌가, 하지만 한나는 아무 얘기도 하지 않았다. 끊임없이 울어대는 무거운 녀석을 손님방 문 앞까지 데려간 한나는 툴툴거리며 캐리어를 내려놓았다.

"좋아요, 이제 준비됐어요."

"녀석이 별로 좋아하는 것 같지 않구나."

엄마가 다시 캐리어 안을 들여다보며 말했다.

"캐리어에서 꺼내주면 금방 괜찮아질 거예요. 근데 모이쉐가 물건이라도 넘어뜨릴 수가 있으니 들어가서 지켜보는 편이 나을 것 같아요. 그리고 문은 닫고 있는 게 좋겠어요. 쥐가 도망가지 못하도록."

한나는 엄마를 쳐다보았다. 엄마는 모이쉐가 캐리어에서 벗어났을 때 일어날 상황이 꽤 염려스러운 듯한 얼굴이었다.

엄마가 손님방에 같이 들어가게 되면 모이쉐가 쥐는 안 쫓고 엄마의 스타킹만 또 마구 할퀴어놓을지도 모른다.

"저랑 같이 들어가고 싶지 않으신가 봐요?"

"세상에, 당연하지!"

엄마가 겁에 질린 얼굴로 외쳤다.

"난 가서 커피 물이나 올려놓고 있으마. 다 끝나거든 불러라."

"모이쉐가 정작 쥐를 쫓아가 죽이는 게 아니라 무슨 스핑크스상처럼 우두커니 앉아서 쥐가 자기 주변을 빙글빙글 도는 걸 그냥 지켜보고 있더라니까."

쿠키단지의 가장 좋아하는 자리에 앉아 이른 아침 커피를 마시며 한나가 리사에게 얘기보따리를 풀어놓았다.

"쥐를 잡고 싶어하긴 했던 것 같아. 벌레 잡을 때 내던 소리를 내고 있었거든."

"그거 정말 이상하네요. 모이쉐는 쥐잡기 선수인데 말이에요. 혹시 환경이 낯설어서 그랬던 건 아닐까요?"

"그랬을 수도 있지만, 내 생각엔 아니야. 엄마 부탁으로 쥐를 잡는 거라는 걸 녀석이 눈치 채고 그런 것 같아."

"싫어하는 사람의 부탁을 들어주기 싫다는 건가요?"

"그렇지. 고양이에게 그런 심오한 동기를 부여하는 내가 이상해 보이지?"

그러자 리사가 고개를 저었다.

"모이쉐는 보통 고양이들이랑 다르잖아요. 지금까지 본 고양이 중에 가장 똑똑한 걸요. 그러니까 한나의 생각이 정말 맞다고 해도 놀랄 일은 아니에요. 쥐를 못 잡아서 어머님이 화내시진 않으셨어요?"

"엄마는 모르셔. 이제 쥐 걱정은 안 해도 된다고 말씀드렸거든. 물론 나올 때 손님방 문은 활짝 열어 뒀지. 고것이 들어올 때랑 똑같은 방법으로 어디든 도망칠 수 있도록 말이야."

"또다시 쥐를 보시면 어떡해요?"

"다른 쥐라고 생각하실 거야. 이름표가 달린 것도 아니니까. 그렇게 되면 또 나를 부르실 테니 그땐 정말 쥐덫을 놓자고 설득해야지."

그때 날카로운 전화벨이 공기를 갈랐고, 한나는 리사와 시선을 교환했다. 출장서비스 주문일지도 모른다. 하지만 출장 주문 전화는 거의 한 주 내내 걸려오지 않았다.

"혹시 어머님?"

"엄마."

한나와 리사가 거의 동시에 말하고는 신나게 웃음을 터뜨렸다.

이 전화가 다시 출현한 쥐에 대한 용건이 아니기를 간절히 바라며 한나가 마침내 수화기를 들었다.

"안녕, 엄마."

"난 줄 어떻게 알았니?" 엄마가 물었다.

"출장 주문 전화였을지도 모르잖니."

"이제 그럴 일은 없을 것 같아요."

"그래, 안 그래도 그것 때문에 전화했다. 어제 매그놀리아 블로썸 베이커리에 갔었는데, 손님들이 아주 바글바글하더구나. 그 집 때문에 네 사업이 타격을 받는 게지?"

"그렇죠."

"그럴 줄 알았다. 거기서 복숭아 파이 맛을 봤는데, 그저 그렇더구나. 너도 똑같이 복숭아 파이를 만들어서 경쟁해보는 건 어떠냐."

한나는 얼마 동안 아무 말도 하지 않았다. 경쟁해보자는 엄마의 아이디어는 마음에 들었다. 레이크 에덴처럼 작은 마을에 두 개나 되는 베이커리가 모두 살아남기란 처음부터 어려운 일이었다.

"어떠냐? 해보겠느냐? 마침 내일 오후에 레이크 에덴 퀼트회가 있는데 다과 준비를 내가 맡았단다. 그래서 쇼우나 리와 바네사의 베이커리에서 복숭아 파이 한 개, 너희 카페에서 한 개를 주문하려고 한단다. 나란히 두고 사람들이 맛을 평가할 수 있도록 말이야."

"해볼게요." 한나가 대답했다.

영화 '마지막 총잡이'에 나오는 존 웨인처럼 최후의 대결에 올인해버린 한나였다.

"어차피 그쪽과 나, 둘 다 같은 업종의 상점을 꾸려가기엔 마을이 너무 작으니까요."

"모임은 오후 1시란다. 그럼 그래니 앤티크에서 출발하는 대로 복숭아 파이를 가지러 들르마."

"그러시지 않아도 돼요. 제가 갖다 드릴게요."

"하지만 그땐 카페가 한창 바쁠 때가 아니냐?"

"더 이상은 아니에요."

"오, 그래, 그렇다면. 아, 그리고 한 가지 더 있다, 얘야……. 오늘 모이쉐 줄 냉동새우를 한 꾸러미 더 샀는데, 녀석이 좋아하든?"

"벌써 한 꾸러미 다 비웠는걸요."

한나가 사실대로 말했다. 물론 사실을 전부 이야기한 건 아니었다.

모이쉐가 새우는 만지려고도 들지 않아 한나의 저녁식사로 새우를 잔뜩 넣은 검보 수프(새우, 닭고기, 소시지 등을 넣어 만든 걸쭉한 수프)를 만들어 먹은 것이다.

"쥐를 잡아줘서 얼마나 고마운지 말로 다 표현할 수가 없구나!"

"모이쉐도 쥐 사냥을 얼마나 즐겼는지……, 말씀 못 드리겠어요."

한나가 말했다. 그것도 사실이었다.

모이쉐가 얼마나 지루해했는지 차마 말할 수 없으니 말이다.

한나가 엄마에게 작별 인사를 하고 수화기를 내려놓자, 리사가 호기심 어린 눈빛으로 그녀를 바라보았다.

"죄송해요, 본의 아니게 통화 내용을 엿듣게 됐는데, 스웬슨 부인이 디저트를 주문하신 거예요?"

"응, 복숭아 파이. 하나는 우리 쪽에 주문하고, 하나는 매그놀리아 블로썸 베이커리 쪽에 주문하신대. 레이크 에덴 퀼트회 여자 회원들이 그 자리에서 서로 맛을 비교해볼 수 있도록 말이야."

"참가자들이 같은 종류의 음식을 만드는 요리 경연대회 같네요."

"한 가지 다른 점이 있어."

한나가 살짝 당황한 표정으로 말했다.

"쇼우나 리와 바네사의 코를 납작하게 만들어줄 생각에만 집중한 나머지 내가 머리털 나고 단 한 번도 복숭아 파이를 만들어본 적이 없다는 사실을 잊고 말았어!"

"확실히 나아."

안드레아가 한나가 만든 복숭아 파이를 한 숟가락 더 입에 넣으며 말했다.

"언니가 이겼어!"

"트레시는 어떠니?"

한나는 막 학교에서 돌아온 다섯 살배기 조카딸에게 물었다.

"맛있어요."

너무 힘차게 고개를 끄덕이는 바람에 트레시의 금발 곱슬머리가 용수철처럼 통통거렸다.

"이거 내 생일에도 만들어주시면 안 돼요, 한나 이모?"

"당연히 만들어주지."

한나가 약속했다. 지금은 2월이고, 트레시의 생일은 9월이니 그동안에도 요 꼬마 아가씨는 여러 번 마음을 바꿀 것이 분명했다.

"네 생일에는 엄마가 매번 젤로 케이크를 만들어줬잖아."

안드레아가 약간 볼 맨 소리로 말했다.

"알아, 엄마. 당연히 그건 꼭 있어야 하는 생일 케이크야. 엄마가 만든 젤로 케이크는 내가 제일 좋아하는 거거든요. 근데 이번에는 말이야, 내 생일이라서 그러는데, 디저트를 하나 더 먹으면 안 될까요."

"흠……, 그런 거라면 생각해볼 만하지."

안드레아는 어느새 미소를 한가득 머금고 있었다.

대외 업무가 활발한 외교 관련 일에 지원해도 좋을 만큼 영리한 조카라고 생각하고 있었는데, 이건 정말 기대 이상이다.

쿠키단지의 홀 뒤편 자리는 한나의 복숭아 파이를 맛보기 위한 평가인들로 가득 차 있었다. 리사가 한나의 가장 열성적인 팬들을 모두 불러 모은 것이다.

우선 리사의 신랑감이 와 있었다. 리사가 그에게 긴급 메시지를 전달하자마자 커뮤니티 센터 도서관에 들러 그의 어머니인 마지 비즈먼과 리사의 아버지인 잭 허먼을 모시고 이곳까지 온 것이었다.

"저기 아빠 온다!"

위넷카 카운티 경찰서의 서장으로 새로 선출된 빌 토드가 정문으로 모습을 보였다. 그리고 그 옆에는 빌의 전 파트너인 마이크 킹스턴도 함께였다. 마이크를 보자마자 한나의 맥박은 마구 요동치기 시작했다.

"우리가 너무 늦었나요?" 마이크가 물었다.

"제때 오셨어요."

리사가 그릇 두 개를 더 내오며 말했다.

레이크 에덴에서 제일 인기 좋은 총각의 눈부신 미소에 한나가 잠시 할 말을 잃은 사이 리사가 대신 나서서 바로 옆 상점인 그래니 앤티크에서 단번에 달려온 엄마와 로드 부인 옆으로 두 남자의 자리를 마련해 주었다. 엄마에게 아주 의미 있는 사람인 윈슬롭 해링턴 2세도 엄마와 로드 부인 사이에 앉아 있었고, 진료 약속까지 미루고 달려와 준 노먼 역시 품평인 자리를 채워주고 있었다.

"여러분은 매그놀리아 블로썸 베이커리에서 파는 복숭아 파이와 저희 쿠키단지에서 만든 복숭아 파이의 맛을 비교하기 위해 이 자리에 오셨습니다."

한나가 이미 한 번 말했던 멘트를 리사가 그대로 다시 읊었다.

"각각의 파이를 맛보고 어느 것이 더 나은지, 아니면 비슷한지 혹은 별로인지를 솔직하게 말씀해주시면 되겠습니다."

"한나 이모가 여기 있으면 한나 이모가 만든 복숭아 파이가 맛없다고 얘기할 수 없잖아요."

트레시가 킥킥거리며 말했고, 그런 딸을 안드레아가 날카롭게 쏘아 보았다.

"미안, 엄마. 솔직하게 말하지 않으면 도움이 안 된다고 해서요. 안녕, 아빠."

"안녕, 우리 딸."

빌이 트레시 옆자리로 옮겨 딸에게 뽀뽀했다. 그리고는 리사에게서 접시를 건네받은 뒤 바로 파이를 맛보았다.

"한나 것이 더 낫군요."

그때 겨우 한 입 먹어본 마이크가 말했다.

"매그놀리아 블로썸의 복숭아 파이는 너무 푸석해요."

"내 생각도 같아." 빌이 덧붙였다.

"거기 건 통조림 복숭아 같은데, 한나가 만든 것은 신선한 것 같아. 대체 한겨울에 복숭아는 어디서 구한 거야?"

"냉동해 두었던 거야. 굽기 전에 바로 꺼내서 반죽에 얹는 거지."

"영국에 돌아가면 내 요리사에게 그 방법을 꼭 일러줘야겠군요."

윈슬롭이 한나에게 따뜻한 미소를 지어 보였다.

"정말 똑똑해요, 마이 디어. 한나가 만든 복숭아 파이가 단연 훌륭합니다."

"감사합니다."

한나가 진심을 담아 인사를 했다. 단지 몇 번 만났을 뿐인데도 항상 친절하고 상냥하게 대해주는 윈슬롭이었지만, 한나는 어쩐지 그를 따뜻하게 대할 수 없었다.

한나는 여전히 돌아가신 아버지가 그리웠고, 엄마가 다른 남자와 함께 있다는 건 좀처럼 받아들이기 어려웠다.

"그밖에 가미도 네 것이 훨씬 낫구나, 애야."

엄마가 의견을 말했다.

"완벽해." 로드 부인도 동의했다.

"매그놀리아 블로썸 것은 시나몬을 너무 많이 넣어서 복숭아 파이를 먹는 것인지, 어쩐 것인지가 구분되질 않아. 다른 종류의 파이라고 해도……, 될 것 같아."

"소다 크래커." 잭 허먼이 리사에게 윙크하며 말했다.

"네?"

몇몇 사람이 동시에 되물었다.

"소다 크래커." 잭 허먼이 다시 대답했다.

"리사의 엄마가 종종 가짜 애플 파이(Mock Apple pie: 크래커를 이용해서 진짜 사과를 넣지 않고 소스만으로 맛을 낸 파이)를 구웠는데, 늘 소다 크래커(밀가루에 소다를 넣어 구운 짭짤한 비스킷)를 사용했지. 하지만 정작 사과는 들어 있지 않았어."

리사와 마지, 그리고 허브 모두 잭을 향해 따뜻한 미소를 보냈고, 그 광경을 본 한나는 기분이 좋아졌다. 리사 아버지에게 새로 시도한 약물 치료가 확실히 효험을 보는 것이다.

물론 완치는 아니다. 그는 여전히 알츠하이머를 앓고 있고, 그 증상은 쉽게 치료되지 않겠지만, 되살아난 기억력 덕분에 더 이상 사람들과 대화에서 어려움을 겪지 않아도 되었다.

"그 레시피 한나도 알고 있죠?"

리사가 물었다.

"아니. 미네소타에서는 일 년 내내 사과를 구할 수 있는데, 무엇 하러 가짜 애플 파이 같은 것을 만들겠어?"

"진짜로 만들 수 있나 보려고요." 노먼이 즉각 대답했다.

"강아지를 뒷다리로 걷게끔 훈련하는 것과 똑같은 거예요. 개가 정말 그렇게 걸을 수 있는 게 궁금한 게 아니라……, 그냥 그렇게 시켜보는 거라니까요."

"새뮤얼 존슨(18세기 후반 영국 문학을 주도한 인물, 여러 명언들을 남겼다). 하지만 파이랑 강아지는 달라요."

한나는 여자 목회자에 대한 이야기를 떠올리고는 몸을 살짝 떨었다.

"트레시한테 그 책이 있는데, 거기엔 강아지 훈련하는 얘긴 전혀 없던데요."

안드레아가 알쏭달쏭한 얼굴로 물었다.

"어떤 책인데?"

"샘 존슨과 파란 리본 퀼트. 엄마가 트레시에게 사준 그림책이야. 퀼트를 좋아하는 남자에 대한 이야기지."

한나와 노먼은 서로 시선을 주고받았다. 둘 사이에 오간 메시지는 명확했다. 새뮤얼 존슨은 아이들 책에 등장하는 인물이 아니라 실존했던 새뮤얼 존슨 박사를 말하는 거라는 사실을 굳이 사람들 앞에서 이야기해 안드레아를 당황하게 하지 말자는 것이었다.

한나가 단언하건대, 18세기 영국의 문학가였던 새뮤얼 존슨이 퀼트와 연관이 있다고 한다면, 그건 그가 퀼트 이불을 덮고 잤을 거란 추측뿐이었다.

"좋은 책인 것 같네."

안드레아의 말이 끝나기가 무섭게 뒤이은 무거운 침묵을 벗겨 내고자 한나가 재빨리 말했다.

"나, 어렸을 때 그 책 진짜 좋아했는데."

트레시가 말했다. 그리고는 접시를 든 채 리사를 쳐다보았다.

"또 먹어도 돼요, 리사 언니? 아주 맛있어요!"

리사는 트레시의 접시에 파이를 한 조각 더 담아주고는 더 먹고 싶어하는 사람들을 위해 주위를 한 바퀴 돌았다.

빌의 자리에 이르러 리사가 파이용 스푼으로 가장자리를 깨뜨려 그의 접시에 담아주자 그 과정을 가만히 지켜보던 빌이 물었다.

"토핑은 뭘 쓴 거야? 한 번도 먹어보지 못한 맛인데."

"맞아."

한나가 웃음을 터뜨리며 대답했다.

"빌의 어머님이 만드시는 커피 케이크 토핑을 조금 변형시켰어. 어떤 맛을 가미하면 좋을까 고심하던 중에 딱 그게 떠오르더라고."

"그런 방법으로 새 레시피를 만드는 건가?"

로드 부인이 물었다.

"네, 늘 어떤 맛이 되면 좋을까 하는 생각에서부터 시작하거든요. 이번 토핑은 설탕 쿠키와 달콤한 비스킷을 섞은 맛이었다면 좋겠다고 생각했어요."

"정확히 그 맛이야."

마지가 숟가락으로 토핑을 뜨며 말하고는 바삭바삭한 맛에 미소를 지었다.

"정말 완벽해, 한나. 정말로."

"그럼, 투표를 해봅시다."

허브가 교통단속 시 차량번호를 적거나 필요할 때 쓰기 위해 항상 가지고 다니는 작은 수첩을 꺼내며 제안했다. 허브의 수첩에 적힌 첫 번째 차량번호는 경고 딱지를 떼었다고 적혀 있었다. 그 번호가 또다시 수첩에 적힐 때는 분명히 벌금 딱지를 떼이고 말 것이다.

"예시는 '더 낫다', '비슷하다', '별로 좋지 않다', 이렇게 세 개로 하면 되겠지?"

허브가 리사의 의견을 물으러 그녀를 돌아봤다.

"그래요. 당신부터 시작해요, 허브. 어떻게 생각해요?"

"더 낫다. 그럼 내 것을 적을게."

"마이크는요?"

순서대로 테이블을 돌며 리사가 마이크에게 말을 건넸다.

"훨씬 낫다."

마이크는 미소를 지으며 한나를 바라보았다.

한나 역시 가슴속에서 요동치는 심장 소리가 그에게까지 들리지 않기를 바라며 공손하게 미소를 지어 보였다.

미소 하나면 뭐든 다 넘어갈 수 있으리라 생각하나 본데, 여느 여자들은 그럴지 몰라도 한나는 애교 많은 푸들 강아지처럼 마이크의 미소에 그대로 녹아버릴 생각은 전혀 없었다.

"한나 것에 열 표라도 던지고 싶은 마음이야."

빌이 말했다.

"훨씬, 훨씬 좋다."

엄마 역시 한나에게 미소를 보내며 말했다.

"퀼트회 부인들도 틀림없이 네 것을 좋아할 게야. 특히 레지나에게 그녀의 커피 케이크에 올리는 토핑에서 아이디어를 얻었단 얘길 해주면 더더욱 좋아할 게다. 레지나의 레시피에 그만큼 인정을 두다니, 얘야. 정말 잘했구나."

한나는 엄마의 칭찬을 마음껏 만끽했다. 좀처럼 칭찬하는 법이 없는 엄마이기 때문에 가끔가다 한 번씩 찾아오는 이런 때는 마음껏 즐겨주어야 한다.

엄마의 접시는 역시나 파이 한 조각 남김없이 깨끗하게 비워져 있었다. 예의상 반드시 몇 조각 정도는 접시에 남겨야 한다고 믿는 엄마가 접시를 이토록 깨끗하게 비우다니, 이거야말로 정말 의미 있는 칭찬과 인정이 아닌가!

리사가 한 사람씩 돌아가며 의견을 물었고, 옆에서 허브가 사람들의 대답을 받아적었다. 만장일치의 결과는 쿠키단지에 모인 사람들에게도 놀라운 일이 아니었다.

당연한 듯 한나의 복숭아 파이가 바네사와 쇼우나 리가 내놓은 대표 디저트, 복숭아 파이를 물리치고 압승을 거둔 것이다.

"이렇게 될 줄 알고 있었지."

빌이 입을 열자마자 그의 핸드폰이 울려대기 시작했다.

그는 핸드폰 화면을 흘끗 내려다보더니 이내 얼굴을 찌푸렸다.

"우린 이만 가봐야겠어, 한나. 고속도로에서 삼중 추돌 사고가 발생했대."

빌의 긴급 호출을 계기로 파티는 마무리되었다. 빌과 마이크와 함께 윈슬롭도 자리에서 일어났고, 엄마와 로드 부인도 의자를 밀어 넣었다.

"루앤을 상점에 혼자 두고 와서 말이야." 로드 부인이 설명했다.

"오늘 종일 한 번도 못 쉬었을 게야."

"바쁘신데 와주셔서 감사해요."

한나가 두 어머니를 향해 미소를 지었다.

"문밖까지 배웅 나갈게요."

그러자 리사가 한나의 어깨에 손을 얹었다.

"앉아 있어요, 한나. 전 어머님들이랑 같이 작업실로 가서 루앤에게 주려고 따로 잘라 놓은 복숭아 파이를 포장해드릴게요."

리사가 자리를 뜨자 한나는 남아 있는 사람들에게 미소로 말했다.

"정말 큰 도움이 되었어요. 제가 만든 복숭아 파이가 맛있다고 하시니 레시피를 마무리해서 제 요리책에 실을까 해요."

"이름은 뭐라고 할 거예요, 한나 이모?"

트레시가 물었다.

"그건 아직 생각을 안 해봤는데."

트레시가 뭔가 마음에 생각해 둔 것이 있음이 틀림없었다. 그렇지 않으면 이렇게 물어올 리 없으니 말이다.

"트레시라면 뭐라고 하겠니?"

"미네소타 복숭아 파이요. 그래야 여기서 만든 건 줄 사람들이 알 거 아니에요."

"좋은 생각이야."

한나가 조카를 향해 엄지손가락을 들어 보이며 말했다.

미네소타의 자부심을 내세울 수도 있는 정말 훌륭한 이름이었다. 오직 배신자만이 자기 고향을 따 남부식 복숭아 파이라고 이름 붙이는 것이다.

"우리 결혼 피로연에 복숭아 파이를 놓는 건 어때?"

허브가 리사에게 물었다.

"그거 멋진 생각이에요, 근데 한나가 너무 바빠서 시간이 있을까……."

"준비해줄게."

결혼식 준비에 대한 부담을 덜어주려는 동업자의 의도를 가로막으며 한나가 약속했다.

이미 두 종류나 되는 쿠키 케이크를 만들어 놓았지만, 다른 사람도 아닌 리사와 허브의 결혼식인데 풍성한 피로연 뷔페 테이블을 위해 디저트 몇 가지쯤은 기꺼이 더 만들 의향이 있었다.

"내일 내 것도 하나 구워주겠어?" 잭 허먼이 물었다.

"내일 마지와 함께 마지막으로 두뇌 주스를 먹으러 가는데, 그곳 간호사들한테 뭔가 대접하고 싶어서 말이야."

"두뇌 주스란 약물 치료할 때 병원에서 주는 물약을 말하는 거예요."

잭의 말이 무슨 뜻인지 대부분 사람들이 이해했지만, 리사가 나서서 설명했다.

"그 이후로 기억력이 많이 좋아졌어. 물론 한 가지 안 좋은 점이 있긴 하지만."

"그게 뭔데요?"

안드레아가 물었다.

"그 주스를 먹기 전에 내가 저질렀던 바보 같은 일들까지 전부 기억이 나."

"무슨 그런 생각을 해요, 잭." 마지가 그를 변호하고 나섰다.

"전에는 기억력이 좋지 못해서 그랬던 거잖아요. 우리 모두 알고 있어요. 게다가 당신은 바보 같은 일 같은 건 저지르지 않았어요."

"오, 아니야. 바보같이 굴었어. 아마도 내 평생 그 일들을 후회하게 될 거야."

잭은 무척 우울해 보였고, 한나는 손을 뻗어 그의 팔을 어루만졌다.

"생각하시는 것만큼 나쁘지 않아요. 뭐든 말씀해보세요. 저희가 도울 수 있을지도 모르잖아요."

"아무도 돕지 못해. 시간을 되돌릴 순 없으니까."

"나 그거 알아요!" 트레시가 목청을 높였다.

"'TV 재판'에서 어떤 변호사가 그렇게 얘기하는 거 봤어요. 근데도 배심원들이 유죄를 줬어요."

리사의 아버지가 은유적인 표현을 사용한다는 것이 한나는 놀라울 따름이었다. 약물 치료를 받기 전에는 단순히 단어의 뜻 그대로만 말씀하시던 분이셨는데 말이다.

"리사와 허브가 결혼한다는 사실에 너무 기뻐한 나머지 리사의 손님 명단에 없는 사람도 내가 초대하고 말았어."

"괜찮아요, 아빠." 리사가 재빨리 그를 안심시켰다.

"한 명 정도는 더 초대할 여유는 되니까……, 그렇죠, 안드레아?"

"물론이지." 안드레아가 미소로 답했다.

"그런 걱정일랑 붙들어 매세요, 잭. 성 베드로 성당은 200명도 넘게 앉을 수 있을뿐더러 피로연이 열릴 레이크 에덴 호텔도 뷔페연을 위해 레스토랑을 통째로 빌렸는걸요."

"오, 물론 성당이나 호텔에는 한 사람 정도 더 앉힐 수 있겠지. 문제는 그게 아니야. 단지……, 내가 초대한 그 사람이 리사가 별로 좋아하지 않는 사람일 것 같아서 말이야."

그러자 리사가 가볍고 경쾌한 웃음을 터뜨렸다.

"누구를 말씀하시는 건지 모르겠어요, 아빠. 레이크 에덴 사람들은 거의 다 초대했는데."

"이 사람은 빠졌어. 내가 명단을 확인해봤거든."

"그래요?"

리사가 얼굴을 살짝 찌푸렸다.

"흠……, 제가 깜빡하고 초대하는 걸 잊은 사람이 있다면, 아빠가 기억하신 게 다행한 일이죠. 괜히 마음에 상처를 받았을 수도 있잖아요."

안드레아가 가방에서 노트북을 꺼내 전원 버튼을 눌렀다.

"정말이지 별일 아니에요, 잭. 제가 손님 명단에 추가하기만 하면 돼요. 이 노트북이 얼마나 편한지, 이거 없으면 못살 거예요!"

그러자 한나가 고개를 설레설레 저었다. 비록 끝까지 포기하지 않고 싶은 것들이 몇 가지 있긴 했지만, 한나에게 없으면 못 살겠다 싶은 건 산소와 음식뿐이었다.

"여기 있네요. 손님 명단 파일을 열었어요."

오케스트라 소리와 같은 복합적인 기계음이 여러 번 삐삑 댄 후에 안드레아가 알렸다.

"이름을 알려주시면 바로 넣을게요. 내일 오후에 초대장을 돌릴 건데, 그 사람도 빠뜨리면 안 되잖아요."

"좋아요, 정 그렇게 말한다면." 잭이 리사를 흘끗 쳐다보았다.

"넌 정말 내키지 않을 거다."

그러자 리사가 아버지를 안심시키기 위해 따뜻한 미소를 지으며 말했다.

"그렇지 않을 거예요. 손님이 한 명 더 늘어나는 게 뭐 큰일인가요. 게다가 전 마을 사람들을 대부분 다 좋아하는 걸요. 누군데요?"

"초대하면 안 된다는 걸 미처 깨닫지 못한 상황에서 초대한 사람."

"괜찮아요, 아빠. 그 사람이 누군지 말씀해보세요."

잭은 숨을 깊이 들이마셨다가 다시 깊게 내쉬었다. 그리고는 목청을 가다듬더니 마침내 입을 열었다.

"쇼우나 리 퀸."

그러자 리사의 미소가 온데간데없이 사라지고 말았다.

그걸 본 잭이 말했다.

"미안하구나, 얘야. 네가 좋아하지 않을 줄 알았다."

미네소타 복숭아 파이

오븐은 섭씨 175도로 예열합니다. 틀은 오븐 중앙에 둡니다.

주의: 만들기 전에 복숭아를 냉동실에서 미리 꺼내 놓지 마세요. 13×9인치 케이크 팬에 들러붙음 방지용 스프레이를 뿌립니다.

재료

얇게 썰어서 얼린 복숭아 10컵(2와 1/2파운드, 약 1.134kg) / 녹인 버터 1/2컵
레몬 주스 1/8컵(2테이블스푼) / 백설탕 1과 1/2컵(정제되지 않은 것)
밀가루 3/4컵(체질할 필요 없습니다) / 시나몬 1/2티스푼 / 소금 1/4티스푼

만드는 법

1. 복숭아를 커다란 그릇에 넣고 10분 동안 녹입니다. 그런 후 레몬 주스를 넣고 옆으로 밀어 둡니다.

2. 또다른 작은 그릇에 백설탕, 소금, 밀가루와 시나몬을 넣고 포크로 잘 섞어줍니다. 복숭아가 담긴 그릇에 섞인 것을 붓고 다시 한 번 잘 섞어줍니다(깨끗한 손으로 섞어야 가장 효과가 좋아요). 잘 섞였으면 미리 준비한 케이크 팬에 옮겨 담습니다. 그릇에 하나도 남은 것이 없도록 깨끗이 팬에 옮겨 담습니다.

3. 녹인 버터를 그 위에 뿌린 뒤 케이크 팬을 쿠킹호일로 단단히 감쌉니다.

4. 완성된 것을 섭씨 175도에서 40분 동안 굽습니다. 다 구워진 것은 오븐에서 꺼내 열이 보존되는 바닥에 올려놓습니다. 단, 오븐은 끄지 마세요!

재료(윗부분 껍질)

밀가루 1컵(체질할 필요 없습니다) / 백설탕 1컵(정제되지 않은 것)

부드러운 버터 1/2스틱(1/4컵 혹은 1/8파운드, 약 27g)

거품 낸 계란 2개 분량(포크로 휘저으면 됩니다) / 시나몬 1/4티스푼

베이킹파우더 1과1/2티스푼 / 소금 1/2티스푼

5. 밀가루와 설탕, 베이킹파우더, 시나몬, 소금을 넣고 잘 섞은 뒤 부드러운 버터를 넣고 포크로 버터를 조각내며 혼합물이 겉이 거친 옥수수 가루처럼 보일 때까지 섞어줍니다. 거기에 거품 낸 계란을 넣고 포크로 잘 휘저어줍니다. 학창시절 도서관을 곧잘 드나들었던 사람들은 잘 알겠지만, 완성된 것이 꼭 서류용 풀처럼 보일 겁니다. 하지만 냄새는 훨씬 근사하답니다!(집에 믹서가 있다면 믹서에 칼날을 달아 만들어도 됩니다. 그때는 냉장고에 넣어 두었던 딱딱한 버터를 사용해도 되겠죠)

6. 케이크 팬을 감쌌던 호일을 벗기고 숟가락 가득 토핑을 뜹니다. 반죽이 조금 끈적거릴 테니 다른 숟가락이나 고무 주걱, 아니면 깨끗한 손가락을 이용해 떼어내야 할 거예요. 케이크 팬 위가 온통 반죽 점으로 뒤덮일 때까지 반죽을 떼어 얹습니다(제대로 떨어지지 않았어도 걱정하지 마세요. 굽는 동안 반죽이 퍼지면서 바삭바삭한 껍질로 덮일 테니까요).

7. 섭씨 170도에서 아무것도 덮지 않은 채 50분을 더 굽습니다.

미네소타 복숭아 파이는 뜨거울 때 바로 먹어도 맛있고, 따뜻할 때나 실온에서, 아니면 차갑게 해서 드셔도 아주 맛있습니다. 그릇에 담아 위에 크림이나 아이스크림을 얹어 먹으면 더욱 좋구요.

밸런타인데이가 화창하게 밝았다. 눈밭 위로 창백한 겨울 햇살이 간신히 손길을 뻗었을 때, 한나도 잠자리에서 일어나 재빨리 모이쉐에게 아침밥을 주고 진한 커피를 머그잔에 가득 담아 단숨에 마신 다음 잠에서 덜 깬 몽롱한 상태로 샤워를 했다.

그런 후 청바지를 입고, 홀리데이를 맞아 선명한 빨간색 스웨터를 입은 뒤, 거울로 자신의 모습을 들여다보고는 씩 미소를 지었다. 한나의 빨간 곱슬머리는 여기저기 뒤엉킨 채 아우성이었지만, 보건국에서 식업체 종사자에게 필수로 착용할 것을 지시한 머리그물 속으로 곱실대는 머리카락들을 애써 집어넣을 필요가 없었다.

오늘 쿠키단지는 문을 닫으니까. 보통 밸런타인데이에 쿠키단지는 빨간색과 하얀색으로 아이싱이 된 하트 모양의 쿠키나 분홍색 장식이 덮인 제일 윗부분의 한가운데 빨간색으로 하트를 그려 넣은 컵케이크, 역시나 가운데 부분을 하트 모양으로 잘라놓은 붉은색 체리 파이나 한나가 작년 밸런타인데이에 개발해낸 스트로베리 플립스, 쿠키 반죽 위에 마라스키노 체리를 얹어 설탕 가루에 굴린 체리 밤 등을 사러 온 손님들로 북적이곤 했다.

올해 한나와 리사는 지난해들보다 좀더 일찍 밸런타인데이 디저트를 내놓았다. 비록 매출은 작년만 못했지만, 다행히 열댓 명의 손님들은 다시 한나의 카페로 돌아왔다.

한나는 이것이 엄마의 노력 덕분인지, 아니면 밸런타인데이에 리사의 결혼식이 있어서 그 전날 예비 신부인 리사가 어떻게 하고 있나 하는 사람들의 호기심 때문이었는지 알 수 없었지만 어찌 됐건 손님들이 다시 돌아온 건 좋은 일이니 이유가 무엇이든 상관없었다. 매그놀리아 블로썸 베이커리가 문을 연 이후 쿠키단지는 개점 이래 처음으로 파산의 위기를 느끼고 있으니 말이다.

오늘은 리사의 결혼식이 있는 날, 오늘처럼 중요한 날에 리사를 일 따위로 붙잡아 놓을 수는 없었다. 그래서 한나는 미리 레이크 에덴 저널에 밸런타인데이에는 문을 닫는다는 광고를 냈다. 오늘만큼 리사는 잠도 충분히 자고, 여유 있는 아침 시간을 보내면서 곧 눈앞에 펼쳐질 핑크빛 미래만 상상해야 한다는 것이 한나의 생각이었다.

"나도 알아."

한나의 침대에 가만히 앉아 있는 오렌지와 흰색이 섞인 수고양이에게 한나가 말했다.

"집에서만 이렇게 입었지. 그런데 오늘은 카페를 쉬거든."

"야옹."

모이쉐는 울음소리를 내며 한동안 한나를 물끄러미 쳐다보더니 이내 등을 돌려버렸다.

한나는 저 울음소리가 빨간 머리와 빨간 스웨터는 도무지 어울리지 않는다는 의미인지, 아니면 먹이그릇이 비었으니 밥을 더 달라는 의미인지 알 수 없어 아무런 대꾸도 하지 않았다.

15분 후, 모이쉐의 먹이그릇을 한 번 더 채워준 뒤 부지런한 카페 주인인 한나는 쿠키단지로 나갈 채비를 했다. 비록 카페는 쉬지만, 리사의 결혼 준비로 구워야 할 쿠키와 파이가 많았던 것이다. 많은 양의 제빵을 하기엔 아파트의 작은 오븐보다는 카페에 있는 상업용 오븐이 훨씬 좋다.

물론 신부 케이크와 신랑 케이크로 구성된 리사의 결혼 케이크는 어젯밤에 이미 완성해 놓았다. 모양이 그렇게 예쁘지도 않고, 특별한 제빵 기술이 필요한 종류도 아니지만, 허브와 리사라면 케이크를 보고 분명히 좋아할 것이다.

사실 결혼 케이크를 위해 한나는 당사자들 몰래 뒷조사를 해 두었다. 리사에게 어렸을 때 가장 좋아했던 케이크가 무엇이었냐고 물은 것이다. 리사의 답은 허브의 어머니인 마지 비즈먼의 대답만큼이나 한나를 깜짝 놀라게 했다.

리사와 허브 모두 레이크 에덴에서는 '크림 스택스' 라고 알려진 만들기 가장 손쉬운 케이크를 어린 시절부터 좋아했다고 답한 것이다. 크림 스택스는 쿠키를 높이 쌓아올리고는 층층이 푸딩을 넣은 후 휘핑크림으로 모양 좋게 덮어주기만 하면 되는 간단한 케이크였다.

리사는 그래햄 크래커(미국의 길쭉하고 납작한 모양의 대중적인 크래커)에 초콜릿 푸딩을 넣는 것을 좋아했고, 허브는 바닐라 푸딩을 넣은 초콜릿 와퍼가 좋다고 했다. 두 사람이 좋아하는 케이크에 대한 정보를 수집한 뒤 한나는 어떻게 하면 결혼 케이크에 걸맞은 화려한 크림 스택스를 만들 수 있을까 고심했다.

미리 수집한 정보를 토대로 며칠간 재료들과 씨름한 덕분에 한나는 마치 아이가 블록 쌓기 놀이를 하듯 즐겁게 케이크를 만들 수 있었다. 라푼첼 동화에 나오는 긴 머리카락의 공주가 갇혀 사는 높다란 탑처럼 만들어볼까 고심도 해보았지만, 딱히 결혼식에 어울릴만한 특별한 아이디어가 떠오르지 않았다. 문제의 해결책은 바로 며칠 전에서야 한나를 찾아왔다.

모이쉐와 함께 케이블 방송으로 요리 프로그램을 보고 있었는데, 그날은 마침 잉글리시 트라이플(젤로와 귤, 커스터드 크림 등을 이용해 만드는 케이크) 만드는 법을 보여주고 있었다. 자신이 만든 디저트류를 하나씩만 맛봤어도 지금보다는 두 배 이상 몸무게가 나갔을 거란 생각이 들 만큼 호리호리한 몸매의 요리사가 트라이플을 접시에 막 옮겨 담는 순간 한나의 머릿속에 불빛이 반짝였다.

리사와 허브의 크림 케이크를 트라이플용 그릇(속이 깊은 투명한 그릇)을 이용해서 만들지 말라는 법이 있나? 트라이플용 그릇으로 케이크를 둥글게 만들어 빼낸 다음 마지막 층을 휘핑크림으로 덮어주면 된다. 사실 결혼식 사진에 모델이 될 공식적인 결혼 케이크는 리사와 두 세대나 차이 나는 사촌인 수 갠스크가 만들기로 되어 있다.

하지만 리사의 어머니 쪽 친척이 모두 노르웨이 사람이라 노르웨이의 전통에 따라 결혼 케이크는 무척이나 높게 만들어질 것이 분명했다. 수도 미리 쿠키단지로 전화해서는 "또다른 케이크를 하나 더 준비하시는 게 좋을 거예요. 내가 만드는 크랜스 케이크(특별한 날에만 먹는 노르웨이 전통 디저트)는 크로캉부슈(슈크림을 여러 겹 높다랗게 쌓아 위에 캐러멜 시럽을 거미줄처럼 끼얹은 프랑스 전통 케이크) 못지않게 예술 작품이라 감히 아무도 먹으려 들지 않을 테니까요."라고 말했다.

그 점은 한나도 충분히 이해가 갔다. 캐러멜 시럽으로 코팅한 슈크림을 피라미드처럼 쌓아올린 크로캉부슈를 한나도 본 적이 있었으니까. 보통 아름다운 접시에 얹어 내놓는 크로캉부슈는 황금빛 실 같은 캐러멜 시럽을 뽑아 그 위에 얹은 뒤 설탕 가루를 뿌려 장식하곤 한다.

한나가 대학에 다니던 시절 공식적인 파티 자리에서 공들여 만든 크로캉부슈가 선보이곤 했는데, 보기에는 정말 먹음직스러웠지만, 그것에 손을 대는 손님은 아무도 없었다. 아무도 그 완벽한 모양을 부서트리려 하지 않았기 때문에 파티가 열리는 내내 크로캉부슈는 흠집 하나 없이 제 모습을 유지할 수 있었다.

그때 파티에서 한나는 중요한 가르침을 하나 깨달았는데, 그것은 바로 디저트가 단지 예쁜 모양에 그치지 않고 티 하나 없이 완벽한 예술작품으로 승격되었을 때 사람들은 그것을 만지기조차 두려워한다는 사실이었다. 덕분에 한나가 만드는 머랭이나 쿠키는 모양 면에서 그다지 완벽한 모양을 갖추고 있지 않았다.

지금도 공식적인 대학 파티에서는 분명히 완벽한 크로캉부슈가 선보여지고 있을 것이다. 그리고 매우 용감한 누군가가 돌처럼 딱딱한 그 디저트를 맛보았다가는 치과의 집중 치료가 필요해질 테지.

"늦어도 3시까지는 돌아올 거야."

먹이그릇에 머리를 귀까지 묻은 모이쉐를 향해 한나가 말했다.

"결혼식 복장으로 갈아입으러 와야 하거든. 저녁을 좀 일찍 먹어도 괜찮지?"

그러자 모이쉐가 고개를 들어 묘한 눈빛으로 한나를 쳐다보았는데,

녀석은 꼭 이렇게 말하는 것만 같았다.

'농담해? 밥이야 주기만 하면 언제든 맛있게 먹을 수 있다구. 밥 얘기가 나와서 말인데, 나가기 전에 밥 좀 더 주고 가지 그래.'

"알았어, 알았다고."

한나는 찬장을 열고 키티 크런치를 꺼내 모이쉐의 먹이그릇에 부어주었다. 그리고 물고기 모양의 연어 맛 간식을 몇 개 더 던져주고는 다시 찬장 문을 잠그고 안드레아와 엄마가 크리스마스 선물로 사준 초록색 긴 파카 코트를 입었다.

파카 코트의 지퍼를 올린 뒤 한나는 코트와 어울리는 색의 니트 모자를 귀까지 푹 눌러썼다. 그런 후 숄더백에서 자동차 열쇠를 꺼낸 뒤 가방을 어깨에 걸쳐 매고 가장자리에 털이 달린 장갑을 꼈다.

나갈 채비를 하는 데 채 3분도 걸리지 않았지만, 한나는 두꺼운 파카 때문에 벌써 열이 났다. 하지만 미네소타가 겨울 한 철 무료로 제공하는 매서운 영하의 기온에 나설 것을 생각하면 다행한 일이었다.

쿠키단지 주차장에 차를 세운 뒤, 차에서 내리자마자 한나가 제일 먼저 한 일은 앞범퍼에 감긴 전기선을 푸는 것이었다. 전기선의 끝은 한나의 쿠키 트럭 후드 밑에 장착된 차내용 히터와 연결되어 있었다.

한나는 건물 외벽에 붙어 있는 콘센트에 전기선을 꽂은 뒤 잊지 않고 전기선을 꽂았다는 사실에 뿌듯해했다. 시내로 오는 길에 한나는 KCOW 라디오 방송에서 날씨예보의 끄트머리를 들었는데, 현재 기온은 섭씨 영하 18도였고, 하루 중 최고 기온도 섭씨 0도밖에 되지 않을 거라고 했기 때문이었다.

여러 번의 시도 끝에 간신히 차 문을 잠그면서도 한나는 장갑을 벗지 않았다. 장갑의 털 장식에 묻혀버린 손에 땀이 차기 시작해 축축한 손으로 철제 손잡이를 잠아 쥘 생각을 하니 머릿속까지 오싹해졌던 것이다. 이런 영하의 날씨에 장갑을 벗었다가는 찬 공기와 맞닥뜨리는 순간 땀도 그대로 얼어버릴 것이 분명했다.

문을 열고 안으로 들어가도 한나의 손바닥 살갗은 철제 손잡이에 그대로 붙어 있을지도 모를 일이다. 안으로 들어선 한나는 곧장 작업실에 있는 커피포트로 향했다.

타이머 기능이 달린 커피포트는 크리스마스 직후에 큰 맘 먹고 장만한 것인데, 한나의 마음에 아주 쏙 들었다. 춥고 긴 출근길에 따뜻한 커피 한 잔 생각이 간절했던 한나를 향긋한 커피가 반갑게 맞아주었다.

한나가 커피를 막 한 모금 마시려는데 전화벨이 울렸다.

꼭 받아야 하나?

아마 일과 관련된 전화는 아닐 것이다. 리사의 결혼식이 있는 날엔 문을 닫을 거란 사실을 마을 사람들 전부가 알고 있으니 말이다.

한나는 재빨리 한 모금을 들이키다 그만 입술을 데고는 이내 수화기로 손을 뻗었다.

"여보세요?"

"이번에는 '안녕, 엄마'라고 말하지 않는구나."

한나는 잠시 아무 말도 하지 않았다. 이건 통화 상태가 좋지 못했거나, 한나가 아직 잠에서 덜 깬 것이 분명하다. 엄마의 어투는 한나가 자신의 귀를 의심할 만큼 몹시 실망스러운 투였기 때문이다.

"제가 그럴 때마다 그렇게 받지 말라고 하셨잖아요."

"그건 맞는 말이다. 그러면 안 되지. 하지만 네가 너무 자주 그러는 바람에 이젠 내가 먼저 기대를 하게 되었구나. 아무튼 중요하게 물어볼 것이 있어 전화했다, 애야. 카페는 어떠냐?"

"손님이 하나도 없어요. 오늘은 문을 닫았거든요."

"그건 나도 알고 있다. 내가 물은 건 전반적인 카페 운영이 어떠냐는 거였어. 우리 모임에서 내가 애썼던 것들이 좀 효과가 있느냐 말이다."

"그런 것 같아요."

한나는 마지못해 대답했다.

자신의 일은 얼마든지 혼자 감당할 수 있을 나이에 엄마와 사업 얘기를 나눈다는 것이 한나는 못내 불편했다. 하지만 엄마는 나름 걱정이 돼서 그러시는 것이니 한나는 따뜻한 마음으로 받아들이기로 했다.

"전보다는 훨씬 나아졌어요, 엄마."

"그래도 그걸로 충분치 않잖니."

"네." 한나도 인정했다.

엄마와 딸 사이의 레이더가 또다시 작동한 덕분인지 엄마는 딸의 마음속에 숨은 근심까지 읽어냈다.

"그래도 열댓 명 되는 손님들이 우리 카페로 돌아왔어요. 엄마 모임에 계신 부인들도 몇 분 오셨고요."

"그럼 매일 몇 명씩 정도는 예전 손님들이 돌아오는 게냐?"

"네, 어제가 가장 좋았어요. 거의 모두가 카페로 와서 리사에게 결혼을 축하한다고 했거든요."

"그래서 매출을 좀 올렸니?"

한나는 단호하게 대답하려 입을 열었지만 차마 엄마에게 거짓말을 할 순 없었다.

"그렇진 않았어요."

"적어도 적자는 나지 않았겠지?"

"그렇지도 않구요."

긴 침묵이 이어지더니 마침내 엄마가 다시 입을 열었다.

"일시적인 유행처럼 지나갈 게다. 얼마 전에 기사를 하나 읽었는데, 사람들이 칼로리를 계산하며 먹는 바람에 베이커리들이 요즘 불황이라더라. 사람들이 예전처럼 빵이나 쿠키를 많이 사먹지 않는다는 게야."

"그거랑은 별로 상관이 없는 것 같아요, 엄마. 길 건너 매그놀리아 블로썸에는 여전히 손님들이 바글대니까요. 거기엔 저칼로리 디저트도 없는 걸요."

엄마는 또다시 말이 없어지더니 이내 저주의 말을 내뱉었다.

"천한 계집들 같으니라구!"

"엄마!" 한나는 깜짝 놀라고 말았다.

고상하고 우아한 엄마의 입에서 그런 말이 나오다니.

"미안하구나, 얘야. 하지만 쇼우나 리는 우리 마을에 발을 들여놓은 순간부터 계속 문제만 일으키고 있잖니, 그 여동생이란 사람도 나을 게 없고 말이다. 내 추측이 틀리지 않았다면, 이 모든 건 마이크와 관련 있을 게야."

"마이크!"

"그래, 마이크를 좋아하는 쇼우나 리한테는 네가 걸림돌일 게 분명하잖니. 분명히 널 깎아내리고 네 사업을 망하게 하려고 베이커리를 열었을걸."

한나는 잠시 생각해보았다. 엄마 말씀이 맞을 수도 있다. 질투는 어떤 경우에서도 강력한 동기가 되어주니 말이다.

"그렇다면 바로 그녀에게 가서 마이크를 원한다면 얼마든지 가져도 좋다고 얘기해야겠네요."

"오, 그러지 마라, 얘야." 엄마가 재빨리 말했다.

"마이크를 좋아하지 않는다고 발뺌할 게 뻔해."

"그럼, 제가 어떻게 하면 좋겠어요?"

"노먼과 약혼했다고 해라. 그렇게 되면 마이크에 대한 쇼우나 리의 마음에 여유가 생기지 않겠니. 그렇게 되면 2주 안에 베이커리 일이 너무 벅차다며 문을 닫을 게 분명해."

한나는 웃음을 터뜨렸다. 참으려고 해도 어쩔 수가 없었다. 엄마의 제안을 받아들이느니 모이쉐가 쥐를 잘 돌봐주겠다는 제안을 받아들이는 게 낫지. 재앙으로 끝날 것이 뻔한 제안이었다.

"됐어요, 엄마. 일단 노먼은 아직 제게 청혼하지도 않았고요. 설사 청혼을 한다고 해도 그걸 받아들일지 어쩔지도 모르겠단 말이에요. 지금 할 수 있는 가장 최선의 방법은 조금만 더 참고 기다려 보는 거예요."

"그래, 네 말이 맞는 것도 같구나."

엄마도 살짝 웃음을 터뜨렸다.

"하지만 해볼 만 하지 않니. 난 네가 노먼이랑 결혼했으면 좋겠구나. 마이크는 정말 틀렸다. 사업과 관련해서 내가 뭐 도울 일은 없겠니?"

"불법적인 것 외엔 없어요."

한나가 짧게 웃음 지으며 말했다.

"걱정하지 마세요, 엄마. 어떻게든 잘 될 거예요."

엄마와 전화를 끊은 뒤 한나는 이제는 미지근해진 커피 앞에 다시 와 섰다. 쿠키단지의 상황은 매우 절박했지만, 한나는 얼마나 절박한지를 엄마에게 구체적으로 알리고 싶지 않았다.

너무나 절망스러웠던 어젯밤에 한나는 텔레비전 대출 광고를 보고 전화까지 걸었더랬다. 대출업체인 '원데이 렌더스'에서는 집을 담보로 잡히면 24시간 내에 신속히 돈을 빌려줄 수 있다고 했다. 그저 오늘 아침 9시 후에 전화를 걸어 결과를 알아보기만 하면 된다.

원데이의 자동화된 시스템이 대출을 승인한다면, 한나는 얼마간 더 사업을 유지해나갈 수 있을 것이고, 대출이 불가하다고 판단한다면, 남아 있는 저축으로 간신히 2주 정도만을 더 버틴 채 카페 문을 닫아야만 할 것이다.

한나는 커피를 홀짝이며 시계를 쳐다보았다.

오전 8시 56분, 이제 4분 남았다.

한나는 몸을 돌려 카운터 뒤쪽에 텅 비어 있는 쿠키 단지들을 쳐다보았다. 단지마다 갓 구운 쿠키들이 넘치고 손님들이 그것을 맛있게 먹는 모습을 다시 보게 되면 얼마나 좋을까 생각하면서 말이다.

그런 뒤 한나는 또다시 시계를 쳐다보았다. 아직도 8시 56분이었다.

잉그리드 할머니는 '주전자의 물은 쳐다보고 있을 땐 절대 끓지 않는단다.'라는 말씀을 즐기셨다. 혹시 시계도 계속 쳐다보고 있으면 움직이지 않는 것이 아닐까? 재미있고 행복한 때 시간이 빨리 흐르는 것처럼 불행한 때도 빨리 흐를 순 없을까?

"오, 이런!"

커피를 또 한 잔 따르기 위해 자리에서 일어나며 한나가 중얼거렸다.

아직 커피 네 잔을 마시기도 전에 이런 무거운 생각으로 고심하는 건 위험했다. 다시 자리로 돌아오는 길에 한나는 다시 시계를 쳐다보았다.

8시 58분, 시간이 확실히 흐르고 있긴 했다.

이제 2분만 더 기다리면 전화할 수 있다. 2분은 마치 한 세기가 지나가듯 느릿느릿 흘렀다. 그리고 마침내 큰 바늘이 12를 가리키고, 작은 바늘이 9를 가리켰다.

한나는 초침이 30번을 더 움직이길 기다렸다가 수화기를 들고 원데이 렌더스의 번호를 눌렀다. 전화가 연결되자 녹음 메시지가 한나의 귓전에 울렸다.

'고객님의 전화는 저희에게 소중합니다. 저희 자동 대출 승인 라인이 곧 연결되오니 잠시만 기다려주시면 감사하겠습니다.'

한나는 전화가 연결되길 기다리며 녹음 메시지의 목소리에 대해 생각했다. 아이오와에 사는 어떤 할머니들은 자동 음성 서비스를 이용하는 회사의 메시지들을 전부 녹음한다는 것이 사실일까?

그것이 사실이라면 텔레비전에서 여러 번 재방송을 해주는 영화 속에 배우처럼 녹음된 메시지를 듣고 또 듣고 하는 것일까? 그렇다면 그녀의 묘비에는 혹시 이렇게 새겨지는 것이 아닐까?

'잠시만 기다리시면 연결해드리겠습니다.'

9시 4분에 한나의 전화는 마침내 연결이 되었고, 한나는 어젯밤에 부여받은 번호를 눌렀다. 그러자 똑같은 음성의 메시지가 흘러나왔다.

'죄송하지만, 고객님의 대출은 승인되지 못했습니다. 대출 승인을 위해서는 좀더 많은 서류가 필요합니다. 더 자세한 설명을 원하시면 다음에 알려드리는 무료 통화번호로 연락해주시기 바랍니다.'

한나는 알려주는 번호를 눌렀다. 이번에는 즉시 연결되었지만, 들려오는 음성은 녹음 메시지처럼 딱딱했다.

"사람인가요?" 한나가 물었다.

"그렇다고 생각하고 싶네요."

킥킥대는 남자의 목소리가 들려왔다.

"저는 고객님의 대출 상담가 페리입니다. 고유 번호를 알려주시겠습니까?"

한나는 번호를 불러준 뒤 기다렸다. 기다리는 동안 한나의 맥박은 맹렬한 속도로 내달리기 시작했고, 혈압도 천장 높은 줄 모르고 치솟았다.

"스웬슨 양?"

"네, 저예요." 한나가 대답했다.

"제가 어떻게 해야 하는 거죠, 페리?"

"고객님께 대출해드리기 위해서는 최근 매출과 손실현황 보고서가 필요합니다."

"그래요? 어젯밤에 신청했을 때는 그런 얘기 안 해주던데요."

"그랬죠. 헌데 자영업일 경우에는 좀더 많은 자료가 필요합니다."

"그렇군요."

주말에 스탠 크래머를 불러 서류를 준비할 수 있을까 생각하며 한나가 대답했다.

"언제부터 언제까지의 보고서를 준비하면 되죠?"

"1월 1일부터 현재까지를 준비하시면 됩니다."

"어-오."

한나가 숨죽여 중얼거렸다.

"문제가 있나요, 스웬슨 양?"

"아무것도 아니에요. 손익계산서가 수익을 내고 있어야 하는 거죠?"

페리는 잠시 멈칫했다. 이전에도 같은 질문을 여러 번 받아본 적이 있는 듯했다.

"네, 맞습니다."

"전 그렇지 못한데요."

한나가 얼굴을 찌푸리며 말했다. 마지막 남은 희망마저 저 멀리 사라지고 있었다.

"수익을 내고 있으면 대출을 신청할 필요가 없죠. 제 담보는 어때요? 대출받기에 충분하지 않나요?"

"그다지 충분하다고 말씀드릴 수 없어요. 계약금도 최소 금액이고……, 이자만 갚는데도 30년이 걸릴 겁니다."

"그럼 아예 불가능한 거군요?"

"그렇다고 볼 수 있어요."

페리가 대답했다, 그리고 잠시 침묵이 흘렀다.

"그만두세요, 스웬슨 양. 그냥 아는 사람을 찾아가 돈을 빌리는 게 나아요. 좋은 분이신 것 같아 말씀드리는 건데, 원데이의 높은 대출 이자를 권해드리고 싶진 않네요."

"높은 이자라고요?"

"신청하신 고객님이 자격이 안 되실 경우에는 이자가 너무 높아 사실상 갚기가 불가능한 상품을 권해드리곤 해요. 결국 대출금을 갚지 못하면 고객님의 재산을 원데이에서 모두 환수하죠. 그리고 고객님은 완전히 파산해버리는 거예요."

"말씀해주셔서 정말 고마워요."

한나는 진심을 담아 감사 인사를 건넸다.

원데이의 직원으로서 어려운 일을 페리가 해준 것이 아닌가.

"페리⋯⋯, 원데이가 일하기 좋은 곳인가요?"

"끔찍하죠. 이런 말씀드릴 수 있는 것도 조만간 회사를 그만두고 학교에 복학하기로 했기 때문이랍니다."

"잘 됐네요!"

"돈을 저축하려고 부모님 집에 잠시 들어가 살려고 하는데, 불편하겠지만 그럴만한 가치가 있을 겁니다. 그래서 남은 기간 동안 전화를 걸어오는 고객님들한테 원데이의 비밀을 고발할 생각이에요."

"비밀이 뭔데요?"

"대출이 필요한 사람은 누가 됐든 자격이 안 될 수밖에 없습니다. 대출이 필요 없는 상황이면 대출회사에서 서로 돈을 빌려주겠다고 줄을 서겠죠."

한나는 다시 한 번 페리에게 고맙다고 인사한 뒤 전화를 끊었다.

정말 중요한 사실을 깨달은 것 같긴 하지만, 한나의 현재 상황을 극복하는 데는 전혀 도움이 되지 않았다.

쇼우나 리가 2주 안에 갑자기 쓰러져 죽거나 바네사가 자금줄 노릇을 당장 그만두지 않는 이상 한나의 쿠키단지는 매그놀리아 블로썸 베이커리에 눌려 KO패 당하고 말 것이다.

냉동실에서 복숭아를 막 꺼내려는 데 정문에서 노크소리가 들렸다.

　한나는 노크소리를 무시한 채 하던 일을 계속했다. 마을 사람들 모두 한나의 카페가 오늘은 문을 닫는다는 사실을 알고 있으니 말이다.

　하지만 노크소리는 얼마간 계속 되었고, 한나는 마침내 회전문을 통해 홀로 나가 누가 문을 두드리고 있는지 살펴보았다. 한나는 눈에 들어온 광경에 미소를 지었다.

　문 앞에는 금색 종이로 포장한 꽃다발을 든 배달부가 서 있었던 것이다. 밝은 파란색 트럭 옆쪽에 새겨진 친숙한 로고를 보니 배달부는 트라이 카운티 쇼핑몰에 있는 부샤드 부케에서 온 것이 분명했다.

　문을 열어주기 위해 정문으로 향하며 한나는 배달부에게 트럭을 옮겨 주차하는 것이 좋겠다고 말해야 하나 고민했다. 메인 가는 직각으로 주차하게끔 되어 있었는데, 그는 트럭을 평행하게 주차하여 거의 세 개나 되는 주차구역을 잡아먹고 있었다.

　하지만 바스콤 시장을 포함한 레이크 에덴 의회가 결혼하는 허브를 위해 오늘 하루만큼은 특별 휴가를 주었으니, 오늘은 딱지를 떼일 일이 없다는 사실이 떠올랐다.

허브를 대신할 일용직을 고용하지도 않았으니 배달부는 완벽하게 무사했다. 한나는 재빨리 문을 열었다.

꽃을 배달받다니, 한나에게는 흔치 않은 일이었다.

"어서 들어와서 몸 좀 녹이세요. 그거 제 것인가요?"

"한나 스웬슨이 맞다면, 그렇습니다."

배달부가 안으로 들어오더니 이내 한나에게 꽃다발을 건넸다.

"배달을 의뢰하신 분이 카페 문이 닫혀 있겠지만, 그래도 한나 스웬슨 양이 있을 거라고 하셨거든요."

"그분이 누군데요?"

"킹스턴 씨요. 카드에 적혀 있어요."

카드를 집는 한나의 얼굴에 미소가 더욱 환해졌다.

하지만 카드를 열어 보진 않았다. 아무도 없을 때 혼자 읽어보고 싶었다.

"커피 한 잔 줄까요, 카일?"

그의 잠바 가슴께에 수 놓인 이름을 보고 한나가 물었다.

"작업실에 포트가 있거든요."

작업대 앞에 앉은 카일이 커피를 한 모금 들이키며 작업실 안을 둘러보았다.

"정말 멋진 곳이네요. 제 아내, 주디가 저런 큰 오븐들을 봤으면 정말 좋아했을 거예요. 자기 오븐은 너무 작다고 늘 불평하거든요. 근데 제 빵은 안 하세요?"

"오늘은 안 해요. 마침 어제 구운 쿠키가 있는데, 드릴까요? 하루 지난 것이긴 한데."

"하루쯤 지난 것도 괜찮아요." 카일이 한나를 안심시켰다.

"전 엘크 강 옆에 살기 때문에 여긴 한 번도 와본 적이 없어요. 하지만 여기 쿠키가 정말 맛있다는 얘기를 사람들한테 정말 많이 들었어요. 참, 지난주 금요일 밤에 레이크 에덴 미식축구팀이 저희 마을에서 경기를 했는데, 그 팀 코치가 우리 팀 코치에게 여기서 산 월넛토 한 꾸러미를 줬어요."

"그런 줄 몰랐네요!"

얘기를 들은 한나는 기뻤고, 조단 고등학교에 새로 온 코치가 다음에 들르거든 잊지 말고 고맙단 인사를 하자고 머릿속에 메모해 두었다.

"혹시 딸기 좋아해요, 카일?"

"제일 좋아하는 과일이에요."

"잘 됐네요." 한나가 말하고는 냉장실 안으로 들어갔다.

"어제 스트로베리 플립스를 만들었거든요. 한 번 맛봐요."

설탕 가루로 가볍게 코팅한 겉면이 냉동 과정 중에 살짝 녹은 탓에 한나는 설탕 가루를 한 번 더 덧씌웠다. 이렇게 하면 단맛이 강해지긴 하지만 카일은 단 것을 무척 좋아하는 것 같으니 다행이었다.

한나는 접시에 플립스를 담아 카일에게 가져다주었다.

"음, 맛있어요!" 카일이 한 입 베어 먹더니 말했다.

"저희 어머니가 만들어주시던 스트로베리 타르트 같아요. 물론 그것보다 훨씬 더 작고, 맛도 더 좋지만요."

"어머님께는 그렇게 말씀드리면 안 돼요!"

아이들에게는 자신이 구운 쿠키가 제일 맛있기를 바라는 엄마의 마음을 잘 아는 한나가 재빨리 나서 말했다.

카일은 커피 두 잔과 스트로베리 플립스 네 개를 눈 깜짝할 사이에 먹어치웠다.

한나는 이제 다시 일을 서둘러야 할 때라고 생각했다. 복숭아 파이가 완성되면 즉시 레이크 에덴 호텔로 가져가 어떻게 장식할지를 샐리와 함께 의논할 계획이었다.

"가는 길에 먹을 수 있도록 좀 싸드릴까요?"

한나가 은근슬쩍 길을 재촉하며 제안했다.

"그래 주신다면 좋죠!"

한나가 쿠키를 싸는 동안 카일이 눈치 채고는 자리에서 일어났다.

"이만 가봐야겠어요. 안 그러면 배달할 꽃들이 다 얼어버릴 테니까요. 저기 건너편에 베이커리는 문 열었죠?"

"네."

"다행이에요. 거기 주인 아가씨에게도 배달 건이 하나 있거든요."

당연히 그럴법한 불쾌한 추측에 한나는 잠시 하던 일을 멈추었다.

카일이 눈치 채지 못하게 하려면 아주 조심스럽게 물어봐야 하겠지만, 의심스러운 마음은 꼭 사실을 알아야겠다며 한나를 재촉했다.

"올해는 그가 드디어 쇼우나 리를 위해 꽃을 준비했군요. 잘된 일이에요."

한나는 연기를 위해 일부러 활짝 웃어 보였다.

"작년 밸런타인데이에는 고작 카드 한 장만 딸랑 보내서 쇼우나 리가 거의 일주일 동안 그랑 얘기도 하지 않았답니다."

"네, 여자들은 보통 카드 이상을 바라죠. 사실 올해는 장미 값이 올라 열두 송이 정도면 상당히 비싸요. 게다가 흔한 색 장미가 아닌 경우에는 더더욱 그렇죠. 킹스턴 씨는 여자 분이 노란색을 좋아한다며 노란색 장미를 준비했거든요. 스웬슨 양이 받은 빨간 장미의 두 배 값이죠."

카일이 떠날 때까지 한나는 얼굴에 미소를 흐트리지 않기 위해 이를 악다물어야 했다. 배달 트럭에 쇼우나 리에게 갈 꽃다발이 있다는 걸 진작 알았다면, 그 비싸다는 노란 장미가 얼음으로 꽁꽁 얼어버릴 때까지 카일을 붙잡아두었을 텐데.

한나는 꽃다발을 쓰레기통에 버릴까 하다가 꽃이 아까워 차마 그러지 못했다. 비록 마음은 상했지만, 한나는 꽃병을 찾았다.

장미는 여전히 아름다웠고, 어느새 작업실 안을 가득 채운 장미향도 무척 감미로웠다. 어쩌면 쇼우나 리의 장미가 한나 것보다 더 비싸다는 것을 마이크가 몰랐을지도 모른다.

장미 철이 아니더라도 장미 값은 다 똑같겠거니 생각하고 무심히 신용카드 번호를 불러주었을지도 모를 일이다. 하지만 쇼우나 리에게는 도대체 왜 꽃을 보냈을까? 한때 비서 일을 해주던 여자에 대한 친근감의 표시인가? 아니면 그 이상의 뭔가가 있는 것일까?

한나는 꽃다발과 함께 배달된 하얀색 봉투를 집어 카드를 꺼내 안에 적힌 글을 읽었다. 그러자 한나는 금세 기분이 나아졌다. 카드에는 빨간 장미와 같은 붉은색으로 해피 밸런타인데이라는 글귀가 새겨져 있었는데, 마이크는 뒤쪽에 다음과 같이 적어놓았던 것이다.

결혼식 날 자원해서 근무하겠다고 했습니다.
그래도 피로연에는 갈 수 있어요.
그러니 첫 춤과 마지막 춤을 나를 위해 남겨두겠어요?
당신을 위해 특별히 준비한 것이 있어요.
이따 돌아갈 때 집까지 바래다줄게요.

적어도 마이크가 쇼우나 리와 함께 결혼식에 가는 것이 아닌 건 확실했다. 한나는 안도의 한숨을 내쉬었다.

리사와 허브를 어렸을 적부터 잘 아는 경찰들이 처음부터 결혼식에 참석할 수 있도록 마이크가 자원해서 근무하겠다고 나선 것은 정말 사려 깊었지만, 나머지 두 줄의 메모가 한나의 마음을 더욱 기쁘게 했다.

첫 번째 춤과 마지막 춤을 남겨놓으라는 것과 집까지 바래다주겠다는 건, 즉 마이크가 피로연에도 쇼우나 리를 대동하지 않을 거란 뜻이 아닌가. 그리고 나를 위해 특별히 준비했다는 것은 무엇일까? 아무에게도 터놓고 이야기하지 못할 갖가지 가능성을 상상하며 한나는 흥분에 살짝 몸을 떨었다.

일어날지, 일어나지 않을지 모를 일들을 고심하며(물론 행복한 고심이긴 하지만) 아침 시간을 전부 보내버리기 전에 한나는 서둘러 복숭아를 가지러 냉동실로 향했다.

하지만 미처 두 걸음도 떼기 전에 전화벨이 울렸다. 한나는 불길한 눈길로 전화기를 노려보았지만, 할 수 없다는 듯 수화기를 집어들었다.

마이크의 전화일지도 모른다. 만약 마이크라면 장미 꽃다발을 잘 받았다는 인사를 해야 할 것이다.

"한나? 마침 계셔서 다행이에요!"

공황상태에 빠진 듯한 음성의 리사였다.

"복숭아 파이 아직 안 만드셨죠?"

"아직. 무슨 일이야?"

"문제가 생겼어요. 그녀도 복숭아 파이를 가져오기로 했대요."

"누가?"

"쇼우나 리요. 레이크 에덴 호텔로 전화해서는 샐리에게 내 결혼 선물로 복숭아 파이 세 개를 가져오겠다고 했다는 거예요. 근데 전화를 마침 딕이 받았거든요. 디저트 테이블에 파이 놓을만한 자리가 있겠느냐고 물어서 딕이 샐리가 그려준 테이블 그림표를 보고는 테이블 중앙에 복숭아 파이 자리가 있다고 했다는 거예요."

"그게 내 자리구나?"

한나가 나머지 결과를 상상하며 물었다.

"맞아요. 지금 방금 샐리와 통화했어요. 샐리가 쇼우나 리의 복숭아 파이는 버리고 한나의 것을 대신 놓자고 했는데, 그렇게 되면 파이 모양이 다르니까 쇼우나 리가 분명히 알아차릴 거란 말이에요. 그냥 용기 내서 쇼우나 리에게 전화해 복숭아 파이를 가져오지 말라고 할까요?"

"그러면 안 돼."

"왜요?"

"결혼 선물이라잖아."

한나는 비록 원치 않는 선물일지라도 감사한 마음으로 기꺼이 받아야 한다는 엄마의 얘기를 떠올렸다.

"복숭아 파이를 가져오거든 미소로 공손히 받고 고맙다고 해. 난 아직 굽기 전이니까 내건 그만두지, 뭐."

"하지만 한나의 것이 더 좋단 말이에요!"

"나도 알아. 내건 리사가 언제든 원하기만 하면 구워줄게, 오늘이 아니더라도 말이야. 결혼식에는 늘 예상치 못했던 문젯거리가 생기게 마련이니까."

"정말 그래요. 루스 고모가 벌써 세 번도 넘게 전화를 해서는 자리 배치가 마음에 안 든다며 불평을 하셨어요. 고모가 첫 번째 테이블에 앉아야 하는 거 아니냐면서요."

"이건 결혼 파티잖아. 당연히 신랑과 신부의 가장 가까운 가족들이 첫 번째 테이블에 앉아야 한다구."

"그러니까요. 그런데 고모는 아빠가 마지와 함께 앉으면 안 된다는 거예요. 두 사람이 같은 집에 산다는 걸 사람들이 아는 것만 해도 창피한데, 어떻게 같은 테이블에 앉을 수 있느냐면서요."

"고모님이 필수로 코 절제술(nose-ectomy: 'nose'는 '코' 외에 '쓸데없는 간섭, 참견' 등의 의미로, '-ectomy'는 절제술을 의미한다)을 받으셔야겠어. 아무 데나 참견 못하시게 말이야."

"그것참, 재밌네요!" 리사가 깔깔거리며 웃기 시작했다.

"아무튼 허브와 의논해볼 테니, 기다리세요."

리사와의 통화를 마치며 한나는 기분이 좋아졌다.

복숭아 파이에 대해선 한나가 잘 대처한 것 같았다. 리사의 입장에서 봤을 때 재앙이 따로 없을 혼란스러운 순간에도 여유 있게 농담까지 해서 리사를 웃게 하지 않았는가.

한나가 아는 한 규모가 큰 결혼식에서는 늘 생각했던 것 이상의 문젯거리가 발생하기 마련이다. 만약의 상황까지 모두 대비해 세심하게 대처하며 최선을 다하지만, 하루가 채 지나기도 전에 누군가는 꼭 상처를 받곤 한다.

"일에서는 해방이로군!"

한나가 이렇게 외치고 결혼 케이크를 가지러 냉장실 안으로 들어가려는데, 채 한 걸음도 떼기 전에 전화벨이 울렸다. 쇼우나 리의 복숭아 파이를 기꺼이 받기로 했다는 리사의 전화일 것이다.

한나는 수화기를 들자마자 말했다.

"그래, 그 파이를 꼭 받아야 해. 리사의 결혼 설계사이자 미각에 있어선 일가견이 있는 사람도 분명히 똑같은 얘길 할 거야."

"뭐!"

당황한 음성의 주인공을 파악한 한나가 웃음을 터뜨렸다.

전화를 건 사람은 리사가 아니라 안드레아였다.

"미안, 리사인 줄 알았어."

"미각이니 뭐니 하는 건 다 무슨 얘기야?"

"별로 원치 않는 결혼 선물도 받아야 하느냐고 묻길래 받아야 하다고 말해준 거야. 그런데 무슨 일이야?"

"하얀 비둘기들을 쓸 수 없게 돼서 어째야 좋을지 모르겠어!"

"비둘기는 어디 쓰려고?"

'구구' 대는 비둘기 떼가 교회 탑 위로 훨훨 날아가는 모습을 눈앞에 그리며 한나가 물었다.

"비둘기는 소녀에서 여성으로의 변화를 상징한다구. 리사가 허브의 아내로서 교회 밖으로 첫발을 내디딜 때 옆에서 비둘기 조련사가 비둘기를 날려줘야 해."

"날려 보낸 비둘기들은 어떻게 되는데?"

"한 바퀴 돌다가 다시 우리 안으로 알아서 날아와. 우리 안에 먹을 것을 넣어 놓거든. 그러니 날려 보내기 전에는 반드시 굶겨야 하지."

"좋아, 무슨 얘긴지 알았어. 근데 왜 비둘기를 못 쓰게 됐다는 거야?"

"조련사가 그러는데, 오늘 같은 영하의 날씨에는 비둘기를 날릴 수가 없대."

"그렇겠네."

"나도 알아. 비둘기들이 조류 독감 같은 것에 걸리는 걸 나도 원하지 않으니까. 또 달리 무슨 일이 있을지 알 수 없고 말이야. 하지만 그러려면 비둘기를 대신할 만한 것이 있어야 하는데, 소녀에서 여성으로의 전환을 상징할 수 있는 게, 비둘기 말고 또 없을까?"

"오븐 세척제."

한나가 즉각 대답을 던졌다.

하지만 안드레아는 전혀 웃지 않았다. 비둘기 건으로 단단히 마음이 상한 듯했다.

"그만 잊어버려. 쌀을 쓰면 어때? 결혼식에선 항상 쌀을 사용하잖아."

"하지만 그건 아이를 많이 낳으란 상징이잖아. 리사랑 허브는 바로 아기를 가질 계획이 아니라구."

"그래도 엄마는 쌀을 가져오실걸. 항상 그러셨으니까."

"그렇겠지. 엄마를 어떻게 말릴 수 있겠어. 좀더 다른 거, 좀더 멋진 걸 하고 싶은데 말이야."

"어디 생각 좀 해보자구."

한나가 뇌에 클릭 소리와 함께 기어를 넣었다.

"꽃잎은 어때? 다루기도 쉽고, 깨끗하고, 게다가 친환경적이잖아."

하지만 안드레아는 여전히 아무 말이 없었다.

"그것도 멋진 생각이야."

마침내 안드레아가 입을 열었다.

"하얀 눈에 다채로운 색깔의 꽃잎이 날리는 장면은 꽤 훌륭할 것 같아. 하지만 그게 뭔가 의미하는 게 있느냐 말이지."

"꽃봉오리였던 꽃이 활짝 피어나는 자연의 과정은 소녀에서 여자로 성숙해가는 것과 똑같잖아."

한나가 그럴듯하게 설명했다.

"꽃잎이 한데 뭉쳐 떨어지는 건 결혼에 의한 결합을 상징하는 거야."

"정말 아름답다!"

안드레아가 감탄했다.

"내 생각도 그래. 그 정도면 되겠어?"

"왜 안 되겠어. 근데 언니가 지어낸 거지?"

"맞아."

"흠, 어쨌든 천재적인 발상이야. 코울타스 신부님께 전화해서 주례 때 이 얘기 꼭 넣어달라고 말씀드려야겠어. 고마워, 언니. 언니가 내 생명의 은인이야."

"언제든 말만 하라구."

한나는 누군가 자신도 구해주길 간절히 바라며 수화기를 내려놓았다. 한 번만 더 전화가 온다거나 누군가 찾아온다면 할 일을 결코 제시간에 끝내지 못할 것이다. 한나는 작업실을 가로질러 저장실로 향했다.

하지만 그때 또다시 뒷문 쪽에서 노크 소리가 들렸다.

나가 봐야 할까, 아니면 모른 척하고 있을까?

한나는 잠시 망설이다가 마침내 외쳤다.

"누구세요?"

"노먼이에요. 문 좀 열어줘요, 한나. 얼어 죽겠어요!"

한나는 바로 뒷문을 열고 노먼을 작업대 의자로 안내했다.

"거의 반은 얼어버린 것 같네요. 커피, 들겠어요?"

"간절해요. 그래야 몸이 좀 녹을 것 같아요. 해가 나긴 했지만 날이
아직 따뜻하진 않아요. 차를 몰고 오긴 했는데, 너무 짧은 거리라 히터
가 제대로 가동되기도 전에 내려야 했거든요."

"날이 계속 이렇게 추우면, 성당 주차장 기둥에 히터를 꽂아놓아야겠
어요. 코올타스 신부님의 주례가 생각보다 길어질 테니까요."

한나가 건넨 커피잔을 두 손으로 한동안 감싸 쥐던 노먼이 마침내 손
가락을 까딱거려 보았다.

"이제야 겨우 움직이네요."

"그렇긴 한데, 병원에서 드릴을 잡을 수 있겠어요?"

"그럴 필요 없어요. 오늘 진료는 모두 끝났거든요."

노먼이 주머니에서 반짝이는 분홍색 종이로 포장한 작은 상자를 하
나 꺼냈다.

"당신 거예요, 해피 밸런타인데이."

"고마워요!" 한나는 기쁨에 겨워 상자를 건네받았다.

"이러지 않아도 되는데요, 노먼."

"그래요? 그럼 다시 돌려줘도 돼요."

"어림없죠."

한나가 곱게 포장된 분홍색 종이의 한 면을 뜯으며 말했다.

포장 속에서 마침내 푸른색 벨벳이 덮인 보석 상자가 나오자 한나는
그만 할 말을 잃고 말았다.

"열어봐요." 노먼이 재촉했다.

"마음에 안 들면, 가서 바꿔도 돼요. 쇼핑몰에 있는 보석상에서 샀거든요."

한나가 떨리는 손가락으로 상자에 달린 뚜껑의 경첩을 집었다.

만약 상자 안에 약혼반지가 들어 있으면 어쩌지? 물론 한나는 노먼을 사랑한다. 그건 의심의 여지가 없는 사실이다. 하지만 그와 결혼하고 싶을 정도로?

"어서 열어봐요. 내가 제대로 골랐는지 빨리 확인해보고 싶어요."

앞으로 닥칠 일에 대한 마음의 준비를 단단히 한 뒤 한나는 상자를 열었다. 폭신폭신한 하얀색 새틴 위에는 한나가 지금껏 본 중 가장 정교하고 아름다운 하트 모양의 펜던트가 놓여 있었다.

안에 든 것이 약혼반지가 아니라는 사실에 시원섭섭함을 느끼며 한나는 안도의 미소를 짓고는 펜던트를 가까이 들여다보았다.

금으로 만들어진 펜던트는 역시 금으로 된 체인과 연결되어 있었다. 그리고 하트 모양의 가운데는 공을 들여 세심하게 세공한 듯한 짙은 붉은빛의 아름다운 보석이 박혀 있었다.

"마음에 들어요?"

노먼이 약간 걱정이 묻어나는 목소리로 물었다.

"이렇게 예쁜 펜던트는 처음 봐요! 무척 비쌀 것 같은데, 이렇게 비싼 건 받을 수가 없어요. 이거 설마 진짜 루비는 아니죠?"

"가짜라고 하면 마음이 좀 편하겠어요?"

한나는 잠시 골몰했다.

"그럴 것 같아요."

"진짜 루비 아니에요. 걸어 봐요, 한나. 이걸 고르고서 얼마나 여러 번 당신이 이 목걸이를 한 모습을 상상했는지 몰라요."

한나는 새틴 위에 놓인 펜던트를 집었다. 그리고 체인의 길이를 보고는 씩 웃고 말았다. 체인은 일부러 잠금장치를 열었다 잠글 필요가 없을 정도만큼만 길고, 대신 일하는 동안 쉽게 목에서 벗겨나가지 않을 만큼 짧은, 아주 적당한 길이였기 때문이다.

노먼이 보석상 주인에게 조언을 많이 얻었거나 완벽한 선물을 고르려고 상당히 많이 고심한 것이 분명했다. 그리고 한나가 아는 노먼이라면 후자일 확률이 훨씬 높았다.

"정말 잘 어울려요." 노먼이 말했다.

한나는 스테인리스 작업대 위로 몸을 기대어 노먼에게 감사의 마음을 담아 열정적인 키스를 쏟아 부었다.

"선물의 답례로 이렇게 찐한 키스를 해줄 줄 알았다면, 같은 돈으로 두 개를 마련할 걸 그랬어요."

그러자 한나가 환하게 웃으며 그에게 다시 키스했다. 그리고 노먼이 한나에게 다시 적극적으로 키스하기 시작한, 이처럼 완벽한 순간에 전화벨이 날카롭게 울려댔다.

"받을 거예요?" 노먼이 물었다.

"그래야 할 것 같아요. 샐리 전화일지도 모르거든요. 내가 몇 시쯤 갈건지 물어보려고 전화했을 거예요. 오전 안에 결혼 케이크를 가져다주겠다고 약속해서요."

"샐리 전화면 내가 데려다 줄게요."

한나는 괜찮다고 말하려다가 문득 시내까지 오는 동안 길고 추웠던 여정을 떠올렸다.

히터를 아무리 돌려도 커다란 트럭 안은 한나 홀로 황량하기만 했고, 히터의 더운 바람이 미처 닿지 않는 왼쪽 발은 시릴 머피의 자동차 수리점에서도 두 손 두 발 다 들었던 구멍으로 찬바람을 마구 쏘아대 발가락이 모두 얼어붙을 지경이었다.

"고마워요, 노먼. 그럼 샐리한테 당신하고 가겠다고 얘기할게요."

한나는 수화기를 집었다.

역시 노먼은 늘 배려할 줄 알고 신중하며, 사려 깊고 타이밍도 제때 맞출 줄 알았으며, 쨍쨍하게 추운 겨울날에는 무엇보다 중요한 요소인, 차에 히터도 빵빵하게 잘 가동되고 있었다.

스트로베리 플립 쿠키

오븐은 섭씨 190도로 예열합니다. 틀은 오븐 중앙에 둡니다.

재료

녹인 버터 1컵 / 백설탕 1컵 / 거품 낸 계란 2개 분량(포크로 저어주세요)

씨 없는 딸기잼 1/3컵 / 딸기 추출액 1티스푼(바닐라 향료로 대체해도 됩니다)

베이킹파우더 1티스푼 / 소다 1/2티스푼 / 소금 1/2티스푼

다진 월넛 1과 1/2컵(피칸도 사용할 수 있어요)

밀가루 3컵(체질할 필요 없습니다) / 설탕가루 조금

장식을 위한 얼린 딸기 1팩*** 만약 신선한 딸기가 있다면 더욱 좋아요

만드는법

1. 녹인 버터에 설탕을 넣고, 거품 낸 계란과 딸기잼을 넣은 뒤 잘 섞어줍니다. 잼이 잘 섞였으면, 딸기 추출액과 베이킹파우더, 소다, 그리고 소금을 넣습니다. 그런 후 다진 월넛과 밀가루를 넣은 뒤 골고루 반죽합니다.

2. 껍질을 벗기지 않은 상태의 호두 크기로 반죽을 떼어(반죽이 너무 끈적거리면, 30분 정도 더 식힌 다음 다시 해보세요) 설탕 가루 위에 굴린 뒤 기름칠한 쿠키틀에 올려놓습니다. 그런 후 엄지손가락을 이용해 반죽 가운데를 꾹 눌러줍니다.

3. 딸기가 아직 냉동 상태일 때 반으로 자릅니다(큰 딸기는 네 등분하셔도 좋아요). 단면을 밑으로 향하게 반죽의 가운데 부분에 각각 올려놓습니다.

4. 섭씨 190도에서 10~12분간 구워줍니다. 완성된 쿠키는 틀 위에서 2분쯤 식힌 다음 선반으로 옮겨 나머지 식힘 과정을 거칩니다. 충분히 식었으면 설탕 가루를 다시 묻힌 뒤 손님에게 내면 됩니다.

달콤한 것을 좋아하는 사람에게는 안성맞춤인 쿠키입니다.
로드 부인이 무척 좋아하시죠. 딸기 대신 라즈베리 잼과 라즈베리를
사용하시면 라즈베리 플립 쿠키도 만들 수 있답니다.

한나는 거의 숨이 넘어갈 듯 성 베드로 성당 문 앞에 섰다.

육중하게 조각된 나무문에 도달하기까지 스물일곱 개나 되는 계단을 잠시도 쉬지 않고 뛰어올라 오느라 차가운 겨울 공기를 마구 들이켰더니, 폐는 마치 불이 난 것처럼 화끈거렸다.

한나는 서둘러 문을 열고 안으로 들어선 다음 성당 로비에 깔린 기다란 매트 위에서 부츠를 벗었다. 물론 성당에서는 '로비'라고 하지 않는다. 대신(한나는 기억해내느라 얼굴을 찌푸렸다) '나르텍스(성당 입구 앞의 넓은 홀)'라고 부른다. '나르텍스'가 맞는 단어다. 하지만 '나르텍스'라고 정확히 말하는 사람은 한 번도 보지 못했다.

문 안쪽에 놓인 벤치에 앉아 한나는 드레스와 잘 어울리는 색의 신발로 갈아 신었다. 인디고 블루 빛 의상은 쿠키단지의 이웃인 '부 몽드'의 클레어 로저스가 한나를 위해 특별히 골라준 것이었다.

나르텍스 안의 따뜻한 공기를 여러 번 들이마시며 속을 달랜 한나는 회중석으로 된 중앙 통로로 향하는 이중문을 통과해 안드레아를 찾아 두리번거렸다.

안드레아가 집에 있는 한나에게 전화를 걸어 빨리 성당으로 와달라고 애원을 했던 것이다. 한나는 안드레아의 전화를 끊자마자 번개 같은 속도로 옷을 갈아입고, 깨끗하지 않으면 마구 앙탈을 부리는 모이쉐의 모래 상자를 갈아준 뒤, 서둘러 이리로 달려오는 길이었다. 무슨 일인 지는 알 수 없지만, 안드레아의 목소리는 무척 다급해 보였다.

"안드레아?"

한나는 살짝 떨리는 목소리로 동생을 불러보았다.

한나가 옷을 갈아입을 때만 해도 햇살이 환하던 하늘이 어느새 칙칙 한 회색빛으로 변해 있었다. 아직 낮인데도 불구하고 성당 안은 짙은 어둠이 깔렸는데, 불도 모두 꺼진 상태였고 스테인드글라스 창문을 통 과한 빛도 그다지 도움을 주지 못했다. 불빛 하나 없는 황량한 성당 안 에 홀로 있으려니 한나는 왠지 공포 영화를 찍는 듯 오싹했다.

"안드레아?"

한나는 다시 한 번 불러보았다. 그리고 위쪽에서 발걸음 소리가 들려 오자 화들짝 놀라 뒷걸음치고 말았다.

"나 여기 위층 성가대 자리에 있어. 화환을 마지막으로 손 보느라구. 나가서 문 닫고, 내가 부를 때까지 기다려. 완벽하게 준비가 된 다음에 봐야 효과가 제대로니까."

"나르텍스에서 기다리라구?"

"뭐?"

"나르텍스. 성당에서는 로비를 그렇게 부르잖아."

"오, 그래. 뭔지 모르겠지만, 아무튼 거기서 기다려. 준비되면 부를게."

안드레아가 무척 심각해 보여서 한나는 시키는 대로 했다.

밖에서 1, 2분쯤 기다렸을까 마침내 안드레아가 한나를 불렀다.

"갈게."

한나는 대답과 함께 이중문을 열었다. 안으로 한 걸음을 들어서자마자 안드레아가 말했던 제대로의 효과가 한나를 덮쳐왔다.

성당 안은 눈처럼 하얀색에서부터 피처럼 붉은 빨간색에 이르기까지 매우 다양한 초들이 열두 개의 아름다운 촛대에 담겨 환하게 불을 밝혔는데, 성당 벽 쪽에 줄 맞춰 놓은 연철의 받침대에 올려진 촛대들은 분홍색과 하얀색, 빨간색 장미가 담긴 하얀색 높다란 고리버들 세공 바구니들과 화사하게 어우러져 있었다.

"굉장해!"

안드레아를 위해 기꺼이 개화기를 포기한 장미꽃들의 어지러운 향기를 호흡하며 한나가 외쳤다.

"정말 환상적이야, 안드레아!"

"그렇지? 진짜 초를 썼으면 훨씬 더 멋졌을 텐데, 코울타스 신부님이 성당 내부가 오래된 나무로 된 곳이라 위험하다고 하셔서 말이야."

"진짜 초가 아니야?"

촛대에서 나온 전기선이 바닥을 지나는 것을 가까이서 확인한 한나가 깜짝 놀라고 말았다.

"깜빡 속았잖아. 아마 다른 사람들도 그렇게 속아 넘어갈 거야."

"그래야 할 텐데. 그래서 언니를 빨리 오라고 한 거야. 초에 밝기 조정 스위치가 달렸거든. 어떻게 하면 적당한 밝기가 될지 결혼식 전에 조절하려구. 너무 환하게 켜놓으면 사람들이 전기선을 눈치 챌 테고, 그렇다고 너무 어둡게 해놓으면, 꽃이나 다른 장식들이 잘 안 보일 거 아니야. 혼자 해보려고 했는데, 스위치가 사무실에 있어서 밝기를 확인하려면 매번 왔다 갔다 해야 해서."

몇 분 후, 마침내 밝기는 안드레아의 마음에 쏙 들 정도로 조정되었다. 한나는 안드레아와 함께 고심해서 설정해놓은 밝기를 누군가가 실수로 흐트러 놓지 못하게 하려고 사무실의 문구류를 뒤져 테이프를 찾아낸 뒤 단단히 고정해놓았다.

"난 얼른 집에 가서 옷 갈아입고 와야겠어."

안드레아가 코트를 걸치며 말했다.

"같이 갈래? 이멜다가 음향을 확인하러 일찍 오겠다고는 했는데, 적어도 45분 동안은 아무도 오지 않을 거야."

"난 그냥 여기 앉아서 네가 해놓은 장식이나 즐기고 있을래. 마치 장미 정원 한가운데 앉아 있는 것 같은 기분이 들거든. 너무 황홀한 기분이라 떠나고 싶지 않아."

안드레아가 떠나자 한나는 겨울바람에 흐트러진 옷매무새를 만지기 위해 화장실로 향했다. 옷매무새를 정돈하는 일은 그리 오래 걸리지 않았다. 그저 머리만 앞뒤로 몇 번 흔들어준 뒤 머리카락의 컬을 손으로 톡톡 두드리거나 매만져 되살리기만 하면 되었다.

다시 미사당으로 돌아온 한나는 제일 뒷줄의 기다란 의자에 앉으며 이제는 선천성 곱슬머리의 장점을 자신이 충분히 즐기고 있다는 사실을 깨달았다. 곱슬머리 덕분에 겨울바람이 휘몰아친 후에도 빗질을 방금 끝낸 모양새와 별다른 차이가 없었던 것이다.

성당 안의 불빛은 아주 고요하고 평온했다. 게다가 전기 촛불도 정말이지 진짜 같았다. 한나는 장미 정원 한가운데 있는 듯한 환상을 더욱 부풀리기 위해 눈을 감은 채 마음껏 그 향을 호흡했다.

한나의 환상 속은 겨울이 아닌 여름이었고, 공기 또한 묵직했다. 성당 밑 지하실 난방로에서 희미하게 들려오는 '윙윙' 소리는 마치 이 꽃에서 저 꽃으로 꿀을 찾아 날아다니는 꿀벌이 왱왱거리는 소리 같았다.

화사한 색의 나비가 높다란 접시꽃밭 위를 날아다니며 한 곳에 내려 앉았다가 다시 다른 곳으로 폴락거리며 날아가는 상상을 하며 한나는 빙그레 미소를 지었다.

어디선가 산뜻한 바람이 불어와 한나의 곱슬머리를 흩트리고, 팔의 살결을 간질이는 것 같았다. 시간이 흐르면서 한나의 환상 속 정원의 모습도 변해갔다. 하늘에 어둑어둑한 땅거미가 지자 묵직한 그림자의 무게로 해바라기가 휘청거렸다.

서늘하고 여윈 밤 공기를 홀로 버티기에는 해바라기가 너무나 무거웠던 것이다. 마지막 햇살이 어둠 속으로 사라지고 그 자리를 대신해 달이 휘영청 떠오르자 해바라기의 꽃잎들은 중앙을 향해 한데 오그라들었다.

어디선가 반딧불이 날아와 춤을 추기 시작했고, 한나는 별빛 아래 가든 결혼식을 위한 의상을 입고 있는 자신을 발견했다. 귀에 익은 멘델스존의 곡이 반짝이는 별들을 향해 부유했고, 속속 도착한 손님들은 부드러운 잔디 카펫 위로 놓인 하얀 쿠션 위에 앉기 시작했다.

한나는 신부처럼 눈부시게 하얀, 사랑스럽기 짝이 없는 깨끗한 제빵용 앞치마를 입고 있었고, 손에는 마치 부케처럼 레이스 장식을 한 쿠키 콘 다발을 들고 있었으며 트레시도 저만치에서 한나의 것과 비슷한 콘을 들고 도착하는 손님들에게 쿠키를 나눠주고 있었다.

한나는 머리에 거미줄 같은 그물이 달린 구운 머랭을 쓰고 있었는데,

그물 역시 설탕으로 뽑은 미세한 실로 만들어져 달빛에 반짝였다. 어느새 본 음악이 흘러나오고 이제 한나가 생강 빵으로 만들어진 전각(서양식 정자)으로 가 신랑을 만나야 할 차례였다.

한나는 전각 밑 제자리에 서 있는 자신이 결혼할 남자의 얼굴을 슬쩍 쳐다보았다. 하지만 불투명한 베일 때문에 형체만 보일 뿐 자세한 외모는 좀처럼 알 수가 없었다. 도대체 누구일까 궁금한 마음에 열심히 곁눈질을 해보았지만, 아까보다 한층 부드러운 곡이 연주되면서 어느새 식이 시작되고 말았다.

식은 정말 이상했다. 주례사는 마치 흐른 소리 같아 한나는 단 한마디도 알아들을 수가 없었다. 주례를 하는 사람 역시 한나가 모르는 사람이었다. 크누드슨 목사님도 아니고, 코울타스 신부님도 아니었으며 바이블 교회의 스트랜스버그 목사님도 아니었다. 게다가 레이크 에덴의 전통에 어긋나게도 주례를 보는 사람은 남자가 아니라 소녀였다, 그것도 아주 어린.

아이가 말했다.

"그럼 이제 두 사람이 신랑……, 한나 이모가 되었음을 선언합니다."

한나 이모라고? 비록 꿈이라고 해도 이건 제대로 된 예식이 아니다.

한나가 잘못된 부분을 막 지적해주려는 찰나 아이가 다시 말했다.

"한나 이모."

퍼뜩 깨어난 한나는 걱정스러운 표정으로 자신을 내려다보는 조카의 얼굴을 멀뚱멀뚱 쳐다보았다. 바쁜 한 주를 보내느라 쉴 짬이 없었던 탓에 깜빡 잠이 든 모양이었다.

"괜찮아요, 한나 이모?"

"괜찮아."

한나는 최대한 정신을 가다듬었다.

"결혼의 참 의미에 대해 명상을 좀 하고 있었어."

그러자 트레시가 씩 웃었다.

"아냐, 아니잖아요. 자고 있었던 거 다 알아요. 그래도 괜찮아요. 자는 거 나밖에 못 봤어요."

"그럼 여기까지 혼자 운전해서 왔단 말이야?"

다섯 살배기 어린 조카를 놀려줄 만큼 여유를 되찾은 한나가 짓궂게 물었다.

"맞아요. 여기 도착한 다음에 아빠보고 주차하라고 시키고 왔어요. 엄마는 밑에서 남자들이 다는 꽃을 꽂을 핀이 많이 있는지 보고 있어요. 그걸 뭐라고 하더라?"

"부토니어(boutonnierese; 남자의 양복 웃깃의 단춧구멍에 꽂는 작은 꽃다발)."

"맞아요. 단춧구멍buttonhole에 다는 거라서 그렇게 부르는 거 맞죠? 생일날 이모가 선물로 준 사전에서 봤어요. 거긴 없는 게 없어요. 카렌의 할머니랑 할아버지가 카렌한테 줄 크리스마스 선물 얘기할 때 쓰던 독일 말도 있었어요."

트레시의 가장 친한 친구인 카렌 던라이트의 이름이 나오자 한나가 눈썹을 치켜세웠다.

"카렌이 그 단어들을 기억하고 있다가 너한테 알려주고, 넌 네 사전에서 독일어 부분을 찾아봤단 말이야?"

"응. 정말 굉장해요, 한나 이모. 그래서 카렌은 선물을 열어 보기도 전에 그게 뭔지 다 알았어요. 캘빈 것도 그렇게 해줬어요. 할아버지가 불어를 하거든요."

트레시 친구들의 조부모들이 부디 이 사실을 끝까지 알지 못하시기를 한나는 간절히 기도했다.

하지만 자리에서 일어서며 한나는 자신의 생각이 옳았다는 사실에 뿌듯한 미소를 흘렸다.

엄마와 안드레아는 아직 어린 트레시에게 어떻게 두꺼운 완본 대사전 같은 것을 선물로 줄 생각을 할 수 있느냐며 핀잔을 했지만, 한나는 조카에게 사전이 필요할 때가 곧 오리라고 확신했다.

"내 드레스 어때요?"

제 엄마가 어느 날 아침 쿠키단지에 들어섰을 때 보였던 것과 아주 흡사한 모델 포즈로 트레시가 제자리에서 한 바퀴를 돌았다. 트레시는 허리선이 높은 붉은색 벨벳 드레스를 입고 있었는데, 목선과 소매 선에는 하얀색 장미들이 수 놓여 있었다.

"정말 깜찍해. 드레스가 너무너무 예뻐서 그걸 입으니 꼭 다 큰 아가씨 같구나."

"에이, 그런 게 어딨어요, 이모. 내 나이는 옷 입기 전이랑 똑같은데."

"그래, 근데 꼭 아가씨들이 입는 드레스 같다는 말이지. 게다가 립스틱까지 발랐네."

"성당이 어두워서 발랐어요. 엄마가 이건 다 큰 다음에 하는 화장 같은 게 아니라 아이들이 하는 화장이랬어요. 그리고 피로연에 가기 전에 지워야 한대요."

"그렇게 하는 게 좋아."

한나가 고개를 끄덕이며 말했다.

"사람들이 너를 너무 아가씨로 보면 안 되잖아. 우리 트레시가 신부인 줄 알면 어떡해."

트레시가 웃음을 터뜨렸고, 트레시의 파란 눈망울도 환한 웃음과 함께 반짝였다.

한나의 조카는 벌써 예쁘장한 생김을 하고 있으니 조만간 아주 아름다운 숙녀로 성장할 것이다. 그때가 되면 마을의 남자아이들은 모두 트레시를 졸졸 쫓아다니게 되겠지.

한나는 트레시가 너무 빨리 크지 않았으면 좋겠다고 생각했다.

"가요, 한나 이모. 엄마가 이모를 데리고 오라고 했어요. 화장해준대요. 결혼식에서 이모가 아주 예쁘게 보이도록 해줄 거예요."

저항해보았자 소용없다는 것을 한나도 잘 알고 있었다. 결혼식과 피로연을 세심하게 준비하느라 신경이 곤두설 대로 곤두선 안드레아에게 비협조적으로 나간다면 그 뒤의 일은 안 봐도 뻔했다.

"따라갈게."

한나는 뒷좌석에서 나와 트레시를 따라 계단으로 향했다.

"근데 이모가 꼭 화장을 해야 할 필요가 있을까?"

"필요해서 하는 게 아니에요. 이모는 화장 안 해도 예쁘니까요. 근데 엄마는 그렇게 생각 안 하나 봐요. 그러니 우리가 그런 엄마를 행복하게 해줘야 하지 않겠어요?"

"그렇지."

트레시의 이모라기보다는 동료 공모자가 된 듯한 기분을 느끼며 한나는 안드레아가 기다리는 탈의실을 향해 서둘러 계단을 내려갔다.

"이제 두 사람이 신랑과 신부가 되었음을 선언합니다. 이제 신부에게 키스해도 좋습니다."

허브가 리사의 베일을 올려 키스하는 모습을 지켜보며 한나는 눈을 깜빡이며 눈물을 또르르 떨어뜨렸다. 결혼식에서 왜 눈물을 흘리는지 모르지만, 저도 모르게 흐르는 것을 어쩔 수가 없었다.

흘끗 바라본 안드레아 역시 빌의 손수건으로 눈물을 훔쳐내고 있었고, 저쪽에 앉은 엄마 역시 흰색 레이스 손수건으로 눈가를 찍어내는 것을 보니 결혼식에서 눈물을 흘리는 건 집안 내력인 모양이었다.

예식의 마무리를 보려고 다시 고개를 돌린 한나는 엄마 옆에 윈슬롭이 보이지 않는다는 사실을 깨달았다. 시골 마을 결혼식 따위는 너무 지루하다며 사랑하는 여인을 홀로 보내고 자기는 오지도 않은 것인가?

하지만 바로 그때 윈슬롭이 성당 문을 열고 들어와 망설임 없이 엄마가 앉아 있는 뒷줄 자리로 가는 것이 아닌가. 도대체 어디를 갔다 오는 거지? 물론 아래층에 있는 화장실에 다녀온 것일 수도 있겠지만, 한나는 새삼 의아해졌다.

엄마는 자리로 미끄러져 들어오는 윈슬롭을 올려다보았고, 그는 엄마에게 한나의 눈에도 몹시 익은 은색의 토트백을 건넸다. 그 토트백에는 엄마와 엄마의 무리가 결혼식을 막 마치고 나오는 새신랑과 신부에게 던질 조그마한 쌀 주머니가 여러 개 들어 있었다.

한나는 그제야 윈슬롭이 왜 자리를 비웠었는지 알 수 있었다. 엄마가 토트백을 주차장에 세워둔 차에 두고 오는 바람에 윈슬롭이 대신 나가서 가지고 온 것이다.

엄마가 윈슬롭의 팔을 다정하게 감싸 안았고, 사랑에 빠진 소녀처럼 반짝이는 얼굴을 한 엄마를 본 한나는 좀더 일찍 고개를 돌려버릴 걸 후회했다. 엄마는 한나를 포함한 자매들이 생각하는 것 이상으로 윈슬롭에게 마음을 주고 있는 것이 분명했다.

'세상에, 엄마. 그 사람은 그냥 차에 한 번 갔다 온 것뿐이라구요. 엄마를 위해 용이라도 한 마리 무찌르고 돌아온 게 아니에요.'

한나는 인상을 찌푸리며 속으로 외쳐댔다. 그리고는 엄마가 결혼식의 두 주인공인 리사와 허브에게로 다시 고개를 돌리기를 바라며 한참 동안 엄마를 쏘아보았지만, 이번에는 엄마와 딸의 레이더가 제대로 작동하지 않았는지 엄마는 계속 미소를 지으며 오히려 윈슬롭과 더 가까이 붙어 앉을 뿐이었다.

"이제 허버트 비즈먼 부부가 되었음을 선언합니다."

코울타스 신부님이 선언을 하자, 허브와 리사가 축하객들을 향해 몸을 돌렸고, 그 신호에 맞춰 이멜다 기스가 오르간으로 퇴장 성가를 연주했다.

갓 결혼한 부부가 연단을 내려와 중앙 통로로 행진하며 친구들과 친척들에게 축하인사를 건네받는 데 성당 뒤쪽에서 안드레아가 한나를 향해 맹렬하게 손짓을 보냈다.

나? 한나가 자신의 가슴을 가리키며 입 모양으로 물었고, 안드레아는 여러 번이나 분명하게 고개를 끄덕였다. 그리고는 입을 열어 소리없는 외침으로 지금 당장 이리 좀 와보라고 말한 뒤 다시 손짓을 해댔다.

한나는 황급히 자리에서 빠져나와 사이드 통로를 통해 성당 뒤쪽으로 갔다. 마침내 안드레아에게 다다르자 그녀는 한나의 팔을 잡고 구석방으로 이끌었다.

"무슨 일이야?"

안드레아가 팔을 너무 움켜쥔 나머지 손톱에 눌려 아프다는 비명을 지르고 싶은 것을 간신히 참으며 한나가 물었다.

"운전사가 리무진에서 내리다가 빙판길에 미끄러져 그만 팔이 부러지고 말았어. 나이트 박사님이 급하게 병원으로 데려가는 바람에 대리 운전사가 필요해."

"빌이 하면 되겠네."

그러자 안드레아가 고개를 저었다.

"그이는 행진 대열을 에스코트해야 해. 마이크는 다른 경찰들 업무를 도맡아 보고 있단 말이야."

"그럼, 노먼은?"

"노먼의 차에는 피로연에서 찍을 온갖 사진 도구들이 가득 차 있어서 안 돼. 그러니 언니가 좀 도와줘야겠어. 회사에 전화해서 대체할 수 있는 운전사를 빨리 보내달라고 했는데, 여기 도착하려면 1시간은 더 걸릴 거야. 비즈먼 부부와 그 부모님이 곧 이리로 올 텐데 어떡하면 좋아. 피로연장까지 데려다 줄 사람이 절박하게 필요해!"

"그럼 나보고 그 역할을 하라고?"

"맞아! 정말로 절박한 상황이야, 언니. 제발 해주겠다고 말해."

"알았어."

"정말, 정말로?"

"당연하지. 유니폼이 없는 게 안타깝네. 이왕 하는 거 제대로 할 수 있는데 말이야."

"운전사 모자는 있어."

안드레아가 발치에 놓인 커다란 가방에서 모자를 꺼내 한나의 곱슬 머리 위로 푹 씌웠다.

"나이트 박사님이 운전사를 데려가기 전에 얼른 챙겼지. 유니폼도 벗 어줄 수 없는지 물어볼 걸 그랬어."

한나는 웃음을 터뜨렸다.

팔이 부러진 가련한 운전사에게 얼른 재킷과 바지를 벗어 달라고 재 촉한 뒤 얇은 속옷 바람으로 병원에 보낼 생각을 하다니 역시 안드레아 는 못 말린다.

"운전사가 리무진 시동을 걸어놓고, 열쇠도 꽂아놓은 채 갔어. 호텔 까지 가는 길에 차 안에서 틀면 좋을 음악이 있는지 한 번 찾아봐. 그것 도 리무진 서비스에 포함되거든. 신부가 오면 차 문 열어주는 건 내가 할게. 보조 리무진 운전사가 되어볼 수 있는 기회를 놓치고 싶지 않아!"

하얀색 리무진 운전석 문을 열고 핸들 밑으로 몸을 미끄러트리며 한 나가 킥킥거렸다.

리무진을 운전해본 적은 한 번도 없었지만, 뭐, 어려우면 얼마나 어 렵겠는가. 견인차, 제설차, 모터보트, 스쿨버스, 할 것 없이 바퀴 달린 것은 전부 몰아보았다.

딱 하나 운전해보지 않은 것이 있다면, 대형 트레일러뿐이다. 그것도 특별하게 어려운 점이 있지 않은 이상 쉽게 운전할 수 있을 것이란 게 한나의 생각이었다.

새 부부가 리무진까지 도달하는 데는 꽤 많은 시간이 걸렸다.

한나는 그 막간을 이용해 뒷좌석에 샴페인 뚜껑도 따놓고, 유리잔도 꺼내놓았다. 뒷좌석에는 손님들이 음악을 직접 선택해서 들을 수 있도록 목록이 마련되어 있었는데, 한나는 두 사람이 적당한 음악을 선택하기까지 들려줄 잔잔한 음악도 하나 골라놓았다. 그리고 마지막으로 뒷좌석과 운전석을 분리시키는 유리로 된 파티션(칸막이)과 인터콤이 제대로 작동하는지 막 확인하는 찰나 성당 문이 활짝 열렸다.

한나는 눈이 안 보일 정도로 운전사 모자를 깊숙이 눌러쓴 채 리사와 허브가 모습을 보이기만을 기다렸다. 축하객들은 이미 밖으로 나와 계단 층층마다 무리지어 줄을 서서는 새 부부가 얼른 나타나기만을 기다리고 있었다.

모두가 밖으로 빠져나오자 카메라 플래시의 번쩍이는 섬광과 함께 리사와 허브가 계단 제일 위쪽에 모습을 나타냈고, 두 사람은 사진 촬영을 위해 잠시 포즈를 취했다가 이내 쌀과 꽃잎의 세례를 받으며 계단을 내려왔다.

한나의 동업자는 지금껏 봐온 어느 때보다도 제일 행복해 보였고, 허브 역시 아름다운 신부의 모습에 감탄하느라 계단을 헛디뎠을 정도였다. 안드레아가 리무진의 문을 열어주자 리사와 허브가 타고, 마지 비즈먼과 잭 허먼도 뒤를 이어 차에 올랐다.

안드레아가 마침내 차 문을 닫자, 한나는 인터콤을 통해 뒷좌석 사람들에게 이야기를 건넸다.

"셀러브레이션 리무진 회사에서 결혼을 축하드리는 의미에서 미니바에 무료 샴페인과 잔을 준비해놓았습니다. 두 분이 행복한 결혼생활을 영위하시기를 기원하며, 앞으로도 저희 셀러브레이션을 많이 이용해주시기 바랍니다."

"고맙습니다."

뒷좌석에서 허브가 인사를 건넸고, 그가 인터콤을 끊지 않은 바람에 샴페인 따르는 소리까지 생생하게 들을 수 있었던 한나는 혼자 미소를 지었다.

"여자 운전사네요." 리사가 말했다.

"여성을 고용하다니, 왠지 반가워요."

"근데 목소리가 왠지 귀에 익은데……."

허브가 말했다.

"정말 그렇구나."

마지도 생각에 잠긴 채 대꾸했다.

"누군가 익숙한 사람의 목소리인 것 같은데, 누구인지 딱히 생각이 안 나."

"설마, 한나?"

잭이 의심쩍은 듯 물었다.

"머리카락도 한나 같아요."

리사가 말했다.

"이건 내 머리카락이니 당연한 말씀이지."

한나가 짓궂은 미소로 뒤를 돌아보며 말했다.

"지금껏 먹어본 결혼 케이크 중 최고예요!"

수 갠스크가 한 조각 더 덜어 먹기 위해 자리에서 일어서다 우연히 한나를 만나자 말했다.

"내 취향에 맞게 선택할 수 있어서 얼마나 좋은지 몰라요. 바닐라 속이 든 초콜릿과 초콜릿 속이 든 백색의 슈크림이라니. 잘랐을 때 모양도 정말 멋져요. 내가 만든 크랜스 케이크만큼이나 외형도 예쁜데 맛은 훨씬 더 좋네요."

"고마워요, 수."

칭찬을 감사히 받아들이며 한나가 말했다.

한나는 물론 축하객 중 누구도 크랜스 케이크는 맛보지 못했다. 조금씩 맛볼 수 있도록 접시와 나이프가 준비되어 있긴 했지만, 수의 케이크는 여전히 아무도 건드리지 않은 그대로였다.

아직 크랜스 케이크를 직접 맛보진 못했지만, 한나는 과연 수의 말대로일 것 같다고 생각했다. 케이크는 잘게 간 아몬드와 설탕 가루, 계란 흰자 등을 잘 섞어 층을 만든 후 잘 굳을 때까지 오븐에서 구운 듯했는데, 물론 재료의 혼합에는 아무런 문제도 없었지만, 맛은 그다지 좋을 것 같지 않았다.

하지만 크랜스 케이크는 모양이나 장식 면에서는 나무랄 데 없이 훌륭했다. 거기에 더해 수는 케이크의 층마다 흰색으로 아이싱한 뒤 꼭대기에 노르웨이 깃발과 장식 장미들을 꽂아놓았다.

축하객들을 둘러보며 한나는 살짝 생각에 잠기고 말았다.

이 노르웨이식 결혼 케이크는 결혼에 대해 뭔가 상징해주는 것은 아닐까? 겉은 무척 화려하지만, 완벽한 외형에 비해 속은 실망스럽기 짝이 없다. 이것이야말로 신부감이나 신랑감을 고를 때 절대 사용하지 말아야 할 기준이었다.

한나는 문득 쇼우나 리와 바네사를 떠올렸다. 남부 출신의 두 자매는 겉으로 보기엔 아주 매혹적이었지만, 인간미나 진실성은 전혀 없는 빈 껍데기에 불과했다.

쇼우나 리는 딕에게 뷔페 테이블에 놓을 복숭아 파이를 늦지 않게 가져오겠다고 했다는데, 파이가 놓일 테이블 중앙에는 여전히 빈자리를 메우기 위해 샐리가 가져다 놓은 꽃병만이 지키고 있었다.

"정말 훌륭한 케이크야, 한나."

뷔페 테이블 가까이 서서 사람들이 손이 닿지 않는 거리에 있는 음식들을 덜어가는 것을 돕던 샐리가 테이블 끝 쪽에 놓인 한나가 만든 결혼 케이크에 바짝 다가서며 말했다.

전문 호스티스나 다름없는 샐리는 한나와 이야기를 나누는 동시에 어떤 디저트를 골라 덜어갈까 고민하는 축하객들과 간간이 대화도 나누었다.

"오, 안녕, 게일. 이 파인애플 휩 먹어봤어요? 마지가 만들어온 건데 정말 환상적인 맛이에요. 그런데, 그녀는 어디 있지?"

샐리의 질문이 자신을 향한 것이었다는 사실을 한나는 뒤늦게 깨달았다.

"누구?"

"한나가 별로 보고 싶지 않은 사람. 딸기 파이는 어때요, 샘? 딸기 파이 좋아하잖아요. 쇼우나 리 말이야."

"글쎄요. 차에 문제라도 생겼으면 전화가 왔을 텐데."

"길 한가운데서 눈 때문에 오도 가도 못하는 거 아닐까."

그림 같은 호수 풍경이 한눈에 내다보이는 창문 쪽으로 눈길을 돌리며 샐리가 말했다.

"눈발이 더 짙어지고 있어. 초콜릿 무스 좀 덜어드릴까요, 루실?"

한나도 창밖을 내다보았다. 눈이 아직 1인치도 쌓이지 않았다.

저 정도면 운전하는 데 큰 어려움이 없을 텐데…….

"그럴 리 없어요. 오늘 내린 눈보다 더 많은 양이 내린대도 거뜬하게 뚫고 올 수 있는 최신 SUV를 장만했던데."

"아, 그걸 잊고 있었네. 큰 조각으로 드릴까요, 아니면 더 큰 걸로, 에드? 이거 레이크 에덴 목장에서 생산한 버터로 만든 거예요. 흠, 어쩌면 마음이 변해서 오지 않으려는지도 모르지."

"정말 그렇게 생각해요?"

한나의 마음속에서 희망의 빛이 한줄기 솟아났다.

"사실은 아니야. 쇼우나 리가 사람들 앞에서 과시하는 걸 얼마나 좋아하는데, 이런 기회를 놓칠 리 없지. 그건 파르페 접시에 담아야 해요, 엘리노어. 그렇게 해야 훨씬 더 보기에 예쁘거든요. 분명히 나타날 거야. 베이커리에 전화해서 오고 있는지 한 번 물어볼까?"

한나는 잠시 생각하더니 이내 어깨를 으쓱해 보였다.

"나쁠 것 없죠. 뭔가 급한 일이 생긴 것일 수도 있으니까."

숟가락으로 캐러멜 소스를 퍼 커스터드가 담긴 접시 위에 뿌리며 샐리가 한나를 향해 날카로운 시선을 쏘아 보냈다.

"휘핑크림 얹어드릴까요, 조이스? 그건 별로 좋지 않아요. 제 기억에는 평범한 맛으로 먹는 걸 좋아하셨던 것 같은데. 마이크도 여기 없잖아. 한나에게 첫 번째 춤을 신청하겠다고 하지 않았나?"

"맞아요."

"혹시 두 사람이 같이 있는 게 아닐까?"

"내 추측도 그래요."

대답하는 한나의 머릿속에서 쇼우나 리와 마이크가 다정하게 포옹하는 장면이 뭉게구름처럼 피어올랐다.

"너무 고민하시지 않아도 되요, 바바라. 조금씩 전부 맛보세요. 여기 줄이 다 끝나는 대로 베이커리에 전화를 해봐야겠어."

"그렇게 해서 무얼 하려구요?"

"만약 전화를 받으면, 누군가와 같이 있는지도 알 수 있잖아. 그러니까……, 숨소리나 재채기 소리 같은 것으로 말이야. 결과를 알려줄까? 알려주지 말까?"

"만약 들리는 소리가 없으면 알려주구, 들리는 게 하나라도 있으면 얘기하지 마요."

"알았어."

샐리가 자신의 자리를 대신해줄 웨이트리스를 향해 손짓했다.

"조금 있다가 올게."

샐리가 전화를 걸려고 주방으로 사라지자마자 한나는 자신이 한 말에 후회하고 말았다.

마이크가 쇼우나 리와 함께 있건 말건 한나는 별로 알고 싶지 않았다. 특히 오늘 밤에는 더더욱 말이다. 만약 샐리가 다시 돌아와 아무 얘기도 하지 않는다면, 그건 즉 수화기 너머로 누군가의 소리를 들었다는 의미가 될 터였다.

샐리에게 둘 다의 경우 모두 이야기하지 말아 달라고 하는 건데 그랬다. 그렇게 하는 편이 훨씬 현명한 선택이 될 뻔했다.

"주차장에 언니 트럭 주차해 놨어."

한나도 모르는 새 디저트 테이블로 다가온 안드레아가 말을 건넸다.

"안드레아!"

너무 깜짝 놀라 자신도 모르는 사이 뒤로 펄쩍 물러선 한나는 스스로의 반응에 왠지 창피해졌다.

"미안, 여기 차 열쇠. 대타로 온 리무진 운전사가 언니 트럭에 히터가 고장 난 게 아니냐구 묻던데, 내가 원래 그렇다고 했어. 근데, 무슨 일 있었어? 마치 가장 절친한 친구를 잃은 듯한 표정을 하고 있잖아."

"그럴지도, 적어도 한 명은……."

"마이크?"

준비된 웨딩 플래너임을 증명해 보이기라도 하듯 안드레아는 어떤 손님이 아직 도착하지 않았는지 빠삭하게 알고 있었다.

한나가 고개를 끄덕이자 안드레아가 한나의 손을 토닥였다.

"나도 이미 눈치 챘어. 그 여자도 아직 안 왔지. 하지만 그렇다고 해서 두 사람이 꼭 같이 있으리란 법은 없어. 마이크는 오늘 혼자 경찰서를 지켰잖아. 응급 상황이 발생해서 일찍 못 오는 것일 수도 있다구."

"그래."

"뭐, 물론 가능성이긴 하지만."

"그렇지. 전화기를 바로 옆에 두고도, 게다가 나한테 첫 번째 춤을 신청해놓고 정작 자기가 모습을 보이지 않으면 내가 엄청 실망할 거라는 사실을 충분히 아는 사람이 전화를 걸어 조금 늦어진다는 말 한마디를 못한단 말이지."

"춤을 신청했어?"

안드레아가 미소를 지으며 물었다.

"흠, 그러면 걱정 없네!"

"난 냉소적인 생각이야. 결국 전화를 안 했잖아. 아무 걱정 없는 게 아니라구."

"저런……, 조금만 긍정적으로 생각해봐. 오늘은 결혼식 날이야. 축하객들도 모두 행복한 시간을 보내는 것처럼 행동해야 한다구. 설사 그렇지 않더라도 말이야."

안드레아가 자리를 뜨자 한나는 동생의 말에 대해 곰곰이 생각해보았다. 축하객 중 얼마나 되는 사람들이 안으로는 잔뜩 얼굴을 찌푸린 채 겉으로만 거짓 미소를 짓고 있는 것일까?

사실 한나의 상황이 그렇게 심각한 것은 아니었다. 노먼이 한나에게 춤을 신청해온 덕분에 그와 즐겁게 춤을 쳤고, 원슬롭 역시(분명히 엄마가 옆구리를 찔러서 온 것일 테지만) 뷔페 테이블로 와서 한나에게 춤을 신청한 것이다.

한나는 엄마의 마음을 사로잡아 버린 남자와는 그다지 춤추고 싶지 않았지만, 윈슬롭이 타고난 댄서라는 사실만은 부인할 수 없었다.

그는 자신 있게 한나의 손을 잡고 그녀를 리드하며 댄스 경연대회 때 선보여도 나무랄 데 없을 만큼 훌륭한 왈츠를 추었다. 돌아가신 아버지 역시 둘째가라면 서러울 정도로 춤을 잘 추는 분이셨지만, 윈슬롭 해링턴 역시 제법 훌륭했다. 물론, 아버지에 이어 두 번째로.

하얀 셔츠에 하얀 넥타이를 매고, 어두운 색 정장을 말끔하게 차려입은 노먼이 디지털 카메라를 들고 다가왔다.

"'지금 감히 내 사진을 찍으려는 건 아니겠지.' 라고 말해요!"

"지금 감히 내 사진을 찍으려는 건 아니겠지!"

노먼이 사진을 찍는 동안 한나는 노먼의 재치에 웃음을 터뜨렸다.

"매번 통하는군요. 사진 찍을 때마다 이 얘기하면 다들 웃던걸요. 사진이 아주 잘 나왔네요……, 보겠어요?"

한나는 노먼에게서 카메라를 건네받아 조그마한 스크린을 통해 사진을 들여다보았다.

노먼의 말대로 사진이 아주 예쁘게 찍혔다. 지금껏 찍은 사진 중 제일 나은 것 같았다. 반짝이는 눈동자에 아주 활짝 미소를 지은 한나의 모습은 정말로 피로연을 마음껏 즐기는 듯 보였다.

사진사 전용 사전에 '치즈' 대신 새로운 문장을 첨가한 노먼의 아이디어는 기발했다.

"오늘은 좋은 사진을 많이 찍었어요. 피로연 끝나고 같이 보지 않을래요? 한나의 집에 가서 TV에 연결해서 보면 되는데."

그러자 한나가 웃음을 터뜨렸다.

"파티 후 데이트 신청치고는 너무 약은 방법이네요."

"한나 말이 맞아요. 실은 진작 물어보고 싶었는데, 마이크랑 같이 있기로 했을지도 모르겠다고 생각했어요."

"그랬어요?"

한나가 살짝 얼굴을 찌푸렸다.

"왜 그런 생각을 했어요?"

"오늘 아침에 우연히 마이크를 만났었는데, 마이크가 그러더군요."

한나는 조금씩 열이 오르기 시작했다.

"내가 수락했다고 하던가요?"

"꼭 그런 건 아니에요. 그냥 내가 생각에……."

"섣부른 추측은 오해의 어머니에요."

한나가 나섰다.

"절대 추측하지 마요."

"네, 알았습니다. 그래서 마이크가 물었을 때 그러자고 했어요?"

"아뇨, 그 이후로 아직 얘기도 못 해봤는걸요. 게다가 이젠 상관없어요. 어차피 마이크는 여기 오지도 않았으니까요. 그러니까 좋아요, 피로연이 끝나면 우리 집에 가서 같이 사진 봐요."

다음 몇 분간 뷔페 테이블 부근은 매우 바빴다.

디저트를 하나씩 맛본 축하객들이 두 번째, 세 번째로 덜어 먹기 위해 테이블로 몰린 것이다. 레이크 에덴 사람들은 마을 사람들이 직접 만든 디저트를 무척 좋아했다.

트레시가 세 살이 되었을 때, 한나를 올려다보며 물은 적이 있었다.

"이모, 왜 아침에는 디저트 먹으면 안 돼요?"

레이크 에덴에서는 지극히 정상적인 질문이었다.

안드레아가 청첩장에 피로연 때 디저트 테이블이 준비될 예정이라고 써서 발송하자 한나에게 디저트를 만들어 가겠다는 마을 사람들의 전화가 거의 백 통 가까이 걸려왔다.

안드레아는 사람들에게 무엇이든 좋으니 원하는 디저트를 가져오라고 알렸고, 덕분에 디저트 테이블에는 파이부터 시작하여 케이크, 푸딩, 커스터드, 과일 펀치, 온갖 모양의 패스트리, 그리고 바깥 기온과 매우 잘 어울리는 냉동의 다양한 디저트들이 준비되었다.

이렇게 해서 모인 디저트들과 샐리의 주방에서 준비한 디저트들의 칼로리를 모두 합친다면 작은 마을이 몇 주간은 버틸 수 있을만한 수치를 기록하고 말 것이다.

"안녕하세요, 스웬슨 양."

앰버 쿰스가 한나에게 반갑게 인사했다. 샐리의 웨이트리스 유니폼을 입고 있는 것을 보니 고등학교 3학년 방학을 맞아 레이크 에덴 호텔에서 주말 동안 아르바이트를 하는 모양이었다.

"안녕, 앰버. 어머니는 잘 계시지?"

"잘 계세요. 코스트 마트에서 승진하셔서 이젠 화장품 코너를 전담하고 계세요. 한나가 좀 쉴 수 있도록 구해드리러 왔어요. 샐리의 말 그대로 전한 거예요."

"고마워!"

드디어 일에서 놓여난 한나는 무척 기뻤다. 익숙하지도 않은 하이힐을 신고 결혼 케이크 코너에 한 시간 가까이 서 있으려니 막 다리가 아파지던 참이었다.

"그런데 샐리는 어디 있지?"

"주방에요. 새로 들여온 카푸치노 기계를 어떻게 사용하는지 딕에게 사용법을 배우고 있어요. 저보고 얼른 홀에 나가서 한나한테 걱정하지 말라고 전하라고 하시던데요. 아무도 전화를 받지 않는대요. 무슨 말인지 이해하세요?"

"대충은."

한나는 앰버에게 손을 흔들어 보이고는 감사한 마음으로 테이블에서 기꺼이 멀어졌다. 이제 사람들 무리로부터도 해방이고, 그보다 중요한 것은 마음 놓고 어디든 앉을 수 있다는 사실이다!

제일 먼저 눈에 띈 빈자리에 거의 가라앉을 듯 몸을 누인 후 한나는 샐리가 전한 메시지에 대해 생각했다. 쇼우나 리가 만약 매그놀리아 블로썸 베이커리에 있었다면 분명히 전화를 받았을 것이다.

샐리가 건 전화가 한나의 목숨 줄을 틀어쥐는 출장서비스 예약 전화일지도 모를 테니 말이다. 아무도 전화를 받지 않았다는 건 베이커리에 아무도 없다는 뜻이고, 그 위쪽에 있는 쇼우나 리의 아파트에서 단둘이 은밀한 시간을 보내고 있지 않다는 뜻이기도 했다.

커다란 안도감을 느끼며 한나는 쇼우나 리가 제시간에 피로연장으로 출발했지만, 부주의한 운전 때문에 차가 도랑에 빠져버린 상황을 흐뭇하게 상상했다.

도랑에 빠져버린 쇼우나 리의 차를 다른 차들은 눈치 채지 못한 채 그냥 지나쳐버리고, 사업 면에서나 사랑 면에서나 한나의 경쟁자일 수밖에 없는 쇼우나 리는 추운 날씨에 꽁꽁 얼어붙은 얇은 파티복 차림으로 근처 농가까지 터덜터덜 걸어가는 것이다.

그때 새신랑은 물론 친구들에 둘러싸여 있는 리사가 한나의 눈에 띄었다. 리사는 어느새 신혼여행용 외출복인 붉은색 모직 드레스와 그에 어울리는 재킷으로 갈아입고 있었다.

물론 진짜로 멀리 신혼여행을 떠나는 건 아니다. 리사는 물론이거니와 허브도 리사의 아버지를 홀로 남겨두고 멀리 떠나고 싶어하지 않았기 때문이다. 부부는 하와이나 타히티 같은 먼 곳까지 가서 여행 내내 아버지 걱정만 하느니 대신 레이크 에덴 호텔 허니문 스위트룸에서 일주일을 보내는 것으로 신혼여행을 대신하기로 했다.

"마침내 자리에 앉으셨네요. 다행이에요."

리사가 한나에게 미소를 지으며 말했다.

"동감이에요."

허브가 리사의 말을 그대로 따라했다.

"믿을 수 없을 만큼 맛있는 결혼 케이크를 손님들에게 직접 잘라주느라 1시간 내내 서 있는 걸 봤거든요."

"뷔페 테이블에 남은 것 좀 있어요?"

리사가 물었다.

"결혼 케이크가 종류별로 두 개, 그리고 거의 모든 디저트가 한 접시씩 남아 있어. 사실상 마을 사람 모두가 디저트를 한 가지씩은 가져왔거든."

"정말 다들 친절하세요."

리사가 미소를 지으며 말했다.

"안 그래도 디저트가 남을 것 같아서 그것들을 자선단체에 기부하면 좋겠다고 허브랑 같이 생각해봤어요."

"무료 급식소나 양로원 같은 곳에요."

허브가 설명했다.

"근데 혹시 한나가······."

"더 말 안 해도 돼."

한나가 늘 즐겨 읊던 옛날 몬티 파이튼(다섯 명의 영국인 코미디언이 결성해서 만든 코미디 쇼)의 대사를 말했다.

"혹시 집에 가져가고 싶은 게 있으면 가져가세요."

리사가 제안했다.

"고맙지만, 괜찮아. 디저트들이 전부 맛있긴 하지만, 내 엉덩이들은 별로 달가워하지 않을 거거든."

"모이쉐는요?"

허브가 물었다.

"모이쉐한테 디저트는 안 줘요?"

"초콜릿 마우스(chocolate mouse: chocolate mousse의 변형) 외에는 전혀."

신랑과 신부는 명쾌하고 명랑한 웃음을 터뜨렸다.

"고마워요, 한나!"

리사가 팔을 뻗어 한나를 끌어안았다.

평소의 리사답지 않은 행동이었다. 리사가 비록 따뜻한 마음씨에 사랑이 넘치는 사람이긴 했지만, 공공장소에서 좀처럼 애정 어린 행동을 취해오는 법이 없었기 때문이다.

"제 결혼식처럼 멋진 결혼식은 세상에 또 없을 거예요. 이게 전부 한나와 안드레아 덕분이구요!"

결혼식과 피로연에 대해 몇 마디 더 이야기를 나눈 후, 리사와 허브는 춤추는 사람들 무리에 다시 합류했다.

한나는 다시 의자에 몸을 기댄 채(등에 금속 추가 달린 것처럼 피곤한 상황에서도 접이식 의자가 이렇게 편할 수 있다니, 정말 놀라울 따름이다) 하이힐을 벗고 다리를 꼼지락 꼼지락 움직여보았다.

발 마사지를 받거나 고급 스팀 사우나라도 하면 정말 좋겠다고 생각하며 한나는 테이블 밑에서 열심히 다리 운동을 했다.

잠시 후 엄마와 윈슬롭이 한나가 있는 테이블로 급히 다가왔다.

"괜찮니, 애야?"

엄마가 염려스러운 얼굴로 물었다.

"전 괜찮은데, 발은 괜찮지 않아요. 하이힐을 신는 게 익숙하지 않아서요."

"힐 얘기가 나와서 말인데, 마이크에게서 연락 받았니?"

"그게 무슨 말씀이세요?"

"마이크와의 데이트 말이다. 너한테 꽃과 함께 카드를 보냈다던데."

"그건 어떻게 아셨어요?"

한나는 충격에 휩싸인 채 엄마를 쳐다보았다.

마이크가 꽃을 보내면서 아주 능숙한 방법으로 데이트 신청을 해왔다는 사실은 리사 외에는 아무에게도 얘기한 적이 없었다.

"윈슬롭이 보낸 꽃다발을 배달해준 배달부가 얘기해주더구나. 크리스털 꽃병에 꽂힌 아주 아름다운 분홍색 장미였지."

"그거 멋지네요."

한나가 윈슬롭에게 공손한 미소를 보내며 형식적으로 말했다.

"배달부가 카드에 적힌 내용은 어떻게 알았대요?"

"카일이 그걸 받아 적었다는구나."

엄마가 설명했다.

"마이크가 전화로 카드에 적을 내용을 불러줬다는 거야."

"오."

한나는 살짝 한숨을 내쉬었다.

이런 개인적인 일을 함부로 공개하다니.

레이크 에덴의 최신 소문 라인의 우두머리 격이나 다름없는 엄마가 이 사실을 알고 있다는 건 피로연에 참석한 사람들 대부분이 마이크가 한나에게 정식으로 데이트 신청을 해 놓고 아직 나타나지도 않는 이 처연한 상황을 안다는 것이나 다름없었다.

"아직 안 왔지?"

엄마가 물었다.

"아시면서 뭘 물어요."

"아직 전화도 없었고?"

"없었어요, 전혀요. 바람맞았다고 보는 게 마음 편할 것 같아요."

"경찰서에 아주 급한 일이 생겨서 연락할 짬이 없었는지도 몰라요."

윈슬롭이 같은 남자 편에 서서 말했다. 하지만 한나와 엄마가 동시에 의심스러운 눈길로 쳐다보자 이내 어깨를 으쓱해 보였다.

"뭐, 아닐지도 모르고요."

"만약 마이크가 피로연이 끝나기 전에 나타나면 용서해줄 거냐?"

엄마가 궁금하다는 듯 물었다.

"제 발로 걸어오지 못한다면요, 뭐, 걷지 못하게 되었다면 여기에 오지도 못하겠죠. 늦겠다는 연락도 없기에 아예 안 오는 줄로 알고 다른 사람의 데이트 신청을 수락했다고 얘기할 거예요."

그러자 윈슬롭이 매우 수긍하는 듯 고개를 끄덕였다.

"훌륭해요, 마이 디어! 진정한 신사는 여자를 귀히 여기는 법이죠. 킹스턴 형사는 한나에게 반드시 사과해야 합니다. 내가 한나라면 사과해도 그 자리에서 바로 받아들이진 않겠어요. 그에게 제시간에 나타나지 않는 바람에 다른 데이트 약속을 잡았다고 말하는 건 정말 훌륭한 전술입니다."

"그건 전술이 아니에요."

"아닌가요?"

윈슬롭이 깜짝 놀라며 되물었다.

슬쩍 미소를 짓는 한나는 오늘 저녁 들어 처음으로 기분이 좋아졌다.

"피로연 후에 정말로 데이트가 있어요, 노먼 로드하고."

리사의 결혼 케이크

이 케이크는 틀을 잡기 위해 반드시 냉장 과정이 필요합니다. 그러니 꼭 하루 전에 만들어 두세요.

재료

초콜릿 푸딩 믹스 작은 포장 8개

***포장 용기에 적힌 주의사항을 잘 읽어야 합니다—용기에 적힌 방법대로 만들려면 포장 한 개당 2컵을 사용해야 합니다. 어떤 종류의 초콜릿 푸딩 믹스도 가능해요.

우유 10컵 / 그레이엄 크래커 2파운드(900g) / 4쿼트짜리(3.8ℓ) 그릇

장식과 토핑을 위한 휘핑크림

만드는 법

1. 케이크가 다 구워진 후에 그 위를 덮을 수 있을 정도로 큰 조각으로 비닐랩을 잘라 둥근 그릇에 넣습니다. 비닐랩을 깐 제일 바닥에 그레이엄 크래커를 넣습니다. 조각내어 넣어도 되고, 그냥 그대로 사용하셔도 됩니다(퍼즐 같은 것이 아니기 때문에 서로 아귀가 맞지 않더라도 괜찮아요).

2. 우유 2와 1/2컵(푸딩 용기에는 4컵이라고 되어 있지만 아니에요)을 사용해서 푸딩 믹스로 푸딩을 만듭니다.

3. 그릇에 담긴 그레이엄 크래커 위에 푸딩을 약 1/3 정도 가량 붓습니다. 그런 후 고무 주걱으로 부드럽게 펼쳐주세요(아주 완벽하

게 평평할 필요는 없어요).

4. 푸딩 위에 또 그래햄 크래커를 얹습니다(이번에도 조각이 완전히 들어맞을 필요는 없어요. 크래커가 푸딩에 다 녹아들 테니까요).

5. 그래햄 크래커 위에 남아 있는 푸딩의 1/2을 붓고 골고루 펴줍니다. 그 위에 다시 그래햄 크래커를 얹고 남아 있는 푸딩을 모두 넣어주세요. 푸딩을 잘 펼친 다음 또다시 그래햄 크래커를 얹습니다(푸딩을 만들 때 썼던 그릇이나 팬은 씻지 말고 두세요. 또 푸딩을 만들어야 하거든요).

6. 푸딩 믹스 2통을 더 사용하여 또다시 우유 2와 1/2컵과 함께 푸딩을 만듭니다. 그릇의 용량이 굉장히 크기 때문에 그래햄 크래커를 또 얹을 수 있을 거예요. 그런 후 새로 만든 푸딩의 반을 넣은 뒤 고무주걱으로 평평하게 만들어주고, 그래햄 크래커를 또 얹고 남은 푸딩을 전부 넣습니다. 그리고 마지막 층을 그래햄 크래커로 마무리해주세요(나머지 과정이 어떨지 이미 짐작하셨으리라 생각해요!).

7. 푸딩 믹스 2통과 우유 2와 1/2컵으로 또다시 푸딩을 만든 뒤 그래햄 크래커 위에 반을 넣고, 넓게 펴줍니다. 그리고 그 위에 또 그래햄 크래커를 얹어요. 이제 남은 푸딩을 모두 넣고 제일 위를 그래햄 크래커로 덮어줍니다.

8. 한 번 더요! 푸딩 믹스 2통, 우유 2와 1/2컵으로 마지막 푸딩을 만듭니다. 완성된 푸딩을 그래햄 크래커 위에 반 넣고 부드럽게 한 뒤, 위를 그래햄 크래커로 다시 덮습니다. 그런 후 나머지 푸딩을 넣고 그래햄 크래커를 두 겹으로 얹어주세요(정말

쉽지 않나요? 오븐에 굽지 않아도 만들 수 있답니다).

9. 그릇 가장자리에 여분으로 남아 있던 비닐랩을 그릇이 모두 덮이도록 모아줍니다. 그리고 널찍한 접시로 그릇 위를 덮어 눌러 고정합니다. 무게감을 실어주기 위해 전 과일 통조림도 하나 얹어놓았답니다. 그 상태로 상에 내가기 전까지 냉장실에 보관하세요.

10. 손님에게 내갈 준비가 되었으면, 위에 얹었던 접시를 치우고 비닐랩을 벗긴 다음 접시에 그릇을 뒤집어 꺼낸 후 비닐랩을 완전히 벗겨 냅니다.

11. 휘핑크림으로 케이크를 장식해주세요(전 직접 만든 휘핑크림을 사용했지만, 시중에 파는 크림을 사용해도 좋아요).

파이 모양으로 케이크를 잘라 내주세요.

그럼 모두 '오', '아'와 같은 탄성을 지르며 감탄을 금치 못할 겁니다.

휘핑크림을 더 원하는 사람이 있거든 얼른얼른 건네주시구요!

진입로 끝에 다다른 한나는 이를 덜덜 떨었다. 딕이 미리 주차장으로 나가 한나의 트럭을 따뜻하게 데워 놓았지만, 히터를 최고로 높이 올리고 따뜻한 바람이 나오는 팬 역시 활짝 열어 놓았는데도 고작 라디오 버튼에 성에가 가신 정도의 효과만 있을 뿐이었다.

고속도로까지 난 자갈길은 들어올 때보다 한층 더 부드러워져 있었다. 피로연이 한참일 동안 내린 눈이 바퀴 자국을 다 덮어버린 덕분이었다. 뒷좌석에 주의해서 다뤄야 할 짐이 있었기 때문에 한나는 조심조심 차를 몰았다.

샐리의 웨이트리스들이 한나의 트럭에 남은 파이며 케이크, 푸딩, 그리고 패스트리류를 잔뜩 실어주었다. 우선은 쿠키단지에 있는 냉장실에 보관한 뒤 리사와 허브가 적어준 목록대로 내일 아침 샌드버그 목사님이 바이블 교회에서 운영하는 무료 급식소와 레이크 에덴 요양소, 레이크 뷰 노인 아파트, 그리고 팸 백스터와 학생들이 조단 고등학교에서 가정 수업의 목적으로 운영하는 식량 보급 프로그램 등에 분배해야 한다.

널따란 도로는 방금 제설 작업을 마친 터라 한나는 마치 터널 속을 달리는 듯한 기분이 들었다. 양옆으로 눈이 높게 쌓인 바람에 달빛조차 제대로 비추지 않아 칠흑처럼 어두웠던 것이다. 헤드라이트 불빛 너머로 어둠은 끝없이 이어졌다.

바람이 매섭게 부는 커브 길을 돌며 한나는 어딘가 고장 난 차가 멈춰 서 있거나 운전자가 핸들의 통제력을 잃는 바람에 도랑에 빠진 차가 있지는 않나 유심히 살펴보았다. 한적한 도로 근처에 인가도 하나 없었기 때문에 이런 곳에서 누군가 곤경에 처했다면, 마땅히 도와주어야 한다. 그건 미네소타의 겨울철에는 필수로 지켜야 할 관습법이었다.

사나운 바람이 몰아치는 자갈길 도로를 벗어나 시내로 향하는 더욱 널찍한 도로로 접어들며 한나는 도랑에 빠진 쇼우나 리를 만나지 않았다는 사실에 감사했다.

물론 쇼우나 리를 만났다면 마땅히 트럭을 세우고 도와주었겠지만, 돕는 내내 마음이 썩 내키지는 않았을 것이다. 하지만 너무나 감사하게도 그런 일은 애당초 일어나지 않았고, 한나는 여러 면에서 치열할 수밖에 없는 경쟁자에게 울며 겨자 먹기로 착한 사마리아 사람 역할을 해야만 했던 운명을 되돌려준 하늘에 거듭 감사 인사를 했다.

쿠키단지의 뒷골목에 접어들었을 즈음 한나의 왼쪽 발은 꽁꽁 얼어붙을 지경이었다. 한나는 이놈의 히터 문제를 한번에 해결해줄 거라며 시릴 머피가 자신 있게 공언한 보조 히터도 꼭 사고, 앞문 쪽에 난 구멍도 반드시 막아야겠다고 마음먹었다.

한나는 늘 주차하는 자리에 트럭을 세운 후 차에서 내렸다. 폴짝 내려서자 한나의 왼쪽 다리 아래로 꽁꽁 얼어 있던 다섯 개의 발가락들에 조금씩 감각이 돌아오는 듯했다. 카페에 오래 있지 않을 것이었기 때문에 한나는 일부러 트럭의 히터 코드를 꽂지 않았다.

그리고는 뒷문 쪽으로 가 잠근 문을 열고, 따뜻한 실내로 들어섰다. 언제나 그랬듯이 새콤달콤한 향이 한나를 맞아주었고, 그 안에 바닐라와 초콜릿, 당밀, 시나몬, 그리고 육두구 열매의 향이 묻어 있다는 걸 금방 눈치 챌 수 있었다. 심지어는 리사와 함께 만들었던 밸런타인데이 쿠키에서 나는 딸기와 체리 향도 섞여 있었다.

따스하고 감미로운 향을 마음껏 호흡하는 한나의 얼굴에 미소가 번졌다. 미식가도 단번에 반할만한 이 향기를 증류해서 향수로 만드는 방법이 있다면, 백만장자가 되는 건 시간문제일 텐데.

한나는 코트를 벗어 걸기도 전에 커피부터 내렸다. 곧 노먼이 카페로와 피로연장에서 가져온 디저트를 트럭에서 내리는 일을 도와주기로 했기 때문이다. 노먼이 도착하기를 기다리는 동안 한나는 생명을 유지해줄 만한 분량의 카페인을 머그잔에 담은 채 홀로 나가 가장 좋아하는 뒤쪽 자리에 앉아 커피 향을 음미했다.

커다란 통 유리창 너머로는 아무것도 움직이는 것이 없었다. 한나의 예상대로 메인 가는 황량하기 짝이 없었다. 항상 밤 9시가 넘으면 시내의 상점들은 문을 닫곤 하니 말이다. 고속도로에 있는 편의점마저 자정이 되면 문을 닫았다.

한나는 보도 위로 눈송이가 부드럽게 흩날리는 광경을 바라보며 의자에 편하게 기대어 앉아 감탄이 섞인 한숨을 내쉬었다. 옆 건물의 지붕에서부터 크리스마스 때가 되면 늘 한번 장식해보고 싶었던, 거리에 우뚝 솟은 높다란 소나무에 이르기까지 모든 것이 흰색의 눈송이로 살포시 덮여 있었다.

메인 가 코너에 있는 옛날 스타일 가로등에서는 노란색 빛이 발하고 있었는데, 그 노란빛을 머금고 반짝이며 떨어지는 눈은 마치 황금 송이가 떨어지는 것 같았다.

이 얼마나 그림 같은 겨울 풍경인가. 한나는 생각했다. 이런 풍경을 본다면 미술가는 물론 작가도 멋진 글 한 줄 써내려갈 수 있을 듯했다. 물론 따뜻한 공간 안에서 편하게 감상할 수 있을 때 얘기다. 겨울은 그 풍경이 아무리 예쁘다고 해도 추위에 제대로 대비하지 못한 사람들에게는 무서우리만큼 가혹한 계절이다.

한나의 시선이 메인 가 너머에 이르자, 그녀의 얼굴이 저절로 찌푸려졌다. 가로등이 꺼져 있는데도 어딘가에서 새어 나온 불빛이 눈밭 위에 반사되고 있었던 것이다. 한나는 잠깐 동안 그대로 앉아 어디서 나오는 빛일까 곰곰이 생각해보았다.

약간 푸르스름한 빛인 것을 보니 형광등에서 비친 것이 분명했다. 쿠키단지에서는 한나의 개인적인 취향에 따라 백열등을 사용하고 있지만, 시내 대부분 상점들은 진열된 상품을 더욱 돋보이게 하려고 형광등을 사용하고 있었다.

거리 저쪽 어딘가의 상점 한 곳이 아직 문을 닫지 않았거나 누군가 불을 켜두고 간 모양이었다. 거리 너머의 상점들 중 한나가 앉아 있는 곳에서 보이지 않는 곳은 단 두 곳, 레이크 에덴 부동산과 매그놀리아 블로썸 베이커리뿐이었다.

피곤함 따위는 완전히 잊어버린 채 한나는 좀더 자세히 살펴보기 위해 폴짝 뛰듯 자리에서 일어나 통 유리창 앞으로 다가갔다. 레이크 에덴 부동산은 안드레아가 매물 명단을 작성할 때 사용하는 야간 등에서 흘러나오는 희미한 불빛 외엔 어두웠고, 앞 유리창을 통해 블록 전체를 환히 밝히던 곳은 다름 아닌 매그놀리아 블로썸 베이커리였다.

한나는 커튼을 젖히고 실눈으로 베이커리 안을 자세히 살펴보았다. 안쪽으로 카운터와 가지런히 정렬된 테이블이 보였지만, 움직이는 사람이라곤 아무도 없었다. 아마도 쇼우나 리가 불 끄는 것을 잊어버린 채 베이커리 문을 닫은 모양이었다.

상냥한 이웃 상점 주인이라면 즉시 전화를 걸어 이 사실을 알려주겠지? 한나는 어떻게 하면 좋을까 골몰한 끝에 전화해서 알린들 자신은 별로 손해 볼 것이 없다는 결론에 도달했다.

한나가 전화했을 때 운이 좋아 만약 자동응답기가 받게 되면 직접 통화하고 어쩌고 할 필요도 없이 간단하게 음성 메시지만 남기고는 그 대가로 사려 깊고 예의 바른 사람이라는 인상을 남길 수 있고, 쇼우나 리가 직접 전화를 받는다고 해도 샐리가 시도하려 했던 방법 그대로 쇼우나 리 옆에 누군가 함께 있는 것이 아닌지 귀를 쫑긋 세우고 탐지할 수 있다는 이득이 있었다.

전화번호를 일부러 찾을 필요는 없다. 쇼우나 리와 바네사 자매가 레이크 에덴 저널에 자기네 베이커리 광고를 지겹도록 도배했기 때문에 이미 머릿속에 각인되어 있었다. 심지어 자매는 케이블 방송에까지 나와 매그놀리아 블로썸 베이커리 앞에 서서 특유의 남부 억양으로 '지금 저희 베이커리로 어서 달려오세요.' 라고 외쳐대곤 했다.

신호가 가기 시작했다. 한 번, 두 번, 세 번. 이내 달칵 소리와 함께 자동응답기의 메시지가 흘러나왔다.

'안녕하세요. 매그놀리아 블로썸 베이커리의 쇼우나 리입니다. 영업시간 중에 전화하셨다면 구름처럼 밀려오는 손님들에게 저희가 자랑하

는 복숭아 파이를 서빙하느라 무척 바빠서 전화를 받지 못할 거예요. 당신도 직접 와서 먹어보세요. 아니면 메시지로 아예 하나 주문해 두시던가요. 그럼 삐-삐-삐 소리가 들릴 때까지 기다리세요.'

쇼우나 리 특유의 끈적끈적함이 묻어나는 남부 억양의 멘트를 들은 한나는 너무 세차게 이를 간 나머지 삐-삐-삐 소리가 흘러나왔을 땐 아주 간신히 입을 열 수 있었다.

"거기 없어요, 쇼우나 리?"

한나가 물었다.

"쇼우나 리? 전화받아요. 쿠키단지의 한나에요. 지금 밸런타인데이 날 밤 10시가 넘었는데, 당신 베이커리에 아직도 불이 켜져 있어요. 깜빡 잊고 끄지 않은 것 같은데, 전기료가 엄청 나오기 전에 알려줘야 할 것 같아서 전화했어요."

전화를 끊으며 한나는 선량한 이웃으로서 해야 할 의무를 다했다는 생각에 기분이 좋아졌다. 그런데 쇼우나 리의 아파트 전화번호가 베이커리와 다르면 어쩌지? 이미 잠자리에 곤히 들었다면, 아래층에서 들리는 전화벨 소리를 듣지 못했을 수도 있다.

레이크 에덴 전화번호부에서 쇼우나 리의 개인 전화번호를 금방 찾을 수 있었다. 물론 엄격히 말하자면 그건 레이크 에덴의 전화번호부가 아니다. 근방의 다른 지역 전화번호들도 얇은 두께로 함께 끼워져 있었다. 하지만 그렇게 해도 집에 놀러 온 아이가 식탁 높이에 맞춰 앉을 수 있도록 의자 밑에 괴어줄 정도 두께에는 이르지 못했다.

한나는 전화번호를 눌렀다, 마음속으로는 이런 멘트가 흘러나오기를 바라며.

'죄송하지만, 이 번호는 없는 번호입니다. 번호를 다시 한 번 확인하신 뒤 걸어주세요.'

옥스 거리에 있는 소형 아파트에 거주하던 쇼우나 리가 베이커리 위층으로 이사한 지 이제 한 달밖에 되지 않았으니 말이다.

하지만 쇼우나 리는 예전 전화번호를 그대로 사용하는 듯, 신호는 아무런 끊김 없이 이어졌다. 신호음이 네 번 울린 뒤 쇼우나 리의 녹음 메시지가 흘러나오기 시작했고, 한나는 메시지가 다 끝나기 전에 수화기를 내려놓았다.

우리의 경쟁자께서 아직도 밸런타인데이 데이트 중이시라면 집에 돌아오는 길에 베이커리 불이 켜진 것을 보겠지……, 하긴 오늘 안으로 집에 돌아오지 않는다면 얘기는 달라진다.

쇼우나 리는 물론이거니와 마이크 역시 결혼식 피로연에 나타나지 않았으니 충분히 가능한 일이다. 덕분에 졸음이 확 달아난 한나는 테이블과 통 유리창 사이를 왔다 갔다 거닐며 노먼을 기다렸다.

하지만 문득 시계를 올려다보니 앞으로 한참은 더 기다려야 할 듯싶었다. 한나가 쿠키단지에 도착한 지 이제 겨우 15분이 지났으니 노먼이 어머니를 집까지 모셔다 드리고 오려면 아무래도 시간이 더 걸릴 것이다. 물론 보통의 경우라면 문제 될 것이 없다.

로드 부인의 집은 쿠키단지에서 고작 몇 블록밖에 떨어져 있지 않기 때문이다. 단지 문제가 되는 것은 로드 부인은 어떤 종류의 파티에서든 항상 마지막까지 남아 있다는 점이었다. 그러니 레이크 에덴 호텔에서 열린 리사와 허브의 결혼 피로연 역시 예외일 수는 없었다.

통로를 서성이는 것도 슬슬 지루해지자 한나는 노먼이 올 때까지 디저트를 조금씩 날라보기로 했다. 미리 날라다 놓으면 노먼이 도착했을 때 바로 아파트로 출발할 수 있을 것이다.

결혼 케이크를 몇 개 나른 후 한나는 카페까지 무사히 옮겨왔다는 자부심에 흐뭇해했다. 다시 졸음이 쏟아지는 와중에도 디저트 나르기는 계속 되었고, 한나도 모르는 새 트럭 안은 조금씩 비어가고 있었다.

이제 샐리의 웨이트리스가 마분지 상자에 담아준 크림 파이 네 개만 나르면 된다. 트럭에서 마지막 남은 디저트 상자를 집는데, 한나는 왠지 마음이 몹시 불안해졌다.

"데자뷔."

예전의 기억 때문일 것이라고 생각한 한나가 큰소리로 말했다.

공기 통로마저 막혀버린 냉장실에 갇히는 경험은 평생에 한 번으로 충분했다. 아무 일도 없을 걸 괜히 마음만 움츠러드는 것일 뿐이라는 걸 한나도 잘 알고 있었지만, 쉽사리 떨쳐낼 수 없는 공포감에 한나는 문에서 가장 가까운 선반에 대충 상자를 올려놓고는 안전한 냉장실 밖, 작업실로 얼른 빠져나왔다.

한나는 커피를 한 잔 따라 듀빈스키 부인이 가져온 양귀비 씨 케이크와 함께 마셨다. 한나와 함께 뷔페 테이블의 메뉴를 점검한 샐리는 잘못하면 디저트들이 모두 설탕 밭이 되겠다고 걱정하며 아이싱을 하는 대신 설탕 가루를 아주 조금 묻힌 케이크를 세 개 정도 직접 구워오겠다고 약속했었다.

한나는 다시 시계를 쳐다보았다. 디저트를 나르는 데도 10분밖에 걸리지 않았다. 노먼이 아무리 일찍 도착한다고 해도 5분을 더 기다려야 하는데, 그마저도 지금 상황에선 낙관할 수 없었다.

한나는 다시 홀의 뒤쪽 테이블로 자리를 옮겼지만, 좀처럼 마음 편히 쉴 수가 없었다. 매그놀리아 블로썸 베이커리에서 새어 나오는 환한 불빛이 자꾸만 마음에 걸린 것이다.

어쩌면 도둑이 든 것인지도 모른다. 생각이 그곳에까지 미치자 한나의 상상력은 마구 내달리기 시작했다. 만약 낮 동안 도둑이 든 것이라면 도둑은 불이 켜져 있는지 어떤지 전혀 알지 못한 채 베이커리를 빠져나갔을 것이다. 금전등록기가 활짝 열려 있고, 오늘 하루 수입을 모두 도둑맞았을지도 모를 일이다.

한나가 만약 이웃한 상점의 안녕을 위해서 사소한 질투심쯤은 기꺼이 옆으로 치울 수 있는 레이크 에덴의 선량한 시민이라면 당장 매그놀리아 블로썸 베이커리로 달려가 금전등록기가 무사한지 확인하는 게 맞는 일일 것이다.

한나는 끙 소리를 냈다. 다시 부츠를 신고 코트를 챙겨 입고 길 건너편에 있는 경쟁 상점으로 달려가 도둑이 들지 않았는지 확인하는 일은 정말이지 하고 싶지 않았다.

하지만 도덕적이고 올바른 사람이라면 당연히 그렇게 해야 할 터였고, 한나는 도덕적이고 올바른 사람이 되고 싶었다. 할 수 없이 한나는 아직도 욱신거리는 발을 애써 부츠에 집어넣고, 파카 코트를 걸친 후 지퍼를 제일 위까지 올렸다. 그러고는 노먼에게 쪽지를 썼다.

'길 건너 쇼우나 리의 베이커리에-도둑이 들었을지도?'

그런 후, 테이프로 뒷문에 붙인 뒤 서둘러 매그놀리아 블로썸 베이커리로 달려갔다.

안전지대였던 카페 밖으로 나오자 날카로운 사자의 이빨처럼 사납고 매서운 바람이 한나의 얼굴을 세차게 내리쳤다. 한나는 한껏 옷깃을 세우고 두 손으로 눈을 가린 채 메인 가를 건너 레이크 에덴 부동산의 가짜 토마스 제퍼슨 모형(미국의 3대 대통령으로 시장자유주의를 주창했다)의 기둥 밑에 숨어 판유리로 된 경쟁 상점을 훔쳐보았다.

매그놀리아 블로썸 베이커리는 안드레아의 설명, 그 이상이었다. 정말 환상적인 디자인의 가게 내관과 외관을 한나도 첫눈에 인정할 수밖에 없었다. 미니애폴리스에서 온 예술가가 그렸다는 매그놀리아 나무 벽화는 아주 웅대했고, 테이블과 의자의 색과 디자인 모두 실내 분위기와 아주 잘 어울리는 것은 물론이거니와 집기들 전부가 반짝반짝 빛이 나는 새것이었다.

특히 실내의 색상 조화가 아주 멋졌는데, 한나의 눈에 보이는 모든 것들이 다 나름의 색상 조화를 이루고 있었다. 집에서 만든 소품들로 장식한 쿠키단지는 전문 인테리어 디자이너가 많은 돈을 받고 꾸며준 쇼우나 리와 바네사의 베이커리에 적수가 되지 못했다.

한나는 한숨을 내쉬었다. 베이커리 장식에서도 뒤로 밀려나다니 우울한 기분마저 들었다. 하지만 맛에 있어서만큼은 자신이 우위라는 사실로 스스로를 달래며 한나는 점점 자신감을 회복해갔고, 따지고 보면 아무것도 뒤질 것이 없다는 결론으로 끝을 맺었다.

가게 안의 금전등록기는 굳게 닫혀 있었고, 도둑이 침입한 흔적 같은 것은 보이지 않았다. 모든 것이 내일 아침 손님을 맞기 위한 준비로 반듯하게 세팅되어 있었다. 하지만 여전히 환한 불빛이 한나의 마음에 걸렸다. 아무래도 좀더 살펴보는 것이 좋겠다.

레이크 에덴에는 좀도둑이라곤 거의 없지만, 십대 청소년들 몇몇이 쇼우나 리가 베이커리 문을 닫을 때까지 기다렸다가 잠금장치를 뜯고 몰래 주방으로 들어가 패스트리라도 몇 개 훔쳐 먹었을지도 모를 일이다. 주방에도 역시 불이 켜져 있는 상태였다. 회전문에 난 다이아몬드 모양의 유리창으로 불빛이 보였다.

노먼이라도 같이 있었으면 좋았을 텐데. 하지만 거리에는 지나는 차도 한 대 없었다. 아마 노먼은 아직도 어머니 옆에서 사람들이 소위 썰렁한 우스갯소리로 말하는 '효자 아들' 노릇을 하고 있을 것이다.

남의 주방에 들어가는 일은 정말이지 한나의 성미에 맞지 않았지만, 그렇다고 여기 가만히 서서 손 놓고 있을 수만은 없었다. 한나는 뒷문으로 돌아들어 가야 하는 수고를 덜려고 앞문의 손잡이를 돌려 보았지만, 문은 굳게 잠겨 있었다. 이렇게 불을 환히 켜놓은 것이 도둑들의 소행이라면 분명히 뒷문으로 들어왔다 다시 뒷문으로 나갔을 것이다.

"쇼우나 리?"

한나가 앞문을 세차게 두드리며 그녀의 이름을 불렀다.

안에서 아무런 대답도 들리지 않자 한나는 주먹을 더 꽉 움켜지고 위층에 곤히 잠들어 있는 사람도 놀라 깰 수 있을 정도로 힘차게 문을 두드렸다. 안에는 아무도 없는 것이 분명하다는 것을 확신할 수 있었다.

한나가 이렇게 큰소리로 외치며 쾅쾅 문을 두드렸는데도 깨어나지 않을 수 있는 사람은 오직 시체뿐일 것이다. 반갑지 않은 생각을 애써 물리치며 한나는 뒷문이 열려 있는지 돌아가 보기로 했다.

어디 깨진 유리창이 없는지, 누군가 침입한 흔적이 없는지 세심하게 관찰하며 한나는 건물을 끼고 뒤쪽으로 돌아들어 갔다. 별다른 이상한 점은 눈에 띄지 않았지만, 주방 창문으로 안을 넘겨다 본 한나는 얼굴을 찌푸릴 수밖에 없었다. 화려한 분홍색과 초록색 상자들이 카운터 위에 잔뜩 쌓여 있었는데, 겉면에는 '베티 조의 냉동 복숭아 파이, 매이컨 식품사'라는 라벨이 붙어 있었던 것이다.

자매가 자랑하는 남부식 복숭아 파이는 옛 친척 쪽에서 물려받은 레시피를 토대로 직접 만들었다고 하더니……. 물론 사실일 수도 있다. 단지 쇼우나 리의 친척이 아니라 베티 조라는 사람의 친척일 뿐.

오븐 쪽으로 시선을 옮기던 한나의 얼굴이 한층 더 어두워졌다. 활짝 열린 오븐 문 바로 옆 바닥에 복숭아 파이가 팬에 담긴 채 덩그러니 놓여 있었던 것이다. 흰색 타일 바닥은 끈적끈적한 주스가 쏟아져 있었고 그 위로 복숭아 조각과 비스킷들이 마구 흐트러져 있었다.

쇼우나 리가 오븐에서 팬을 꺼내다가 떨어뜨리기라도 한 것인가? 아니면 이 아수라장에는 또다른 불길한 이유가 있는 것인가?

또다른 주방 창문을 들여다보자 역시나 불길한 대답이 한나의 질문에 응해 왔다.

유리창에 구멍이 두 개 뚫린 채 그 주변으로 거미줄처럼 금이 가 있었던 것이다. 한나가 비록 전문가는 아니었지만, 한눈에 보기에 그 구멍은 꼭 총알구멍 같았다!

유리창에 코를 맞댄 뒤 서리가 끼지 않게 하려고 숨을 참으며 창 안을 들여다보던 한나는 힘들게 침을 꿀꺽 삼켰다. 저기 작업대 뒤로 살짝 삐져나온 건 신발이 아닌가?

지금 이 시점에서는 현명하게 대처할 방법과 어리석게 대처할 방법이 하나씩 있다. 현명하게 대처하는 방법은 사람들에게 도움을 청하거나 아니면 노먼이 올 때까지 기다리거나 어쨌든 저 안에, 홀로 들어가 살펴보지만 않는다면 뭐든 현명했다.

하지만 한나가 현명하게 대처하는 동안 저 신발의 주인공은 생사의 길을 넘나들고 있을지도 모를 일이다.

'아마 네가 할 수 있는 가장 최선책은 아무것도 하지 않는 것이다.'

그다지 친절하지 않은 한나의 자아가 속삭였다.

'그냥 쿠키단지로 돌아가서 아무것도 보지 못한 척하면 좀 어때? 누가 알겠어?'

"내가 알잖아."

착한 편의 심적 부담을 끌어안으며 한나가 큰 소리로 대답했다.

쇼우나 리에 대한 개인적인 감정이 어떻든 상관없었다. 경쟁자가 어디 다쳤거나 어려움에 부닥쳐 있다면, 마땅히 도와야 하는 것이 옳았다.

마음에 결정이 내려지자마자 한나는 재빨리 움직였다.

뒷문마저 잠겨 있다면 발로 차서라도 열어볼 생각이었지만, 문은 잠겨 있지 않았다.

한나는 유리창에 나있던 그 구멍이 총알구멍이 아니기를, 카운터 뒤에 빠끔히 나와 있는 신발은 사람의 발이 들어 있지 않은 빈 신발뿐이기를, 바닥에 떨어져 있는 복숭아 파이는 그저 오븐에서 미끄러져 떨어진 것일 뿐이기를 간절히 기도하며 문을 열었다.

하지만 그렇다면 쇼우나 리는 대체 어디로 간 것일까? 무슨 이유로 오븐 문은 닫지도 않고, 바닥은 엉망인 채로 가버렸을까?

"세상에."

카운터 뒤에서 미끄러지듯 멈춰 선 한나는 너무 놀라 그만 숨이 턱 막히고 말았다.

쇼우나 리는 타일 바닥에 등을 댄 채 쓰러져 있었는데, 흰색 요리사용 앞치마에는 딸기 시럽처럼 보이는 얼룩이 마치 꽃처럼 만개해 있었다. 그리고 그 꽃의 한가운데에는 구멍이 하나 나 있었다.

　이 이상 어떻게 더 명확할 수 없는 범죄 현장을 애써 훼손할 필요는 없었다. 쇼우나 리는 가슴에 총을 맞았고, 이미 숨진 상태라는 것은 삼척동자도 알 만한 사실이었으니 말이다.

한나는 얼음장 같은 밤 공기를 여러 번 들이켰다. 조금 나아지긴 했
지만, 그래도 여전히 다리가 후들거렸다.

　한나는 닫힌 문에 잠시 기대어 서서 늑대 떼에 쫓기는 사냥꾼이 아닌
보통 상황에서의 일반 사람처럼 숨을 쉬어보려고 애썼다.

　얼른 안정을 되찾아야 쿠키단지로 돌아가서 경찰에 신고할 수 있다.
매그놀리아 블로썸 베이커리 주방 벽에도 전화기가 걸려 있었지만, 다
시 안으로 들어가 전화기를 사용할 엄두가 나지 않았다.

　조금이라도 걸을 수 있을까 하는 생각에 막 벽에서 몸을 떼어 힘든
발걸음을 내딛으려는데, 어디선가 한나의 이름을 부르는 희미한 목소
리가 들려왔다.

　노먼이었다. 한나는 안도의 한숨을 내쉬었다. 노먼이 대신 경찰에 전
화해줄 수 있을 것이다. 이제 아무것도 하지 않고 여기에 가만히 서 있
기만 하면 된다.

　"나, 여기 있어요!"

　자신의 목소리 같지 않은 희미한 외침이 부디 건물을 돌아 노먼에게
까지 이르길 바라며 한나가 간신히 입을 열었다.

그리고 한나의 바람이 이루어졌는지, 건물 뒤쪽을 향해 걸어오는 노먼의 발소리가 들렸다.

한나가 제자리에 돌처럼 서서 그가 오기를 기다리는데, 골목으로 환한 빛이 쏟아져 들어왔다. 경찰차였다.

베이커리 주차장에 멈춰 선 경찰차에서 마이크가 내리자 한나는 얼굴을 찌푸리기 시작했다.

'아직 경찰에 전화하지 않았는데⋯⋯.'

두 남자가 한나를 향해 성큼성큼 다가왔다.

뒷문에 간신히 기대어 서 있는 한나를 본 두 남자의 얼굴에 누가 먼저랄 것도 없이 동시에 염려스러운 표정이 떠올랐다.

"여기 도둑이라도 들었어요?"

한나의 옆에 도달한 노먼이 물었다.

"잘 모르겠어요. 없어진 건 없어 보이는데, 여긴 한번도 와본 적이 없어서요."

"안에 쇼우나 리가 없습니까?"

마이크가 물었다.

"있어요."

한나가 대답했다. 한나의 음성이 미세하게 떨리고 있었지만, 마이크는 전혀 눈치 채지 못했다.

"어디 있습니까?"

"주방에요."

"그럼, 도둑이 들었을 때 쇼우나 리도 안에 있었단 말인가요?"

타일 바닥에 쓰러져 있는 쇼우나 리의 시체가 번쩍하는 섬광과 함께 그녀의 머릿속에 떠오르자 한나는 또다시 침을 꿀꺽 삼켰다. 입을 열어도 말이 나오지 않을 것 같아 한나는 묵묵히 고개만 끄덕였다.

"그렇다면 강도로군요, 도둑이 아니라."

마이크가 설명했다.

"강도는 사람이 있을 때 침입한 것을 말합니다. 도둑은 집을 비웠을 때 침입한 걸 말하고요. 쇼우나 리가 안에 있었다면, 이건 강도 사건입니다."

"그 이상이에요."

한나가 간신히 입을 열었다.

"그게 무슨 뜻입니까?"

마이크가 인상을 쓰며 한나를 돌아보았다.

"물론 강도일 수 있지만, 사건이 그보다 더……."

"무슨 일이 더 있었습니까?"

마이크가 물었다, 그의 얼굴이 한층 더 어두워지고 있었다.

"쇼우나 리는 괜찮은 건가요?"

"별로요."

재치도 없고, 별로 돌려 말할 줄도 모르는 한나로서는 그냥 있는 그대로 사실을 내뱉을 수밖에 없었다.

"카운터까지만 갔어요. 만진 거라곤 손잡이랑 오븐 문이 열려 있길래 닫은 것밖에 없구요. 경찰에서 내가 지난번 시체를 찾았을 때 채취한 지문 기록을 갖고 있을 거예요."

"지난번 시체요?"

마이크의 물음에 한나가 고개를 끄덕이자 그의 얼굴이 더욱 창백해졌다. 적어도 한나 생각으론 그랬다. 골목의 반대편에서 비춰오는 흐릿한 가로등 불빛으로는 그의 얼굴을 자세히 볼 수 없었다.

"한나 말은 그러니까, 쇼우나 리가……, 죽었다는 겁니까?"

"직접 다가가서 확인해보지 않았지만, 그런 것 같아요. 범죄 현장을 훼손하면 안 될 것 같아서요."

마이크의 입술이 굳게 다물어지더니 그는 아무런 말없이 뒷문으로 들어갔다. 그리고 그와 거의 동시에 노먼이 한나의 옆으로 더 가까이 다가와 그녀의 어깨를 감싸 안았다.

"좀 앉을 수 있도록 차까지 데려다 줄까요?"

노먼이 물었다.

"아뇨, 괜찮아요. 마이크가 나오거든 질문에 대답해준 뒤 떠나도록 해요."

"내가 같이 있었으면 좋았을 텐데 그랬어요."

노먼이 한나를 따스하게 안으며 말했다.

"내가 도울 수 있었을 텐데. 늘 한나에게만 이런 일이 일어나니, 내가 미안하네요."

"내 팔자인 걸요. 불빛을 보고 날아드는 나방처럼 시체에는 내가 매력이 있는가 보죠."

"재미있네요."

"내 입장이 되어보면 그런 말 못할 거예요."

노먼은 한나의 떨림이 멈출 때까지 아무 말 없이 그녀를 꼭 안아주었고, 그런 노먼이 한나는 너무나 고마웠다. 나를 이해해주는 사람과 함께 있다는 것만으로도 마음에 얼마나 큰 위안이 되는지 정말 놀라울 따름이었다.

잠시 후 다시 마이크가 모습을 보였을 때 한나는 충분히 진정되었지만, 마이크는 오히려 그 반대인 듯했다. 그의 손은 떨리고 있었고, 앞이마에는 땀이 송골송골 맺혀 있었다.

"죽었습니다."

한눈에 보기에도 어렵게 정신을 수습하는 듯한 마이크가 한나를 돌아보며 말했다.

"여기까진 어떻게 해서 오게 됐죠?"

"노먼을 기다리느라 쿠키단지에 있었어요. 그러다가 이쪽 거리에 아무도 없는 것 같은데 불이 켜진 것을 보고 별일 없나 해서 와본 거죠. 오늘 리사와 허브의 결혼식 피로연 때 쇼우나 리가 복숭아 파이 세 개를 가져오겠다고 했는데 나타나지 않아서 궁금했던 참이었거든요."

마이크는 주머니에 항상 지니고 다니는 수첩에 한나의 말을 받아적었다.

"누구 다른 사람한테 전화해서 여기 간다고 알렸습니까?"

"아뇨, 그저 노먼에게 쪽지를 써서 뒷문에 붙이고 왔을 뿐이에요."

"뭐라고 썼는데요?"

"정확히 기억나진 않아요." 한나가 노먼을 돌아보며 말했다.

"혹시 지금 갖고 있어요?"

그러자 노먼이 재킷 주머니에서 쪽지를 꺼냈다.

"여기 있어요."

그가 마이크에게 쪽지를 건넸다.

'길 건너 쇼우나 리의 베이커리에—도둑이 들었을지도?'

마이크가 쪽지 내용을 큰소리로 읽더니 한나를 돌아보았다.

"왜 도둑이 들었을 거라고 생각했죠?"

"전화했는데, 아무도 받지 않아서요."

"베이커리 번호로 전화했단 말입니까?"

"베이커리에도 하고 쇼우나 리의 집에도 걸었어요. 근데 아무도 받지 않길래 쇼우나 리가 집을 비운 새 누군가 침입했나 보다 생각했죠."

"그래서 충동적으로 도둑을 때려잡겠다고 나섰단 말입니까?"

"그럴 리가요! 창문으로 들여다봐서 누군가 있다면, 그 길로 경찰에 전화했을 거예요. 사실 당신이랑 노먼이 도착했을 때 내가 막 하려던 일이기도 하구요."

한나가 노먼을 돌아보았다.

"내 쪽지를 보고 경찰에 전화한 거예요?"

그러자 노먼이 고개를 저었다.

"아뇨, 어쩌면 그래야 했는지도 모르겠어요. 그냥 바로 이리로 달려왔어요."

"잘했어요!"

한나가 말했다. 그러고는 마이크를 돌아보았다.

"이해할 수 없는 게 있네요. 나도 경찰서에 전화 안 했고, 노먼도 하지 않았다면, 당신은 여기에 무슨 일로 온 거죠?"

"나요?"

불편한 기색을 보이며 마이크가 되물었다.

"아, 그게……, 쇼우나 리가 우리 집에 오기로 약속이 되어 있었는데, 오기로 한 시간에 오지 않아서요. 그렇다고 데이트 같은 걸 하려고 했던 건 아닙니다. 둘 사이에 얘기로 풀어야 할 개인적인 일이 좀 있어서 말입니다. 얘기를 마치는 대로 한나를 데리러 피로연장에 갈 생각이었어요."

"그렇군요."

과연 쇼우나 리에게 또다른 약속이 잡혀 있다는 얘기는 할 작정이었는지 의아해하며 한나가 대꾸했다.

"집에 오지도 않고, 전화도 받지 않아서 좀 걱정이 됐어요. 그러니까, 쇼우나 리가 매사 철두철미한 사람은 아니지만 그래도 보통 때 늦으면 늦는다고 전화 정도는 하거든요."

"당신과는 달리 말이죠."

마이크가 자신한테는 연락 한 번 주지 않고, 쇼우나 리에게는 친히 전화를 걸었다는 사실에 화가 난 한나가 나지막이 중얼거렸다.

"9시가 되어도 오지 않길래 다시 전화를 해봤어요. 그 후로도 15분마다 한 번씩 계속 말입니다. 10시 15분이 되자 안 되겠다 싶어서 무슨 일이 있나 이리로 직접 달려온 거죠."

"정말 자상하시네요."

빈정거림을 숨긴 채 한나가 말했다.

"흠……, 한나도 마찬가지예요. 일부러 여기까지 와서 확인했잖아요. 피로연에 못 가서 정말 미안해요. 꼭 당신이랑 마지막 춤을 추고 싶었는데."

"나도 마찬가지예요."

한나는 단어 하나하나에 진심을 담아 말했다.

피로연장에 늦게 온 이유를 한나에게 얘기했다면, 그 춤이 정말로 마지막 춤이 되었을 테니 말이다.

"괜찮아요, 한나?"

아파트에 들어서자마자 노먼이 물었다.

"지금은 괜찮아요."

한나가 벽에 걸린 시계를 올려다보았다.

"엄마한테 또 전화가 걸려오기 전에 얼른 커피부터 끓여야겠어요."

그러자 노먼이 웃음을 터뜨렸다.

"어디……, 빌이랑 릭 머피가 도착하자마자 출발해서 여기까지 오는데 20분이 걸렸으니까, 약 5분 정도 남았네요."

"2분 남았을 걸요." 한나가 씩 웃으며 말했다.

"내기에서 지는 사람이 다음번 저녁을 사는 건 어때요?"

"좋아요. 근데 든든한 친구는 어디 있어요? 항상 문가에 지키던데."

"날 덮치려고 기다리고 있다는 편이 더 맞아요."

제일 처음 외출하고 돌아온 한나를 향해 펄쩍 뛰어오르던 모이쉐 때문에 노먼이 놀랐던 일을 생각하며 한나가 킥킥거렸다.

"아마 침실에 있는 내 베개 위에서 자고 있을 거예요. 커피 끓이는 동안 한번 가보지 그래요?"

한나가 막 커피 물을 올리는데, 노먼이 모이쉐를 안고 주방으로 들어왔다. 너무 독립적이어서 탈인 녀석이 노먼의 품에서는 배까지 보이며 아주 얌전을 빼고 있었다.

한나는 그런 모이쉐의 모습을 볼 때마다 놀라움을 금할 길이 없었다. 한나가 배를 쓰다듬을라치면 이빨을 드러내 놓고 반항하는 녀석이 노먼이 안아줄 때는 아무런 저항 없이 가르랑거리고 있으니 말이다.

"그르르릉."

모이쉐가 비난의 눈길로 한나를 쳐다보며 불평했다.

"뭐?"

"그르르르릉!"

"먹이그릇이요." 노먼이 통역했다.

"봐요, 비었잖아요."

"고양이랑 대화도 하는 거예요?"

장난기가 오른 한나가 짓궂게 물었다.

"지금 녀석이 화낼 일이 그것밖에 없잖아요, 안 그래요?"

한나는 고개를 끄덕이고는 찬장의 잠금장치를 풀고 먹이를 꺼냈다.

그런 후 모이쉐의 그릇에 부어주자 노먼이 녀석을 바닥에 내려놓았다. 한나의 룸메이트 녀석은 고맙다는 듯 노먼의 엄지를 재빨리 핥고는 자기가 제일 좋아하는 먹이그릇과 물그릇이 놓인 매트로 쪼르르 달려갔다.

"내가 이긴 것 같네요."

한나의 주방 벽에 걸린 사과 모양 시계를 올려다보며 노먼이 말했다.

"아니, 아니에요. 이제 4분이 지났잖아요, 노먼은 분명히 5분이라고 했어요."

한나가 두 개의 머그잔에 커피를 따라 하나를 노먼에게 건네주었다.

"그래도 4분이 한나가 말한 2분보다는 길잖아요."

"알아요. 그래도 지금으로 봐서는 우리 중 누구도 이긴 사람이 없는 거죠. 거실로 나가서 마셔요, 거기가 더 편하니까."

"시계를 못 보게 하려는 거군요."

노먼이 심술 맞게 얘기했지만, 머그잔을 들고 거실로 나가 소파의 한나 옆자리에 앉는 노먼의 얼굴은 싱글싱글 웃고 있었다.

"만약 지금 전화벨이 울려서 우리 둘 다 지게 되면 어떻게 하죠?"

"그럼 각자 돈 내기해요."

한나가 목을 빼고 주방 시계를 바라보았다.

"근데 아마 그럴 일은 없을 것 같네요. 지금 고작 12초……."

바로 그때 요란스러운 전화벨 소리가 한나의 예언을 가로막았다.

"아하!" 노먼이 환호했다.

"한나 어머님 전화면, 내가 이긴 겁니다."

"엄마가 맞아요."

"어떻게 알아요?"

"모이쉐를 봐요."

한나가 모이쉐 쪽을 가리키며 말했다.

"녀석이 왜 저러죠? 털이 삐죽삐죽 솟았는데요."

"엄마한테 전화가 올 때면 늘 저래요."

한나는 전화벨이 더 울려대기 전에 얼른 수화기를 집었다.

"안녕, 엄마."

엄마의 한숨 소리가 어찌나 큰지 마치 수화기를 뚫고 나와 한나의 귀를 간질이는 것 같았다.

"전화 좀 그렇게 받지 말았으면 좋겠구나, 얘야. 수신자 번호가 찍히는 게 아니라면 말이다. 그런 거 아니잖니?"

"나름의 방법이 있어요."

한나가 털이 한껏 솟은 모이쉐를 내려다보며 말했다.

"안드레아가 전화했나 보네요."

"맞다."

"안드레아는 빌한테 얘기 들었구요."

"그래. 제발이지 이제 시체 찾기 좀 그만했으면 좋겠구나, 한나. 그건 숙녀답지 못한 행동이야. 사람들이 또다시 널 흉보기 시작했다."

"그럼 전에도 내 흉을 봤었단 말이에요?"

"그래. 마이크가 너더러 시체 찾기 전문가라고 불렀을 때 바바라 도 넬리가 사무실 밖에서 엿들은 모양이더라. 바바라가 버티 스트롭의 미용실에 갔다가 그 얘길 했고, 버티는 미용실에 오는 손님마다 그 얘길 퍼뜨렸다지 뭐냐. 바스콤 시장이 너한테 레이크 에덴의 제일가는 시체 찾기 전문가 훈장이라도 내려야 하는 거 아니냐면서 말이야."

"그랬군요."

한나는 최대한 애매한 뉘앙스를 살려 대답했다. 사실, 한나는 버티 스트롭의 아이디어가 너무 우스워 견딜 수 없었다.

"마을 사람들이 저마다 네 별명으로 어떤 게 좋을지 정하느라 아주 경연이 벌어졌단다."

한나에게도 몇 가지 좋은 별명이 떠올랐지만, 지금은 그저 입 다물고 가만히 있는 것이 신상에 좋을 듯했다. 마음이 몹시 상한 엄마에게 반항해봤자 좋을 것이 없으니 말이다.

"너무 걱정하지 마세요, 엄마. 며칠이면 잠잠해질 거예요."

"제발 그래야지, 안 그러면 내가 이 마을에서 고개를 들고 다닐 수 있 겠니!"

잠시 침묵이 이어지더니 마침내 엄마가 입을 열었다. 어느새 노기는 누그러들고 엄마의 음성에는 호기심이 묻어나고 있었다.

"안드레아 말이, 네가 현장에 대해 아주 상세하게 설명해줬다고 마이크가 빌에게 그랬다던데, 전부 얘기해봐라, 애야. 네가 쿠키단지에서 떠난 직후부터 쇼우나 리를 발견했을 때까지 말이다."

한나는 엄마의 단잠을 방해할만한 시각적인 묘사는 최대한 자제한 채 첫 번째에 이어 두 번째로 사건 현장에 대한 설명을 시작했다.

그리고 설명이 다 끝나자 엄마가 한숨을 내쉬었다.

"그렇게 죽다니 안됐구나. 우리가 알던 사람이 끔찍한 범죄의 희생양이 됐다는 사실이 정말 충격이구나. 그나마 내가 좋아하는 사람들 중 하나가 아니라서 다행이긴 하다만."

한나는 터져 나오려는 웃음을 꾹 참았다.

엄마가 무슨 생각을 하고 있었던 것인지는 전적으로 엄마에게 맡기리라!

"그래, 바네사는 어떻게 하고 있다더냐? 조지아로 돌아간다니?"

"모르겠어요, 엄마."

"다시 돌아갔으면 좋겠구나! 경쟁자가 없어져야 네 걱정도 덜 게 아니냐."

엄마에게 안녕히 주무시란 인사를 하고 수화기를 내려놓으며 한나는 생각에 잠겼다. 쇼우나 리의 죽음이 한나 개인에게 어떤 영향이 있을지 미처 생각하지 못했다.

엄마 말이 맞았다. 만약 매그놀리아 블로썸 베이커리가 문을 닫는다면, 예전 카페 손님들이 다시 돌아올 것이다.

"무슨 일이에요?"

노먼이 한나의 찌푸린 표정을 보고는 물었다.

"그냥 생각을 좀⋯⋯."

그때 한나의 생각을 방해하는 날카로운 전화벨이 울렸고, 한나는 즉시 수화기를 들었다.

오늘 밤은 전화통에 불이 나려나 보다. 모이쉐가 예민하게 반응하지 않는 것을 보니 엄마는 아닌 듯해 한나는 평소처럼 전화를 받았다.

"여보세요?"

"안녕, 한나. 너무 늦게 전화한 게 아닌지 모르겠네."

"아니에요."

로드 부인의 목소리를 알아들은 한나가 대답했다.

"방금 엄마와도 통화했어요."

"그럼, 자세한 얘기는 네 엄마에게 들으면 되겠구나. 노먼이 지금 거기 있니?"

"네, 여기 있어요. 바꿔드릴까요?"

부인의 확고한 대답에 한나는 즉시 노먼에게 수화기를 넘겨주었다.

노먼의 통화 내용은 별로 엿들을 것이 없었다. 그저 '알았어요.', '그렇게 할게요.' 그리고 '어머니도요.' 라는 대답뿐이었기 때문이다.

"쇼우나 리 얘기는 안 물어보세요?"

수화기를 다시 제자리에 가져다 놓으며 한나가 물었다.

"아뇨, 다른 일 때문에요. 한나에게 부탁을 좀 해보라고 하시네요."

의심의 뼈대가 한나를 콕콕 찔러댔다. 무슨 부탁인지도 모르고 무턱대고 들어줄 순 없는 노릇이다.

한나가 고등학생이었을 때 안드레아에게 이 방법으로 속아 넘어가 보호자 책임을 떠안은 채 안드레아를 포함한 다섯 명의 아이를 데리고 억지로 록 콘서트에 가야 했던 적이 있었다. 그때 공연했던 밴드의 이름이 '청력상실'이었는데, 정말 그들의 공연은 밴드 이름 그대로였다.

"무슨 부탁을요?"

한나가 물었다.

"모이쉐가 얼마나 쥐를 잘 잡는지 한나 어머님이 자랑을 하셨대요. 마침 어머니 집에도 쥐가 한 마리 돌아다니는데, 내일 모이쉐를 데려와서 좀 잡아주면 안 되겠느냐고 하시네요. 냉동새우를 준비해놓고 계시겠대요."

"다른 사람들에게도 자랑하고 다니신 건 아닌지 모르겠네요. 그랬으면 레이크 에덴에 사는 사람들이 전부 모이쉐를 고용하려 들 텐데."

한나가 가장 좋아하는 바이에른 프레츨의 봉지를 뜯어 그릇에 담으며 말했다.

"피로연에서 그렇게 먹고도 아직 배가 고프다니 믿을 수가 없어요."

"나도 그래요. 한나는 뭘 그렇게 많이 먹었는데요?"

"어디 보자……, 뭘 먹었느냐면……."

한나가 문득 하던 말을 멈추었다. 그리고 놀란 기색이 그녀의 얼굴에 번져나갔다.

"그러고 보니 별로 먹은 게 없네요. 접시에 잔뜩 담아 얼마 먹지 못했는데, 리사가 와서 부케 던지기 전에 꽃 몇 송이만 잘라달라고 해서요."

노먼이 혼란스러운 표정으로 물었다.

"왜 그렇게 하는데요?"

"전자레인지에 돌려서 말린 다음 기념으로 간직하겠대요."

"전자레인지로 꽃을 말릴 수 있어요?"

"난 못하지만, 리사는 가능해요. 어떤 잡지에서 하는 방법을 읽었대요. 난 그저 꽃을 비닐백에 넣어서 샐리의 냉장실에 넣어 두었을 뿐이에요. 잠깐 자리를 비웠을 뿐인데, 다시 테이블로 돌아와 보니 웨이트리스가 이미 접시를 치운 뒤였구요."

"왜 더 갖다 먹지 않았어요?"

"그러려고 했죠. 새 접시까지 손에 들었다구요. 근데 샐리가 와서는 결혼 케이크 서빙하는 걸 도와달라고 하는 바람에요."

노먼이 웃음을 터뜨렸다.

"그럴 줄 알았어요! 결국 아무것도 먹지 못한 거로군요?"

"네, 케이크 서빙하느라 정신없었어요. 샐리가 나 대신 해줄 사람을 보냈을 때는 이미 입맛을 다 잃은 뒤였거든요. 트럭에서 디저트들을 카페로 나른 다음, 셜리가 가져온 양귀비 씨 케이크를 조금 먹긴 했는데, 만약 곧장 집으로 가서 바로 잠자리에 들었다면 식사 같은 건 까맣게 잊었을 거예요."

한나가 하던 말을 멈추고 생각에 골몰했다.

"왜요?"

노먼이 물었다.

"새로운 다이어트 방법이 생각났어요. 일명 바쁜 일상 다이어트죠. 전국 각지에 다이어트 센터를 지어서 등록하는 사람들에게 엄청나게 많은 일거리를 주는 거예요. 밥 먹을 시간도 없을 정도로요."

노먼이 미처 반응하기도 전에 또다시 전화벨이 울렸다. 이번엔 한나가 매그놀리아 블로썸 베이커리에서 정확히 무엇을 발견한 것인지 물어보는 안드레아의 전화였다. 한나는 엄마에게 해줬던 설명에 한 가지 사실을 덧붙여 그대로 얘기해주었다.

"그리고 내가 카운터에서 뭘 봤던 줄 알아?"

"뭔데?"

안드레아가 호기심에 가득 찬 목소리로 물었다.

"베티 조의 냉동 복숭아 파이 상자."

"어쩐지!" 안드레아가 큰소리로 외쳤다.

"내가 어디선가 맛본 듯한 복숭아 파이라고 했던 거 기억나?"

"기억나."

"노먼이 24시간 오픈 커피숍에서 흔히 맛볼 수 있는 파이라고 했던 것도?"

"그래, 그것도 기억나."

"베티 조는 조지아에 있는 커피숍 체인점이야. 예전에 조단 고등학교 치어리더팀이 애틀랜타에서 열리는 국내 대회에 참가하러 갔을 때 한 번 들른 적이 있었거든."

"대단해!" 한나가 탄성을 질렀다.

"얼른 노먼한테 얘기해줘야겠어. 지금 여기 있거든."

"뭘요?"

노먼이 물었다.

"쇼우나 리가 만든 복숭아 파이가 커피숍에서 파는 것과 비슷하다고 했잖아요. 원래 그거 베티 조에서 만든 냉동 파이였거든요. 근데 안드레아 말이 그게 조지아에 있는 커피숍 체인점 이름이래요."

"노먼이랑 같이 있어?"

안드레아가 최대한 낮은 목소리로 수화기를 통해 한나의 귀에 속삭였다.

"그래."

"노먼이랑 같이 집에 온 거 마이크도 알아?"

"그게 무슨 상관인데? 데이트 약속을 펑크 낸 순간부터 그는 모든 권리를 잃었어."

"그래, 하지만 마이크가 질투심에 사로잡히는 건 언니도 원치 않잖아. 그는 수석 수사관이야. 용의자로 언니를 지목할 수도 있다구. 쇼우나 리가 죽었을 때 가장 많은 이득을 보는 건 결국 언니니까."

"무슨 일이에요?"

수화기를 내려놓는 한나의 혼란스러운 표정을 읽은 노먼이 물었다.

"안드레아 말이 내가 용의자가 될 수도 있다는군요."

"말도 안 돼요!"

"나도 알고 당신도 알지만, 마이크는 모르잖아요."

"마이크도 그렇게 생각하지 않을 거예요."

"어쩌면……, 어쨌든 나에게 가장 강력한 동기가 있다는 건 노먼도 인정할 수밖에 없을 거예요."

"쇼우나 리가 당신의 영업을 방해해서요?"

"그건 극히 일부분이죠."

한나가 동기를 손가락으로 하나씩 꼽아가며 설명했다.

"일단, 카페 운영에도 경쟁자였고, 두 번째 쇼우나 리도 그랬듯이 나도 종종 마이크를 만났더랬어요."

"만났더랬다구요?"

노먼이 끼어들며 물었다.

"지금 기분으로는 그래요. 과거 동사를 사용하고 싶어요. 그리고 세 번째, 쇼우나 리와 난 서로 적대감을 느끼고 있었다구요. 그건 마을 사람들도 전부 아는 사실이에요."

"하지만 그만한 동기를 가진 사람들이 분명히 또 있을 거예요. 쇼우나 리를 죽이고 싶어 했을만한 사람이 또 누가 있을까요?"

"아마도 경찰서에 근무하는 경찰들의 부인들을 들 수 있을 거예요. 쇼우나 리가 경찰서에서 일했을 때 그 사람이 유부남이든 아니든 상관없이 모두에게 추파를 던졌으니까요."

"누가 쇼우나 리를 죽인 건지 알아볼 거예요?"

"그러는 편이 좋을 것 같아요."

한나가 한숨을 내쉬며 대답했다.

"내가 유일한 용의자가 아니라는 사실을 밝히기 위해서라도 말이에요. 물론 나이트 박사님이 사망시간을 추정해낸다면 결백을 인정받겠지만요. 운이 좋으면 내가 수백 명이나 되는 피로연 축하객들에게 케이크를 서빙할 때 쇼우나 리가 총에 맞았을지도 몰라요."

한나가 하품을 하자 노먼이 즉시 눈치를 채고 자리에서 일어나 그녀를 향해 미소를 지었다.

"이제 그만 집에 가봐야겠어요. 한나를 더 붙잡아뒀다가는 그대로 기절해버리겠어요."

"정말 긴 하루였어요."

한나 역시 자리에서 일어나 그를 문 앞까지 바래다주었다.

"내일 상담을 받을까 하는데, 시간 괜찮아요?"

"만들어볼게요. 치과 진료받을 게 있어요?"

"아뇨, 살인사건 때문에요."

한나가 살포시 미소를 지었다.

"리사도 신혼여행 중이고, 안드레아도 다시 부동산에서 파트타임으로 일하고 있어서 수사를 도와줄 사람이 없거든요. 나도 낮에는 계속 카페를 지키고 있어야 하니까 밤에 추리해보도록 해요. 나랑 며칠 밤을 같이 보내도 괜찮겠죠?"

"한나 입에서 그런 말은 절대 나오지 않을 줄 알았어요."

노먼이 말했다. 그러고는 한나를 끌어당겨 키스했다.

한나는 진열대 단지에 마지막 쿠키를 채워 넣고 다시 카운터 뒤의 선반으로 밀어넣었다. 리사의 빈자리가 생각보다 훨씬 컸다.

일 때문이 아니다. 리사가 합류하기 전에도 한나 혼자 카페를 잘 꾸려갔으니 말이다. 물론 도와주는 사람이 있으면 일이 훨씬 쉽고 빠르긴 하지만, 일이야 한나 혼자서도 감당할 수 있었다.

한나는 단지 같이 웃고 떠들며 일했던 동료가 그리웠을 뿐이다.

한나는 갓 내린 커피를 한 잔 따라 제일 좋아하는 뒤쪽 테이블에 앉아 휴식을 취했다. 얼마 동안 혼자서 일해야 할지 아직 알 수 없는 상황이라 카페에 평소보다 조금 일찍 나왔다.

하지만 너무 염려했던 탓일까 카페 문을 열려면 아직도 한 시간이나 기다려야 했다. 자리에 앉아 커피를 마시며 오늘 아침에 처음 시도해본 새 레시피를 맛보던 한나는 문득 경찰서에서 누군가 바네사에게 연락을 취했을까 궁금해졌다.

쇼우나 리의 여동생인 바네사에게는 정말 안 된 일이었다. 12월에 남편을 잃고, 이제 겨우 두 달이 지났을 뿐인데 언니마저 잃게 되다니.

한나가 또다른 쿠키를 가지러 막 자리에서 일어나려는데 눈에 익은

차 한 대가 카페 앞에 멈추더니, 어두운 보랏빛 정장과 그에 어울리는 외투를 걸친 안드레아가 모습을 보였다.

올해의 스타일 좋은 캐리어 우먼 명단에 올려도 좋을 만큼 세련된 모습이었다. 단 한 가지만을 제외하면 말이다. 안드레아가 머리에 꽂은 지나치게 화려하고 큼지막한 붉은색 핀은 그녀가 입은 옷과는 전혀 어울리지 않았다.

서둘러 카페 문을 열어주던 한나는 안드레아의 머리핀 한쪽이 기울어져 있고, 잎사귀도 하나 달아나 있는 것이 눈에 띄었다.

"트레시야?"

안드레아를 안으로 들이며 한나가 물었다.

"뭐가?"

"이 핀 트레시가 만들어준 거냐구."

외투를 벗어 옷걸이에 걸며 안드레아가 고개를 끄덕였다.

"당연히 트레시가 만들었지. 내가 이걸 직접 샀을 거라고 생각했단 말이야?"

"아니, 솔직히 말하지만, 네가 그 핀을 꽂았다는 사실이 더 놀라워. 지금 네 옷이랑 하나도 안 어울리거든."

"여보세요, 언니 코가 석 자야."

안드레아가 평가하는 듯한 시선으로 한나를 바라보며 말했다.

"온통 검정과 파랑이잖아."

"어디가?"

"언니 옷, 검정 바지에 남색 스웨터라니, 정말 그건 아니라고 봐."

한나는 입은 스웨터를 내려다보았다, 안드레아 말이 맞긴 했다.

"그래도 난 핑곗거리가 있어."

한나가 말했다.

"그게 뭔데?"

"옷 갈아입을 때 밖이 너무 어두워서 난 이게 검정 스웨터인 줄 알았다구."

그러자 안드레아가 웃음을 터뜨렸고, 한나도 곧 따라 웃었다.

자매는 서로 장난스럽게 핀잔주는 걸 즐겼다. 물론 핀잔이 너무 날카로우면 안 될 테지만.

"경찰에서 온통 테이프를 둘러놨어."

안드레아가 창밖을 가리키며 말했다.

"여기서도 조금은 보여. 앞쪽에 범죄 현장 보존 테이프가 쳐 있고, 뒷문 쪽에도 있어. 일부러 골목길을 돌아서 왔는데, 언니, 오늘 쿠키를 많이 구워 놓아야 할 것 같아. 마을 사람들 모두 다 이리로 올 테니까."

"이제 매그놀리아 블로썸 베이커리에 가지 못하게 됐으니까?"

"그런 이유도 있지만, 상당한 수의 사람들이 어제 무슨 일이 있었던 것인지 언니에게 물어보려고 밀려들 거야. 제이크와 켈리가 오늘 아침 KCOW 라디오 방송에서 언니가 시체를 발견했다고 방송했거든."

"어-오."

쿠키를 더 구워야 하나 고민하며 한나가 끙 소리를 냈다.

"이번에도 쇼우나 리를 죽인 범인을 잡을 거지?"

"그러는 편이 좋겠다고 생각해. 마이크가 나를 유력한 용의자로 지목할 거라고 네가 겁을 줬잖아."

"분명히 그렇게 될 거야. 빌도 그렇게 생각한대."

"빌이 그렇게 될 거라고 했어?"

"꼭 그런 건 아니야. 내가 물어봤을 때 딱히 부인을 안 하더라구. 어쨌든 내가 뭘 하면 좋겠어? 손님들에게 매물을 보여 주고, 트레시 데리러 갔다 온 뒤에는 여기저기 알아보고 다닐 수 있어."

한나는 잠시 생각에 잠겼다.

"혹시 사망 추정시간을 알아낼 수 있겠어? 그것부터 알아야 해."

"해볼게."

"고마워. 그래, 트레시가 오늘 그 핀을 하고 가라고 했나 봐?"

한나가 다시 화제를 돌리며 물었다.

"맞아, 싫다고 할 수가 없더라구. 자기가 직접 다 만든 거래. 시어머님이 트레시를 데리고 공예품점에 가서 재료 고르는 걸 도우셨나 봐."

"너희 시어머니가 너를 싫어하는 것 같다는 느낌, 안 받아?"

"항상 받지."

안드레아가 깔깔거리며 대답했다.

"언니가 물어보기 전에 말하는 건데, 물론 차에서는 핀을 빼놓고 집에 들어가기 전에 다시 꽂을 수도 있지만, 그래도 트레시가 몇 시간 동안 고생하면서 만든 건데, 엄마라는 사람이 그러면 쓰나 싶어서."

한나는 놀라움이 가득 담긴 눈으로 동생을 쳐다보다 이내 팔을 뻗어 안드레아의 어깨를 토닥여주었다.

"잘했어!"

"고마워. 그뿐만 아니라 손님들한테 매물을 보여줄 때 우리 딸이 만든 핀을 하고 왔다고 하면 손님들이 나를 아주 자상하고 정직한 사람으로 생각할 거야. 그렇게 되면 매물에 대해서 내가 하는 얘기는 모두 믿겠지?"

"그렇구나."

한나가 대답했다.

그러면 그렇지, 안드레아의 본 모습이 어디 가겠는가!

"커피랑 쿠키 좀 먹을래?"

안드레아가 고개를 끄덕이자 한나는 카운터 뒤로 돌아가 커피를 한 잔 따른 뒤 냅킨에 쿠키 두 개를 담아 함께 내왔다.

"이건 뭐야?"

한나가 앞에 놓아준 쿠키를 바라보며 안드레아가 물었다.

"당밀 건포도 쿠키야. 이번 주에 새로 만든 레시피인데, 아직 정식 이름은 못 정했어."

안드레아가 쿠키를 한 입 베어 먹었다.

"맛있다. 깔끔하면서도 당밀 맛이 많이 나. 이것 좀 봐."

"보고 있어."

한나가 안드레아의 냅킨 위에 남아 있는 쿠키를 쳐다보며 대답했다.

"그게 왜?"

"위에 건포도가 세 개 있는데, 두 개는 눈 같고, 다른 하나는 입 같이 생겼어. 이거 보니까 언니가 전에 아침식사로 만들어줬던 조그마한 팬케이크가 생각난다. 기억나지?"

한나도 기억하고 있었다. 안드레아는 식성이 매우 까다로워서 팬케이크에 초콜릿칩으로 만든 '얼굴'이 그려져 있지 않으면 손도 대려 하지 않았다.

"쿠키 하나에 건포도를 딱 세 개씩만 넣을 수 있는 거지?"

"물론. 건포도는 반죽에 넣는 게 아니라 반죽이 끝난 뒤 마지막에 위에 얹는 것이니까."

"건포도를 이렇게 얹으면 꼭 조그만 인형 얼굴 같잖아. 아기 인형이나 패션 인형이라고 하기에는 좀 아니고, 노인 인형이라면 어떨까."

한나는 아무렇지도 않은 듯한 얼굴을 하고 있었지만, 속으로는 거의 비명에 가까운 웃음을 내지르고 있었다.

"노인 인형이라는 이름의 쿠키를 사람들이 사먹을 것 같지 않은데."

"아무래도 그렇겠지?!"

안드레아가 웃기 시작하자 한나도 숨김없이 그에 합류했다. 자매의 웃음이 어느 정도 잦아들자 안드레아가 다시 입을 열었다.

"사과에 얼굴을 새긴 인형 같아, 옛날 쿠키 있었잖아. 왜, 그거 알지?"

그런 인형이라면 한나도 아주 잘 알고 있었다. 대학시절에 직접 한 번 만들어보려다가 손가락을 여러 군데 베이기만 했으니까.

"그거랑 비슷하게 생기긴 했어. 하지만 레시피에는 전혀 사과가 들어가지 않는데, 사과 인형 쿠키라고 할 순 없잖아."

"나도 알아. 그러니까 그냥 인형 얼굴 쿠키라고는 부르는 거야. 아마 모두 좋아할 걸. 그리고 쿠키마다 얼굴을 조금씩 다르게 만들어 사람들이 서로 비교하면서 여러 개 사먹을 수 있도록 해."

"넌 정말 마케팅에 천재적이야."

한나가 미소를 지으며 말했다.

"당연한 말씀! 이것도 전문 부동산 중개인이 되기 위한 훈련 중 하나야. 설사 지나치게 비싼 매물이나 기대 이하로 형편없는 매물이라고 해도 잘 팔아야 하니까."

한나의 얼굴이 찌푸려지는 걸 눈치 챈 안드레아가 재빨리 덧붙였다.

"언니 쿠키 얘기가 아니야. 언니가 만든 쿠키는 지나치게 비싸지도 기대 이하로 형편없지도 않잖아. 난 그냥 일방적으로 그렇다는 얘길 한 거라구."

"일방적이 아니라 일반적이겠지."

안드레아가 자리를 뜬 뒤 한나는 남은 커피를 모두 마시고 손님들을 맞이하기 위한 앞치마로 바꿔 두르기 위해 자리에서 일어났다.

카페 문을 열려면 아직 15분을 더 있어야 했지만, 부지런한 누군가라도 온다면 말동무나 삼을까 하는 희망에서 한나는 그냥 앞문의 팻말을 '열었음'으로 돌려놓으려 막 앞문 쪽으로 향하는데 작업실에서 뭔가 소리가 들렸다.

한나에게 불안감이 엄습했다. 뒷문이라면 아까 들어올 때 분명히 잠갔는데 말이다.

"거기 누구 있어요?"

"안녕, 한나!"

친숙한 목소리가 작업실 쪽에서 들려오더니 잠시 후 리사가 홀에 모습을 보였다.

"리사!"

동료를 보게 되어 무척 반갑긴 했지만, 한나는 영문을 알 수 없었다.

"여긴 어쩐 일이야? 결혼한 첫날부터 남편을 홀로 버려두고 일하러 온 거야?"

그러자 리사가 수줍은 미소를 지었다.

"그게 아니라 허브랑 오늘 아침 일찍 일어나서 뉴스 채널을 틀었는데, 제이크와 켈리가 쇼우나 리가 살해됐다면서 한나가 그 시체를 발견했다고 하잖아요."

"그래서 궁금했구나?"

"그렇기도 했구요, 한나가 범인을 추적하는 동안 제가 카페를 지켜야 할 것 같단 생각이 들어서요."

"신혼여행은 어쩌고?"

"지금도 신혼여행 중이에요. 계획했던 대로 일주일 동안은 레이크 에덴 호텔에서 지낼 거니까요. 단지 사건이 해결될 때까지만 일하러 나올 거예요."

한나는 리사에게 괜찮다고, 그럴 필요 없으니 다시 호텔로 돌아가 허브와 즐거운 시간을 보내라고 얘기하고 싶었지만, 리사의 말이 모두 맞긴 했다. 한나는 정말 리사의 도움이 필요했다.

한나의 고민이 얼굴에 모두 드러났는지 리사가 한나의 팔을 잡았다.

"어차피 허브랑 같이 시간 못 보내요."

동료의 신혼여행을 방해했다는 한나의 죄책감을 물리쳐내기 위해 리사가 애쓰며 말했다.

"허브도 자원해서 딕을 돕겠다고 나섰거든요."

"뭘 하는데?"

"남자들을 즐겁게 해주는 거요. 프리티 걸 화장품사의 수련회가 오늘부터 시작하는 거 알죠?"

한나는 고개를 저었다.

"처음 듣는 얘긴데."

"프리티 걸 화장품사에서 신혼부부용 스위트룸만 빼고 모든 방을 예약했어요. 샐리와 얘길 했는데, 이번 수련회가 잘 끝나면 프리티 걸에서 매년 2월에 회사 수련회를 레이크 에덴 호텔에서 할지도 모른대요."

"좋은 소식이네. 겨울 축제도 1월로 옮겨져서 2월에는 딕과 샐리가 무척 한가했잖아."

"그래서 허브가 딕을 돕겠다고 나선 거예요. 여직원들이 수련회를 하는 동안 남편들을 즐겁게 해줄 프로그램을 하겠다는 거죠. 글로리아 트라비스에게 믿을 수 없을 만큼 멋진 결혼선물을 받았는데 이 정도는 해야 하지 않느냐면서요."

한나는 토끼굴에 떨어진 이상한 나라의 엘리스가 된 기분이었다.

"멋진 결혼선물이라니? 그리고 글로리아 트라비스는 누구야?"

"프리티 걸의 사장 개인비서죠. 올해 수련회 장소를 레이크 에덴 호텔로 선정한 사람이기도 하구요. 피로연에서 한나 어머님이랑 같은 테이블에 앉았던 밝은 파랑 실크 드레스에 검은 머리 여자분 기억해요?"

"아주 잘 기억나."

한나가 말했다. 엄마와 윈슬롭에게 인사하러 갔을 때 그녀도 한나에게 굉장히 친절하게 인사를 건넸다.

"기억하고 있다니 놀랍네요. 말도 별로 안 하고, 피로연장에서도 일찍 나갔는데."

"디저트 후에 바로 일어섰지."

그녀가 자리를 떴을 때를 정확히 회상하며 한나가 말했다.

"엄마 테이블 쪽에 특별히 신경을 쏟고 있었기 때문에 기억해."

"왜요?"

"엄마가 윈슬롭이랑 같이 있었잖아. 결혼식 때문에 두 사람에게 엉뚱한 생각이 떠오르지 않기를 간절히 바라고 있었거든."

"오."

리사가 무슨 말인지 알겠다는 듯 고개를 끄덕였다.

"아무튼 글로리아가 예정보다 일찍 도착하는 바람에 제 결혼 피로연에 참석하게 됐어요. 프리티 걸의 다른 직원들은 오늘 오후에 도착하기로 되어 있거든요. 그래서 샐리가 글로리아도 피로연에 참석하면 어떻겠냐고 물어왔죠."

"그래서 리사가 이렇게 대답했겠지, 전 괜찮아요. 마을 사람들 전부가 왔는데, 한 명쯤 더 온다고 해서 나쁠 것 없겠죠."

리사가 웃음을 터뜨렸다.

"바로 맞췄어요! 정말로 전 상관없었어요. 근데 글로리아가 그런 선물을 준비할 줄은 몰랐어요."

"그 믿을 수 없을 만큼 멋지다는 선물?"

"네, 어쩜! 글로리아가 글쎄 12인용 샴페인 브런치 식사권을 줬지 뭐예요. 언제든 우리가 원하는 때에 예약할 수 있는 거 말이에요."

"와우!"

한나는 그녀가 찬장 문을 열었을 때 그 안에 산더미처럼 쌓여 있는 키티 크런치를 본 모이쉐처럼 숨을 가쁘게 몰아쉬었다.

"허브랑 저도 카드를 열어봤을 때 똑같은 반응을 보였어요. 처음 만난 사람한테 그런 놀라운 선물을 받으리라곤 상상도 못했거든요."

리사가 문득 시계를 올려다보더니 얼굴을 찌푸렸다.

"결혼 얘기는 이쯤 하구요, 아직 5분이 남았으니까 어젯밤에 무슨 일이 있었던 건지 빨리 얘기해봐요."

한나는 오전 내내 자동응답기처럼 같은 문장을 되풀이하며 보내야 했다. 죄송하지만 말씀드릴 수 없어요. 경찰서에서 곧 공식 회견을 할 겁니다. 그리고 마침내 리사가 점심때 좀 쉬지 않겠느냐고 세 번째 물어왔을 때 한나는 결국 그러겠다고 하고는 로드 부인과 노먼의 부탁을 이행하러 집으로 향했다.

한나와 소란스럽게 반항하는 고양이 승객이 로드 부인의 집 앞에 도착했을 때는 정오에서 10분이 지난 시각이었다.

"일단 로드 부인이 집에 계신지 확인해봐야겠어."

모이쉐의 시끄럽게 냥냥 대는 소리에 과연 한나 목소리가 들릴지 알 수 없었지만, 한나가 말했다.

"금방 올게."

한나는 단정하게 새로 다져 놓은 보도를 걸어 올라가 현관의 초인종을 눌렀다. 다행히 안에는 누군가 있었지만, 한나가 예상한 사람은 아니었다.

"안녕, 노먼." 한나가 활짝 웃으며 인사했다.

"로드 부인이 계실 줄 알았는데요."

"그래니의 앤티크가 무척 바쁘신가 봐요. 대신 절 고용하셨죠."

"네?"

"앤티크점 일이 너무 바빠서 절 대신 고용하셨다구요. 1시까지는 진료가 없거든요."

"미안해요, 무슨 얘긴지 잘 안 들려요."

한나는 모이쉐의 우렁찬 울음소리가 한나의 고막을 마비시켜 버린 게 아닐까 하는 생각에 얼굴을 잔뜩 찌푸렸다.

하지만 바로 그때 그런 불상사를 막으려고 집을 나서기 전 미리 조치해 놓았던 방책이 생각났다.

"잠깐만요, 노먼. 귀마개를 빼는 걸 잊어버렸어요."

한나는 예전에 리사가 카우보이 총 쏘기 대회에 참가했을 때 허브가 주었던 말랑말랑한 고무 귀마개를 빼냈다. 그때 리사는 소도둑들은 모두 정확히 맞혔음에도 불구하고 은행 강도 모양의 표적 두 개를 놓쳐 안타깝게도 2위에 머물고 말았다.

"훨씬 낫네요."

다시 청력이 트이자 한나가 말했다.

나무 위에서 겨울새들이 지저귀는 소리도 들리고 먼 거리에서 차들이 오가는 소리도 들렸다.

"그러니까 어머님 대신 노먼이 왜 여기 왔다구요……?"

"그래니의 앤티크점 일이 바빠서 어머니께서 절 고용하셨어요. 도시에서 실내 장식가가 몇 사람 오기로 되어 있는데, 상점에 있는 모든 물건들의 기원이나 출처를 알고 싶다고 했대요. 그래서 루앤이 컴퓨터로 자료를 찾아보고, 두 분은 실내 장식가들을 데리고 다니면서 상점을 안내하기로 했다는군요."

"아주 좋은 기회 같네요."

엄마와 로드 부인이 미니애폴리스와 세인트 폴에 있는 실내 장식가들에게 얼마나 공들여서 그래니의 앤티크를 홍보했는지 떠올리며 한나가 말했다.

"아무튼, 우리의 쥐 사냥꾼은 어디 있죠?"

"차에 있어요. 가서 데리고 올게요."

"내가 하죠." 노먼이 밖으로 나서며 말했다.

모이쉐의 맹렬한 울음소리가 트럭 밖까지도 들릴 지경이었다. 하지만 노먼이 차 문을 열고 모이쉐와 눈을 마주치는 순간 녀석의 울음은 순식간에 가르랑거림으로 바뀌어버렸다.

"어머나, 세상에!"

한나가 충격에 휩싸인 채 노먼을 바라보며 외쳤다.

"요 녀석이 노먼을 엄청 좋아하나 봐요."

"내가 녀석을 위해 뭘 준비했는지 아는 거죠."

"냉동새우?"

"그건 어머니께서 준비하신 거구요."

한나가 트럭 문을 잠그는 동안 노먼이 캐리어를 들고 나섰다.

"오늘 아침에 모이쉐에게 주려고 산 게 있어요."

"뭔데요?"

"사냥이 끝난 후에 보여줄게요." 노먼이 현관으로 향하며 말했다.

집 안으로 들어서자 노먼은 손님방에 이르는 복도를 지나 방문 앞 러그 위에 캐리어를 내려놓았다.

"어머니가 마지막으로 쥐를 보신 곳이 여기래요."

"손님방에 뭔가 쥐들의 구미를 당기는 게 있는가 보네요. 우리 엄마 집 손님방에도 쥐가 돌아다니고 있거든요."

"아직두요?"

"어-오."

노먼의 시선이 내리꽂히자 한나가 한숨을 내쉬었다. 가능하면 아무도 모르는 편이 좋겠지만, 노먼이라면 비밀을 지켜줄 수 있을 것이다.

"모이쉐가 쥐를 잡지 않았나요?" 노먼이 물었다.

"아뇨, 그러니까……, 네."

자신의 대답이 너무도 알쏭하다는 것을 깨달은 한나가 다시 말했다.

"다시 말할게요. 모이쉐는 엄마 집의 쥐를 잡지 않았어요."

"하지만 어머님 말씀이 한나가 쥐를 잡았다고 했다던데요."

그러자 한나가 고개를 저었다.

"아니에요. 그건 엄마의 생각이었구요. 내가 굳이 바로잡지 않았던 거예요. 난 그저 엄마에게 이제 쥐 걱정은 안 하셔도 될 거라고 말했을 뿐이었거든요. 손님방 문을 활짝 열어 뒀으니 모이쉐가 겁을 줘 쥐를 멀리 쫓아버렸다는 얘길 안 한 거죠."

"그럼 모이쉐가 쥐를 죽인 게 아니네요?"

한나는 모이쉐가 스핑크스처럼 우두커니 앉아서 쥐가 돌아다니는 걸 가만히 바라보고만 있던 광경이 떠올랐다.

"죽이기는커녕 근처에 다가가려고도 하지 않았어요."

"그것참, 안심이로군요."

노먼이 캐리어의 문틈으로 모이쉐의 코를 간질이며 말했다.

"치의 대학에 다닐 때부터 조금 예민하긴 했는데, 녀석이 사냥하는 모습은 별로 보고 싶지 않았거든요."

인형 얼굴 쿠키

오븐은 섭씨 190도로 예열합니다. 틀은 오븐의 중앙에 둡니다(이 쿠키에는 계란이 들어가지 않아요).

재료

녹인 버터 1/2컵 / 황설탕 1컵 / 베이킹소다 1티스푼

소금 1/2티스푼 / 시나몬 1/2티스푼 / 레몬 주스 1티스푼

우유 1/2컵 / 밀가루 2와 1/2컵(체질할 필요 없습니다)

장식을 위한 건포도 약 1컵

당밀 1/2컵***당밀을 측량할 때는 측량컵에 들러붙음 방지 스프레이를 뿌린 뒤

사용하시는 편이 손쉬울 거예요.

만드는 법

1. 전자레인지에 버터를 녹인 뒤 실온에서 버터가 어느 정도 식었을 때 황설탕과 당밀을 넣고 저어줍니다. 거기에 베이킹소다와 소금, 시나몬을 넣고 잘 섞어주세요. 마지막으로 레몬 주스를 넣습니다.

2. 밀가루 분량의 반을 1에 넣고 잘 반죽합니다. 그런 후 우유를 천천히 조금씩 나눠 따른 뒤 그때마다 잘 섞어줍니다. 그리고 남은 나머지 분량의 밀가루를 넣고 재료들이 서로 잘 섞일 때

까지 반죽합니다.

3. 둥근 티스푼으로 반죽을 떠내 기름칠하지 않은 쿠키 시트 위
   에 올려 놓은 뒤 각 반죽 위에 건포도를 세 개 올려놓습니다.
   두 개는 눈 모양으로, 나머지 한 개는 입 모양으로 말이에요.
4. 섭씨 190도에서 10~12분간 굽습니다. 굽기가 끝나면 틀 위에
   서 2분간 식힌 다음 선반으로 옮겨 나머지 식힘 과정을 거칩
   니다.

코울타스 신부님의 식복사인 이멜다 기스는 미사 복사들에게
나눠줄 요량으로 열두 개짜리 상자를 세 개나 주문했답니다.
주문한 것을 가지러 왔을 때 쿠키 중 하나는 꼭 데레서 성녀를
닮았다고 하더군요(제가 아니라 그녀의 생각입니다!).
나중에 듣기로 이멜다가 신부님에게 그 쿠키를 유리 상자에
고이 담아서 성당에 모셔 놓자고 했다더군요.

한나는 파카를 벗어 옷 고리에 걸고 가방을 작업대 의자에 올려두고는, 곧장 회전문을 통해 홀로 나갔다. 한 시간 동안이나 리사 혼자 카페를 지키고 있었으니, 이제 리사에게 휴식 시간을 줘야 할 것 같았다.

"나 왔어."

카운터 뒤에 리사에게 합류하며 한나가 말했다.

카페는 손님들로 붐볐고, 이 순간만큼은 모두 만족스럽게 쿠키를 우물거리고 커피를 마시는 듯 보였다.

"또 스핑크스를 흉내 내던가요?"

한나가 고개를 끄덕이자 리사는 경쾌한 웃음을 터뜨렸다.

"모이쉐는 정말 유난해요."

"사실이야. 그런데 이제 얌전한 척을 다 하지 뭐야."

"그게 무슨 말이에요?"

"트럭에 태울 때 녀석이 얼마나 시끄럽게 울어대는지 얘기했더니 노먼이 목줄을 샀더라구. 모이쉐를 캐리어에 넣지 않으면 트럭에 태우기가 좀 수월할 거라고 하면서 말이야."

"그래서 효과가 있었어요?"

"마술처럼! 노먼이 목줄을 채우고 끈을 연결해 뒷좌석에 묶어놨더니 앞좌석으로 튀어나와 운전을 방해하지도 않고, 그냥 뒷좌석에서만 자유롭게 돌아다니더라구. 집으로 갈 때는 한 번도 울지 않지 뭐야."

"잘 됐네요. 근데 고양이용 목줄을 파는 줄 몰랐어요."

"고양이용은 아닌 것 같아. 적어도 모이쉐 크기의 고양이용은 아니야. 노먼이 코스트 마트에서 조그만 강아지용 목줄을 샀대. 슈나우저 미니어처 사진이 담긴 꼬리표도 달렸더라구. 근데 무엇보다 놀라운 건 노먼이 목줄을 채우는 동안 모이쉐가 아주 얌전히 있었다는 거야."

"꽤 반항했을 것 같은데요."

"전혀 그렇지 않았어. 노먼이 목줄을 들고 모이쉐에게 이걸 차면 네가 훨씬 더 매력적이고 카리스마 넘치게 보일 거라고 했더니 녀석이 그 자리에 가만히 앉아서 순순히 목줄을 차더라니까."

"마이크라면 가능했을까요?"

리사의 질문에 한나는 깜짝 놀라고 말았다.

하지만 호기심이 생기는 질문이긴 했다.

"그렇지 못했을걸. 강제로 다루거나 아니면 공포탄이 있어야 가능했을 거야. 근데 그건 왜?"

"노먼이랑 결혼하세요. 모이쉐가 예견해주고 있잖아요."

한나가 '푸' 하고 웃음을 터뜨리자 손님 몇몇이 고개를 돌려 호기심 어린 시선으로 한나를 쳐다보았다.

"죄송해요. 제빵에 대해 우스갯소리를 하고 있었어요."

한나가 재빨리 냉정함을 되찾으며 손님들에게 말했다.

경쟁자가 간밤에 총에 맞아 살해당한 지금 너무 익살스러운 모습을 보여 좋을 게 없었다.

"섣불리 말씀드리면 안 되겠지만······." 리사가 말을 이었다.

"노먼은 든든하고 의지가 되는 데 비해 마이크는 그렇지 않잖아요. 어젯밤만 해도 그래요."

"네 말이 맞아. 안 그래도 나도 생각을 좀 해봤어. 피로연장에서 마이크를 기다리면서도 생각해봤구. 마이크가 쇼우나 리 걱정에 수십 번도 넘게 전화를 걸었다는 얘길 들으면서도 생각했지. 쇼우나 리에게는 그토록 많이 전화를 했으면서 나한테는 못 갈 것 같다는 전화 한 통 없었다는 게 말이 돼? 처음 그를 만나기 시작했을 때는 이렇지 않았는데 말이야. 7시에 데리러 오겠다고 하면 정말로 7시 정각에 데리러 왔어. 조금이라도 늦을 것 같으면 미리 전화로 알려줬고. 근데 쇼우나 리가 마을로 이사 온 이후로는······."

리사가 손으로 목을 긋는 시늉을 하며 얘기를 멈추라는 손짓을 보내자 한나가 하던 말을 멈췄다.

"안녕하세요, 마이크."

리사가 공손하게 미소 지으며 인사했다.

한나가 돌아보니 다름 아닌 마이크가 서 있었고, 한나도 리사의 미소를 복제해 얼굴에 담았다.

어디까지 들었을까? 자기 얘길 하고 있었다는 걸 눈치 챘을까? 그런데 들었다고 한들 어차피 모두 사실인 것을 무슨 상관인가?

"몇 가지 물어볼 게 있어서 왔습니다, 한나. 작업실에서 좀 볼까요?"

"그래요."

경찰이 뭔가를 지시하면 즉시 '네, 알겠습니다.'라고 대답하고는 바로 행동으로 옮긴다.

적어도 1학년 때 담임이었던 챔버스 선생님이 가르쳐주신 바로는 그랬다. 하지만 선생님은 경찰과 데이트를 할 때는 어떻게 해야 하는지, 그 경찰에게 머리끝까지 화가 났을 때는 어떻게 해야 하는지, 그리고 그 경찰과 단둘이 있기가 죽기만큼 싫을 때는 어떻게 해야 하는지는 가르쳐주지 않았다.

한나가 카운터를 돌아 나오자 마이크가 그녀의 어깨에 팔을 두르고 작업실 문쪽으로 이끌었다. 한나는 힘들게 침을 삼키며 그와 가까이 붙어 있는 게 얼마나 좋은 기분인지 느끼지 않으려고 그가 리사와 허브의 결혼식 피로연에서 자신을 어떻게 바람 맞혔는지를 떠올렸다.

작업실에 들어서자 마이크의 팔이 한나의 허리께로 내려왔다. 작업대에 이르렀을 때 한나는 살짝 정신이 혼미해졌지만, 마이크가 눈치 채게 하지는 않았다.

"커피?"

떨리는 목소리가 나오지 않도록 한나가 일부러 자신감 있게 물었다.

"좋죠, 사실 질문 같은 건 없습니다. 한나와 단둘이 얘기하고 싶었을 뿐이에요."

"오?"

수많은 잘못을 저지른 남자 앞에 커피잔을 내려놓으며 한나는 손을 떨지 않으려고 애썼다. 물론 막상 지금은 무슨 잘못들이었는지 기억도 나지 않았지만 말이다.

"사과하러 왔어요. 피로연에 못 갈 것 같다고 미리 전화를 해야 했는데 말입니다. 정말 미안하게 생각하고 있어요."

한나는 별로 마시고 싶지 않은 커피를 따르느라 분주한 척했다. 자신의 입에서 너무도 쉽게 '괜찮아요. 그럴 수도 있죠.'라는 대답이 나오지 않게 하려면 어쩔 수 없었다. 데이트 약속을 잡아 놓고 지키지 않은 건 전혀 괜찮지 않았다. 마이크도 이 일의 심각성을 알아야만 했다.

"꼭 당신과 함께 피로연에 가고 싶었어요."

한나가 아무런 대답이 없는데도 마이크는 말을 계속 이어나갔다.

"근데 쇼우나 리와 해결해야 할 문제가 좀 있었어요. 그녀는 내가 자기를 좋아한다는 오해를 하고 있었거든요."

'무엇 때문에 그런 오해를 하게 됐을까요?'

한나는 말이 제멋대로 튀어나오지 않게 하려고 입술을 꾹 다물었다. 하지만 마음속에서는 한나가 하고 싶은 얘기들이 마구 만들어지고 있었다.

'그거 혹시 당신의 허머가 밤새 매그놀리아 블로썸 베이커리 뒤쪽 주차장에 세워져 있던 일과 관련이 있는 것 아닌가요?'

"물론 내 잘못도 있긴 해요. 애초에 나 때문에 그녀가 이리로 이사 온 거니까요. 하지만 난 그저 전화로 레이크 에덴이 정말 살기 좋은 마을이라고 얘기했을 뿐인데, 정말 이곳으로 지원해올 줄 몰랐어요. 그리고 막상 쇼우나 리가 마을로 이사 왔을 때는 이왕이면 잘 적응하며 살기를 바랐죠."

'잘 적응하며 산다구? 그래서 친히 자기 아파트에 살 집을 찾아봐 주고, 이사하는 것도 도와주고, 뭐 하나 고장 났을 때마다 가서 고쳐줬었나 보지? 게다가 배고프다고 하면 피자집에 데려가 피자 사주고, 차가 고장 났다고 하면 언제든지 달려가 기사 노릇도 해주고?'

"쇼우나 리가 진실한 만남을 갖지 못하는 것도 문제 중 하나였습니다. 정말 슬픈 일이죠. 늘 남자들에게 추파를 던지고 다니니 사람들이 그녀를 별로 좋아하지 않았죠. 하지만 그건 그냥 그녀의 스타일이 그랬을 뿐 일부러 그랬던 건 아니었어요."

'열녀 났군!' 아버지가 즐겨 말씀하시던 표현이었다.

잠시 침묵이 흘렀고, 마이크는 한나가 무슨 말이라도 해주기를 바라는 눈치였다.

그래서 한나는 머릿속에 가장 먼저 떠오른 대로 입을 열었다.

"쿠키 먹을래요?"

"고맙지만, 괜찮아요. 난 쇼우나 리에게 나 외엔 친구가 없는 것 같아서 그녀에 대해 일종의 책임감을 느꼈어요."

'뭔가 기분 좋은 말을 하지 않으려면 차라리 아무 말도 하지 않는 게 나아.'

밤비에 나오는 토끼 캐릭터 썸퍼의 대사가 머릿속에 떠올랐고, 한나는 그 대사처럼 아무 말도 하지 않았다.

마이크가 불쌍하긴 했지만, 지금은 그다지 다독여줄 기분이 나지 않았고, 억지로 자신의 기분을 속여가면서 그를 위로해주고 싶지도 않았다. 마이크는 지금 위로받을 상대를 잘못 택했다. 마이크에게 마음껏 울 수 있는 어깨를 빌려주느니 차라리 눈 폭풍 속에 속옷 바람으로 서 있는 편이 나았다!

"한나에게 이런 일로 심적 부담을 안기지 말았어야 했는데……."

마이크가 말했다. 그리고 수많은 사람이 그러하듯 구체적으로 설명하기 시작했다.

"아내가 죽었을 때 쇼우나 리가 옆에 있어줬어요. 그때 난 너무 외로 웠고, 무엇을 어떻게 해야 할지 갈피를 잡지 못하는 상황이었죠. 근데 쇼우나 리가 오랜 친구처럼 항상 옆에서 위로해줬어요. 어제 쇼우나 리가 약속 시간에 나타나지 않았을 때 진작 베이커리로 가봤어야 했는데……. 그랬다면 그녀는 아직 살아 있을지도 몰라요. 정작 쇼우나 리에게 도움이 필요할 때 난 그녀 옆에 있어주지 못했어요."

한나는 짜증 날만큼 잘생긴 마이크의 얼굴을 올려다보며 그의 눈가에 촉촉하게 자리 잡은 뭔가를 애써 무시한 채 머릿속에 떠오른 말을 그대로 내뱉었다.

"극복해요, 마이크! 아직 할 일이 남았잖아요. 자괴감일랑은 그만두고, 어서 해야 할 일을 해요."

그러자 마이크의 입이 마치 만화책 속에 나오는 인물들처럼 정말 그렇게 떡 하니 벌어지고 말았다. 진짜 사람한테도 저런 게 가능할 줄은 미처 몰랐다.

한나는 아까의 침묵을 다시 이어갔고, 만화책에서 단숨에 다음 장면이 넘어가듯 재빨리 기운을 차린 마이크가 한나를 향해 손을 뻗으며 말했다.

"당신 말이 맞아요." 그가 한나의 손을 잡았다.

"그 말이 듣고 싶었어요. 그래서 여기 왔나 봐요. 내가 어려움에 부닥쳐 있을 때 당신은 항상 내게 필요한 조언을 해주죠."

'조심해,'

마이크가 작업대를 돌아 한나에게 가까이 다가오자 한나의 머릿속에서 경고의 메시지가 울려댔다. 그리고 마이크가 마침내 한나에게 키스를 하자 메시지가 또다시 울려 퍼졌다.

'급습이다. 매복 당해선 안 돼!'

"이만 가야겠어요."

한참이 지난 뒤 마이크가 포옹을 풀며 말했다.

"할 일이 많아서요."

"잠깐!"

다시 생각을 가동시킨 한나가 숨이 넘어갈 듯 그를 잡아 세웠다.

마이크에게 꼭 물어봐야 할 것이 있었다, 정말 중요한 무엇.

"왜요?"

그게 무엇인지 떠올리는 데는 몇 초간 시간이 걸렸다.

"사망시간이 언제죠?"

"나이트 박사님이 아직 말씀을 안 해주셨어요. 그리고 그건 한나가
몰라도 되잖아요. 그리고 이번 사건은 절대 수사하려 들지 말아요. 미
안하지만, 결백이 입증될 때까진 한나도 용의자입니다."

"물어볼 게 백 개라도 됐나 보죠?"

한나가 초콜릿칩 크런치 쿠키를 더 굽기 위해 작업실에서 반죽하는
데 리사가 들어와서 물었다.

"아니, 다시는 마이크와 단둘이 있지 말아야겠어."

"정말요?"

"글쎄, 봐야 알겠지만, 마이크가 나한테 수사는 꿈도 꾸지 말라네."

"늘 그러잖아요."

리사가 손사래를 쳤다.

"그래도 할 거죠?"

"당연하지. 직접 날 용의자로 지목까지 했으니, 필요에 의해서라도 나서야겠어."

한나가 하던 말을 멈추더니 홀에서 들리는 소리에 집중했다.

"손님이 많이 든 것 같네."

"맞아요. 이달 들어 오늘처럼 많은 날은 처음이에요. 갓 구운 쿠키가 10분 내로 나올 거라고 얘기해뒀어요. 다들 어찌나 기다리는지."

"왜 아니겠어. 마이크가 다녀갔으니 그가 나한테 뭘 물어봤는지 궁금해 죽을 지경들이겠지."

"그런 것도 있구요." 리사가 씩 웃으며 말했다.

"손님들에게 뭐라고 할 거예요?"

"환상적인 무용담으로 압도해버리겠어. 우선, 홀에 앉아 있던 내가 길 건너편에 왜 불빛이 비치는지 의아해했다는 곳부터 시작할 거야. 그리고 매그놀리아 블로썸 베이커리를 창문 안으로 들여다보며 안에 아무도 없는 걸 확인했을 때 내 심장이 얼마나 두근거렸는지도 상세히 설명해야지. 그리고 건물을 돌아 뒷문으로 향하면서 몇 번이고 멈춰 서서 이대로 쿠키단지로 돌아가 버릴까 망설였다는 얘기도 아주 상세히 털어놓는 거야."

"정말 그랬어요?"

"아니, 하지만 그래야 뭔가 드라마틱하잖아. 그리고 창문 너머로 쇼우나 리의 신발을 본 장면을 설명하는 거야. 그리고 바로 그 지점에서 얘기를 멈추고는 경찰에서 이미 수사를 시작한 시점에서 내가 범죄 현장에 대해 얘기하는 것을 원치 않으니 더 이상은 말할 수 없다고 해야지. 그 다음 얘기는 경찰에서 허락이 떨어진 뒤에 해주겠다고 할 거야."

리사는 펀치(술, 설탕, 우유, 레몬, 향료 등을 넣어 만드는 달콤한 음료)만큼이나 즐거워 보였다.

"할아버지가 예전에 봤던 스릴러 영화를 얘기해주셨을 때가 생각나요. 늘 한껏 긴장하며 듣곤 했는데."

"바로 그거지."

한나가 씩 웃었다.

"오늘 온 손님들은 이어지는 얘기가 듣고 싶어서 내일 또 카페에 오게 될걸."

코너 테번은 쇼우나 리 살인사건에 대해 이야기를 하기에 안성맞춤인 곳은 아니었다. 하지만 한나는 스테이크가 먹고 싶었고, 노먼도 순순히 좋다고 했다.

한나는 자신의 트럭은 쿠키단지에 그대로 세워둔 채 난방이 잘 되는 노먼의 세단을 타고 코너 테번으로 달려왔다. 안드레아 역시 시어머님이 트레시의 저녁식사를 챙겨주기로 했다면서 곧 이곳으로 오기로 되어 있었다.

"천국이 따로 없네요."

분출구에서 끊임없이 뿜어져 나오는 따뜻한 공기를 호화롭게 즐기던 한나가 파카의 지퍼를 내리며 말했다.

"한나 트럭도 얼른 고쳐야겠어요."

고속도로로 접어든 노먼이 헤드라이트를 켜며 말했다.

"그러게요. 조만간 해야죠."

한나는 등을 기대고 앉아 창밖으로 지나가는 풍경을 바라보았다. 사실 풍경이라야 그다지 볼 건 없었다. 고작 아스팔트 도로 가장자리로 높다랗게 쌓인 눈 더미와 간혹 가다 눈 더미 위로 땅딸막한 막대 사탕처럼 솟아오른 도로 표지판뿐이었으니 말이다.

"이 순간을 얼마나 기다렸는지 몰라요."

노먼이 코너 테번으로 빠지는 출구로 들어서며 말했다.

"스테이크는 물론, 어니언 링과 마늘빵도 먹을 겁니다. 어머니는 붉은 고기랑 튀긴 음식들을 싫어하시거든요."

"마늘빵도요?"

"그것도 몸에 해롭다고 하세요."

"우리 엄마랑 건강 상식에 대해 아직 얘기해본 적이 없으신가 보네요. 우리 엄만 마늘이 콜레스테롤 수치를 낮추는 데 아주 좋다고 하시거든요."

"그거 좋은 정보인데요. 어머니께 말씀드려 봐야겠어요."

주차장으로 들어선 노먼이 마침 정문 근처에 비어 있는 자리를 찾아냈다.

"음식을 조절하는 게 정말 오래 사는 데 영향을 줄까요?"

"그럼요."

한나가 대답했다. 그리고는 노먼이 차에서 내려 차 문을 열어줄 때까지 기다렸다.

노먼은 늘 차 문을 열어주곤 한다. 그는 그렇게 자상한 남자다.

"식습관과 장수의 상관관계에 대한 증거들이 얼마나 많은데요."

"그럼 콜레스테롤 수치를 챙기고, 탄수화물을 적게 먹는 것이 그럴만한 가치가 있겠네요."

"난 그렇게 얘기 안 했어요. 비록 오래 산다고 한들 먹는 재미도 없이 사는 인생이 무슨 의미가 있겠어요."

두 개의 시골길이(하나는 지난 80년간 고속도로로 사용되어 왔다) 맞닿은 곳에 있는 전원풍 건물로 들어설 때까지 노먼의 웃음은 그칠 줄 몰랐다.

문 바로 오른쪽에는 커다란 벽장과 함께 부츠를 편히 벗을 수 있도록 긴 의자가 놓여 있었고, 긴 의자 뒤에는 부츠 선반이, 벽 한쪽에는 옷 고리들이 부착되어 있었다. 그리고 다른 한쪽 벽은 전면이 거울이었는데, 한나와 노먼이 코트를 벗어 걸려고 좀더 안쪽으로 들어서자 파란색의 따뜻해 보이는 벨벳 슈트에 은색 테니스화를 신은 여자가 거울을 보며 머리를 매만지고 있었다.

코너 테번의 벽장에서는 미네소타의 여느 벽장에서도 맡을 수 있는 독특한 향내가 났다. 그건 마치 촉촉이 젖은 양모와 습기 찬 가죽과 말린 고무, 그리고 생채기가 많이 난 벽의 소나무 판자의 냄새가 한데 섞인 듯한 향내였다. 물론 소나무 향기는 판자에서 나는 것이 아니라 바닥을 닦을 때 사용한 광택제에서 나는 것이었지만 말이다.

한나는 파카 코트를 벗어 옷 고리에 건 뒤 나무 의자에 앉아 부츠를 벗어 쌍둥이 파수꾼처럼 나란히 부츠 선반에 얹어놓았다. 그리고 매고 있던 커다란 가방에서 겨울이면 늘 가지고 다니는 고무 밑창의 부드러운 실내화를 꺼내어 발에 꿰어 신고 손가락으로 머리를 매만졌다. 물론 덕분에 머리 모양이 더 정돈된 건지 더 엉망이 된 건지는 보는 사람에 따라 견해차가 있겠지만.

준비를 마친 한나가 자리에서 일어났다.

"이제 다 됐어요. 먹으러 가요."

"내가 한나를 좋아하는 이유 중 하나가 여기 있어요."

노먼이 말했다.

"한나는 여느 여자들처럼 거울 앞에서 치장하지 않잖아요."

"그래 봤자 소용없으니까요."

"아니, 그럴 필요가 없으니까요. 한나는 치장하지 않아도 예뻐요."

"점수 땄네요. 그것도 엄청 많이요."

이렇게 말하고는 한나는 노먼의 팔을 잡았다.

노먼은 딱 좋은 타이밍에 맞춰 사람의 기분을 좋게 하는 말을 던질 줄 아는 재능을 갖고 있었다.

레스토랑의 메인룸으로 통하는 문에 가까워질수록 소리는 더욱 커졌다. 은식기가 서로 부딪히는 소리, 나지막한 목소리로 서로 대화하는 소리, 그리고 간혹 터지는 웃음소리.

노먼이 문을 열어주자 한나는 미소를 지으며 안으로 들어섰다. 문 안쪽 오른편에는 예약 데스크가 놓여 있었고, 데스크를 시점으로 코너 테번의 마스코트인 500파운드(227kg) 덩치의 커다란 곰이 앞발을 들고 서 있는 박제까지 줄이 처져 있었다.

"안녕, 앨버트."

한나가 털이 북슬북슬한 곰의 앞가슴을 토닥이며 인사했다.

"이 곰은 어떻게 해서 마스코트가 된 거예요?"

노먼이 유리알 같은 곰의 눈을 쳐다보며 물었다.

"공식적인 얘기로는 여기 사장님의 증조부가 22구경 총으로 직접 잡은 곰이라고 해요."

한나가 나섰다.

"그분의 이름이 니콜라스 프렌티스고, 우리가 알고 있는 코너 테번의 사장인 닉이 그의 4대손이죠. 그의 증조부가 22구경 총으로는 고작 곰을 화나게 할 뿐이라는 사실을 깨닫고 가능하면 급소를 맞추려고 안간힘을 쓰셨다고 해요. 그리고 운 좋게도 언덕 밑으로 내달려 곰이 언덕을 내려오느라 주춤대는 동안 시간을 버실 수 있었다죠. 그렇게 언덕 밑에 미동도 없이 숨어 있었는데, 다행히 곰의 시야가 좋지 못하기 때문에 눈에 띄지 않을 수 있었어요. 조금도 움직이지 않고 아무런 소리도 내지 않고 쥐 죽은 듯이 숨어 있던 그는 곰이 가까이 다가오자 녀석의 다리 위로 펄쩍 뛰어 올라가 총구를 곰의 턱 밑에 대고 방아쇠를 당겼어요. 총알은 곰의 머리를 관통했고, 그는 겨우 목숨을 구할 수 있었대요."

"진짜요?"

노먼이 궁금하다는 듯 물었다.

"아마 아닐 거예요. 그래도 굉장한 이야기이긴 하죠. 곰이 죽을 때 니콜라스 위로 쓰러지는 바람에 다리를 다쳤다는데, 그래도 목숨을 건진 게 어디예요. 그 후로 그는 다친 다리가 나을 때까지 근처 농가에서 농부 가족들과 함께 지냈다고 해요. 그리고 그 농부에게는 딸이 하나 있었고, 결국 니콜라스와 결혼했대요."

"그럼 그때 그 곰이 이 곰이란 말인가요?"

"그래야 얘기가 되죠. 그녀의 아버지가 희귀한 종 곰이라며 잡은 곰을 박제해서 두 사람의 결혼 선물로 주었어요. 그리고 몇 년 뒤, 니콜라스와 그의 아내가 코너 태번을 지으면서 곰 박제가 입구 안쪽에 자리하게 됐다고 해요. 곰을 톡톡 두드려 봐요, 노먼. 그러면 행운이 온대요."

노먼이 곰을 토닥였다.

"마흔두 개의 치아. 열두 개의 앞니, 네 개의 송곳니, 열여섯 개의 앞어금니, 그리고 열 개의 어금니."

"네?"

"한때 동물 전문 치과의사가 될까 생각했었죠."

두 사람은 줄 앞쪽에 있는 예약 데스크로 다가섰다.

"노먼 로드요. 저녁식사로 세 명을 예약했는데요."

데스크에 있던 여직원이 예약자 명단에서 노먼의 이름을 찾는 동안 한나는 곰 이야기의 모순점들을 떠올리며 왠지 흐뭇해졌다. 우선 미네소타에는 회색곰이 출몰하지 않은지 벌써 150년이나 되었다.

회색곰은 주의 서쪽 경계지역에만 넓게 서식하고 있으니 미네소타의 정중앙에 있는 레이크 에덴에 회색 비스름한 무엇도 보였을 리 없다. 만약 흑곰이라고 했다면 한나도 이야기를 믿었을지 모른다.

흑곰이라면 레이크 에덴에서도 130파운드(약 60㎏) 정도 덩치의 녀석들은 종종 볼 수 있기 때문이다. 흑곰은 그냥 평범한 얼굴을 하고 있지만 회색곰은 입이 움푹 들어간 얼굴을 하고 있었고, 흑곰은 혹이 없는 반면 회색곰에게는 혹이 있었다.

그리고 흑곰은 봄이나 가을철에 목 털을 길게 기르지 않고, 발등에 털도 적었지만, 회색곰은 목 털도 길고, 발등의 털 역시 길고 밝은 색이었다. 이야기 속 곰은 회색곰이다.

더 이상 무슨 설명이 필요하랴. 그리고 닉의 증조부 이야기 중 곰의 습성에 대해 잘못 얘기한 부분이 있었다. 실제로 곰은 언덕도 아주 잘 내려온다. 그리고 시력 역시 사람 못지않게 좋다. 언덕 밑에 숨었다고 해서 곰에게서 벗어날 수 있는 것이 아니다.

단지 곰의 시야가 좋지 못해 사람을 발견하지 못했다고 하는 건 그야 말로 말도 안 되는 얘기였다.

한나가 또다시 앨버트를 톡톡 두드렸다. 녀석은 어깨 너비가 거의 3.5피트(1.5m) 정도 되었는데, 정말 회색곰이 맞는 듯했다. 아마 니콜라스는 박제사에게서 박제된 회색곰을 사서 레스토랑에 세워 놓고 부인을 포함한 가족들에게 반드시 비밀로 할 것을 당부한 뒤 다음 세대들에게 들려줄 이야기를 지어낸 것일 테지.

"여기 있네요."

예약 데스크에 있던 여직원이 환한 미소를 지으며 말했다.

"바로 확인해드리지 못해서 죄송해요. 세 분으로 예약하셨다고 했는데, 이미 세 분이 도착해 계셔서요. 그래도 의자가 두 개 정도 남아 있으니까 괜찮을 거예요."

"세 명이 이미 도착했다구요?"

노먼이 동그란 눈으로 한나를 쳐다보며 물었다.

"네, 처음 오신 분은 일찍 와서 기다리고 계셨구요, 다른 두 분은 약 15분쯤 전에 도착하셨습니다."

"누군데요?"

한나가 예약 데스크 직원에게 물었다.

"그 사람들이 도착할 때도 여기 있었나요?"

"모두의 이름은 다 알진 못해요. 제일 처음 도착하신 분이 토드 서장님의 부인이라는 것밖에는."

"그 사람은 원래 오기로 되어 있었어요. 그래서 세 사람을 예약한 거죠. 다른 두 사람은 누구죠?"

"글쎄요, 한 분은 털 코트를 입고 계셨어요. 저희 새언니랑 똑같은 코트를 입고 계셔서 기억하고 있답니다. 머리는 금발이고, 또……, 음……."

"통통한 분이라는 표현을 찾고 있었던 거라면, 단연 저희 어머니이시네요."

노먼이 말했다.

"맞아요. 좀더 공손하게 표현할 수 있는 방법이 없을까 고민하고 있었어요. 매우 예쁘장하게 생기셨는데, 조금……, 통통하셨어요. 그리고 또다른 한 분은 짙은 색 머리에 전혀, 그러니까……, 통통하지 않으셨구요."

"엄마."

한나가 노먼과 시선을 주고받으며 말했다.

"비상사태에 대비해야겠어요. 어머니들이 침입하셨군요."

예약 데스크의 여직원이 웃음을 터뜨리기 시작했고, 웃음은 이내 흐느낌으로 바뀌어버렸다.

"아, 정말 죄송해요. 홀 건너편에 개인 부스가 있는데 그쪽으로 안내해드리면 어떨까요? 도착하셨다는 것도 말씀드리지 않구요."

한나는 노먼을 쳐다보았고, 노먼도 한나를 쳐다보았다. 그리고 둘이 동시에 말했다.

"그거 괜찮은데요."

그리고는 마치 바이러스가 퍼지듯 두 사람은 똑같이 깔깔거리며 웃어댔고, 예약 데스크의 여자도 두 사람에게 합류하여 또다시 웃기 시작했다.

웃음 폭풍이 한바탕 지나간 뒤 노먼이 마음의 결정을 내렸다.

"그러지 않는 게 좋겠어요. 가족이잖아요, 아시죠?"

"어휴, 그럼요, 아주 잘 알죠!"

안내 데스크의 직원은 두 사람을 향해 작별의 미소를 보낸 뒤 웨이트리스를 불러 손님을 안드레아와 엄마, 로드 부인이 기다리는 테이블로 안내하도록 했다.

"이제 됐어." 안드레아가 포크를 내려놓으며 말했다.

"먹는 동안은 아무것도 얘기하지 말자고 해서 정말 나 아무 말도 안 했는데, 나이트 박사님께 정확한 정보를 얻었어. 쇼우나 리는 오후 5시에서 저녁 7시 사이에 살해당했대. 도대체 누가 그런 걸까?"

한나가 마지막 남은 스테이크 조각을 입에 넣었다. 핏기가 도는 레어 스테이크는 한나가 제일 좋아하는 것이었기 때문에 마지막 조각을 삼킬 때까지 쇼우나 리에 대한 얘기는 하고 싶지 않았다.

"음, 잠깐만."

삼키는 것이야 그리 오래 걸리지 않았지만, 한나는 마지막 육즙까지 마음껏 음미한 뒤 안드레아를 돌아보았다.

"누가 죽였는지는 나도 모르지. 지금 내가 당장 할 수 있는 건 그럴만한 동기를 가진 사람들을 추려내는 일이야."

"그러니까 누구냐고, 그들이……, 아니, 그 사람들이?"

목적어 사용에 늘 덤벙대곤 하는 안드레아가 더듬듯이 질문을 던지고는 이내 다시 고쳐 물었다.

"누가 먼저 물망에 오르게 되는 거야?"

"나만큼 강력한 동기를 가진 사람도 없을 테니 우선은 내가 되어야 하지 않을까 싶지만, 난 이미 내 결백을 알고 있잖아."

"그럼 또 누구?"

안드레아가 물었다.

"너."

한나가 한숨을 내쉬며 말했다.

"뭐라구!" 안드레아가 격앙하며 외쳤다.

"도대체 무슨 소리야?"

"음……, 빌이 거의 매일 매그놀리아 블로썸 베이커리에 간다고 너도 무척 싫어했잖아."

"그랬지. 하지만 그런 이유로 쇼우나 리를 죽이진 않아. 내가 누군가를 죽이려고 했다면, 그건……, 아냐, 됐어. 언니가 원한다면야 날 용의자 명단에 올려도 상관없지만, 얻는 건 별로 없을 거야. 알아두라구."

"나도 알아. 하지만 일단은 그렇게 시작해야 공평하잖아. 우리 말고도 쇼우나 리가 치근덕거렸던 경찰관들이 있어." 한나가 말을 이었다.

"그들의 부인이나 여자친구들도 모두 쇼우나 리를 죽이고 싶어할만한 동기를 갖고 있는 거지."

"물론이고말고." 엄마가 동의했다.

"로니 워드도 있단다."

"로니요?" 한나는 깜짝 놀랐다.

"두 사람은 친구잖아요."

"쇼우나 리가 로니의 남자친구를 찍기 전까지는 그랬지. 두 사람이 버티넬리에서 같이 있는 것을 로니가 봤었대. 로니가 쇼우나 리에게 거의 죽을 듯 달려드는 것을 버트와 설거지 담당 일꾼이 겨우 떼어냈대."

"내가 왜 여태껏 그 얘길 몰랐는지 신기하네."

로니의 이름을 적으며 한나가 말했다.

"그리고 내키진 않지만, 바바라 도넬리의 이름도 적어야 할 것 같구나. 그랜트 서장이 죽고, 바바라가 특별 휴가를 냈을 때 쇼우나 리가 자기 자리를 차지하려고 했다며 얼마나 화를 냈었다구."

그러자 로드 부인의 입이 떡 벌어졌다.

"내가 바바라를 잘 아는데, 그런 짓을 할 사람이 아니야!"

"옳은 말씀이세요. 그래도 결백이 밝혀질 때까지는 단 한 사람도 빼놓을 순 없어요."

"결백은 어떻게 밝힐 게냐?"

엄마가 물었다.

"엄마와 로드 부인이 바로 그 부분에서 나서 주실 거잖아요. 오늘 저희를 도우러 오신 것이 맞다면요."

두 어머니들이 고개를 끄덕이자 한나가 말을 이었다.

"쇼우나 리의 사망시간은 오후 5시에서 7시 사이이고, 그날 리사의 결혼식은 5시에 시작됐어요. 행진곡을 들었을 때 시계를 봤기 때문에 기억하고 있거든요. 그런데 끝난 건 몇 시였더라?"

"6시 15분."

안드레아가 제법 웨딩 플래너 같은 티를 내며 말했다.

"좋아. 신부에게 키스하고, 쌀을 던지고, 축하인사를 건네받는 데 모두 15분이 걸렸다고 치자. 그런 후 레이크 에덴 호텔의 피로연장까지 오는 데는 얼마나 걸렸지?"

"15분, 어쩌면 20분쯤." 노먼이 말했다.

"흠, 그럼 도착이 6시 50분이네. 제일 먼저 출발한 사람들은 7시가 조금 안 된 시간에 도착했을 거야."

한나가 어머니들을 향해 고개를 돌렸다.

"몇 군데만 전화 좀 걸어주실래요?"

"우리가 가장 자신 있게 할 수 있는 일이지."

로드 부인이 엄마를 향해 미소를 지으며 말했다.

"좋아요. 그럼 제가 리사에게 방명록을 갖다 드리라고 할게요. 성당에 놓았던 거랑 피로연장에 놓았던 거 둘 다요. 그리고 제가 따로 용의자 명단을 드릴 테니까 그 사람들이 결혼식에 참석했는지 확인해보세요. 결혼식에 왔으면, 피로연에도 왔는지 확인해보시구요."

"그게 무슨 소용이 있겠니?" 엄마가 물었다.

"누군가 결혼식이 끝난 뒤 성당에서 나와 쇼우나 리를 죽이고 다시 피로연장으로 갔을 수도 있잖니."

"맞아요, 그래도 표시는 해 두세요." 한나가 설명했다.

"결혼식장에서 일찍 빠져나간 사람은 없어요. 그건 제가 확실히 알아요. 그리고 피로연장에서는 리사의 사촌이 입구 쪽에서 들어오는 사람들 모두에게 방명록을 받았구요."

"그렇지." 엄마가 말했다.

"그럼 용의자 바로 앞에 도착한 사람과 그 다음에 도착한 사람한테 전화해서 피로연장에 몇 시에 도착했는지 기억하느냐고 물어보면 되겠구나."

"맞아요."

한나의 의중을 재빠르게 눈치 챈 엄마를 향해 한나가 미소를 지었다.

"성당에서 떠난 뒤 피로연장에 도착하기까지 30분 이상의 시간이 걸렸다는 건 쇼우나 리를 죽이기에 충분한 시간이 있었단 뜻이에요."

엄마는 고개를 끄덕이는 로드 부인을 쳐다보더니 다시 한나 쪽으로 고개를 돌렸다.

"우리가 해보마."

"좋아요! 그럼 이제 마이크의 결백을 밝히는 일만 남았네요."

"마이크 킹스턴 말이야?"

안드레아가 물었다.

"그래, 쇼우나 리가 살해당하던 날 밤 아파트에서 그녀를 만나기로 약속이 되어 있었대."

"약속이라구?"

로드 부인이 자신의 귀를 믿을 수 없다는 듯 되물었다.

"그게 무슨 뜻이지?"

"마이크가 말하기로는 그랬어요. 쇼우나 리와 뭔가 정리할 게 있었대요. 그 후에 나를 만나러 피로연장으로 올 계획이었구요."

한나의 말이 끝나자 아주 길고 긴 침묵이 흘렀고, 마침내 안드레아가 입을 열었다.

"미안해, 언니. 언니를 난처하게 하려는 건 아닌데 말이야, 정말 그 말을 믿어?"

"모르겠어." 한나가 힘들게 침을 삼켰다.

"믿고 싶은데, 사실 확신은 안 들어. 쇼우나 리와의 약속에 대해 그가 거짓말을 한 것일 수도 있으니까."

"가능성은 있다."

엄마가 어깨를 으쓱해 보이며 말했다.

"하지만 실수로 잘못 얘기했을 수도 있지. 남자들이란 천성적으로 시간 개념이 흐리거든. 네 아빠도 그랬지."

"좋아요. 그럼 그건 실수였다 치고, 만약 그 약속이 진짜 데이트였다면요?"

그러자 안드레아가 충격 어린 표정으로 말했다.

"하지만 언니와도 데이트 약속이 있었잖아!"

"하루 저녁에 두 건의 데이트라도 뛰어볼 생각이었나 보지. 뭐였든 상관없어. 다시 토의의 본 목적으로 돌아와서, 마이크와 쇼우나 리의 약속이 정말 데이트였다고 치자. 그가 매그놀리아 블로썸 베이커리로 그녀를 데리러 갔을 때, 쇼우나 리가 다른 남자와 함께 있는 걸 본 거지, 그래서 총을 쏘아 죽였다?"

그러자 로드 부인이 질색하며 외쳤다.

"그래도 마이크는 명색이 경찰인데!"

"맞아요." 노먼이 말했다.

"그렇지만 경찰이라고 해서 항상 옳은 일만 할 수는 없죠. 다른 남자와 함께 있는 쇼우나 리를 본 그가 질투심에 이성을 잃고 총으로 그녀를 쏘아 죽였을 수 있어요."

"그럼 그녀와 같이 있었던 남자는? 그 사람은 어떻게 된 거지?"

엄마가 물었다.

"이미 떠난 뒤였는지도 모르죠. 마이크가 창밖에서 두 사람이 같이 있는 모습을 지켜보고 있다가 쇼우나 리가 작별 인사로 다른 남자와 키스하는 것을 보고는 질투심이 폭발했는지도 몰라요. 그래서 그 남자가 돌아가고 난 뒤에 그녀를 죽인 거죠."

그러자 안드레아가 '푸' 하고 웃음을 터뜨렸다.

"그건 말도 안 돼. 경찰서에서 늘 총알 수를 확인한다구. 총기도 모두 기록되어 있구. 만약 쇼우나 리가 마이크의 총에 맞아 죽은 거라면 금방 사실이 밝혀졌을 거야."

"개인적으로 소지한 총이었을 수도 있잖아?"

한나가 물었다.

"그것도 기록되나?"

"개인적으로 소지한 총이라니?"

"몸에 차고 다니는 벨트에 넣은 권총 말이야. 콜트 무스탕(총기 이름)이 잖아."

엄마는 사뭇 놀란 듯 보이더니 이내 두 눈이 휘둥그레져 물었다.

"그 벨트에 대한 건 어찌 그리 잘 아니?"

"노먼이랑 같이 마이크의 아파트에 있는 헬스장에 갔을 때 그가 보여 줬어요."

"오!" 엄마의 미소가 다시금 돌아왔다.

"정말로 마이크가 질투에 눈이 멀어 쇼우나 리를 죽였다고 생각해?"

안드레아가 물었다.

"가능한 일이야." 한나가 즉시 대답했다.

"질투심에 사로잡힌 사람들은 생각 없이 행동하거든. 마이크가 그런 짓을 했다고는 믿고 싶지 않지만, 그건 내 개인적인 견해고. 그냥 그가 그러지 않았다는 것에 100% 확신을 할 수 없다고 치자."

한나는 노먼을 건너보며 안도의 한숨을 내쉬었다.

"적어도 당신은 결백하네요, 노먼. 결혼식과 피로연 내내 사진을 찍고 다니느라 바빴으니까요."

"그것도 잠깐이었어요. 대부분의 시간을 길에서 보냈으니까요. 그리고 치과에 오는 환자들 전부가 쇼우나 리 때문에 당신과 리사의 카페가 문을 닫게 될지도 몰라 내가 몹시 언짢아하고 있었다는 걸 아는데, 그런 내가 피로연장에 가는 길에 매그놀리아 블로썸 베이커리에 들러 한나의 경쟁자를 죽이지 않았으리라고 누가 장담하겠어요?"

코너 테번에서 집으로 돌아온 한나가 제일 먼저 한 일은 가련하게 야옹 거리는 모이쉐에게 오늘 들어 벌써 네 번째인 식사를 챙겨준 것이었다. 그런 뒤, 한나는 집에 가져온 쿠키 반죽을 굽기 위해 오븐을 예열했다.

쿠키단지까지 노먼이 데려다 주었을 때 겸사겸사 카페에서 가져온 것이었다. 반죽은 작은 그릇과 큰 그릇, 이렇게 두 개의 그릇에 담겨져 있었는데, 큰 그릇에는 쿠키 반죽이 담겨 있었고, 작은 그릇에는 장식을 위한 프로스팅('아이싱'이라고 부르는 설탕으로 만든 달콤한 혼합물)이 들어 있었다.

프로스팅은 아주 차갑게 식었을 때 작업하기가 수월하기 때문에 한나는 별다른 수고 없이 그저 트럭 뒷좌석에 프로스팅 그릇을 내려놓았다. 차 안 바닥 부분까지 골고루 온기가 도는 새로운 히터가 절실히 필요한 통풍성 최고의 트럭 주인으로서 뭔가를 차게 식히는 것쯤이야 식은 죽 먹기였다.

오븐이 쿠키를 굽기 적당한 온도가 되자, 한나는 쿠키 시트를 꺼내 들러붙음 방지 스프레이를 뿌리고는 반죽을 나열했다. 이번 레시피의 제 맛을 내기 위한 실험이 이번 주 내내 계속되고 있었다.

쿠키가 오븐에서 나올 때쯤 되자 초콜릿에 대한 한나의 무한한 열망은 도저히 물리칠 수 없는 지경까지 이르게 되었다. 지금 굽고 있는 쿠키는 초콜릿이 들어간 것이었는데, 초콜릿이 들어가는 경우 많이 넣을수록 맛이 더 좋다는 공식이 늘 적용되곤 한다.

한나는 아이스크림을 꺼냈다. 두 어머니들을 포함해 안드레아, 노먼과 함께 쇼우나 리를 희생자로, 마이크를 냉혈한 살인마로 설정한 사건 시나리오에 대해 온갖 가능성을 논의하고 나니 디저트 생각은 싹 달아나고 말았던 것이다.

쿠키는 무척 맛있어 보였지만, 패스트리 세계에서 외형이란 믿을만한 것이 못 된다. 기준을 통과하지 못하면 한나의 거침없는 손길에 의해 아파트 덤프스터의 깊고 긴 악취 속으로 떨어지고 말 것이다.

엄마가 크리스마스 선물로 준 컷글라스 접시에 초콜릿 퍼지 아이스크림을 담으며 한나는 저녁식사를 하면서 결론지은 이야기들을 생각해보았다. 모두들 뭔가 한몫을 하겠다고 나섰고, 한나는 각자에게 할 일을 배분해주었다.

안드레아는 쇼우나 리가 살해당했을 시각에 마이크의 행방에 대해 알아보기로 했고, 엄마와 로드 부인은 결혼식과 피로연 방명록을 뒤져 용의자 명단에 있는 사람들 중 결혼식에서 피로연장까지 가는데 지나치게 오랜 시간이 걸린 사람이 없는지 알아보기로 했다. 더불어 결혼식에만 참석한 사람과 피로연에만 참석한 사람, 초대를 받았으면서도 오지 않은 사람들도 확인해보기로 했다.

노먼 역시 쇼우나 리 살인사건에 대한 병원 환자들의 반응을 예리하게 관찰한 후 몇 가지 질문을 던져 용의자 명단에는 없지만, 쇼우나 리를 죽일만한 동기가 있는 사람이 나타나면 한나에게 즉시 전화를 주기로 했다. 또한 한나의 탐정 업무도 언제든지 도와주기로 약속했다.

저녁식사 때는 이야기하지 않았지만, 한나도 나름의 계획이 있었다. 한나가 보기에 쇼우나 리 사건은 용의자가 지나치게 많았다. 따라서 평소에 했던 절차대로 살해 동기가 있을만한 사람들의 명단을 만들고, 그들의 알리바이를 확인해가며 한 명씩 지워나가는 것보다 레이크 에덴의 모든 여자들을 일단 용의자 명단에 올린 뒤 시작하는 것이 나을지도 모른다.

한나는 우선 쇼우나 리의 마지막 날 행적을 파악해보기로 했다. 어디서부터 시작해야 할지는 잘 알고 있었다. 세인트 베드로 성당에서 결혼식이 시작되기 몇 시간 전, 쇼우나 리는 어쩌면 부샤드 부케에서 온 카일과 얘기를 나눴을지도 모른다. 그가 한나에게 장미를 배달했을 때, 쇼우나 리에게도 배달을 가야 한다고 했으니 말이다.

"냐아아아아아옹."

모이쉐가 한나의 팔을 쿡쿡 찔렀다.

그제야 한나는 자신이 아이스크림을 담다 말고 우두커니 멈춰 서 있었다는 사실을 깨달았다. 빨리 아이스크림이 먹고 싶은 모이쉐를 비난할 수만은 없는 일이다. 영하 29도의 겨울밤에 먹는 아이스크림만큼 좋은 것도 없으니 말이다. 그 사실은 냉장고에 붙은 자석이 증명해주고 있었다.

한나는 냉장고 자석을 물끄러미 바라보았다. 거기에는 '레이크 에덴 스노우 모빌 구조대'라고 적혀 있었다. 한나가 처음 이 아파트로 이사 왔을 때 눈이 너무 많이 내려 길이 모두 막혀버리자 그들이 출동한 적이 있었다.

구조대는 한나에게 동난 음식이나 필요한 필수품이 있는지 물었고, 한나는 초콜릿 아이스크림이 다 떨어졌다고 알렸다. 하지만 한나는 죽을 만큼 심각했는데도 그들은 그녀가 농담을 한 줄 알고 아이스크림을 사다주지 않았다.

그 후로 이틀 동안 한나는 텅 빈 초콜릿칩 봉지 향내로 간신히 버티다가 마침내 길이 다시 트이자마자 밖으로 나가 초콜릿 아이스크림을 사왔었다.

"이보세요, 기다려요."

한나가 모이쉐에게 말했다.

"넌 바닐라로 줄게. 우리같이 거실로 나가서 디저트를 먹자."

한나가 쿠키 두 개를 집었다. 아직 완전히 식지는 않았지만, 온기가 남은 상태에서도 맛을 봐야 세 단계의 테스트를 모두 거칠 수 있다. 온기가 남은 것, 실온 상태인 것, 그리고 내일 아침에는 아침식사 대용으로 완전히 식은 것을 맛볼 생각이다.

한나는 그녀의 것과 똑같은 컷글라스 접시에 담긴 모이쉐의 바닐라 아이스크림을 거실 커피 테이블 위에 놓고 매우 경건한 마음으로 아이스크림을 먹기 시작했다. 물론 모이쉐도 마찬가지였다. 다행히 쿠키 맛이 좋아 한나는 기분이 좋았다. 빨간부엉이 식료품점의 플로렌스가 추천해준 새로 나온 아이스크림도 한나를 실망시키지 않았다.

쿠키의 마지막 부스러기가 모두 사라지고, 아이스크림 접시도 바닥을 보일 때까지 한나와 모이쉐는 아무런 말도, 소리도 내지 않았다.

"마이크가 그런 짓을 했을 리 없어, 그렇지?"

"야옹."

분홍빛의 긴 혀로 접시의 가장자리를 핥으며 모이쉐가 대답했다.

"그거 그렇단 뜻이야? 네가 노먼에게 꽂혀 있다는 건 알지만, 너 마이크도 좋아하잖아……, 그렇지?"

"냐아아옹."

완벽하게 중립적인 표정을 지으며 모이쉐가 한나를 쳐다보았다.

"내가 괜한 걸 물었구나. 난 가서 쿠키를 더 가져올게. 너한테는 초콜릿을 먹이면 안 되겠지만, 프로스팅 정도는 괜찮을 거야."

아이스크림 접시를 주방에 가져다 두고 쿠키 두 개를 더 가지고 나온 한나는 시식의 임무에 몰입했다. 이제 실온 상태가 된 쿠키는 그 나름으로도 맛이 좋았다.

엄마가 아주 좋아할 맛이었다. 엄마는 저먼 초콜릿 케이크를 좋아하는데, 이건 저먼 초콜릿 케이크 쿠키였다.

갑자기 전화벨이 울렸고, 한나는 시계를 쳐다보았다.

고작 밤 9시밖에 되지 않았다. 아마 엄마일 것이다. 하지만 모이쉐가 털을 곤두세우지 않는 것을 보면 다른 사람일지도 모르겠다.

"여보세요?"

쿠키의 마지막 조각을 삼키며 한나가 말했다.

"안녕, 한나. 아래층에 필이에요. 물론 지금은 아래층에 있지 않고, 한창 일하는 중이지만요."

필이 한숨을 내쉬었다.

"말 되는 거죠?"

"그럼요. 그런데 무슨 일이에요, 필?"

"그게, 오늘 오후에 수가 마음에 들어 하던 그림을 사러 그래니의 앤티크에 들렀어요. 결혼기념일에 깜짝 선물을 할 거거든요. 그런데 한나 어머님이 그러는데, 모이쉐가 그렇게 쥐를 잘 잡는다면서요?"

순간 한나는 어떻게 해서 두 사람의 대화가 거기까지 이르렀을까 의아해졌다. 그리고는 이내 수화기 밑 부분을 손으로 감싸 쥐고 신음 소리를 냈다. 앞으로 일어날 일은 뻔했다. 이 영하의 추위 속에 한나와 쥐잡기 야수는 아래층으로 내려가야만 할 것이다.

"늦은 시간이고, 한나가 내일 아침 일찍 일어나야 한다는 것도 잘 알지만, 긴급 상황이라서……. 방금 수가 완전 겁에 질려서 전화했어요. 케빈의 침실 옷장에서 쥐가 돌아다니는 걸 봤대요. 수는 쥐라면 아주 기겁을 하거든요. 내가 집에 가서 쥐덫을 놓아주겠다고는 했는데, 분명히 쥐가 잡히기 전까지 뜬 눈으로 밤을 새울 거예요. 그래서 혹시 한나가……."

"기꺼이요."

무슨 말을 하려는 건지 90%는 확신한 한나가 먼저 나서서 대답했다.

"부츠 신고 모이쉐에게 목줄을 맨 다음, 아래층으로 내려갈게요."

놀랍게도 모이쉐는 소파 뒤에 가만히 앉아 한나가 목줄을 맬 수 있도록 해주었다.

한나는 추운 바닥에 발을 내딛는 것이 익숙하지 않은 모이쉐를 위해 녀석을 안고 계단을 내려가서 플랏닉의 집 안에 들어선 후에 녀석을 내려놓았다.

"정말 고마워요, 한나." 수가 무척 감사해 하며 말했다.

"모이쉐가 새우를 좋아한다면서요. 마침 냉동실에 두 봉지가 있으니까 가져가요."

"그러지 않아도 돼요."

한나는 이미 냉동실에 한 자리를 차지한 새우 봉지들을 떠올리며 사양했다. 한 봉지로 간신히 검보 수프를 해먹었을 뿐, 엄마가 준 다른 한 봉지와 로드 부인이 준 중간 크기의 새우는 아직 그대로 남아 있었다.

"그래도 내 마음이니까 받아요. 내가 얼마나 고마워하는지 모를 거예요, 한나. 아까보다 기분도 훨씬 좋아진 걸요."

"그래도 아직 떨고 있네요."

수의 다리가 부들부들 떨리는 것을 본 한나가 말했다.

"혹시 커피 있나요?"

"주전자에 있어요. 얼른 가서 내올게요."

"제가 할게요."

한나가 수에게 모이쉐의 목줄을 건네주며 말했다.

"너무 떨고 있어서 커피를 바닥이나 카펫에 쏟을지도 모르잖아요. 크림이나 설탕은 넣나요?"

"아뇨, 그냥 블랙으로 주세요. 머그잔은 싱크대 위 찬장에 있어요."

한나는 커피를 두 잔 따라 거실로 나왔다.

모이쉐는 수의 무릎에 앉아 녀석의 털을 간질이는 수의 손길에 가르랑거리고 있었지만, 녀석의 코는 한나가 커피 테이블 위에 내려놓은 호일 덮인 접시 쪽으로 점점 기울고 있었다.

"오, 안 돼요, 안 돼!"

모이쉐가 쿠키를 덮치기 전에 한나가 재빨리 녀석을 낚아챘다.

"아까 디저트 먹었잖아. 이건 수 아줌마 거야."

"정말 예쁘네요!"

한나가 접시의 호일을 벗기자 수가 감탄했다.

"그렇죠? 저면 초콜릿 케이크 쿠키라는 새로운 레시피에요. 지금 두 개 정도는 먹어야 해요. 초콜릿은 엔도르핀을 상승시켜 기분을 한층 좋게 하거든요."

"살 찌우기에 그처럼 좋은 핑곗거리는 처음 들어봐요!"

수가 웃으며 말했다. 그리고는 쿠키를 집어 한 입 베어 물더니, 이내 미소를 지으며 또 한 입 베어 먹었다.

"그럼, 이건 다이어트에 전혀 지장을 주지 않겠네요. 약으로 먹는 거니까요."

"그럼요. 의학적 칼로리는 체지방에 전혀 영향을 주지 않거든요."

한나가 씩 웃으며 농담을 던지자 수가 다시 웃음을 터뜨렸다.

"정말 맛있어요, 한나."

쿠키 하나를 다 먹은 수가 두 번째 쿠키를 집으며 말했다.

"리사 결혼식 때 만든 결혼 케이크도 정말 맛있었어요. 필은 초콜릿을 먹고 난 바닐라를 먹었는데, 반 먹다가 서로 바꿔먹기도 했어요. 병원에서 먹은 캔디에 결혼식 때 먹은 디저트 뷔페에 이 쿠키들까지, 이번 주 다이어트는 완전 꽝이네요."

"내일부터 다시 시작하시면 되죠."

한나가 수를 안심시켰다. 그리고는 수가 했던 말의 첫머리를 짚어내며 물었다.

"병원에 있었어요?"

"필이랑 같이 병문안을 갔었어요. 필의 조카가 현관 앞 계단에서 미끄러지는 바람에 발목을 다쳤거든요. 심하게 다치는 바람에 나이트 박사님이 며칠은 입원하라고 하셨대요."

"그것참, 안됐네요. 금방 나아야 할 텐데."

그러자 수가 고개를 저었다.

"진통제를 많이 맞아서 기분은 최고던데요, 로니 워드랑 어찌나 수다를 떨던지. 로니도 진통제를 많이 맞았더라구요."

"로니도 병원에 입원했나요?"

한나는 몸을 바싹 앞으로 기울였다. 중요한 단서가 될 만한 이야기를 듣게 될지도 모를 일이다.

"로니도 거의 같은 날 발목을 다쳤대요, 물론 각자 다른 장소였지만. 참 이상한 우연도 다 있죠. 둘 다 리사 결혼식에 못 가게 되었다고 어찌나 아쉬워하던지, 결혼 케이크를 가져다주겠다는 걸로 겨우 달랬어요."

엄마와 로드 부인에게 로니 워드의 이름은 방명록에서 찾을 필요 없게 되었다는 얘길 해줘야겠다고 머릿속에 메모한 한나는 설치류 퇴치 작업에 돌입했다.

"케빈의 방에 모이쉐를 풀어둘게요. 근데 녀석이 쥐를 잡을 수 있을지 모르겠어요."

"난 확신해요. 한나 어머님은 물론 로드 부인도 엄청 칭찬하시던데요. 전문적인 해충박멸 회사보다 훨씬 낫다고 했대요."

"그것참……, 감사한 말씀이에요."

어쩌자고 내가 엄마에게 모이쉐가 문제를 말끔히 해결했노라고 말했던 것일까.

"필의 말로는 쥐가 케빈의 옷장에 있다면서요?"

"네, 맞아요. 빠져나오지 못하게 문을 닫아뒀어요. 우리 방 옷장에서 발견됐다면 이토록 걱정은 안 했을 텐데, 케빈이 아직 아기래서."

"이해해요."

한나가 수에게 앞장서도록 하고는 그녀의 뒤를 따르며 모이쉐에게 비밀스럽게 속삭였다.

"너 얘기 들었지? 이번엔 반드시 무찔러야 해!"

잠시 후, 한나는 20파운드(9㎏)가 넘는 고양이로 무장한 채 케빈의 옷장 앞 러그 위에 앉았다. 천사처럼 곤히 잠들어 있는 케빈을 깨우고 싶지 않은 한나가 모이쉐에게 귓속말로 지시했다.

"아기를 깨우면 안 돼. 안에 쥐가 있는지만 살펴봐. 만약 있으면 해치워야 하지만, 내키지 않으면 하지 않아도 좋아. 대신 멀리 쫓아버리는 것만으로도 괜찮을 거야. 케빈이 깨지 않도록 시끄럽게 소동 피우지 말고, 날 너무 놀라게 하지 말아야 해, 알았지?"

모이쉐는 무슨 말인지 도통 모르겠다는 멍한 표정으로 한나를 쳐다보았다. 녀석은 꼭 이렇게 말하는 듯했다.

'이제 쥐 잡는 법까지 설명해줄 참이야? 도대체 누가 고양이고, 누가 사람인 거야?'

"미안." 한나가 속삭였다.

"조금 긴장이 돼서 말이야. 내가 옷장 문을 열어줄 테니 들어가서 네 임무를 수행하도록 해."

한나가 옷장 문을 열자 모이쉐가 살그머니 안으로 들어갔다. 그리고 잠시 후, 일회용 기저귀 더미를 뒤진 모이쉐가 옷장에서 다시 모습을 보였다. 한나를 향해 씩 웃는 녀석의 입에는 꼬리가 하나 물려 있었다.

"그거 그냥 꼬리지?" 한나가 불안한 마음에 물었다.

"그러니까……, 거기에 아무것도 붙어 있지 않은 거지……, 그렇지?"

모이쉐는 대답하지 않았다. 그저 자리에 웅크리고 앉아 그르렁거릴 뿐이었다.

"그럼……, 수에게는 뭐라고 말해야 하지?"

옷장에서 무슨 일이 있었던 것인지 유일하게 아는 대상에게 한나가 물었다.

"쥐 한 마리를 다 잡은 거야? 아니면 꼬리만 잡은 거야? 그리고 쥐가 꼬리 없이 살 수 있는 거야?"

모이쉐는 계속 그르렁거렸다, 녀석은 지금껏 들어본 중 가장 큰 소리로 그르렁거리고 있었다.

마침내 한나는 그것이 그녀의 질문에 대한 녀석의 단 하나의 대답일 거라고 결론짓고는 녀석을 데리고 방에서 나왔다.

"끝났나요?"

한나와 모이쉐가 다시 모습을 보이자 수가 물었다.

"그런 것 같아요. 어쨌든 녀석이 옷장에 있었으니까요, 그러니까……, 그……, 소동이 있었을 때요. 모이쉐의 이빨 사이로 꼬리가 나와 있는 걸 봤어요."

"그 정도면 충분해요." 수가 모이쉐를 쓰다듬으며 말했다.

"새우 좀 가져가겠어요?"

한나가 이웃 좋은 게 뭐냐며 한사코 사양했는데도 수는 결국 한나에게 냉동새우 2파운드(약 900g) 봉지를 들려 보내고 말았다.

"이제 어쩐다?"

여전히 가르랑거리는 모이쉐를 안고 터덕터덕 계단을 오르며 한나가 물었다.

"레이크 에덴 저널에 커뮤니티 서비스로 널 대여해준다고 광고라도 낼까?"

하지만 모이쉐는 여전히 가르랑거리기만 했다.

녀석의 가르랑거림은 한나가 현관문을 열고 부츠를 벗은 뒤 내일 아침에 마실 커피의 타이머를 맞출 때까지도 계속되었으며, 한나가 세수와 양치질을 하고 겨울용 가운으로 쓰는 크고 긴 스웨터를 걸칠 때까지도 그칠 줄을 몰랐다. 한나는 알람시계를 맞추고, 불을 끈 뒤 침대에 올랐다.

모이쉐는 한나가 녀석을 거위 털 베개에서 일으켜 모이쉐를 위해 따로 마련한 똑같은 거위 털 베개로 옮길 때까지도 가르랑거렸다. 한나가 그런 녀석을 가까이 끌어당겨 보았는데 신기하게도 모이쉐는 평소처럼 멀리 도망가거나 침대 밑으로 뛰어내리지 않았다.

"오늘 밤에는 아주 온순하구나, 너."

한나가 모이쉐의 부드러운 털을 쓰다듬으며 말했다.

모이쉐를 이렇게 오랫동안 쓰다듬는다는 건 보통 때 같으면 상상도 못할 일이었다. 고작 세 번만 어루만지면 다른 곳으로 가버리곤 했으니 말이다.

한나는 혹시 쥐에도 초콜릿처럼 엔도르핀을 상승시키는 물질이 있어서 고양이를 기분 좋게 만들어주는 것은 아닐까 궁금해졌다. 바로 그때 모이쉐가 입을 열자 조그맣고 재빠른 무언가가 튀어나와 한나의 침대

밑으로 쏜살같이 달아났고, 그것은 침실 바닥을 민첩하게 가로질러 벽
장으로 사라져버렸다.

"네가 계속 가르랑거리는 게 이유가 있었구나!"

기세등등하게 침대에서 펄쩍 뛰어내려 그 뒤를 쫓는 모이쉐를 보며
한나는 자리에서 일어나 다시 불을 켜고는 탄성을 내질렀다.

"수의 집 쥐를 장난감으로 데리고 온 거야!"

서먼 초콜릿 케이크 쿠키

오븐은 예열해 두지 마세요. 우선 반죽부터 만들어야 합니다.

재료

쿠키 반죽:

버터 1컵 / 밀크 초콜릿칩 1컵 / 백설탕 2컵 / 계란 2개

베이킹파우더 1/2티스푼 / 베이킹소다 1/2티스푼 / 소금 1/2티스푼

바닐라 2티스푼 / 밀가루 3컵(체질할 필요 없어요)

프로스팅:

황설탕 1/2컵 / 코코넛 3/4컵 / 다진 피칸 1/2컵

차갑게 식힌 버터 1/4컵 / 계란 노른자 2개 분량

만드는 법

1. 전자레인지에 버터와 초콜릿칩을 넣고 '강' 으로 2분간 돌려 녹인 뒤 부드러워질 때까지 저어줍니다.
2. 또다른 그릇에 설탕과 계란을 넣고, 베이킹파우더, 베이킹소다, 소금, 바닐라를 넣습니다.

3. 전자레인지에 돌린 버터와 초콜릿이 만질 수 있을 정도로 식을 때까지 저은 뒤 또다른 그릇의 혼합물과 섞고 골고루 저어줍니다. 그리고 밀가루를 넣은 뒤 반죽합니다(반죽이 조금 뻣뻣하고 푸석푸석할 거예요).

프로스팅을 만들 동안 반죽은 위를 덮어 옆으로 치워두세요.

2-1. 칼날을 단 믹서에 설탕과 코코넛을 넣고 코코넛이 잘게 부서질 때까지 가동합니다. 거기에 다진 피칸과 버터를 넣고 버터가 잘게 갈릴 때까지 다시 한 번 믹서를 돌립니다.

2-2. 계란 노른자만 골라 담은 뒤 포크로 휘저어줍니다. 그리고는 2-1과 잘 섞습니다(믹서가 없을 때는 차갑게 식은 버터 말고 부드러운 버터를 사용하세요).

4. 오븐을 섭씨 175도로 두고, 틀은 오븐의 중앙에 둡니다.

오븐이 예열되는 동안 프로스팅을 식혀주세요. 그래야 작업하기가 훨씬 쉽거든요. 믹서 없이 프로스팅을 만들었거나 잘게 쪼개지 않은 코코넛을 사용하신다면 금세 공감하실 거예요.

5. 1인치 크기의 공 모양으로 반죽을 떼어 기름칠한 쿠키틀 위에 올려놓습니다. 그리고 엄지손가락으로 반죽 가운데를 꾹 눌러 주세요.

6. 프로스팅을 1/2인치의 공 모양으로 떼어 쿠키 반죽 가운데 옴폭 들어간 부분에 넣습니다.

7. 섭씨 175도에서 10~12분 동안 굽습니다. 다 구워진 것은 틀 위에서 2분간 식힌 뒤 선반으로 옮겨 완전히 식혀주세요.

하루가 다 저물 즈음, 한나의 발은 불이 나는 것 같았다. 아침 쿠키
를 먹기에는 너무 늦고 점심 쿠키를 먹기에는 너무 일러서 늘 한가하곤
했던 오전 11시에도 손님은 끊임없이 밀려들었다.

리사가 작업실에서 한나표 바나나 쿠키 반죽을 세 그릇이나 동시에
만들고, 굽는 동안 한나는 홀에서 손님들을 맞이했고, 오트밀 건포도
크리스피가 동날 때가 되면 다시 리사가 카운터를 보고 한나가 작업실
에 들어가 반죽을 했다.

안드레아가 전화로 상황 보고를 해왔다. 결혼식이 진행되는 동안 전
자 게이트 카드 기록을 알아보기 위해 경찰서에 갔다가 주차장에서 마
조리 행크스를 만났는데, 그녀는 밸런타인데이에 경찰서 청소한 것에
대한 수당을 받아가는 참이었다고 했단다.

안드레아가 왜 공휴일에도 일을 했느냐고 묻자, 마조리는 경찰서에
직원들이 별로 없을 때 청소하는 것이 훨씬 수월하다고 했다고 한다.
또한 사무실의 쓰레기통을 비우고, 책상 위를 청소하느라 마이크 옆을
거의 10분에 한 번씩 지나다녔는데, 그는 단 한 번도 사무실을 떠난 적
이 없다고 했다. 마조리가 매우 확실하게 말해주었단다.

"이번 주 들어 오늘처럼 많은 커피를 서빙한 적은 처음이에요!"

리사가 홀과 작업실을 분리해주는 회전문을 통해 안으로 들어서며 말했다.

"커피포트를 몇 번이나 비웠지?"

"모르겠어요. 열두 번까지 세고는 안 세었거든요. 그게, 대략 서른 번이 넘으니까……, 전부 360컵이에요!"

"커피 남은 게 있어?"

"찌꺼기만 남았어요. 그건 버리고 여기 작업실에 있는 포트에 한나의 전략 회의를 위한 커피를 새로 끓일게요. 나도 참석할까요?"

"물론이지, 시간만 있다면."

"그럼요. 허브가 적어도 20분 안에는 데리러 오지 못할 거예요. 전화 통화를 했는데, 한나한테 자기가 뭐 도울 일이 없겠냐고 물어보라고 했어요. 프리티 걸 화장품사 여직원들의 남편들이 내일은 버스를 타고 인디언 카지노에 가기 때문에 덕을 돕지 않아도 된다고 하더라고요."

"허브는 같이 카지노에 안 가고?"

"네, 그럴 바엔 한나를 돕는 게 더 낫대요. 놀고먹기만 하는 삶은 아주 지루하대요."

"결혼한 지 이제 겨우 이틀 됐으면서."

한나가 웃음을 터뜨리며 말했다.

"그러게요. 허브는 정말 일하는 걸 너무 좋아해요. 벌써 단속원 일이 그리운 가봐요."

그거야 같이 놀아줄 리사가 옆에 없기 때문이겠지. 한나는 생각했다. 하지만 실제로 말하진 않았다. 리사는 사적인 영역을 굉장히 중요하게 여기는 사람이라 어떤 부분에 있어서는 꺼내어 놓고 말하기를 꺼렸다, 친한 친구나 동료에게조차 말이다.

그때 오븐 타이머가 울렸고, 한나는 오븐에서 마지막 쿠키 팬을 꺼냈다. 저면 초콜릿 케이크 쿠키가 완성되었으니 이제 엄마에게 맛보이기만 하면 된다. 한나가 접시에 쿠키를 나열하고, 리사가 포트에 커피를 끓이는 동안 5분의 시간이 흘렀다.

그리고 두 사람이 잠시 작업대 앞에 앉아 생각에 잠겨 있는데, 뒷문에서 노크소리가 들렸고, 리사가 문을 열어주려고 자리에서 일어났다.

"안녕하세요, 비즈먼 부인."

어디 시어머니가 와있는 건 아닌가 하고 주위를 두리번거리는 리사를 보며 노먼이 킥킥거렸다.

"바로 리사잖아요. 아직도 허먼 양이라는 호칭으로 불리고 싶은 게 아니라면요."

그러자 리사가 고개를 저었다.

"아직 익숙하지 않아서 그렇지, 비즈먼 부인이 듣기 좋아요. 완전히 적응하려면 얼마나 걸릴지 모르겠네요."

"적어도 일 년은 있어야 해."

안드레아가 안으로 들어서며 말했다.

"편하고 친근한 근무 환경에서는 모두 그냥 리사라고 이름을 부르니까 더욱 그래. 아마 큰 회사나 사무실에서 일했다면, 모두 리사를 비즈먼 부인이라고 불렀을 테니까 그런 경우에는 금방 익숙해지겠지. 커피 있어? 카페인 결핍이야, 아주 죽겠어."

"금방 줄게요."

리사가 머그잔에 커피를 채운 뒤 안드레아의 취향대로 오리지널 크림과 설탕을 넣어 그녀 앞에 내려놓았다.

"종일 바쁘게 뛰어다닌 것 같아요."

안드레아가 급하게 커피를 한 모금 들이켰다.

"맞아. 아침에는 3시간 동안 컴퓨터로 명단 작성하느라 정신없었고, 그 후엔 경찰서로 가서 마이크 뒷조사를 했고, 그런 다음에는 고객에게 집을 세 군데나 보여주고, 그중 한 집의 이웃에서 새로운 매물도 받아오고, 트레시랑 트레시 친구들 데리러 학교에 갔다가 아이들을 다시 댄스 수업에 내려다줬어. 이제 쇼핑몰에 가서 알이 부탁한 펜을 주문하고, 9시까지는 집으로 돌아가서 맥캔 부인을 안심시켜야 해. 내가 얼른 가야 부인이 로맨스 채널에서 하는 '핫 픽스'를 볼 수 있거든."

"그게 뭔데요?"

한나가 예상했던 것보다 더 호기심 어린 표정으로 리사가 물었다. 결혼이란 어쩌면 세상에 대한 시야를 더 넓혀주는 것인지도 모르겠다.

"이주의 가장 로맨틱한 영화야. 아주 매워 보이는 빨간 고추 다섯 개를 받은 영화는 그야말로 핫한 거지. 그것 때문에 맥캔 부인이 3개월 동안이나 우리 집 손님방에 머물면서 베서니를 봐주기로 한 거잖아. 그녀의 농가에는 케이블이 없어서 정규 채널밖에 나오지 않거든."

"우리도 엄마한테 케이블을 놓아드리는 게……."

한나는 하던 말을 멈추고 얼굴을 찌푸렸다.

엄마한테는 케이블을 놓아드리지 않는 편이 나을지도 모르겠다. 케이블을 보면서 윈슬롭과의 관계에 대해 더욱 로맨틱한 아이디어를 쏟아내면 안 될 테니 말이다.

"아무것도 아니야." 한나가 다시 고쳐 말했다.

"언니가 걱정하는 게……, 그거지?"

"바로 맞혔어."

한나가 안드레아와 동의의 눈빛을 주고받았다.

"쇼핑몰에 간다고 했니?"

"응, 언니도 같이 갈래?"

"좋지."

한나의 대답은 작업실에 있는 모두를 놀라게 했다.

쇼핑몰이 처음 문을 열었을 때 수없이 경험한 쇼핑 체험으로 한나가
쇼핑몰을 무척 싫어한다는 사실을 모두 알고 있었기 때문이다.

"쇼핑몰엔 왜?"

모두의 마음속에 메아리치는 의문을 안드레아가 나서서 물었다.

"쇼우나 리가 살해당한 날의 타임라인을 짜는 중이야. 카일과 애기를
좀 해보려구."

"카일이 누구예요?" 리사가 궁금한 듯 물었다.

"부샤드 부케의 배달원."

모두의 얼굴이 동시에 찌푸려지는 것을 본 한나가 멈칫했다.

"타임라인이 사건 해결에 도움이 된 적은 없었지만, 그래도 이번엔
소용이 있을지도 모르잖아. 그러니까……, 그것 외에는 뭘 해야 할지
혼란스러워서 말이야."

농구 경기였다면 엄청난 점수를 잃은 듯한, 혹은 대통령이 암살당한
것과 맞먹는 침묵의 시간이 흐른 뒤 마침내 노먼이 정신을 차리고 먼저
입을 열었다.

"한나가 혼란스럽다고요?"

"네."

그러자 안드레아가 한나의 어깨를 토닥였다.

"어떤 기분일지 알아. 엄마와 로드 부인이 뭔가 알아내지 않는 이상 노 없이 빠른 속도로 카누를 저어가는 꼴일 테니 말이야."

"카누는 노로 젓는 게 아니란다, 패들로 젓지!"

때마침 로드 부인과 함께 안으로 들어선 엄마가 외쳤다.

"무슨 일이냐?"

"한나가 혼란스럽대요."

노먼이 어머니들을 돌아보며 대답했다.

"어머님들은 어떠세요? 뭔가 알아낸 게 있으세요?"

"안타깝게도 없구나."

리사에게서 커피잔을 건네받으며 엄마가 말했다.

"방명록에서 용의자 명단에 있는 사람들을 전부 확인했는데, 식에 가지 않고 피로연에만 참석한 사람은 딱 한 명뿐이란다."

"누구요?"

그 딱 한 명이 살해 동기를 가진 사람이기를 간절히 바라며 한나가 물었다.

"글로리아 트라비스." 로드 부인이 대답했다.

"피로연에서 우리랑 같은 테이블에 앉았었지." 엄마가 설명했다.

"프리티 걸 화장품사 사람이야. 레이크 에덴에 온 건 이번이 처음이라 지리도 잘 모를걸."

"동기가 있을 리 없네요." 한나가 한숨을 내쉬며 말했다.

"그게 끝인가요?"

두 어머니가 고개를 끄덕이자 한나는 자리에서 일어나 미리 준비해둔 쿠키 접시를 어머니들 앞으로 가져왔다.

"이걸 한 번 맛보세요, 엄마. 엄마 드시라고 만들었어요."

"저면 초콜릿 케이크!"

쿠키를 한 입 베어 먹은 엄마가 탄성을 질렀다.

"맞지, 그렇지?"

"네, 맞아요."

"어떻게 만들었니, 얘야?"

"제빵사의 비밀이에요."

한나가 미소를 지으며 대답했다.

"정말 놀라운 맛이로구나! 네 할머니가 만든 저면 초콜릿 케이크보다 더 낫다."

한나의 미소가 더욱 환해졌다. 특별히 만든 쿠키를 좋아하는 엄마를 보니 한나는 발끝까지 행복감이 느껴졌다.

"질감이 다르구나. 네 할머니가 만든 케이크는 질감이 좀 가벼운 듯했거든."

엄마가 하던 말을 멈추고 인상을 찌푸렸다.

"이거 레시피는 잘 적어 놓았겠지?"

"그럼요, 엄마."

"그럼 더 만들 수 있겠구나?"

"네."

"흠, 그렇다면 안심이구나!"

엄마가 욕심껏 쿠키 접시를 앞으로 당겼다.

"다음 주 화요일에 레이크 에덴 레이디 클럽 모임이 있는데, 출장서비스 좀 부탁하자꾸나. 이 쿠키도 꼭 구워야 한다."

"기꺼이요."

"잘 됐다. 지금 다른 쿠키도 있지, 얘야? 이건 내가 집에 좀 가져가야겠다. 오늘 밤 야식으로 아주 안성맞춤이겠어."

한나와 안드레아는 서로 눈길을 주고받았다.

이런 적은 처음이었다. 엄마는 하루에 한 번 이상 디저트는 먹지 않았고, 단것을 적게 먹는 것이 엄마의 몸매 유지 비법이라고 공언해 왔기 때문이다. 그런데 이제 야식을 드신다구? 평소에는 어림도 없던 이 놀라운 변화에 한나는 혹시 새로 생긴 야식 규정이 윈슬롭의 아이디어는 아닐까 궁금해졌다. 만약 윈슬롭의 아이디어가 맞는다면……, 설마 엄마와 함께 야식을 나눠 먹는 것일까?

"꾸러미에 넣어드릴게요."

한나가 접시를 가지고 자리에서 일어나 포장 주문을 받았을 때 사용하는 자그마한 쇼핑백에 쿠키를 담았다. 그리고는 또다른 열두 개의 쿠키를 접시에 담아 작업대 위에 올려놓았다.

"이건 뭐니?" 엄마가 물었다.

"아직은 몰라요. 절박한 쿠키라고 부를까 생각 중이에요. 오늘 손님이 너무 많이 몰리는 바람에 쿠키 재료가 떨어졌었거든요."

"그럼 여긴 뭘 넣었어요?"

노먼이 쿠키를 하나 집으며 물었다.

"그냥 이것저것, 별다른 생각 없이 남아 있는 재료를 조금씩 다 넣었어요. 쿠키 재료가 하나씩 떨어지자 기본 반죽을 만든 다음에 나머지 재료들을 몽땅 넣은 거죠."

"맛있는데요!"

노먼이 첫 번째 베어 문 쿠키 조각을 삼키며 말했다.

"씹을 때마다 서로 다른 맛이 느껴져요."

리사도 쿠키를 집어 맛을 봤다.

"이건 네 가지 다른 칩 맛이 나요."

"내 것도." 안드레아가 말했다.

"처음 씹었을 때는 버터스카치(버터를 넣은 캔디)와 초콜릿칩 맛이 났어."

로드 부인도 쿠키를 맛보았다.

"내건 화이트 초콜릿과 밀크 초콜릿 맛이구나. 정말 조화로운 맛인데, 이건 무슨 견과류지?"

"호두랑 피칸을 넣었어요, 캐슈도 좀 들어갔구요."

"뭔가 쫄깃한 맛도 나는데요."

리사가 말했다.

"그건 코코넛이나 건포도일 거야. 그것도 좀 넣었거든. 말린 크랜베리도 들었을걸. 확실하진 않지만."

"이거 다시 만들 수 있겠어요?" 노먼이 물었다.

한나는 잠시 생각하더니 이내 웃음을 터뜨렸다.

"백만 년 이내에는 결코 못 만들 걸요."

"이 많은 사람들이 도대체 여기서 무얼 하는 거야?"

한나가 한 손으로는 유모차를 다른 한 손으로는 꼬마 아이의 팔을 잡고 가는 젊은 엄마를 피하며 물었다.

한나의 아파트에 들러 모이쉐에게 밥을 주고 쇼핑몰로 온 길이었는데 한나는 그냥 집에 있을 걸 하는 후회가 밀려들었다. 수백 명의 사람들이 동시에 내뱉는 말소리 때문에 쇼핑몰 안은 무척 시끄러웠다.

콘크리트 벽과 천정, 소리를 진정시켜줄 만한 그 어떤 것도 제 기능을 하지 못한 채 사람들의 행복에 겨운 소리, 흥분에 겨운 소리, 분노의 소리까지 모두 한데 모아 메아리로 증폭시켜 마치 소떼가 웅얼거리는 것같이 들렸다.

"겨울에는 항상 이렇게 붐벼, 특히 밤에는 더더욱. 사람들이 퇴근 후에 이곳에 와서 쇼핑도 하고 밥도 먹고 영화도 보거든. 파카나 부츠 없이 돌아다닐 수 있다는 게 어디야."

"알만 해." 한나가 대답했다.

비록 한나는 모이쉐가 기다리는 집으로 가 전자레인지에 냉동식품을 데워 먹고, 편안한 거실 소파에 앉아 텔레비전에서 하는 영화를 보는 편이 훨씬 더 좋았지만 말이다.

"바로 여기가 우리가 가야 할 곳이야."

안드레아가 '미스터 로고'라는 작은 가게 앞에 멈춰 섰다.

"나랑 같이 들어가자. 재미있는 가게야."

한나는 안드레아를 따라 안으로 들어갔다. 그리고 안드레아가 레이크 에덴 부동산 펜을 300개를 주문한 뒤 문구의 활자며 색깔 등을 논의하는 동안 한나는 흰 벽돌색 글자가 찍힌 밝은 보랏빛 티셔츠가 진열된 선반을 구경했다.

거기에는 조단 고등학교 미식축구팀인 '레이크 에덴 굴스Lake Eden

Gulls'가 아닌 '레이크 에덴 걸프스Lake Eden Gulps'라는 글자가 찍혀 있었는데, 한 장당 1달러에 판매하고 있었다.

"안녕하세요, 전 태미에요. 뭘 도와드릴까요?"

'미스터 로고'의 골프 셔츠 주머니 위쪽에 태미라는 이름이 수 놓인 예쁘장한 검은 머리의 직원이 한나에게 물었다.

"네, 이 셔츠 정말로 1달러에요?"

"이젠 아니에요. 매니저님이 50%를 더 할인하라고 하셨거든요. 진열장에 얼른 다른 것을 걸어야 해서요. 원래는 레이크 에덴 굴스라고 찍혔어야 했는데……."

"제가 레이크 에덴에서 왔으니까 그 점은 아주 잘 알죠."

한나가 말했다.

"오, 그렇군요. 어쨌든 그래서 그렇게 싸게, 음……, 비싸지 않게 파는 거예요. 한 장 사시겠어요?"

"아뇨, 전부 살게요."

한나의 머릿속에 기발한 아이디어가 하나 떠올랐다.

지난번 마을 사람들 모임 때 바스콤 시장이 상점 주인들이 각각 소프트볼팀을 만들어서 여름에 서로 시합을 하면 어떻겠냐고 제안을 했었다. 리사와 한나는 시장의 생각에 찬성했는데, 그러려면 팀 유니폼도 마련해야 했다. 하지만 이제 쿠키단지의 유니폼은 간단히 해결되었다. 청바지에 레이크 에덴 걸프스gulps 티셔츠면 안성맞춤이다. 쿠키단지에 오는 손님들은 쿠키와 함께 커피를 들이키곤(gulps: '들이키다', '꿀꺽꿀꺽 마시다'의 뜻이 있다) 하니 말이다.

"이걸 전부……, 사시겠다구요?"

한나가 고개를 끄덕이자 태미가 놀라움이 가득한 눈빛으로 한나를 쳐다보았다.

"음······, 제가 상관할 일은 아니겠지만······, 티셔츠를 왜 그렇게 많이 사세요?"

한나가 설명을 하자 태미가 즐거워하며 말했다.

"저도 그 팀에 들어가도 될까요? 고등학교 때 소프트볼을 했었거든요. 그 시절이 정말 그리워요."

"그럼, 고등학교를 이미 졸업했단 얘기네요?"

"2년 전에 이글 밸리 고등학교를 졸업했어요. 클라리사 출신이구요. 커뮤니티 칼리지에서 수업을 듣긴 했는데, 거기엔 체육 프로그램이 없었어요."

"우리 팀에 들어온다면 정말 환영이에요."

매니저의 일방적인 권한으로 결정을 내린 한나는 태미에게 노먼이 컴퓨터로 만들어준 명함을 건넸다.

"다음 주에 전화해줘요. 그때쯤이면 거의 다 준비가 되어 있을 테니까요."

"고마워요! 너무 흥분돼요! 일단 여기 가만히 계세요. 제가 매니저한테 가서 이 티셔츠들을 더 싸게 살 순 없는지 말씀드려 볼게요."

한나는 제자리에 가만히 서서 태미를 기다리면서 나이와 연관된 의문점에 대해 곰곰이 생각해보았다.

도대체 내 인생에 언제부터 고등학교 졸업생이 어려보이기 시작한 것일까? 나이를 먹으면 먹을수록 다른 사람들이 점점 어려보이기 마련인 걸까? 어쩌면 이건 레이크 에덴 요양소로 달려가 그곳에 사는 백한 살의 월스트롬 할머니에게 물어봐야 하는 건지도 모르겠다.

얼마 전 레이크 에덴 저널의 첫 페이지에 월스트롬 할머니의 생일 축하 기념사진이 실렸는데, 사진 속 월스트롬 할머니는 꼿꼿한 의자에 앉아 초콜릿으로 만든 생일 케이크와 함께 마티니를 마시고 있었다.

신문에서는 마티니에 대한 할머니의 말을 그대로 인용하고 있었다.

'백 살 평생 독한 술은 입에 대본 적도 없어. 하지만 이제 백한 살이 되었으니 마티니를 마셔야지. 내가 마티니를 마신다고 야단법석들 떨지 마라. 어차피 나한테는 마티니도 테레빈(소나무과 식물의 함유 수지)과 똑같으니까!'

"전부 가져가시겠다면 넉 장에 1달러로 해주시겠대요."

태미가 종이 한 장을 들고 서둘러 달려와 한나 옆에 서며 말했다. 그 바람에 한나는 생각에서 퍼뜩 깨어났다.

"이걸 계산대로 가져가세요. 게다가 가장 좋은 건, 저희가 배달까지 해드린다는 거죠! 마침 다음 주에 조단 고등학교로 배달 나갈 큰 건이 하나 있으니 가는 길에 집으로 배달해드릴 수 있을 거예요. 한 사이즈마다 셔츠가 여덟 장씩 있는데, 스몰 사이즈부터 더블 엑스트라 라지까지 다양해요."

"고마워요, 태미."

한나는 소녀에게 활짝 미소를 지어 보인 뒤 쿠키단지 팀에 대한 더욱 자세한 사항은 이번 주 안에 전화하면 알려주겠노라고 말했다. 그리고는 매니저가 마음을 바꾸기 전에 얼른 계산대로 갔다.

"10달러 지폐를 내는 걸 봤는데."

가게를 나오면서 안드레아가 말했다.

"뭘 산 거야? 그리고 산 건 어딨어?"

"산 게 아니라 산 것들이야. 사실 티셔츠 40장을 샀어."

안드레아는 한나를 쳐다보았다.

"쇼핑에 재능은 나한테만 있는 줄 알았더니! 정말 티셔츠 40장을 겨우 10달러에 샀단 말이야?"

"그래, 다음 주에 배달해준다고 했어. 누군가 실수로 레이크 에덴 굴스를 레이크 에덴 걸프스라고 새겼거든. 그래도 우리 쿠키단지의 새로운 소프트볼팀한테는 완벽한 이름이지 뭐야. 우리 팀 팬들에게는 아이스커피도 나눠주는 거야."

"언니가 소프트볼팀을 만든 줄은 몰랐는걸."

"그 셔츠들을 발견하기 전까진 나도 몰랐어. 리사도 그렇고 나도 팀 유니폼을 맞추려면 무척 비쌀 거라고 생각했거든."

"그럼 치어리더들도 세울 거야?"

안드레아가 동경하는 듯한 눈빛으로 물었다.

"모르겠어. 아직 팀도 제대로 만들기 전이니까."

"치어리더를 찾는다면 내가 알아봐줄 수 있어. 내가 제일 선두에 서고 말이야. 아직도 응원 동작들을 많이 기억하고 있거든. 어때?"

"그래, 너한테 그럴만한 시간적 여유가 있으면."

한나가 동의했다.

"시간이야 만들면 되지. 정말 재밌겠다."

안드레아가 꽃집을 흘끗 바라보았다.

"부샤드 부케에는 왜 가야 한다고 했지?"

"프레첼 먹으면서 얘기해줄게."

한나가 꽃집 입구를 바로 지나서 있는 프레첼 수레를 가리키며 대답했다. 수레에는 한나가 좋아하는 패스트푸드 중 하나인 핫 솔티드 프레첼과 한나의 저 탄수화물 식단 계획을 단번에 무너뜨리는 다양한 간식들을 팔고 있었다.

"언니만 먹어. 난 빌이 퇴근해서 집에 오면 그이랑 같이 저녁을 먹어야 하니까."

안드레아는 한나가 프레첼을 살 때까지 기다렸다가 같이 꽃집으로 걸어갔다.

"뭘 알아본다고 했지?"

"카일이 몇 시에 쇼우나 리에게 꽃 배달을 갔는지, 그녀를 직접 만났는지, 그리고 거기서 몇 시에 떠났는지를 물어보려구. 오늘 밤에는 꽃집에서 카운터를 보고 있을 거라고 했어. 미리 전화했었거든. 그뿐만 아니라 그날 쇼우나 리의 일정에 대해 카일이 아는 것이 있다면 전부 물어볼 거야. 쇼우나 리가 분명히 카일에게 복숭아 파이를 대접하며 개인적인 관심을 보였을 테니까."

"베이커리 홍보 때문에?"

"아니, 그를 좀더 붙잡아두기 위해서. 카일은 정말 귀엽거든."

부샤드 부케의 믿을 수 없으리만큼 훌륭한 쇼윈도 진열은 한나와 안드레아의 발길을 멈추게 하기에 충분했다.

이건 맛있는 데이지 꽃이라고 불러야 옳을 듯, 부샤드 부케에서는 여러 가지 과일들로 데이지 꽃을 만들어 다른 꽃들과 한데 묶은 뒤 나무로 된 기다란 꼬챙이에 꿰어 예쁜 바구니에 담아놓았다.

한나는 오랫동안 감탄 어린 시선으로 쇼윈도를 바라보았다. 겨울철 미네소타에서 저토록 신선하고 탱탱한 과일을 볼 수 있다는 것이 믿어지지가 않았다.

과일-데이지 중에는 신선한 파인애플을 잘라 가운데 라스베리를 붙여 놓은 것도 있었고, 나무 꼬챙이에 주렁주렁 걸린 붉은 포도와 청포도 알은 마치 이국의 양치류 식물을 보는 듯했다. 또한 곳곳에 자리한 딸기 역시 다채로운 색감을 더 해주고 있었으며, 예쁜 모양으로 잘린 노란색과 주황색, 백색 치즈가 과일의 부속물처럼 장식되어 있었다. 이토록 값비싸 보이는 부케를 설명하는 카드에는 나무 꼬챙이와 바구니를 제외한 모든 것이 먹을 수 있다고 쓰여 있었다.

"엄청 비싸겠다."

안드레아가 숨을 몰아쉬며 말했다.

마을 사람들 대부분이 참석할 빌의 경찰서장 취임 기념 파티에 놓으면 좋겠다는 생각을 하는 것이 분명했다.

"우리 형편으로는 어림도 없어."

안드레아가 단지 부케가 예쁘다는 이유만으로 신용카드를 긁어 무리하게 주문하지 않기를 바라며 한나가 말했다.

"이런 건 사진만 찍어 가면 돼. 리사에게 예술적인 재능이 있으니까 사진을 보여주고 과일을 구해주면 근사하게 흉내 낼 수 있을 거야."

"이 과일은 어디서 구했을까?"

안드레아가 흥미롭다는 듯 물었다.

"모르지. 근데 진짜라고 하기엔 너무 아름답잖아."

한나가 문득 말을 멈추고 얼굴을 찡그리기 시작했다.

"너도 그렇게 생각해?"

"뭘 그렇게 생각해?"

"과일 말이야. 진짜일 것 같아?"

"글쎄, 모르겠는데. 그거야 물어보면 되지."

안드레아가 앞장서서 꽃집으로 향했고, 한나도 바싹 그 뒤를 따랐다. 하지만 안드레아가 갑자기 걸음을 멈추고 휙 뒤돌아보는 바람에 하마터면 한나는 제 발에 걸려 넘어질 뻔했다.

"왜?"

뭔가 골몰한 표정의 안드레아를 보며 한나가 물었다.

"언니는 그냥 저기 벤치에 앉아서 프레첼이 식기 전에 얼른 먹는 게 낫겠어. 꽃집 안에서는 못 먹게 되어 있잖아. 카일하고는 내가 혼자 애

기해볼게. 그는 이미 언니를 알고 있으니까 우리 둘 다 들어가서 질문
들을 쏟아내기 시작하면 조개처럼 입을 다물어버릴지도 몰라. 난 그냥
과일 장식에 대해 물어보러 온 수다스러운 손님 역을 할 거야. 알고자
하는 정보를 뽑아내는 대로 나와서 언니에게 얘기해줄게."

"그래, 좋아."

한나도 동의했다. 그리고는 말없이 벤치로 향했다.

안드레아는 사람들을 구슬리는 데는 천재적인 소질을 지니고 있으니
그 계획이 무엇이든 혼자서도 잘할 수 있을 것이다. 하지만 10분이 지
나고, 겨자를 듬뿍 얹은 부드러운 프레첼이 다 없어질 때까지도 안드레
아는 돌아올 줄 몰랐다. 쇼윈도를 통해서라도 카일과 안드레아가 안에
서 무엇을 하고 있는지 살펴보려고 막 자리에서 일어서려는데 어디선
가 한나의 이름을 부르는 친숙한 목소리가 들렸다.

"마이크?"

뒤를 돌아본 한나는 꿀꺽 소리가 나도록 침을 삼켰다.

붉은 기가 도는 금발에 다부진 근육, 날카로운 푸른색 눈, 6피트 3인
치(약 190㎝)에 알맞은 체격의 눈부시게 빛나는 마이크가 위넷카 카운티
경찰 제복을 입은 채 건너편에 서 있었던 것이다.

그 정도 외모면 소녀들의 심장을 멎게 하기 충분했고, 한나도 예외는
아니었다. 물론 한나는 이제 더 이상 소녀가 아니지만 말이다. 아직 마
이크에 대한 화가 풀리지 않았는데도 한나의 심장은 예전과 다름 없이
쿵쾅거리기 시작했다.

그를 철저히 무시하기로 했던 마음속 결심과는 상관없이 한나의 손
에 또다른 마음이 있는 듯 저도 모르게 손을 들어 손가락을 까딱해 보

였다. 그리고 마이크는 그것을 일종의 초대로 받아들였는지, 영화를 보고 나오는 사람들의 무리를 헤치며 한나 쪽으로 다가오기 시작했다.

마이크의 눈만 보면 순식간에 머릿속이 텅 비어 버리는 자신을 잘 아는 한나는 일부러 그의 눈 대신 눈썹 사이 부분을 바라보았다.

"영화 보러 왔나 봐요?"

일상적인 호기심을 가장하며 한나가 물었다.

"한나가 특별히 보고 싶은 영화라도 있다면 모를까요."

한나는 뭐라고 대답해야 할지 알 수가 없었다.

지금 나한테 같이 영화를 보자는 건가? 아니면 지금 영화관에서 어떤 영화들을 상영하는지를 물어보는 건가? 만약 그의 질문이 전자의 의미라면 한나는 전혀 흥미가 없었지만, 후자의 의미라면 적어도 공손하게 대답해줄 수는 있었다.

하지만 무엇보다 안전한 방법은 그의 말을 농담으로 듣고 넘기는 것이었기에 한나는 극장 전광판을 슬쩍 엿본 뒤 머릿속에 떠오르는 대로 말했다.

"'거북신의 복수'는 벌써 세 번이나 봐서 다시 보지 않아도 될 것 같아요."

"거북신의……,"

마이크가 말을 멈추더니 한나를 뚫어져라 쳐다봤다. 그리고는 별안간 웃음을 터뜨리기 시작했다.

"농담이죠……, 그렇죠?"

"네."

"같이 뭐라도 좀 먹으러 갈래요? 오늘밤은 비번이라서요. 한나와 애기하고 싶은 것도 있고요."

"미안하지만, 다른 사람이랑 같이 왔어요, 그리고……."

"안녕, 마이크."

한나가 말하던 중에 안드레아가 모습을 보였다.

"여긴 어쩐 일이에요? 쇼핑몰에 사건이라도 발생했나요?"

"알리바이 몇 개를 확인하러 왔습니다. 안드레아는요?"

"부동산 홍보 펜을 주문하러 왔어요."

"방금 한나랑 뭐라도 같이 먹으러 갈까 얘기 중이었는데, 안드레아는 어때요?"

"전 됐어요. 두 분이나 가세요. 전 9시까지 집으로 돌아가야 해서요."

한나의 사나운 눈길에도 전혀 아랑곳하지 않고 안드레아가 말했다.

"나중에 전화할게, 언니. 그 과일 가짜래. 그리고 다른 얘기도 많이 들어뒀어."

마이크는 안드레아에게 손을 흔들어 인사하고 한나 쪽을 돌아보았다.

"누가 가짜 과일을 팔았나 보죠?"

"아뇨, 쇼윈도에 진열된 과일 바구니를 말한 거예요. 내가 진짜라고 하기엔 너무 좋아 보인다고 했거든요. 그랬더니 안드레아가 들어가서 물어봤나 봐요."

마이크가 한나의 팔을 잡더니 그녀의 손을 잡았다.

"그럼 저녁 먹으러 어디로 갈까요?"

"레이크 에덴 호텔로 가요."

한나는 재빨리 제일 좋아하는 레스토랑 이름을 댔다. 여동생의 감사한 도움으로 이왕지사 마이크에게 납치당한 김에 즐거운 시간으로 만들어 보자는 계획이었다.

"맛있는 저녁이었어요."

마이크가 쿠키단지 뒤쪽에 차를 세우며 말했다.

"정말 집까지 데려다 주지 않아도 괜찮겠어요?"

"괜찮아요."

한나가 머릿속에 떠오른 길고 긴 문장을 짧게 잘라 대답했다.

원래는 '물론 당신이 집까지 데려다 주면 좋겠지만, 절대로 그렇게
할 수는 없어요.' 라고 말하고 싶은 것을 말이다.

"그런데 아까 갖고 있다고 한 거 진짜인가요?"

"갖다니, 뭘요?"

마이크의 질문에 한나가 아리송해하며 물었다.

"오렌지 줄리어스(오렌지 스무디의 일종) 레시피 말입니다."

"그럼요. 진짜 오렌지 줄리어스 맛은 아닐지라도 거의 근접하게 만들
수는 있어요. 사람들이 쉽게 눈치 채지 못할 정도로요."

"그게 왜 필요한지 내가 얘기했던가요?"

저녁식사 동안 마신 고작 와인 두 잔에 마이크가 기억력이라도 상실
한 것인가? 하지만 그럴 가능성은 희박했다. 그보다 더 많은 양의 술을
마시고도 멀쩡한 마이크의 모습을 한나는 여러 번 보았으니 말이다.

"쇼핑몰에 오렌지 줄리어스를 파는 가게가 문을 닫아서 무척 실망한
사람들을 여럿 보았다고 했잖아요."

"맞아요. 우리 쇼핑몰에도 없어졌던데요. 내가 쇼핑몰 안내도를 여러
번 확인해봤는데도 없었어요. 오렌지 줄리어스 회사가 망하기라도 한

걸까요?"

그런 것에 왜 그리 관심을 가질까 의아해하며 한나가 어깨를 으쓱해 보였다.

"모르죠."

"레시피는요? 여기 쿠키단지에 있나요?"

"네, 내 레시피 노트에 들어 있어요. 아이들 파티 때 많이 만들거든요. 몇 주 전에도 생일 파티 출장서비스가 있어서 만들었더랬어요."

"그럼, 필요한 재료도 다 있겠군요?"

"그럼요. 기본으로 준비하는 음료인걸요. 레모네이드랑 오렌지 줄리어스, 우유나 펀치, 이렇게요."

"그럼 만들고자 할 때는 언제든 만들 수 있겠네요?"

한나는 자동차 계기판에서 비치는 희미한 불빛 속에 마이크를 쳐다보았다. 오늘따라 왜 이렇게 이상하게 구는 것인지 한나는 도통 알 수가 없었다.

"네, 언제든 만들 수 있을 거예요. 근데 왜요?"

"그럼 지금 한나의 카페에서 만들어주면 정말 고마울 것 같은데요."

한나는 얼떨떨한 표정으로 마이크를 바라보았다.

"오렌지 줄리어스를 지금 만들어 달라고요?"

"네, 정말 마시고 싶어요, 한나. 해줄 수 있죠?"

"그래요, 그럼."

한나는 마이크의 차에서 내려 카페 뒷문으로 향했다.

평소 마이크를 잘 몰랐다면 그가 신경쇠약에라도 걸린 것이 아닐까 오해했을 것이다. 하긴……, 어쩌면 한나는 마이크를 제대로 알지 못하는 것일 수도 있다.

어쨌든 마이크는 한나에게 훌륭한 저녁식사를 대접했다. 더구나 한나가 주문한 비프 웰링턴(쇠고기 등심살에 포아그라 퍼티를 발라 파이 옷으로 싸서 구워낸 요리)은 결코 값싼 메뉴가 아니었다. 그러니 믹서에 갖고 있는 재료 좀 넣고 오렌지 줄리어스를 만드는 것쯤이야 그에 대한 답례로는 별 수고가 아니었다.

마이크가 작업대 앞 의자에 앉자 한나는 필요한 기구들을 꺼낸 뒤 무거운 임무를 맡은 믹서의 전기 코드를 콘센트에 연결했다.

"거의 2쿼트(약 1.9ℓ) 분량은 나올 거예요. 얼음이랑 같이 담으니까 더 많아지겠죠. 집으로 가져갈 건가요?"

"네. 물론 집으로 가는 건 아니지만요. 오늘은 건너편에 있는 쇼우나리의 집에 갈 겁니다."

한나는 믹서에 오렌지 주스를 붓다가 순간 멈칫했다.

"바네사가 돌아왔나 봐요?"

"아직……."

마이크가 벽에 걸린 시계를 쳐다보았다.

"지금쯤이면 착륙했겠군요. 짐을 찾는 대로 공항 주차장에 세워둔 차를 타고 레이크 에덴으로 달려올 겁니다. 길이 막히지 않을 테니까 늦어도 자정쯤이면 도착하겠네요."

"흠……, 바네사의 일정을 잘 알고 있군요?"

"넵. 오늘 아침에 통화했거든요. 오늘 밤에 마을로 돌아온다기에 베이커리에서 만나자고 했습니다."

"열쇠가 있어요?"

"쇼우나 리가 줘서 하나 가지고 있어요, 어, 자매가 집을 비울 때 베이커리랑 집 단속을 해달라면서 맡겼거든요. 있잖습니까, 혹시 도둑이 들지도 모르니."

"그렇군요."

한나가 대답했다, '지금 누굴 속이려고 드는 거지?'라는 대답 대신.

"아무튼 어두울 때 베이커리에 혼자 들어가게 하지 말아야 할 것 같아서 말입니다. 그러니까, 언니가 그곳에서 살해당했으니까요. 그래서 내가 가 있겠다고 했어요."

한나의 눈에 의심의 그림자가 짙어졌다.

보통 사람들 같으면 바네사를 그렇게 챙겨주니 참으로 친절하고 자상한 사람이라고 생각할지도 모르겠지만, 밤길에 무리해서 마을로 오게 하는 대신 공항 근처 호텔에서 하루 묵게 한 뒤 밝은 대낮에 집으로 들어오도록 권할 수도 있지 않은가.

바네사가 마을에 도착하자마자 만나야 할 무슨 다른 이유라도 있는 것일까? 마을을 떠도는 소문 중에는 두 자매가 남자친구까지 맞교환한다는 얘기도 있었다. 한 명이 싫증 난 상대를 다른 한 명이 대신 만나며 데이트를 즐긴다는 것이다. 혹시 바네사도 쇼우나 리가 마이크에게 싫증 나면 그녀의 자리를 대신할 계획을 했었던 건 아닌가?

'워!' 한나의 마음이 고삐를 당겼다.

어쩌면 바네사가 정말로 마이크를 좋아하고 있었는지도 모른다. 너무나도 좋아해서 어떤 짓이라도 감행할 만큼 말이다. 그리고 쇼우나 리는 아직 아무에게도 마이크를 내주고 싶지 않았을 것이다.

그렇다면 바네사는 자신이 좋아하는 남자를 언니에게서 빼앗기 위해 언니를 죽였을까? 쇼우나 리가 살해당하던 날 밤에 그녀는 조지아로 가는 비행기를 타고 있었을까? 아니면 언니를 죽인 뒤 뒤늦게 비행기를 타고 조지아로 날아간 것일까? 도저히 무시할 수 없는 가능성이 한나의 머릿속에서 춤추기 시작했다.

"쇼우나 리의 얘길 하면서 같이 밤을 보낼 겁니다."

마이크가 말을 이었다.

"바네사가 잠들고 싶지 않다고 해서요."

전에는 미처 생각하지 못했는데, 쇼우나 리의 성인 '퀸'은 아일랜드식 이름이었다.

"자매가 아일랜드 출신인가요?"

"아뇨, 증조부가 가족성을 퀸으로 축약시켰답니다. 원래 성은 발음하기가 원체 어려웠다는군요."

"바네사가 아일랜드 출신이 아니라면 왜 밤에 잠들고 싶지 않다는 거예요?"

"영화에서 그렇게 하는 것을 봤는데, 누군가를 기리는 방법으로는 좋다고 생각했나 봐요. 어렸을 적 이야기며, 함께 자랐던 이야기, 할 얘기가 무척 많다고 하더군요. 한나도 같이 가자고 하고 싶지만, 쇼우나 리를 별로 좋아하지 않았다는 걸 알고 있어요."

'제대로 알고 있네!'

물론 입 밖으로 내어 말하진 않았다. 대신 한나는 이렇게 물었다.

"그럼 오렌지 줄리어스는 왜 피처로 가져가려는 거예요?"

"쇼우나 리가 가장 좋아하는 음료였거든요. 바네사가 그러는데, 오렌지 줄리어스에 보드카를 섞어 쇼핑몰 안에서 들고 다니며 마셨다더군

요. 그러다가 용기가 생기면 웨딩드레스 샵으로 들어가 드레스를 입어
보곤 했답니다. 정말 슬프지 않습니까?"

"뭐가 슬퍼요?"

"웨딩드레스를 무척 입어보고 싶어 했는데, 결국 입어보지 못하고 죽
었으니 말입니다."

"으음."

지금으로서는 단순한 비언어적 반응이 한나의 최선이었다.

마이크와 나란히 설 결혼식에 입을 웨딩드레스를 갈망했던 자매들에
게 어떻게 그녀가 동정심을 가질 수 있단 말인가?

"어쨌든 그곳에 너무 일찍 건너가고 싶지 않아요. 많은 추억이 남아
있거든요. 그래서 쇼핑몰에서 우연히 한나를 만났을 때 반가웠던 겁니
다. 한나와 같이 저녁을 먹으면서 남은 시간을 죽일 수 있어서 좋았거
든요. 그러니까……, 한나도 그렇고, 나도 그렇고 어차피 저녁은 먹어
야 했으니 말이에요, 그렇죠?"

"그렇죠."

저녁식사로 너무 비싼 것을 시켰던 게 아닐까 했던 한나의 죄책감은
가벼운 공기처럼 순식간에 날아가 버렸다. 마이크는 날 이용했다, 순진
무구했던 나를.

"그리고 마침 오렌지 줄리어스 만드는 방법을 안다기에 이제 됐다 싶
었어요."

"이제 됐다라……."

조만간 후회하게 될지도 모를 말을 던지지 않기 위해 한나는 이를 꽉
깨문 채 마이크의 말을 반복했다.

"두 사람이 평소 마셨던 대로 보드카를 섞어줄 겁니다. 바네사가 마음껏 취해보고 싶다고 하면 옆에 있으면서 손이라도 잡아줄 거구요. 근데 문제가 하나 있는 게, 바네사가 수사가 어떻게 진행되어 가고 있는지 궁금하다고 했는데, 무슨 얘기를 해줘야 할지 모르겠군요."

'지금이 바로 질문을 쏟아낼 완벽한 타임이다!'

한나의 내면에서 외침이 들려왔다, 기회가 찾아온 것이다.

마이크가 쇼우나 리의 죽음에 대한 슬픈 감상에 촉촉이 젖어 있는 동안 살인사건에 대한 정보를 캐내는 거다. 지금은 평소의 날카로움이랑 온데간데없이 사라지고 없으니 어쩌면 한나에게 유용한 정보들을 순순히 알려줄지도 모른다.

하지만 남자의 슬픔을 이용하는 것이 정말 잘하는 일일까?

한나는 잠시 골몰했다. 물론 떳떳한 방법은 아니지만, 마이크 역시 한나를 시간 죽이기 용으로 이용하지 않았나. 더군다나 마이크에게 밤을 같이 보내자며 꼬드긴 여자를 위해 손수 오렌지 줄리어스까지 만들게 했다. 사랑과 전쟁에 있어서만큼은 불공평한 것이란 없다. 이번 경우도 그에 포함된다.

아니, 어쩌면 그 이상일지도 모른다. 한나는 확실히 답할 수 없었다.

"그러게, 수사는 어떻게 진행되고 있어요?"

한나가 재료들을 믹서에 집어넣으며 아무렇지도 않은 듯 무심한 목소리로 물었다.

"좋지 않아요. 동기를 가질만한 사람은 전부 알리바이가 있어요."

"나를 포함해서요?"

한나가 참지 못하고 물었다.

"당신도 포함해서요. 누군가 우발적으로 살인을 하고 멀리 달아났을지도 모르겠다는 생각을 하기 시작했습니다. 그렇게 되면 사건 해결이 더욱 힘들어지는 거죠."

"그랬을 수도 있겠네요."

비록 마이크의 생각에 반대했지만, 한나는 순순히 대꾸했다.

"그런데 정말로 정신이상의 범인이 레이크 에덴까지 차를 몰고 와서 매그놀리아 블로썸 베이커리의 건물 뒤쪽으로 돌아들어가 유리창을 깨끗이 닦은 뒤 아무런 이유도 없이 오븐에서 복숭아 파이를 꺼내는 쇼우나 리를 총으로 쏘았을 거라고 생각해요?"

"별로 그렇진 않아요. 굳이 그렇게 말한다면요. 하지만 별다른 용의자가 없잖습니까."

"쇼우나 리의 과거 사람들은 어때요? 그 부분도 알아봤어요?"

"도시에 있을 때 같은 곳에 근무했으니 쇼우나 리가 가깝게 지내던 사람들이라면 나도 잘 알아요. 하지만 그녀를 죽일만한 동기를 가진 사람은 없었어요."

"그전에는? 쇼우나 리가 조지아에 살 때요."

"쇼우나 리가 미니애폴리스로 이사 온 게 5년 전이에요. 그렇게 오랫동안 복수심을 품고 있었던 사람이 있을까 싶군요."

"그래도 지난 12월에 제부 장례식에 참석했다가 새로운 적을 만들고 돌아왔는지도 모르잖아요. 그건 아직 두 달밖에 안 됐으니 말이에요."

"가능한 일이긴 하죠."

마이크는 잠시 골몰하는 듯 보였다.

"오늘밤에 바네사에게 물어볼게요. 아이디어 고마워요, 한나."

"천만에요."

한나가 간결하게 대답하고는 더 이상의 대화를 차단하기 위해 믹서를 요란하게 가동시켰다. 어쩌자고 마이크에게 수사의 방향을 잡아준 것일까? 수사에 대한 유용한 정보를 얻어내야 할 사람은 정작 한나였는데, 되려 그 반대가 되고 말았다!

오렌지 줄리어스가 완성되기까지는 그리 오랜 시간이 걸리지 않았다. 한나는 피처에 완성된 음료를 따르고 오렌지 주스를 좀더 첨가한 뒤 뚜껑을 닫았다.

"여기 있어요. 피처는 나중에 돌려줘야 해요."

"알았어요."

마이크가 건네받은 피처를 작업대 위에 잠시 내려놓고는 한나의 팔을 잡아당겨 그녀를 꼭 안았다. 어찌나 세게 안았는지 한나는 숨이 막힐 지경이었다. 그리고 이내 마이크의 입술이 한나의 입술과 맞닥뜨리며 정상적으로 숨을 쉬어보고자 했던 한나의 노력은 수포로 돌아가고 말았다.

몇 분이 지난 뒤, 마침내 마이크가 한나를 풀어주었고, 한나는 엄마의 앤티크점 쇼윈도에 진열된 봉제인형처럼 맥이 풀리고 말았다. 한나는 손가락으로 입술을 만져보았다. 뜨거운 키스에 불타버리지 않은 것이 신기할 따름이었다.

"이제 가봐야겠어요." 마이크가 피처를 들고 문쪽으로 향했다.

"고마워요, 한나. 당신이 없었으면 어쩔 뻔했나 싶군요. 한나는 내 생애 통틀어 가장 친한 친구에요."

마이크의 등 뒤로 닫힌 문을 한나는 멍청히 바라보았다.

어쩜 저렇게 대수롭지 않게 떠날 수 있는 것일까? 무릎이 후들거리고 마치 누군가 안에서 힘차게 망치질을 하는 것처럼 심장이 쿵쾅거렸던 키스가 마이크에게는 그저 친한 친구와도 나눌 수 있는 일상적인 일이란 말인가?

한나는 세상에서 제일가는 바보 멍청이가 된 듯한 기분이었다!

가짜 오렌지 줄리어스

재료

오렌지 주스 3컵 / 건조한 드림(바닐라와 우유로 만든 크림) 휩 2컵

바닐라 푸딩 2컵 / 오렌지 주스 3컵 더

만드는 법

1. 믹서에 오렌지 주스를 넣고 드림 휩과 푸딩을 넣은 뒤 '낮음' 에서 1분, '중간' 에서 1분을 돌립니다.

2. 2쿼트(1.9ℓ)짜리 피처에 섞은 것을 따르고 오렌지 주스 3컵을 넣고 잘 섞어줍니다.

3. 얼음과 함께 냅니다.

다음날 아침 카페로 출근하려고 집을 나서는 한나의 기분이 별로 좋지 않았다. 어젯밤 안드레아의 보고 때문은 아니었다.

늘 그랬듯 한나의 여동생은 이번에도 목적한 사람이 자신이 무슨 말을 털어놓았는지도 모르게 알고자 하는 정보를 빼내어왔다.

카일은 11시에 쇼우나 리에게 노란 장미를 배달했다. 그 시각 베이커리는 이미 문을 연 다음이라 베이커리는 손님들로 가득 찼었다고 했다.

하지만 오후에 쇼우나 리에게 배달해야 할 꽃다발 건이 또 들어왔고, 카일은 오후 4시 30분에 다시 배달을 나갔다고 했다. 이번에는 베이커리의 문이 닫혀 있었고, 쇼우나 리가 카일을 불러 커피 한 잔을 대접했다고 한다.

카일은 자신이 다시 길을 나선 시각인 오후 5시까지 쇼우나 리는 아주 쌩쌩하게 살아 있었다고 증언했다.

리사와 허브의 결혼식이 5시부터 시작되었고, 그 시각에 축하객들은 이미 성당에 앉아 있었으니 쇼우나 리를 죽인 범인은 그날 결혼식에 참석하지 않은 사람인 것이 분명했다. 물론 안드레아는 쇼우나 리에게 두 번째 꽃다발을 보낸 사람이 누구인지도 물어봤고, 카일의 대답은 안드레아를 깜짝 놀라게 했다.

다름 아닌 바스콤 시장이 꽃을 보낸 것이다.

카일은 카드에 적힌 글귀도 기억하고 있었다. 거기엔 '남부의 아름다운 꽃에게 남부의 아름다운 꽃다발을' 이라고 적혀 있었고, 꽃다발은 매그놀리아, 카멜리아, 그리고 호손이 한데 묶인 아름다운 것이었다.

미네소타의 추운 2월에는 그런 꽃을 쉽게 구할 수 없으니 그건 분명히 온실에서 재배한 값비싼 것들일 테지.

바스콤 시장은 꽃다발에 150달러라는 거금을 썼다고 했다. 이 모든 사실은 무척 흥미로운 동시에 의심스러웠지만, 바스콤 시장이 쇼우나리를 죽이지 않았다는 사실은 한나가 더 잘 알고 있었다.

그는 리사와 허브의 결혼식이 진행되는 내내 부인과 함께 성 베드로 성당에서 가장 눈에 띄는 앞자리에 앉아 있었기 때문이다. 그리고 피로연장으로 출발했을 때도 레이크 에덴의 퍼스트 커플인 시장 부부는 한나가 운전하는 리무진을 바로 뒤따라왔다.

한나는 의심의 생각을 떨쳐내려고 도리질을 했다.

무슨 이유에서인지 한나의 언짢은 기분은 더욱 심해지고 있었고, 날씨 역시 거기에 도움을 주지 못했다.

커다란 눈발이 한나의 차창에 내려앉기 시작하자 한나는 와이퍼를 작동시켜야 했다. 차의 유리창을 닦지 않은 지 오래되어 와이퍼의 날 끝은 한나의 시야에 둥근 아치 모양의 흔적을 남기고 있었다.

한나는 차의 속도를 조금씩 줄여 갓길에 차를 세우고 와이퍼가 겨울날의 가보트(쾌활한 4/4박자의 프랑스 춤)를 추도록 내버려둔 뒤 문제를 해결하기 위해 차에서 내렸다.

2월의 분주한 도로 옆에서 깨끗한 눈을 발견하다니, 한나는 새삼 신기했다. 눈이 아직 많이 쌓이지 않은 덕분이었다. 눈이 조금이라도 쌓이면 제설차가 와서 흙탕물이 섞인 눈을 도로 옆으로 밀어놓곤 하니 말이다.

한나는 얼마 떨어지지 않은 곳에서 얇은 얼음 막으로 덮인 깨끗한 눈을 발견하고는 그곳으로 달려가 얼음을 깨고 두 손으로 그 안에 갇힌 눈을 꺼냈다. 그러다 보니 문득 치킨 파이를 깨뜨려 그 안에 있던 고기를 꺼내던 아버지의 모습이 떠올랐다.

한나는 두 손 가득 눈을 담아 터덕터덕 다시 트럭으로 돌아왔다. 그런 후 가져온 눈을 차창에 뿌린 뒤 더 가져오기 위해 아까의 장소로 돌아가며 슬며시 미소를 지었다.

다른 주에 사는 누군가가 겨울철에는 차창을 닦기 위한 도구로 코카콜라 캔을 갖고 다니면 좋다고 알려준 적이 있었는데, 정말 그렇게 했더라면 좋았을 뻔했다.

초등학교 5학년 때 담임이었던 브루더 선생님도 콜라에 동전을 담가 깨끗하게 만드는 방법을 알려주었으니 말이다. 하지만 정말로 콜라 같은 걸 차에 싣고 다녔다면, 영하로 떨어지는 기온에 소다가 팽창하여 차 바닥에는 온통 콜라 맛이 나는 얼음이 굴러다녔을 것이다.

몇 번을 그렇게 왕복한 후에야 와이퍼의 가보트에 맞춰 차창이 깨끗해질 수 있었다. 한나는 장갑을 벗고, 부츠에 묻은 눈을 털어낸 뒤에 다시 운전석에 올라탔다.

시내로 향하며 한나는 모든 일이 잘 돌아가고 있다는 억지 미소를 지어 보였다. 때때로 가벼운 미소를 지어 보이는 것이(억지로 지은 것이

든 어쨌든) 역으로 사람의 기분을 한층 밝게 해주기도 한다.

그야말로 입가의 신경들이 뇌에 지금 어떤 기분을 느껴야 하는지 명령하는 격이다. 하지만 불행하게도 한나의 미소는 뇌에 어떠한 명령도 전달하지 못했고, 이내 한나의 얼굴은 다시 찡그린 표정으로 돌아오고 말았다.

눈밭을 돌아다닌 덕분에 발이 마치 꽁꽁 얼 듯 시렸으니 이렇게 시린 발을 갖고는 도저히 행복감을 느끼지 못할 듯했다. 한나의 차 안에서 유일하게 제대로 작동하는 계기판 시계는 한나가 쿠키단지에 5시까지 도착하려면 좀더 밟아야 한다고 알려주고 있었다.

하지만 한나는 굳이 5시까지 나갈 필요가 없었다. 출장서비스의 마무리 준비가 남았다든가 하지 않는 이상은 웬만하면 6시 이전에는 카페에 나가지 않았다.

하지만 오늘 아침에는 무슨 일인지 한 시간 일찍 나가야 할 것 같은 생각을 떨쳐버릴 수가 없었다. 비록 의도하지 않았을 때 가장 유용한 정보를 얻을 수 있다는 공식을 한나도 잘 알고 있었지만, 그래도 매그놀리아 블로썸 베이커리의 골목으로 돌아가 마이크의 허머가 아직도 그곳에 있는지 확인해보고 싶었다.

완고한 결정을 내린 한나는 시내로 들어가는 지선도로로 꺾어져 들어갔다. 예전에 한 번 마이크는 한나에게 재혼을 한다면 꼭 한나와 하고 싶다고 한 적이 있었다. 또 한나를 사랑한다고도 했다.

그 말이 마이크의 입술을 통과한 적은 지금껏 두 번뿐이지만, 한나는 그 말을 진심으로 받아들였다. 지금 한나에게 가장 중요한 의문은 신뢰에 관한 것이다. 아직도 마이크가 매그놀리아 블로썸 베이커리에 있는지 알고 싶었다. 슬픔에 잠긴 자매를 위로하는 데 굳이 밤을 새울 필요가 있는 것인가 말이다.

만약 마이크와 바네사가 열정에 사로잡혀 포옹하는 실루엣이라도 목격하게 된다면 어찌한다?

한나는 신음 소리를 냈다.

풍기문란을 단속하는 경찰관도 아닌 한나가 유리창을 마구 두드리며 외칠 수는 없는 노릇이다.

"손 들어! 그리고 당장 경찰에게서 떨어져! 당장!"

결국 조용히 한나의 카페로 돌아와 본 것을 아무에게도 얘기하지 않는 수밖에 없으리라. 그래도 마이크와 결혼하게 되는 실수는 면했으니 다행이지 않은가. 물론 그것도 마이크가 한나에게 프러포즈를 해온 다음의 일이겠지만.

골목을 돌며 한나는 운전대를 단단히 잡았다.

두 손을 모으고 눈을 감은 채 마이크의 허머가 그곳에 없기를 간절히 기도하는 마음이었다. 하지만 기도의 힘을 열렬히 믿는 크누드슨 목사님도 그런 자세로 기도하기를 바라진 않으실 것이다.

대신 한나는 골목길 진입에 집중한 채 부드럽게 흩날리는 눈발 사이로 오른쪽도, 왼쪽도 보지 않은 채 도로 중앙을 똑바로 달렸다.

매그놀리아 블로썸 베이커리 주차장에 가까워지자 뭔가가 한나의 트럭 옆을 쳤다.

한나는 급하게 브레이크를 밟은 뒤 부딪힌 쪽으로 고개를 돌리는 데 조수석 창문에 눈 뭉치 하나가 퍽 하고 날아와 부딪혔다.

밖을 살펴보니 골목길 한쪽 편에 파카를 입은 남자가 어둠 속에 서 있는 것이 한나의 눈에 띄었다. 한나가 지켜보는 와중에도 남자는 열심히 눈 뭉치를 만들어 한나의 차 유리창을 향해 던지고 있었다.

"마이크?"

마음속으로는 하늘에 외계 비행선이라도 나타나 이 자리에서 자신을 납치해가기를 바라며 한나가 깜짝 놀라 외쳤다.

하지만 물론 그런 일은 일어나지 않았고, 마이크가 손을 흔들어 보이자 한나는 차창을 내렸다.

"여긴 어쩐 일입니까?"

"바네사 때문에요."

한나가 머릿속에 제일 먼저 떠오른 핑계를 댔다.

"안에 아직 불이 켜져 있으면, 커피나 뭐 간식거리라도 가져다줄까 해서요."

한나가 듣기에도 서툴기 짝이 없는 변명에 그녀의 두 볼이 발그레해졌다.

하지만 다행히 마이크는 눈치 채지 못하고 한나의 손을 토닥였다.

"정말 고마운 생각이지만, 바네사는 괜찮아요. 한 시간쯤 전에 소파에서 잠이 들어서 내가 담요를 덮어주고 나왔어요. 지금으로선 충분히 자 두는 게 그녀에게 가장 좋을 것 같네요."

"마이크 말이 맞아요."

어깨를 짓누르는 죄책감에 한나가 간신히 대꾸했다. 마이크를 감시하려 했을 뿐만 아니라 이제 거짓말까지 하다니.

"출근하기 전에 아침이라도 먹으러 갈까 하던 중이었어요. 같이 코너 테번에 갈래요?"

"안 돼요."

한나가 미련 없이 대답했다.

더 이상은 변명거리와 거짓말을 만들어내고 싶지 않았다.

"빨리 카페로 나가봐야 하거든요. 요즘 손님이 부쩍 많아져서……, 알잖아요. 바네사도 오늘은 베이커리를 못 열 테고, 그렇죠?"

"오늘은 힘들 거예요. 제빵을 할 상황이 아니라서."

'냉동 복숭아 파이를 꺼내 오븐에 넣는 게 뭐가 그리 대단한 작업이라고?'

한나의 머릿속에서 볼 맨 목소리가 울려 퍼졌다.

하지만 아무 말도 하지 않았다. 생각 없이 그런 말을 내뱉을 만큼 경솔한 한나가 아니었다.

"어쩌면 다시는 문을 열지 못할지도 모르겠다고 바네사가 말하더군요. 처음 베이커리를 오픈한 것도 쇼우나 리를 위해서였으니까요. 아무튼 나중에 봐요, 한나."

다시 차를 운전하며 한나는 마이크를 향해 아무렇지도 않은 듯 손을 흔들어 보였지만, 마음은 무척 떨고 있었다.

하늘에 감사하게도 마이크는 바네사가 아닌 그를 감시하려 했던 한나의 의도를 전혀 눈치 채지 못했다!

'이번 염탐에서 알게 된 것은 무엇이지?'

쿠키단지 뒤에 차를 세우고 차내 히터의 선을 연결한 뒤 뒷문을 열면서 한나는 스스로에게 질문을 던졌다.

마이크가 새벽 5시까지 바네사와 함께 있었다는 사실을 알아냈지만, 그 오랜 시간 동안 그가 바네사에게 사려 깊은 친구 역할을 했는지, 아니면 좀더 로맨틱한 역할을 해주었는지는 알 길이 없었다.

한나는 마이크가 사려 깊은 친구 역할을 했을 거라고 믿고 싶었고, 정황상 그편이 더 맞는 듯했다.

다른 여자와 하룻밤을 보낸 뒤 여자친구를 불러 같이 아침식사를 하러 가자고 권하는 뻔뻔한 남자가 어디 있겠는가? 작업실에 불을 켜자 반짝 떠오른 대답 때문에 한나는 신음 소리를 낼 수밖에 없었다.

그런 배짱을 가진 남자가 딱 한 명 있긴 하다, 바로 마이크 킹스턴.

리사가 문을 열어주자 안드레아가 안으로 들어와 옷 고리에 코트를 벗어 걸었다.

"미네소타가 싫어지는 시즌이 오고 있어!"

"무슨 일이야?"

한나가 물었다.

"학교 앞에서 차가 멈추는 바람에 드류 바브라의 농구팀 아이들 셋이 뒤에서 차를 밀어줬어."

"그렇게 심각한 상황은 아니었나 봐요."

리사가 안드레아에게 청하지도 않은 커피 한 잔과 쿠키 두 개를 가져다주며 말했다.

"그렇지, 그래도 내가 얼마나 당황했다구. 다른 차들은 잘도 다니던데, 내 차만 그렇게 눈길에 멈춰버렸으니 말이야!"

"그래서 겨울에는 미네소타가 싫다는 거구나."

한나가 안드레아의 말을 반복했다.

"그럼 여름은 어때?"

"여름도 싫기는 마찬가지야. 내가 모기를 얼마나 싫어하는데. 그리고 시도 때도 없이 집 안으로 날아드는 왕풍뎅이는 어떻구. 얼른 이사 가고 싶어……, 어디든 여기보다 나은 곳으로."

"여기보다 나은 곳은 없어."

레이크 에덴 상공회의소와 미네소타 관광청을 합쳐놓은 듯한 기관의 우두머리가 된 기분으로 한나가 말했다.

"분명히 있을 거야!"

"없어."

한나가 고개를 저었다.

"미네소타는 특별해. 다른 주보다 특별한 곳이라구."

"농담이겠지!"

안드레아가 믿을 수 없다는 듯 외쳤지만, 실은 한나의 얘기에 흥미를 보이는 눈치였다.

"냉동실에서야 간신히 손을 데울 수 있는 이곳을 왜 떠날 생각을 하는지 정말 모르겠다."

커피를 마시던 안드레아가 쿵하고 잔을 내려놓았다.

"방금 뭐라고 했어?"

"미네소타에서는 손이 시리면 냉동실에서 녹여야 한다고 했어."

"내가 똑바로 들었네. 미쳤어, 언니!"

"아니, 안 미쳤어. 어제 라디오에서 기온이 섭씨 영하 29도까지 떨어졌다고 했어. 근데 우리집 냉동실 온도는 영하 1도였다구. 그건 즉 냉동실이 밖보다 28도나 더 따뜻하다는 얘기잖아."

"그렇지, 하지만……."

안드레아가 말을 멈추고 얼굴을 찌푸렸다.

"추운 밖에 있다가 들어오면 냉동실에서 손을 녹일 수 있다구."

리사가 즐거운 듯 손뼉을 마주치며 말했다.

"그것참, 재미있는 이야기예요! 허브에게도 말해줘야겠어요!"

"좋아." 안드레아가 수긍했다.

"이상한 얘기이긴 하지만, 언니가 미네소타를 특별하다고 했으니 말인데, 그건 알래스카에서도 할 수 있는 거잖아."

"그래요, 하지만 거기는 성당에서 갖는 모임이나 만찬 같은 건 없지 않아요?"

리사가 지적하고 나섰다.

"올해 레이크 에덴처럼 성당 만찬이며 포트락 기금 모음 파티가 잦은 곳도 없을 거예요."

"리사 말이 맞긴 하지."

좀더 기운이 난 듯한 표정의 안드레아가 대답했다.

"또 뭐가 있는데?"

"루바브(식용 대황의 잎)."

한나도 합류했다.

"다른 주에서 '비 때문에 루바브에 피해가 가지 않을까요?'라는 질문을 할 것 같아?"

그러자 리사가 씩 웃기 시작했다.

"미네소타 사람들처럼 루바브 레시피를 많이 아는 사람들도 없을 거예요. 포트락 요리책 작업 때 엄마의 레시피 책을 살펴봤는데, 루바브를 사용해서 만든 디저트 종류가 57개나 됐어요."

"하지만 잎에는 독성이 있잖아."

안드레아가 꼬집었다.

"도대체 얼마나 운 좋은 사람이길래 '잎은 먹지 말고 줄기만 먹읍시다.' 라고 했는지 몰라."

한나가 고개를 끄덕였다.

"솜엉겅퀴를 처음 먹어본 사람은 어떻고? 얼마나 많은 사람들이 시식에 실패했겠어. 아무튼 다시 루바브 얘기로 돌아가서, 캐롤 베커가 레이크 에덴 저널의 푸드 칼럼에 루바브 커스터드 케이크의 레시피를 올렸던 거 기억나?"

"어떻게 잊을 수 있겠어요?"

리사가 웃음을 터뜨리며 말했다.

"엄마가 그 레시피에 혹한 나머지 아빠를 시켜서 농장마다 다니며 루바브를 몽땅 사들였잖아요. 나도 아빠와 함께 다니며 루바브를 제대로 꺾어 오는지 감시해야만 했다구요. 그런 후 엄마랑 같이 루바브를 깨끗이 씻은 다음 잘라서 냉동실에 보관해 놓고는 겨우내 루바브 케이크만 먹었어요."

"우리는 안 그랬는데."

안드레아가 한나를 돌아보았다.

"우린 왜 안 만들어 먹었지?"

그러자 한나가 어깨를 으쓱해 보였다.

"엄마가 루바브를 싫어하시잖아. 그래도 내가 딸기 커스터드 만들어 줬던 거 생각나?"

"그걸 어떻게 잊어? 얼마나 맛있었는데!"

"복숭아 커스터드는?"

안드레아가 한숨을 내쉬며 천정을 향해 눈을 굴렸다.

"체리 커스터드도?"

"믿을 수 없을 만치 맛있었지. 언니가 워싱턴 생일날 만들어줬잖아. 그전엔 워싱턴에게도 따로 생일이 있는지 몰랐어."

"네?"

리사가 아리송한 표정으로 되물었다.

한나는 대통령의 날이 생기기 이전 사람들이 워싱턴과 링컨 대통령의 생일을 따로 기념했다는 얘기를 해주며 대통령의 날이 생긴 이후로 사람들은 두 대통령의 생일을 하루로 합쳐 3일짜리 주말을 만들었다고 설명해주었다(미국에서는 2월 태생인 두 대통령을 기리기 위해 2월 셋째 주 월요일을 공휴일로 지정해 놓고 '대통령의 날'이라 부르고 있다).

"워싱턴은 존슨을 향해 체리 씨를 뱉고 있을지도 몰라."

한나가 재빨리 나섰다. 하지만 안드레아가 영문을 모르겠다는 표정을 하고 있었기 때문에 덧붙여 설명해주었다.

"대통령의 날을 공휴일로 지정했던 대통령이 린든 존슨이거든. 그는 옛날 달력에 기록되어 있던 워싱턴의 생일이 2월 23일이 아니라 원래는 11일이라고 못 박아놓았지. 바뀐 생일 날짜 때문에 사람들이 혼란스러워하기 시작했고, 그러는 와중에 워싱턴과 링컨의 생일을 같은 날로 함께 기념하게 된 거야."

"언니, 너무 똑똑한 거 아니야."

안드레아가 부러운 듯 말했다.

"언니는 답을 죄다 알고 있는데, 나만 모를 때는 마치 바보가 된 것 같은 기분이 든단 말이야."

"나도 답을 전부 아는 게 아니야. 그리고 스스로를 너무 그렇게 생각하지 마."

평소와 달리 솔직하게 감정을 드러내는 안드레아에게 한나가 말했다.

"넌 네가 생각하는 것보다 훨씬 더 똑똑해."

"내가?"

"그래. 부동산 중개인 시험을 한 번에 붙는 사람이 그렇게 많은 줄 알아?"

"그렇긴 하지만, 그건 내 일이잖아. 그건 원래 잘해야 하는 거라구. 난 아직도 '소유possession'의 철자를 쓸 줄 몰라. '소유'라는 단어 대신 '재산belongings'이나 '개인자산personal property'이라는 말을 쓴다구."

"하지만 세 개 다 같은 의미니까 괜찮잖아."

"'류트피스크(lutefisk: 말린 대구를 알칼리액에 담가 만든 것으로 끓이거나 구워서 버터, 소금, 후추 등으로 양념해서 먹는다. 노르웨이 전통 음식으로 미네소타나 위스콘신에서는 소규모 식품점에서도 흔히 볼 수 있다)'의 철자법은 알아. 미네소타에서 그걸 모르고 학교 졸업하긴 어렵지."

안드레아를 포함해 모두가 웃음을 터뜨렸다. 그렇게 세 사람이 한참 웃는 중에 전화벨이 울렸고, 리사가 서둘러 전화를 받았다.

그리고 잠시 후 한나가 안드레아를 쳐다보았다.

"허브인가 봐."

"어떻게 알아?"

"네가 빌 얘기할 때처럼 리사 얼굴이 반짝반짝 거리잖아."

문득 한나가 하던 말을 멈추고 몹시 궁금한 얼굴로 안드레아를 쳐다보았다.

"나도 누군가랑 얘기할 때 그래? 노먼이나? 아니면 마이크?"

안드레아는 잠시 생각하더니 이내 고개를 저었다.

"그런 것 같지 않은데, 적어도 내가 보기엔."

"내 생각도 그래." 한나가 한숨을 내쉬며 말했다.

안드레아가 그런 면에서 부주의하거나(극히 드문 일이지만), 한나가 리사나 안드레아처럼 사랑에 완전히 올인하지 못하는 탓일 것이다.

"바네사는 용의자 명단에서 지우셔도 되겠어요."

전화를 끊은 리사가 허둥지둥 달려오며 말했다.

"허브가 공항에서 전화했는데, 체크인 카운터 직원이 바네사 사진을 바로 알아봤대요. 비행기 타는 것까지 똑똑히 봤다던데요."

"그러셨겠지."

안드레아가 그다지 즐거워 보이지 않는 얼굴로 말했다.

"바네사 같은 여자한테 시선이 꽂히지 않을 남자가 누가 있겠어. 쇼우나 리도 마찬가지였구. 두 자매가 우리 마을 남자들을 모두 바보로 만들었잖아."

한나의 눈앞에 붉은 경고등이 반짝였다.

레이크 에덴에서 가장 신뢰하는 내조자인 안드레아가 질투하고 있다. 리사의 결혼식 날 안드레아의 세세한 행적을 미처 알지 못했더라면 사랑하는 가족을 정말로 용의자 명단에 포함할 뻔했다.

"오! 아냐! 어떻게 저럴 수가!"

갑자기 안드레아가 심장에 손을 가져다 대며 탄성을 질렀다.

길 건너 소나무 가지에 쌓인 눈처럼 얼굴이 새하얗게 질린 안드레아는 의자에 앉은 채로 금방이라도 기절해버릴 듯했다.

안드레아의 시선은 창밖을 향하고 있었고, 리사와 한나는 무엇이 그녀를 그토록 놀라게 했는지 그녀의 시선이 닿는 쪽으로 고개를 돌렸다.

하지만 보이는 것이라곤 양옆으로 눈이 가득 쌓인 황량한 메인가의 모습뿐이었다.

"왜 그래?"

안드레아를 진정시키기 위해 손을 뻗으며 한나와 리사가 동시에 외쳤다.

"길 건너에! 쇼우나 리가!"

"쇼우나 리는 죽었어."

한나가 안드레아의 손을 잡고 따스하게 문지르며 말했다.

"쇼우나 리를 봤을 리 없어."

"나도 알아, 그런데……."

안드레아가 말을 멈추고는 크게 심호흡을 했다.

"아까 잠깐 매그놀리아 블로썸 베이커리로 들어가는 그녀 모습을 본 것 같았단 말이야."

"그럼 바네사였겠지, 어젯밤에 왔거든."

한나가 여전히 동생의 손을 문지르며 말했다.

"돌아왔다고요?"

리사가 깜짝 놀란 표정으로 물었다.

"잠깐인가 봐. 마이크가 물어봤는데, 마을에 계속 있을지 어쩔지 아직 모르겠다고 했대."

"이런, 하마터면 심장마비 걸릴 뻔했잖아! 정말 쇼우나 리 같았어."

안드레아가 또다시 심호흡을 하며 웅얼거렸다.

"잠깐이었지만, 유령을 본 줄 알았어!"

한나는 깊은 생각에 잠긴 채 아무 말도 하지 않았다.

하지만 이내 휘둥그레진 눈으로 안드레아를 바라보며 물었다.

"너 경찰서에 다니면서 쇼우나 리를 자주 봤었지?"

"그랬지. 나만 보면 아기가 태어날 예정일이 언제냐면서 호들갑을 떨어댔으니까. 아마 내 비위를 맞춰보려던 것 같은데, 그래서 내가……."

"그 정도면 됐어."

한나가 기나긴 생각의 줄을 잘라내며 말했다.

쇼우나 리가 외교술에 능하다는 것은 모두가 아는 사실이니 말이다.

"그럼 바네사도 여러 번 만나봤지?"

"여러 번 이상이지. 알이 시켜서 베이커리 하기 좋은 자리들을 여러 군데 보여줬거든. 저 건물만큼은 들어오지 못하게 하려고 얼마나 많은 얘기를 했다구, 정말로."

"알아."

"저곳의 단점들만 얘기했는데도, 꼭 저기로 하겠다고 고집을 피우지 뭐야."

"넌 최선을 다했어."

한나가 말했다.

"아무튼 별일 아니야. 뭣 좀 확인해볼 게 있어서 말이야. 좀전에 네가 안색이 파랗게 질렸을 때……, 정말로 쇼우나 리를 본 줄 알았어?"

"그랬다니까! 쇼우나 리가 바네사처럼 짧게 머리를 자른 이후로는 두 사람이 꼭 쌍둥이 같았어. 바네사가 키가 좀더 크고, 둘이 나란히 세워

놓으면 그밖에 다른 점도 지적할 수 있겠지만……, 어쨌든 둘이 너무 똑같아."

오랜 시간 아무 말도 없이 앉아 있는 한나를 리사가 콕콕 찔렀다.

"무슨 생각을 그렇게 해요, 한나?"

"쇼우나 리와 바네사를 나란히 세워 두고 보지 않는 이상 두 사람을 제대로 구분하지 못할 사람은 단순히 안드레아뿐만이 아닐 거야."

다시 길고 긴 침묵이 흘렀고, 마침내 안드레아가 그 침묵을 깨고 입을 열었다.

"그럼 누군가 쇼우나 리를 바네사로 착각하고 죽었단 말이야?"

루바브 커스터드 케이크

오븐은 섭씨 175도로 예열합니다. 틀은 오븐 중앙에 둡니다.

재료

레몬 케이크 믹스 1통 / 백설탕 1컵 / 휘핑크림 2컵

토핑을 위한 휘핑크림 조금 / 껍질을 벗겨 자른 루바브 3~4컵***

***냉동 보관해 뒀던 루바브를 사용하셔도 돼요. 녹인 후에 종이타월로 물기를 닦아주세요.

만드는 법

1. 9×13 크기 팬의 바닥과 옆면에 들러붙음 방지 스프레이
   를 뿌린 뒤 밀가루를 뿌려줍니다. 밀가루가 너무 과하게 뿌려
   졌으면 털어냅니다.
2. 믹스통 겉면에 적힌 방법에 따라 레몬 케이크를 만듭니다.
3. 준비해 둔 팬에 반죽을 붓습니다.
4. 반죽 위에 루바브를 펼쳐줍니다. 그 위에 설탕과 과일을
   뿌려줍니다.
5. 휘핑크림을 덮는 것으로 마무리합니다.
6. 섭씨 175도에서 45~60분 동안 굽습니다(제 오븐으로는 50분이
   가장 적당했어요).

이 케이크는 일반적인 다른 케이크에 비해 틀이 확실하게 잡히지 않아요. 과일이나 크림은 보통 바닥으로 가라앉기 때문에 두꺼운 푸딩이나 트라이플(포도주에 담근 카스텔라)의 느낌이 날 겁니다. 그래도 케이크 윗부분은 다른 케이크와 똑같을 거예요.

7. 팬에서 완전히 식힌 다음 네모난 모양으로 잘라 커다란
   디저트 그릇에 옮겨 담습니다. 그리고 윗부분을 휘핑크림이나
   아이스크림으로 장식해주세요.

이 푸딩 케이크는 따뜻할 때 먹거나
실온, 혹은 차갑게 식혀 먹어도 아주 맛있답니다.

딸기 커스터드

오븐은 섭씨 190도로 예열합니다. 틀은 오븐 중앙에 둡니다.

재료

밀가루 1컵 / 소금 1/2티스푼 / 백설탕 1/2컵

휘핑크림 2테이블스푼 / 차갑게 식힌 버터 1/2컵

밀가루 1/2컵(잘못 적은 것이 아니에요—총 1과 1/2컵의 밀가루가 필요하답니다)
슬라이스된 딸기 3컵***

*** 얇게 썬 딸기는 물론 복숭아나 잘게 다진 다크 체리를 사용하셔도 됩니다.

토핑:

백설탕 1/2컵 / 밀가루 1테이블스푼 / 거품 낸 계란 2개(포크로 저어주세요)

휘핑크림 1컵 / 바닐라 추출액 1티스푼(딸기 시럽을 사용하셔도 됩니다)

만드는법

1. 9×13 크기의 케이크 팬에 들러붙음 방지 스프레이를 뿌려주세요.
2. 작은 그릇에 밀가루와 소금을 넣고, 버터를 분량의 반을 넣은 뒤 거친 모래 결의 느낌이 날 때까지 섞어줍니다(칼날이 달린 믹서를 사용하셔도 좋아요). 크림을 넣고 잘 섞은 뒤 케이크 팬에 반죽을 부어줍니다.

3. 밀가루 1/2컵과 설탕을 섞고, 반죽을 넣은 팬 위에 뿌린 다음 슬라이스된 딸기(혹은 다른 과일)를 얹습니다.

   토핑: 설탕과 밀가루를 섞고, 계란과 크림 바닐라 추출액을 넣습니다. 그렇게 섞은 것을 팬에 얹은 과일 위에 뿌립니다.

4. 섭씨 190도에서 40~45분간 굽습니다. 가운데 부분이 먹음직스러운 황갈색을 띨 때까지요. 다 구워졌으면 선반에서 완전히 식힌 후 냉장 보관합니다.

따뜻하게 해서 먹거나 차게 해서 먹으면 좋아요.
휘핑크림이나 아이스크림을
토핑으로 얹어 먹어도 아주 좋구요.

"안녕하세요, 로드 치과병원입니다. 응급 진료가 필요하신 경우에는 로드 박사님을 바로 호출하는 1번을 누르시고요, 응급 진료 상황이 아닌 경우에는 음성 메시지를 남길 수 있는 2번을 누르시기 바랍니다. 로드 박사님과의 진료 상담을 잡고 싶으신 경우에는 3번을 누르시면 자동 진료 예약서비스로 넘어가며, 병원의 팩스번호를 문의하고 싶으신 분은 4번을 누르시고, 우편주소를 문의하고자 하시는 분은 5번을 눌러주세요. 로드 박사님과의 연결을 기다리는 동안 치통을 감소할 수 있는 방법에 대한 설명을 듣고자 하시는 분은 6번을 눌러주시고, 다시 듣고 싶으시면 잠시만 기다려주세요."

한나는 신음 소리를 냈다. 끊기 전에는 도저히 빠져나올 수 없는 수많은 선택 버튼에, 머릿속에 그리 오래 남지 않을 배경 음악, 그리고 한나의 전화가 무척 소중하고 중요한 것처럼 그럴싸하게 들려오는 안내 목소리, 노먼이 전화 안내서비스에 가입한 것이다.

"왜 그래?"

한나의 뿌루퉁한 표정을 읽은 안드레아가 물었다.

"노먼이 새로 전화 안내시스템을 놓았어. 선택 번호가 너무 많아."

"그냥 0번을 눌러."

"그 많은 번호 중에 0번은 없어."

"그래도 눌러봐. 가끔 0번을 누르면 기타 서비스를 훌쩍 뛰어넘어 살아 있는 사람과 연결될 때가 있거든."

한나는 안드레아가 시킨 대로 0번을 눌렀다.

그러자 몇 번의 신호음이 울리더니 노먼이 전화를 받았다.

"살아 있어요?" 한나가 물었다.

"마지막으로 거울을 봤을 땐 그랬는데요. 무슨 일이에요, 한나?"

"새 전화 안내서비스 마음에 안 들어요."

"나도 그래요."

"근데 왜 가입했어요?"

"내가 한 게 아니에요. 어머니께서 필요할 거라면서 한 달간 무료 서비스 신청을 하셨어요."

"오."

한나가 애처로운 미소를 지었다, 어머니들이란 늘 그렇다.

"그럼 계속 가입하지 않을 거죠?"

"당연하죠, 오늘 오후에 와서 해지해준다고 했어요. 녹음된 메시지를 들으려면 열두 자리나 되는 비밀 코드를 눌러야 하지 뭐예요. 그거 하는데 거의 3초가 걸렸어요. 그래서 어제 바로 취소했어요."

"그럴 만하네요. 오늘 아침에 바빠요?"

"한번 볼게요."

부스럭거리며 페이지 넘어가는 소리가 들리는 것을 보니 노먼은 책상에 앉아 진료 예약 장부를 살펴보는 듯했다.

"괜찮네요. 오전에 잡힌 진료는 치아 씌우는 작업 마무리하고, 부러진 의치 손보고, 화이트닝 진료밖에 없어요. 화이트닝은 시간이 좀 걸리겠지만, 왜요? 치아라도 몇 개 뽑으려고요?"

"고맙지만, 아니에요. 내 치아는 제자리에 아주 튼튼하게 붙어 있거든요. 시간이 되면 컴퓨터로 뭘 좀 찾아봐 줄 수 있을지 해서요."

"치아 씌우는 작업과 화이트닝 사이에 한 시간 정도 시간이 있어요."

"잘 됐네요. 바네사의 뒤 배경에 대해 알아보려구요."

"그거야 쉽죠. 바네사 퀸으로 검색해보면 될 테니까요. 남편 성도 혹시 알고 있어요?"

한나는 작업대 앞에 앉아 선반에서 공수해온 쿠키를 먹는 안드레아를 돌아보았다.

"베이커리 계약했을 때 바네사가 어떤 이름을 썼어?"

"퀸. 남편이 죽고 난 후부터는 다시 처녀 때 성을 쓴다던데."

"혹시 남편 이름 알아?"

그러자 안드레아가 고개를 저었다.

"들어본 적 없어. 남편 얘기할 때는 그냥 우리 남편, 아니면 그이라고 불렀거든."

"모르겠어요." 한나가 다시 수화기에 대고 말했다.

"하지만 금방 알아볼게요. 여기 누구에게든 정보를 빼내올 수 있는 전문 부동산 중개인을 모시고 있으니까요. 바네사에 대해 조사하려면 뭘 더 알아야 하는지 말해봐요. 내가 금방 다시 전화할게요."

한나가 수화기를 내려놓자 리사가 회전문을 통해 홀에서 작업실로 들어왔다.

"다른 선으로 전화를 받았는데, 바네사가 자기 베이커리로 좀 와달라고 하네요. 베이커리를 정리하는 것에 대해 할 얘기가 있대요. 정리해야 할 고정자산도 있고요."

"바네사가 고정자산이란 말을 했어?"

한나가 놀라며 물었다.

"아뇨, 바네사는 그냥 정리해야 할 물건들이라고만 했어요. 근데 그게 그 의미잖아요. 아무튼, 가진 기구 중에서 쓸 만한 것을 한나에게 먼저 고르게 해주겠대요."

"꼭 뭘 사야 하나?"

"가격대만 맞으면 그러는 게 좋을 것 같아요. 이번에 최신 믹서를 들여왔는데, 거의 쓰지 않았대요."

한나는 코웃음을 쳤다.

그녀가 알아낸 남부식 복숭아 파이의 비밀이 다른 디저트류에도 해당하는 사실이라면 쇼우나 리와 바네사가 그들의 베이커리에서 손님들에게 내놓았던 것은 전부 냉동식품이었단 얘기다.

"마이크와 연관된 일 때문에 바네사랑 마주하는 것이 불편하겠지만, 그래도 일단 한번 가서 보기는 하세요."

"어차피 안드레아가 바네사와 이야기할 것도 있고 하니, 난 그냥 따라가는 걸로 하지, 뭐."

한나가 제 역할을 정하며 말했다.

"감정 때문에 좋은 물건을 놓치고 싶진 않거든."

"맞아요. 쿠키 식힐 때 쓰는 철제 선반도 하나 더 있어도 좋잖아요. 그리고 그밖에 더 좋은 것이 있을지 어떻게 알아요? 근데 바네사랑 통화가 참……, 재밌었어요."

"하하하, 재밌는 거 아님 기묘하고 특이하게 웃긴 거?"

3학년 때 담임선생님이 사용하던 표현을 이용해 한나가 물었다.

리사가 학교에 다닐 때도 칼슨 선생님은 여전히 학생들을 가르치고 계셨다.

"기묘하고 특이하게 웃긴 거요. 통화하는 데 시간차가 나는 것 같았어요. 외국에 있는 사람이랑 전화 통화할 때 주고받는 말 사이에 조금씩 시간차가 생기잖아요. 그것처럼 내가 뭔가 물어보면 바네사는 즉시 대답하지 않고, 몇 초 후에야 대답하던데요."

"좋아."

한나가 안드레아를 향해 재빠른 미소를 지어 보이며 말했다.

"두 가지 가능성을 세워볼 수 있겠어. 바네사가 아직 잠에서 덜 깼거나 과음 후유증으로 고생하고 있거나. 둘 중 어느 것이라도 우리가 이긴 거야."

한나와 안드레아는 카페 앞문 대신 뒷문을 통해 밖으로 나가 건물을 돌았다. 카페 안에 있는 손님들에게 어딜 가느냐는 괜한 질문을 받고 싶지 않았기 때문이다.

한나는 마음 같아선 바네사를 만나고 싶지 않았지만, 노먼에게 그녀에 대한 가능한 상세한 정보를 물어다줘야 했고, 제빵 기구며 장비들을 아주 싼 값에 구매할 수 있는 황금 기회를 어리석게 그냥 날려버릴 수는 없었다.

"왜 바네사에게 선물을 준비해야 한다는 건지 난 아직도 이해를 못하겠어."

캔디 상자를 다른 손으로 옮겨 들며 한나가 투덜거렸다.

"가볍게 방문하는 길도 아니잖아."

"나도 알아. 하지만 언니가 얘기한 오렌지 줄리어스 스크루 드라이버(보드카와 오렌지 주스의 칵테일) 때문에 바네사가 숙취에 시달리고 있다면, 키티 이모의 럼 볼(과일 케이크와 초콜릿 견과류를 섞어서 둥글게 만든 디저트)이 그녀의 기분이 좋아지게 하는 데 도움이 될 거야."

"강아지 털처럼?"

"확실히 효과가 있을 거야. 근데 그건 또 무슨 얘기야?"

"고대 그리스의 아스클레피안 개 말이야. 고대 그리스에서는 아스클레피안 개에게 영험한 힘이 있다고 믿어서 그 털로 치료약을 만들고는 했대."

"흠, 언니가 만든 럼 볼도 확실히 치료 효과가 있어. 내가 직접 효험을 봤다니까. 리사 결혼식 피로연 때 세 개를 먹었는데, 발 아픈 게 싹 낫더라고."

"그건 네가 의자에 앉아서 먹었기 때문이었겠지."

"뭐, 어쩌면." 안드레아가 수긍했다.

"럼 볼을 디저트 테이블에 두지 않고 바에 샴페인과 같이 두었던 건 정말 천재적인 발상이었던 것 같아. 왠지 더 특별하게 느껴졌거든."

"샐리의 아이디어였어. 그래서 애들이 먹지 못했잖아."

"음, 아무튼 좋은 생각이었어. 눈 더미 위를 넘어야겠어."

"좋아."

대답하는 한나는 어쩐지 기분이 한결 좋아졌다.

눈 더미 위를 기어 올라가 그 반대편으로 미끄러져 내려오는 일은 마음을 들뜨게 하는 뭔가가 있었다.

"하이힐 부츠를 신고도 할 수 있겠어?"

"당연하지. 하이힐 부츠는 이미 익숙한걸. 그리고 이건 하이힐이 아니라 중간 정도의 굽이야. 게다가 이게 오히려 안정적이라서 균형 잡기가 더 편하다구."

한나는 아무런 대꾸도 하지 않았다. 눈 더미 정상에 오른 뒤 한나는 안드레아를 도와 다시 밑으로 미끄러져 내렸다.

"바네사가 앞에서 우릴 기다리고 있을 거야. 베이커리 문을 두드리면 바로 열어주겠대."

거리를 가로지르는 데는 그리 오랜 시간이 걸리지 않았고, 안드레아가 부츠에 묻은 눈을 털어내는 동안 한나가 문을 두드렸다.

"안녕하세요, 한나."

바네사가 한나와 안드레아를 충분히 반갑게 맞아주었다.

그녀가 쓴 짙은 색 안경이 눈에 띄었다. 숙취에 시달리는 것이 사실인가보다.

"그리고 안드레아! 잘생긴 멋쟁이 남편은 잘 있나요?"

"그이는 잘 있어요."

안드레아가 대답했다.

하지만 한나는 여동생의 공손한 미소 뒤에 영하 29도의 차가움이 서린 것을 알 수 있었다.

"언니를 잃은 일, 정말 안됐어요."

안드레아가 다시 마음을 가다듬는 동안 한나가 말했다.

"충격이 무척 컸을 거예요."

"그……, 랬죠. 우리 물건들 보러 오신 거죠?"

"네, 그리고 이것도."

한나가 바네사에게 캔디 상자를 건넸다.

그런데 상자를 건네받는 바네사의 손은 몹시 떨리고 있었다.

어젯밤에 무리해서 과음을 한 모양이었다.

"캔디인가요?"

바네사가 몇 박자 늦게 대꾸했다.

리사의 말이 맞았다.

바네사는 정말로 대답에 조금씩 시간을 지체하고 있었다.

"키티 이모의 럼 볼이에요."

다시 마음의 여유를 찾은 안드레아가 대답했다.

"좋아하실 것 같아서 가져왔어요."

"오, 흠……, 고마워요."

"어떤 것들을 내놓으려구요?"

한나가 물었다.

"음……, 전부요. 아파트에 있는 것까지도. 난……, 조지아로 돌아갈 거라서, 그러니까……, 쓰지도 않을 것을 가지고 있어 봤자 뭐하겠어요?"

"맞는 말이에요." 한나가 말했다.

"여기 있는 거는요? 테이블이랑 의자도 팔 건가요?"

"오……, 흠……, 그래야겠죠. 이제 필요 없으니까요."

바네사가 한나가 며칠 전 앞 유리창으로 안을 들여다봤을 때부터 갖고 싶어 하던 테이블과 의자들을 향해 손사래를 치며 말했다.

"금전등록기는요?"

안드레아가 물었다.

"오……, 그것도요. 아마도, 그러니까……, 갖고 있어서 뭐하게요? 쿠키 단지들이랑 다른 것도 전부 팔 거예요. 다시는 사업 같은 건 하고 싶지 않거든요. 이것도……, 언니의 생각이었어요. 난……, 단순히 가담했을 뿐이었고요."

"조지아로 돌아가면 무엇을 할 계획이에요?"

한나가 공손하게 물었다.

"오, 흠……, 연기 수업을 받을까 해요. 알겠지만……, 난 생활에 여유가 있어서 굳이 뭘 시작하지 않아도 되거든요. 마이크 말이……, 뭔가 즐거운 일을 찾아보라고 해서요. 내가 이해하기론 그렇게 얘기한 것 같아요. 일자리를……, 구하는 사람들처럼요."

"좋은 생각이네요."

바네사의 앞이마를 찰싹 때려주고 싶은 욕구를 애써 참으며 한나가 일부러 화제를 돌렸다.

지금 바네사의 상태라면 아픔도 느끼지 못할지도 모르겠다.

"주방은요? 거기선 뭘 내놓을 건가요?"

"전부요. 아까……, 그쪽 아가씨에게 믹서 얘기도 했는데, 쇼우나 리가 주방 기구들은 사용하지 않았거든요……, 별로."

"주방 좀 볼 수 있을까요?"

안드레아가 물었다.

"오, 그럼요. 왜 안 되겠어요?"

바네사가 중심을 잡기 위해 벽을 짚으며 주방으로 안내했다.

"여기 있는 거는 전부……, 먼저 잡는 사람이 임자예요. 얼른……, 치워버리고 싶어요."

주방 안을 한 번 둘러보는 것만으로도 한나의 군침을 흘리게 하기에 충분했다. 우선 믹서도 정말 쓸 만하다. 지금 한나가 쓰는 건 다리가 모두 날아가고 한 다리로만 간신히 버티고 있으니 말이다. 전동 조리기구 역시 곧 운명할 지경이었다.

오븐은 또 어떤가. 한나의 오븐은 이미 주인을 두 번이나 거친 중고품인데 반해 바네사의 오븐은 나온 지 얼마 되지 않은 최신식 모델이었다. 한나는 그런 오븐을 가질 수 있다면 절도죄라도 감행할 수 있을 것 같은 심정이었다.

훌륭한 기구와 장비에 한나는 기뻐 소리라도 지르고 싶은 심정이었지만, 겉으로는 입을 굳게 다문 채 아무 말도 하지 않았다.

부유한 사람들의 습성은 잘 알고 있었다. 돈에는 중독성이 있다고 믿는 한나는 사람들이 많이 가지면 가질수록 더 많이 갖고 싶어 한다고 생각했다. 평생 다 쓰고 죽지 못할 만큼 엄청난 돈을 가졌다고 해도 말이다. 그런 사람들은 이득을 볼 수 있다고 생각하면 쉽사리 물건을 내주지 않는 법이다.

결국 한나는 무관심하게 둘러보는 척하며 어깨를 으쓱해 보였다.

"모르겠네요, 우리도 이미 다 있는 것들이라서. 저기 철제 선반들은 몇 개 사두면 좋긴 하겠어요. 아무튼 생각해볼게요, 그래도 되죠?"

"어……, 그래요. 하지만 너무 오래는 안 돼요. 하루라도 빨리 조지아로 돌아가고 싶거든요. 따라와요. 아파트를 보여줄게요."

"정말 보고 싶어요." 안드레아가 말했다.

"커피 마실 시간은 있나요? 우리 언니가 만든 럼 볼 맛은 꼭 보셔야 해요. 정말 맛있거든요."

"럼 볼이요? 아, 네. 이거요."

바네사가 들고 있던 상자를 흘끔 내려다보고는 안드레아의 커피타임 요청에 한나와 안드레아를 아파트로 향하는 계단으로 안내했다.

"난……, 커피 만들 줄 몰라요."

"내가 만들게요."

한나가 바네사를 따라 계단을 오르며 말했다.

"제법 맛있게 만들어요. 커피는 있죠?"

"그럴 거예요……, 주방에."

한나는 안드레아를 향해 윙크해 보였다.

오늘 아침 바네사의 안테나는 제 기능을 못하는 것이 분명했다. 이거 야말로 하늘이 주신 기회가 아닌가.

"주방이에요."

바네사가 계단 위 오른쪽 공간을 가리키며 말했다.

"커피는……, 여기 어디에 있을 거예요."

"걱정하지 말아요. 내가 찾아볼게요."

바네사에게 안드레아를 거실로 안내하게 하며 한나가 말했다.

"예전에 봤던 건물이랑 같은 공간이라는 게 믿어지지 않네요."

안드레아의 말소리가 들렸다.

"전문 인테리어 디자이너에게 맡겼나 봐요."

한나는 굳이 바네사의 대답을 들어보려 하지 않았다.

당연히 인테리어 디자이너를 불러서 장식했겠지.

복도 건너편에 있는 침실도 아주 완벽해 보였다. 개인적인 취향이나 개성이라곤 전혀 없이, 가구 전시장에 꾸며져 있는 침실의 모습과 아주 똑같았다.

주방으로 들어서며 한나는 주방 역시 같은 인테리어 디자이너의 손을 거쳤다는 사실을 알 수 있었다.

색깔 조합이 훌륭한 타월과 아무도 사용하지 않은 주전자 걸이로 장식된 주방은 정말 나무랄 데 없이 완벽했다.

한나는 마지막 확인을 위해 오븐 안을 슬쩍 들여다보았다. 음식을 흘린 자국도 없고, 전기 열선은 지금껏 한 번도 사용하지 않은 듯 깨끗했다. 두 자매 중 누구도 요리를 하지 않았음이 분명했다, 비록 전자레인지는 불타나게 사용했는지 몰라도.

한나는 일부러 커피를 찾는 척 분주하게 여기저기 찬장을 열어보았다. 커피는 두 번째 찬장에서 바로 발견되었지만, 아직 커피를 찾지 못한 것처럼 남부 출신 자매의 주방을 계속 뒤져보았다.

찬장에는 커피 크림 항아리와 반 이상이 비어 버린 채 돌처럼 굳은 무화과 열매 패스트리 꾸러미 외에는 별달리 먹을 만한 것이 없었다.

냉장고도 사정이 다르지 않았다. 비틀어진 케첩 병과 박하향 담배 한 상자, 그리고 오래된 슬라이스 치즈, 뚜껑이 틀어진 미라클 휩(샐러드 드레싱의 일종), AA 사이즈 건전지 6팩(그중에 세 개는 없어졌다)이 전부였다.

참, 커피를 끓이기로 되어 있었지.

한나는 새삼 할 일을 상기하고는 서둘러 커피 물을 올렸다. 그러고는 커피를 유리병에 옮겨 담기 전에 한 번 씻어야 할 것 같아 세척기를 열었다.

그런데 바로 거기에 한나의 피처가 있었다!

한나는 피처도 함께 씻어 쿠키단지로 돌아갈 때 가져가려고 카운터 위에 올려두었다. 그리고 막 세척기의 문을 닫으려는데 누군가 세척기 안에 넣어 둔 은식기가 눈에 띠었다.

진짜 은인가? 한나는 숟가락을 꺼내 살펴보았다.

고햄사(미국의 명망 있는 은식기류 제조회사)에서 만든 은식기류로 상당히 값비싼 것이었다. 진짜 은으로 만든 식기는 손으로 직접 씻은 뒤 부드러운 천으로 닦아 자주 광을 내주어야 한다고 엄마에게 들은 적이 있다.

은을 다루는 법은 아주 어렸을 때부터 엄마가 자주 가르쳐주었다. 훌륭한 수집품에 대한 일상적인 무관심에 한나는 또다른 식기를 집었다.

세척기 선반에 치즈가 말라붙은 듯한 리모주 도자기 접시가 세 개 놓여 있었고, 선반 위쪽으로는 워터포드 와인잔이 걸려 있었다. 크리스털과 도자기 역시 손으로 직접 씻어 말려야 하는 것들이다.

지금 이 순간 엄마와 같이 있지 않은 것이 천만다행이다. 이토록 귀한 것을 함부로 다룬 바네사와 쇼우나 리의 행태를 보았다면 심장마비를 일으키셨을지도 모를 일이니 말이다. 퀸 자매는 돈 쓰는 데는 전문가일지 몰라도 사들인 좋은 물건을 다루는 방법에는 영 바보인 듯했다.

한나는 세척기 문을 닫으며 왠지 모를 죄책감을 느꼈다. 도자기 접시나 크리스털 와인잔, 혹은 은식기류 때문이 아니었다. 그것을 함부로 다룬 사람은 한나가 아니다. 어딘가 흠집이라도 났다면 그건 처음부터 이 훌륭한 식기들을 세척기 같은 곳에 집어넣은 사람의 잘못일 테다.

하지만 한나는 다시 세척기 문을 열었다.

이렇게 값비싼 것들을 생각 없이 다루는 것을 가만히 두고 볼 수만은 없다는 생각이었다. 이건 트럭이 달려오는 골목길을 터덕터덕 걸어가는 아이를 재빨리 안전한 곳으로 피신시키지 않고 그대로 내버려 두는 것과 같았다.

아무리 물리치려 해도 한나의 눈앞에 자꾸만 엄마의 얼굴이 떠올랐다. 엄마는 못마땅한 얼굴로 한나에게 손가락질을 하고 있었다.

"알았어요, 알았다고요."

한나는 수도꼭지를 틀고 싱크대에 개숫물을 받았다.

깨끗이 씻은 뒤 바네사에게 이런 식기들은 반드시 손으로 씻어야 상하지 않는다고 메모를 남길 계획이었다. 이 정도면 죄책감도 사라지고, 엄마의 환영에도 미소가 걸리겠지.

10분 후, 한나는 찬장에서 찾아내어 끓인 커피를 쟁반에 담아 밖으로 나왔다. 막 거실로 들어서는 찰나 한나는 그토록 궁금해했던 바네사의 남편 이름에 대한 대답을 들을 수 있었다.

"닐은 화장을 해달라고 했어요."

바네사가 손수건으로 눈물을 찍어내며 말했다.

"그편이 나한텐 더 쉬울 거라고 생각했나 봐요. 근데 언니는 어떻게 해야 좋을지 모르겠어요!"

"지금 당장 결정하지 않아도 돼요. 생각이 정리될 때까지 시간을 가져요."

안드레아가 위로했다.

"안드레아 말이 맞아요. 그런 건 나중에 생각해도 돼요."

한나가 바네사에게 커피잔을 건넨 뒤 크림과 어렵게 찾아낸 설탕 대용물을 건넸다. 한나가 가져온 럼 볼 중 세 컵이 어느새 깨끗이 비워져 있었고, 바네사는 더는 시간차를 두고 말하지 않았다.

"럼 볼을 좀더 들어요. 키티 이모가 자주 만들어주셨는데, 먹으면 머리가 맑아진다고 했어요."

"나도 머릿속을 좀 진정시켜야 해요." 바네사가 말했다.

"이렇게 갑작스럽게 언니를 잃게 될 줄은 정말 몰랐어요!"

한나는 럼 볼을 바네사에게 좀더 가까이 밀어주었다. 안드레아 덕분에 바네사 남편의 이름을 알았으니 이제 성만 알면 되었다.

"정말 힘들겠어요. 더군다나 돌아가신지 얼마 안 됐잖아요, 그 남편분이……, 아, 죄송해요. 성함을 몰라서."

"로퍼에요, 닐 로퍼. 나보다 나이는 훨씬 많았지만, 난 진심으로 그를 사랑했어요."

한나는 이해한다는 의미로 고개를 끄덕여 보였지만, 바네사의 80대 남편이 어떻게 해서 죽게 되었을까 문득 궁금해졌다.

난데없는 침입자에 의해 난도질이라도 당했다면, 그 음모에 바네사도 끼어 있진 않을까.

"닐은 정말 나한테 무척 잘해줬어요! 내가 갖고 싶은 건 뭐든 갖게 해줬죠. 내게 남겨준 저택을 한 번 봐야 해요. 매그놀리아 나무가 심어져 있는 완벽한 남부식 맨션이에요."

이번엔 안드레아가 고개를 끄덕이며 미소를 지었다.

"나도 늘 남부식 저택에서 살아보고 싶었어요. '바람과 함께 사라지다'를 본 이후로 줄곧. 그 저택은 어디에 있나요, 바네사?"

"메이컨 외곽에요. 그곳에 닐의 본사가 있거든요."

바네사가 한나를 돌아보더니 이내 화제를 바꾸어 말했다.

"한나는 정말 좋은 사람인 것 같아요……, 언니가 얘기했던 것과 전혀 달라요."

"음……."

한나가 대꾸하려고 했다.

바로 그때 안드레아가 몰래 한나의 발을 걸어찼고, 한나는 얼굴에 억지 미소를 지어 보였다.

할머니는 늘 파리를 잡을 때는 식초보다 꿀을 사용하는 편이 더 효과적이라고 말씀하셨으니, 커피를 사이에 두고 하는 이 담화도 모두 은유적으로 표현하자면 파리를 잡기 위한 목적에서라고 할 수 있을 것이다.

"음, 바네사도 멋진 사람인 것 같아요. 마이크가 말한 그대로예요."

"마이크, 정말 자상하지 않아요?"

바네사가 활짝 웃어 보이며 말했다.

어찌나 밝게 웃는지 편도선까지 다 들여다보일 지경이었다. 잠시였지만, 한나는 저 가지런한 이에는 또 얼마나 많은 돈이 들었을까 의아해졌다. 하지만 그 물음에 대한 답은 오직 바네사, 아니면 노먼 같은 치과의사들만이 줄 수 있을 것이다.

"우리의 조그마한 파티를 위해 한나가 오렌지 줄리어스를 만들어줬다고 마이크에게서 들었어요." 바네사가 말을 이었다.

"정말 맛있었어요. 어렸을 때 언니와 쇼핑몰에서 마셨던 것과 똑같은 맛이었어요."

"어젯밤에 마이크랑 파티를 했단 말이에요?"

안드레아가 살며시 충격이 어린 얼굴로 물었다.

"진짜 파티는 아니었어요, 그러니까 즐거울 때 갖는 그런 파티가 아니구요. 그건……, 뭐라고 하면 좋을까?"

"추억."

마이크와의 로맨틱한 상상을 하는 여자에게 한나가 적당한 단어를 제시해주었다.

"맞아요. 언니를 추억하기 위한 파티였어요. 마이크와 같이 언니 얘기를 무척 많이 했어요. 근데 마이크가 지금은 한나와 만나는 사이라면서 나와는 같이 밤을 보낼 수 없다고 하더군요."

"정말요?"

한나는 마이크에게 물어봐야겠다고 생각했다.

이렇듯 뜻하지 않은 방법으로도 진실은 찾아오게 마련이다.

"그것참, 이상하네요. 오늘 아침에 우연히 마이크를 만났는데, 바네사와 같이 밤을 보냈다고 하던걸요."

바네사는 숙취에 시달리는 여자가 지을 수 있는 최대한 놀란 표정을 지었다.

"흠……, 어떤 면에서는 사실이에요. 마이크가 밤새 여기 있긴 했으니까요. 하지만 그는……, 알잖아요."

"미안하지만, 모르겠는데요."

"아뇨, 알 거예요. 어쨌든 아무 일도 없었어요. 만약 뭔가 일이 있었다고 했다면, 그건 마이크가 그냥 자랑하는 것이었을 테죠. 왜, 남자들은 그렇잖아요. 사람들 앞에서 그……, 멕시코 말로 뭐죠?"

"마쵸, 스페인어에요."

"맞아요. 맨 오브 라 만쵸(돈키호테)에서 기억하고 있어요."

294

"만차에요."

한나가 바로잡아 주었다.

"아무튼요. 닐이 나와 내 친구들을 위해서 제일 앞줄 좌석표를 끊어 줬었어요. 하지만……, 정말로요, 한나. 걱정하지 않아도 돼요. 마이크와는 우리 베이커리 앞 창문에서 공개적으로 보이지 못할 그런 비밀스러운 일은 전혀 없었어요. 정말이에요."

그때 안드레아가 방문의 끝을 알리듯 자리에서 일어섰다.

한나가 처음 목적했던 정보와는 상관없는 질문들을 쏟아내기 직전이었으니, 참으로 다행한 일이었다.

"만나서 반가웠어요."

한나로서는 차마 입 밖으로 내기 어려운 말을 안드레아가 공손하게 읊었다.

"슬픈 일을 겪게 되어서 정말 안타까워요."

"동감이에요."

한나도 너무 무미건조해서 지금껏 한 번도 사용해본 적 없는 표현을 빌려 말했다.

"럼 볼 고마워요, 한나. 정말 맛있어요."

바네사가 럼 볼을 또 하나 입에 넣고는 살짝 비틀거리며 자리에서 일어났다.

"뒷문까지 배웅할게요."

한나는 바네사의 팔을 부축해 그녀를 뒤쪽에 놓인 소파에 앉혔다.

"괜찮아요. 우리끼리 나갈 수 있어요. 우리가 나온 다음에 문이 잘 잠겼는지도 확인할게요, 그러면 되죠?"

"네."

바네사가 또다시 활짝 미소를 지었다.

"마이크는 열쇠를 갖고 있으니까 문이 잠겨도 잘 들어올 수 있을 거예요."

안드레아가 한나의 팔을 잡고 재탄생된 라이벌의 곁에서 멀찍이 떼어냈다.

"얼른 가자, 언니, 얼른."

"그래."

한나는 움켜쥔 주먹을 풀며 안드레아가 말리기 전에 좀더 일찍 펀치를 날렸어야 했는데 하고 후회했다.

"가자."

바네사는 손가락을 까딱거리는 것으로 인사를 대신한 뒤 럼 볼을 또하나 입에 집어넣었다.

"하나도 걱정할 것 없어요, 한나. 마이크는 그냥 친구일 뿐이니까."

한나가 공손하고 예의 바른 것과는 전혀 상관없는 단어들을 선택해 한마디 쏘아주려는 찰나 안드레아의 손톱이 한나의 팔을 파고들었고, 그 아픔에 그만 조그맣게 외마디 소리를 냈다.

그런 후 안드레아는 그녀에게 그런 힘이 있었나 할 정도로 놀라운 팔 힘을 발휘하며 한나를 억지로 끌고 계단을 내려와 눈 덮인 뒤 계단으로 나왔다.

"도대체 왜……, 저 여자를 내가 그냥……, 왜 나를……."

안드레아의 손을 떼어내며 한나가 흥분하여 말했다.

"안 돼. 언닌 지금 완전히 말려들었어. 바네사가 언니를 데리고 게임을 한 거란 말이야. 언니의 질투심을 유발하려고 일부러. 언닌 거기에 완전히 속았어."

"정말?"

절박하게 확인받고 싶은 심정으로 한나가 물었다.

"그런 것 같아."

하지만 안드레아의 음성에 뭔가 모순되는 기색이 느껴졌다.

"아니, 넌 그렇게 생각하지 않잖아. 내 기분 좋게 하려고 그렇게 얘기하는 거지."

"흠……, 어쩌면."

메인가를 향해 매그놀리아 블로썸 베이커리 건물을 터덕터덕 돌아 걸으며 안드레아가 인정했다.

"그래도 바네사가 마이크랑 같이 밤을 보내지 않았다잖아."

"나도 알아. 여러 번 얘기했지. 지나치게 방어하는 것 같아(methinks the lday doth protest too much: 멕베스에 나오는 유명한 명언)."

"그건 셰익스피어고."

커브길에 멈춰 서 저쪽에서 달려오는 차가 완전히 지나가기를 기다리며 안드레아가 말했다.

"나도 알아, 맥베스지."

"바네사가 셰익스피어를 읽어보기는 했을까?"

대화의 핵심을 완전히 상실한 안드레아가 물었다.

"읽기는커녕 셰익스피어 구절은 입도 한 번 뻥긋 안 해봤을걸."

한나가 대답했다.

키티 이모의 자메이카 럼 볼

오븐은 미리 예열해 두지 마세요-이건 굽는 과정이 필요 없답니다!

재료

잘게 부순 바닐라 와퍼 4컵(부순 다음에 측량하세요)

다진 견과류 1컵(이것도 다진 다음에 측량하세요-전 피칸을 무척 좋아하기 때문에 피칸을 넣었어요. 피칸 외에 마카다미아나 호두, 캐슈 등을 사용하셔도 됩니다)

옥수수 시럽 1/2컵(하얀색 시럽을 준비하세요)

품질 좋은 럼 1/2컵(위스키나 다른 술도 가능해요)

코코아가루 2테이블스푼 / 진한 커피 1테이블스푼(갓 끓인 액체)

코팅:

코코아 / 설탕가루 / 초콜릿 조각

만드는법

1. 바닐라 와퍼를 믹서에 넣거나 비닐백에 넣어 밀방망이로 밀어서 부수어줍니다. 부순 것을 그릇에 넣고 다진 견과류를 넣습니다. 옥수수 시럽과 럼, 코코아 가루, 진한 커피를 넣고 골고루 섞이도록 저어줍니다.

2. 손에 설탕 가루를 묻힌 다음 1의 혼합물을 봉봉(사탕 과자) 컵에 들어갈 정도의 조그마한 공 모양으로 만들어 코코아 가루나 설탕 가루, 혹은 초콜릿 조각 위에 굴려줍니다. 각각 몇 개씩 만들어서 접시에 놓으면 아주 예쁜 모양이 나와요.

3. 먹기 전까지는 냉장 보관하세요. 한 달 정도는 두고 먹을 수 있답니다(전 한 번도 그렇게 오래 보관해 둔 적이 없어요. 만들어 놓았다 하면 일주일 안에는 싹 없어지거든요).

키티 이모의 자메이카럼 볼은 고급스러운 캔디처럼 잘 포장해서 선물하면 아주 좋답니다. 케이크 장식 가게에 가면 예쁜 주름이 잡힌 봉봉 컵이나 캔디 상자를 다양하게 구할 수 있으니 그런 것들을 잘 활용하세요.

알코올 성분이 들지 않은 것으로 만들고 싶다면, 럼 대신 과일 주스를 사용하시면 됩니다. 하지만 그럴 경우에는 냉장 보관을 하시더라도 꼭 일주일 안에 드셔야 해요. 그리고 이름 또한 '럼 볼 아님'으로 바꾸셔야 할 거예요.

어쨌든 맛은 여전히 좋아요. 초콜릿과 아주 잘 어울릴만한 주스를 골라 넣으세요. 이를테면 복숭아나 오렌지, 파인애플 같은 종류로요.

메모: 언젠가 한번 이걸 녹인 초콜릿에 담가 먹어보고 싶어요. 아주 환상적인 맛이 날 거예요!

레이크 에덴 사람들이 아침식사용 쿠키를 먹기에는 너무 늦고 점심용 쿠키를 먹기에는 너무 이르다고 생각해 의도하지 않게 공백이 생기곤 하는 정오의 휴식 시간이 찾아왔다. 하지만 다른 날과는 다르게 쉴 수 있는 여유는 별로 없었다.

쿠키단지에는 여전히 홀짝이고, 마시고, 들이키고, 오물거리는 손님들로 가득 차 있었기 때문이다……, 그리고 그들 중 대부분은 쇼우나 리 퀸의 살인사건에 대해 한나가 뭔가 알아낸 것이 없는지 궁금해했다.

11시가 지나자마자 한나는 사건의 정보를 듣고자 하는 손님에게 전할 메모로 '한나는 아무 얘기도 못 해드립니다.' 라는 메시지만을 리사에게 대신 남긴 채 재빨리 작업실로 물러났다.

쿠키 반죽을 두 그릇 끝내놓고, 막 세 번째 반죽을 마무리하려는데 노먼이 뒷문을 노크해왔다.

"냄새 좋은데요."

노먼이 늘 앉는 작업대 앞자리에 앉으며 말했다.

"맛있어요. 하나 갖다줄게요."

한나가 머그잔에 커피를 따라 노먼 앞에 내려놓고, 선반에서 충분히 식은 쿠키를 꺼내 노먼에게 건네고는 자신도 그 옆에 앉았다.

"이 레시피는 초콜릿 아몬드 토스트라고 부르기로 했어요. 커피랑 같이 먹으면 훨씬 더 맛있어요."

노먼이 커피에 쿠키를 찍어 맛을 보았다.

"맛있네요."

노먼은 구체적인 평가 대신 한나에게 고개를 끄덕여 보였다.

"시애틀에 있을 때 자주 먹었던 초콜릿 비스코티 맛이 나요. 생긴 것도 비슷하구요. 이 위에 초콜릿을 조금 얹어보면 어떨까요?"

"왜 안 되겠어요. 다음번에 구울 때는 윗부분을 녹인 초콜릿에 담가볼게요."

"그렇게 하면 더 맛있겠네요."

"뭐가 더 맛있어요?"

그때 리사가 빈 진열용 단지 두 개를 들고 작업실로 들어왔다.

"초콜릿 아몬드 토스트." 한나가 선반을 가리키며 말했다.

"단지 하나는 저걸 넣고 사람들이 맛있어하는지 한 번 보자."

"초콜릿이 든 거면 다 좋아할 거예요."

리사가 단지에 쿠키를 채워넣으며 예상했다.

노먼이 서류가방을 들어서 스테인리스 철제 판 위에 올린 뒤 가방을 열었다. 그리고는 그 안에서 놋쇠 집게로 집어놓은 두꺼운 종이 뭉치를 꺼내 한나에게 건네주었다.

"컴퓨터로 알아본 자료들이에요."

"이거 전부가요?"

한나가 36페이지 이상 되어 보이는 페이지를 엄지손가락으로 훑으며 물었다.

"전부예요. 대부분은 바네사의 남편에 관한 거예요. 메이컨에서는 중요한 인사였던데요."

"메이컨이요?"

리사가 단지를 채우다 말고 멈칫하더니 노먼을 쳐다보았다.

"네, 그래요. 그의 회사 본부가 조지아주 메이컨에 있다는군요."

"혹시 프리티 걸 화장품사랑 가까운 곳에 있는 게 아닌가 싶네요. 프리티 걸 화장품사의 본사도 메이컨에 있다고 했거든요. 회사 건물을 눈에 띌만한 모양으로 지었다고 글로리아가 어젯밤에 저녁 먹으면서 얘기해줬어요. 창문이 달린 립스틱 모양의 건물이래요, 글쎄. 그리고 사장실은 꼭대기 층이어서 사방으로 경치를 즐길 수 있다고 하네요."

"잠깐만요." 노먼이 종이 뭉치를 집으며 말했다.

"내가 틀렸을 수도 있는데, 닐 로퍼의 재정자료를 출력하면서 본 게……, 여기 있네요."

"여기, 프리티 걸 화장품사. 바네사의 남편이 그 회사 이사회의 중역이었다고 되어 있어요."

"전화기!"

한나가 말과 동시에 펄쩍 뛰듯 수화기를 잡았다. 그리고는 서둘러 엄마의 앤티크점 전화번호를 누른 뒤 누군가 전화를 받을 때까지 초조하게 작업실 안을 서성였다.

"안녕하세요, 로드 부인. 루앤이 오늘 일하러 나왔나요?"

"그래, 한나. 불러줄까?"

"아뇨, 루앤이랑 할 얘기가 있는데, 전화로는 안 되고요. 혹시 바쁘지 않으면 루앤에게 이리로 좀 와달라고 전해주시겠어요? 방금 초콜릿 아몬드 토스트라는 새 쿠키를 구웠는데, 루앤 편에 조금 들려 보내고 싶어서요."

그러자 로드 부인이 웃음을 터뜨렸다.

"뇌물이 만연하는구나. 루앤은 금방 보낼게. 근데 쇼우나 리의 살인 사건 때문이니?"

"꼭 그런 건 아니구요, 프리티 걸 화장품사에 대해 루앤이 뭔가 아는 게 있을 것 같아서 물어보려고요."

한나가 포장용 꾸러미에 초콜릿 아몬드 토스트를 막 담고 났을 때 루앤이 뒷문을 노크했다.

리사가 루앤과 함께 프리티 걸 화장품사에 대한 정보를 비교할 수 있도록 노먼이 자원해서 그녀 대신 홀을 봐주겠다고 한 덕분에 세 여자는 커피잔을 앞에 두고 작업대 앞에 마주 앉았다. 그리고 바로 그때 안드레아가 황급히 안으로 들어왔다.

"노먼이 이리로 가보라던데. 회의하고 있다면서?"

"맞아."

한나가 안드레아에게 줄 커피를 한 잔 따르며 작업대 앞에 앉으라고 손짓했다. 그리고는 루앤을 돌아보며 물었다.

"프리티 걸 화장품사에 대해 알아야 할 게 좀 있어. 혹시 조지아주 메이컨에 있는 본사에 가본 적 있어?"

"네, 카페에서 일하면서 화장품을 방문 판매하러 다녔을 때, 이틀간 사원 연수에 참가할 수 있는 자격을 줘서 가봤었어요. 프리티 걸에서 모든 비용을 다 대주는 연수여서 수지는 엄마에게 맡기고 다녀왔었죠.

멋진 연수였어요. 꼭 바캉스 떠났던 것처럼요."

"혹시 거기서 이사회의 중역들을 만난 적 있어?"

그러자 루앤이 고개를 저었다.

"아뇨, 첫날 사장님이 직접 나와서 맞아주었기 때문에 사장님 얼굴밖에 못 봤어요. 그리고 다른 지역에서 온 판매왕 직원들도 만났죠. 그 사람들도 보상으로 연수를 온 거라고 하더라구요. 물론 글로리아 트라비스도 만났어요. 연수를 기획한 사람이 그녀였거든요."

"레이크 에덴 호텔에서 열리는 프리티 걸 수련회에 대해서도 알고 있어요?"

리사가 물었다.

"그럼요. 글로리아가 마을에 온 첫날 전화했어요. 오늘 밤에도 만날 거구요. 글로리아랑 그녀의 남편과 함께 저녁식사를 하기로 했어요."

"남편이요?" 리사가 깜짝 놀라며 되물었다.

"하지만……, 글로리아가 자기는 결혼하지 않았다고 하던데."

"결혼을 안 했다구요? 오, 알려줘서 고마워요! 하마터면 왜 남편분이랑 같이 오지 않았냐고 바보 같은 질문을 할 뻔했네요. 그렇다면 약혼자랑 뭔가 잘되지 않아 결혼 계획이 취소됐나 봐요."

"잠깐!"

한나가 마치 경기 중 중간 휴식을 알리듯 외쳤다. 그리고 모두가 조용해졌을 때 루앤을 향해 고개를 돌렸다.

"글로리아가 약혼했다는 얘기를 한 게 언제였어?"

"일 년 반 전, 프리티 걸 연수 갔을 때요. 그 회사 위원회의 위원 중한 명과 약혼했다고 했어요."

"혹시 닐 로퍼?"

한나의 마음속에서 여러 사실이 한데 섞이기 시작했다.

"아마 그랬던 것 같아요. N으로 시작하는 이름이었다는 건 확실해요. 근데 그게 하도 오래전 일이라서……."

"그래도 한 번 기억을 떠올려봐, 루앤."

한나가 그녀를 북돋웠다.

"글로리아가 약혼자에 대해 뭐라고 했어?"

"음……, 정확하게 기억나진 않지만, 그녀와 나눴던 대화의 내용으로 짐작해봐서는 아주 부자였던 것 같아요. 그리고 나이도 많구요. 아마 글로리아랑 20년 이상 나이차가 났을 거예요. 분명해요."

"여기서 뭘 해야 한다구?"

안드레아가 레이크 에덴 호텔 뒤쪽 배달차량 전용 주차구역에 차를 세우며 물었다.

"우선 글로리아의 전 약혼자가 바네사의 남편인 닐 로퍼와 동일인인지 확인해야 해. 그리고 닐이 바네사와 결혼한 사실을 글로리아도 알고 있는지 알아봐야 하구."

"좋아, 그리고 글로리아가 프리티 걸 수련회 장소로 레이크 에덴 호텔을 선정한 것이 바네사를 따라오기 위해서가 아니었는지도 알아봐야 하구 말이야, 맞지?"

"그래. 근데 여기 주차하면 안 돼."

"왜 안 돼?"

"여긴 배달차량 전용이잖아."

"나도 배달할 거 있어."

안드레아가 지갑에서 베서니의 사진을 꺼내 한나에게 보여주었다.

"샐리가 다음번에 올 때 베서니 사진을 가져오라고 했단 말이야. 게다가……, 어떤 간 큰 경찰이 경찰서장 사모님한테 딱지를 끊으려고 하겠어?"

한나는 어깨를 으쓱해 보였다.

안드레아의 말이 맞았다. 그리고 액턴 경(19세기 영국의 역사학자)의 말 또한 맞았다. 권력은 부패한다. 한나는 안드레아만큼은 부패한 권력의 맛에 길들지 않기를 바랐다.

"뭘 기다려?"

안드레아가 문을 열고 운전석에서 내리며 물었다.

안드레아가 한나의 움직이는 냉동고는 죽어도 타고 싶지 않다고 고집하는 바람에 그녀의 볼보를 타고 온 길이었다.

"얼른, 언니. 이렇게 계속 밖에 있다가는 얼어 죽겠어. 얼른 시작하자구!"

안드레아가 샐리에게 베서니의 사진을 보여주고 샐리의 넓은 주방에 한나가 또다시 감탄 섞인 한숨을 내신 뒤, 두 사람은 글로리아에게 무슨 볼일이 있어서 온 것인지 샐리에게 설명했다.

"글로리아가 바네사의 남편이랑 약혼했었단 말이에요?"

한나가 고개를 끄덕이자 샐리가 얼굴을 잔뜩 찌푸렸다.

"그럼 쇼우나 리의 죽음에 글로리아가 연관되어 있을지도 모르겠다고 생각하는 거군요?"

그러자 안드레아가 어깨를 으쓱해 보였다.

"어쩌면요. 일단은 확인해봐야 할 것 같아요."

"당연히 그래야겠죠. 하지만 틀린 사람을 지목한 것 같아요. 글로리아는 집 안 거실에 날아다니는 나방도 곱게 잡아서 밖으로 날려 보내는 사람이거든요. 누굴 해칠만한 인물이 못 돼요."

"샐리 말이 맞을지도 몰라요."

한나가 글로리아의 둘도 없는 친구가 되어버린 샐리를 부드럽게 달 랬다.

"그래도 사건에 대한 단서 정도는 줄 수 있을지도 모르잖아요. 글로리아가 바네사의 남편과 약혼했던 것이 사실이 아니라고 해도 그 사람이 프리티 걸의 이사직에 있었던 것은 사실이니까, 글로리아가 그에 대해서 뭔가 아는 것이 있을지도 몰라요."

샐리가 어깨를 으쓱해 보였다.

"그래요, 그렇게 생각한다면……, 날 따라와요, 내가 소개해줄게요."

오후 회의가 끝나고 롤과 함께 커피를 마실 수 있는 휴식 시간이 마침 시작되고 있었다. 샐리는 한나와 안드레아를 글로리아가 앉아 있는 테이블로 데려갔다.

"안녕, 글로리아."

샐리가 프리티 걸의 간부에게 미소를 지어 보였다.

"여긴 내 친구 안드레아 토드와 한나 스웬슨이에요. 스웬슨 부인의 딸들이에요. 기억하죠?"

"그럼요."

글로리아가 두 사람을 향해 미소를 지으며 대답했다.

"어머님이 정말 멋진 분이시던 걸요. 고향에 온 것처럼 어찌나 편하게 대해 주시던지요, 덕분에 메이컨으로 돌아가는 게 자꾸 멈칫거리게 되네요!"

멈칫거린다고? 한나는 속으로 생각했지만, 얼굴에는 답례로 미소를 띠었다. 우리의 트라비스 양은 문학적인 표현을 꽤 즐겨 사용하는 모양이었다. 사실을 말하자면 한나는 벌써 글로리아가 마음에 들었다. 하지만 애써 마음을 정돈하며 객관적인 시선을 유지하자고 다짐했다.

"여기 한나와 안드레아가 프리티 걸에 대해 물어볼 게 있대요. 시간 좀 내줄 수 있겠어요?"

"물론이죠."

글로리아가 친근한 미소를 띤 채 자리에서 일어서며 대답했다.

부드러운 녹색 바지 정장에 긴 재킷을 입은 그녀는 대략 엄마와 비슷한 나이대의 아주 매력적인 여성이었다. 글로리아가 움직일 때마다 재킷이 펄럭여 그 사이로 안에 입은 크림색의 목 높은 실크 블라우스가 엿보였는데, 그와 더불어 허리 쪽에 붙은 살도 눈에 띄었다.

"저기 작은 테이블로 옮겨 가요. 여긴 나 없이도 몇 분간은 괜찮을 거예요……, 그렇죠?"

군데군데에서 '과연 그럴 수 있을까요!', 혹은 '글로리아, 당신 없이 어떻게 해요?' 라는 즉각적인 대답이 터져 나왔지만, 모두가 미소 짓고 있었다.

글로리아는 방 한쪽에 놓인 작은 테이블로 두 사람을 안내했고, 세 사람은 테이블 앞에 앉았다.

"좋아요, 심각한 일인가 보군요. 둘 다 웃지 않고 있으니 말이에요, 뭔가요?"

"혹시 닐 로퍼와 약혼한 사이였어요?"

한나가 물었다. 그리고 잠깐이었지만, 글로리아는 사실이 아니라는 표정을 지었다가 이내 한숨을 내쉬고 말았다.

"네, 이 얘기가 곧 터져 나오게 될 줄 예상했어야 하는데……"

"그럼 바네사 퀸과 결혼한 닐 로퍼랑 동일인이란 말인가요?"

"맞아요. 누가 그 얘길 해주던가요? 루앤 행크스?"

그러자 안드레아가 재빨리 나섰다.

"그건 상관없어요. 중요한 건 이제 우리가 사실을 안다는 거죠."

"그리고 우리가 모르는 사실은 어떻게 해서 그렇게 되었느냐는 거예요."

안드레아의 말을 뒤이어 한나가 나섰다.

"로퍼 씨와의 약혼이 깨진 후 무슨 일이 있었는지 말씀해주세요."

그러자 글로리아는 깊은 한숨을 내쉬었다.

"그냥 그뿐이에요. 우리는 사이가 틀어지거나 한 게 아니었어요. 특별하게 나쁜 일이 있었다거나 한 게 아니었으니까요. 닐이 나이가 많았다는 건 알고 있을 거예요."

"알고 있어요."

한나가 대답하고는 웨이트리스가 커피 주전자와 컵 세 개, 그리고 갓 구운 시나몬 롤을 가져올 때까지 잠자코 있었다.

"계속 말씀해보세요."

웨이트리스가 자리를 뜨자 한나가 재촉했다.

"정말 그뿐이에요. 정확히 무엇 때문에 그렇게 되었는지는 나도 잘 모르겠어요. 아마 닐이 스키를 타다가 발목을 접질렸을 때부터가 시작이었을 거예요."

"스키요?"

안드레아가 물었다.

"네, 그래요. 닐은 그 나이대 사람들보다 굉장히 활동적인 사람이었 거든요. 아스펜에 있는 오랜 친구를 만나러 갔었는데, 다시 돌아왔을 때는 깁스를 한 채더군요. 그때까지만 해도 나쁘지 않았어요. 그런데 그로부터 일주일 후에 30년 넘게 닐의 가사를 돌봐주던 부인이 심장마 비로 숨졌어요."

세 번째 사고를 기다리며 한나는 숨을 멈췄다. 할머니는 늘 나쁜 일 은 세 번째에 일어난다고 말씀하셨다.

"그래서 닐은 새로운 가사 도우미를 고용했고, 우리 둘 다 이제 상황 이 나아질 거라고 생각했죠. 그런데 그의 발목 통증이 심해지기 시작했 어요. 제대로 낫질 않는 거예요. 의사는 물리치료사에게 가보라고 권했 고, 닐은 병원 소개로 치료사를 고용했어요. 그게 정말 내가 아는 전부 예요. 그 후로는 그와 전화 통화만 한 번 하고……, 끝이었어요."

"아니, 어떻게!"

한나가 자신의 귀를 의심하며 입을 떡 벌렸다.

"그러니까……, 그 후로 다시는 닐을 보지 못했단 말씀이세요?"

"네, 미친 소리 같겠지만 내가 집으로 전화할 때마다 닐은 치료 중이 거나 잠자는 중이거나, 그도 아니면 집에 없거나 멀리 출장 중이었어 요. 카드나 꽃 같은 것은 계속 보내왔지만 그를 다시 볼 순 없었죠. 얘 기도 제대로 할 수 없었어요. 딱 한 번만 빼고요."

"그때 얘기를 해주세요."

안드레아가 말했다.

"그가 치료사를 고용한 지 일주일 후였을 거예요. 집으로 전화했더니 닐이 받더군요. 근데 목소리가 전혀 그 사람 같지 않았어요. 처음에는 술에 취해 있는 줄 알았는데, 술도 마시지 않았더군요. 그런데 간호사가 약을 가지러 갔다는 얘기를 하기에 난 무척 독한 약을 먹는가보다 생각했어요. 정말 무서웠죠. 그는 매우 공손했지만, 내가 물어보는 것에는 제대로 답을 해주지 못하더라구요. 뭔가 굉장히 혼란스러워하는 것 같았어요. 내 이름을 몇 번이나 물어봤는데, 내가 누구인지조차 모르는 것 같더군요!"

"끔찍하네요!" 안드레아가 몸을 살며시 떨며 외쳤다.

"그래서 어떻게 하셨어요?"

"닐의 주치의에게 전화했는데, 나한테 아무것도 가르쳐주지 않았어요. 난 닐의 친척도 아니어서……, 그렇잖아요. 그래서 다시 닐의 집에 전화해서 물리치료사를 바꿔달라고 했죠. 난 그녀에게 닐의 정신이 조금 혼란스러운 것 같아서 걱정된다고 했더니, 아무 걱정도 하지 말라더군요. 발목 통증이 심해서 의사가 처방해준 약을 최대치로 주고 있어서 그렇다면서요."

"그 치료사 말을 믿으셨어요?"

한나가 슬쩍 얼굴을 찡그리며 물었다.

"네, 믿었어요. 목소리가 굉장히 자신감 있으면서도 명쾌했거든요. 그녀가 말한 대로 그냥 마음을 놓았죠. 게다가 다음날 아침 사무실로 꽃 배달이 왔었어요. 닐이 보낸 거였는데, 걱정시켜 미안하다고 자기는 괜찮다며 사랑한다고, 발이 얼른 나았으면 좋겠다고 썼더군요."

"그래서 더 이상 걱정을 안 하셨군요?"

안드레아가 궁금하다는 듯 물었다.

"얼마간은요. 닐과 내가 그렇게 자주 만날 수 있었던 사이가 아니었다는 점을 이해해야 해요. 그는 사업으로 항상 바빴고, 늘 어딘가로 출장을 다녔죠. 어떤 때는 몇 주 넘게 그를 보지 못한 적도 있었어요. 하지만 그럴 때는 늘 전화를 하거나 꽃을 보내왔죠. 내 일도 바쁘긴 마찬가지였어요. 제대로 쉬는 때도 없었죠. 그래서 닐과 결혼한 후에는 일을 그만두려고 했어요. 그래야 그가 파리나 런던, 베이징으로 출장을 다닐 때 같이 다닐 수 있을 테니까요."

"그럼 닐과 마지막으로 통화한 뒤 얼마 후에야 그가 걱정됐나요?"

"3주요. 프리티 걸이 한창 바쁠 때였어요. 나도 일 때문에 정신이 없었죠. 그 와중에도 꽃은 계속 배달됐어요. 매주 월요일 아침이면 내가 좋아하는 수선화를 보내왔죠. 난 정말 아무 문제도 없다고 생각했어요. 문득 달력을 보고는 닐과 얘기한 지 한 달도 넘었다는 사실을 깨닫기 이전까지는요. 그래서 전화를 했죠. 하지만 매번 물리치료사가 전화를 받아서는 닐은 잘 있다고 전했어요. 마치 그녀가 그의 인생을 대변하는 것 같았어요. 그리고 정말 그건 사실이었죠."

"그게 무슨 뜻이에요?"

안드레아의 눈이 휘둥그레졌다.

"그러니까, 내가 알지도 못하는 사이에 닐은 그 치료사와 이미 결혼을 했더군요."

"바네사 퀸이요?"

한나가 사실을 바탕으로 물었다.

"네, 그 후에도 여러 번 전화했지만, 닐과 통화할 수는 없었어요. 두 번 다시 그와 얘기할 수 없었죠."

글로리아가 애써 눈물을 감추며 힘들게 침을 삼켰다.

"바네사가 그를 죽인 거예요. 내가 그걸 미리 막을 수만 있었다면……."

"유혹의 함정(1994년에 나온 미국 영화)."

한나가 인용했다.

"네, 맞아요. 난 경찰에 전화해서 제발 한번이라도 수사해 달라고 간청했지만, 경찰에서는 아무런 증거도 발견하지 못했다는 말뿐이었어요. 난 그저 버림받은 것에 대한 복수심에 불타는 전 약혼녀였을 뿐이었죠. 닐의 물리치료사가 그와 결혼한 뒤 곧 그를 죽이려고 약물을 주입한 것 같다고 했지만, 경찰에서는 내 말을 믿어주지 않았어요."

"정말 그랬다고 생각하세요?"

"네, 신문에서 닐의 부고를 읽었을 때부터 의심이 들기 시작했죠. 더구나 바네사가 모든 재산을 물려받았다는 얘길 들었을 때는 더더욱 그랬어요. 닐은 늘 그의 재산 일부를 대학 등록금을 마련하느라 아르바이트를 두 개나 하는 조카딸에게 줄 계획이라고 말했거든요. 그런데 조카딸에게 아무것도 남기지 않고 전부 바네사에게 줬어요. 결혼한 지 10개월도 채 되지 않은 여자한테 말이에요. 닐이 정말 그런 여자와 자유의지로 결혼했다면 지금 내 손에 장을 지져도 좋아요. 그의 죽음엔 정말로 의심스러운 부분이 많았어요. 단순히 신포도(이솝 우화에 나오는 비유로 원했던 일을 이룰 수 없게 되었을 때 원래 그것에 문제가 있어서 원하지 않았다고 부인하는 것) 때문이 아니라구요."

글로리아가 한 번에 세 개나 되는 은유적 표현을 사용하였다는 사실을 무시한 채 한나는 고개를 끄덕였다. 그건 정말 기록적인 횟수가 아닐 수 없다.

"그럼 레이크 에덴에 오셨을 때 무슨 일이 있었는지 들어볼까요. 바네사 때문에 여기 오신 것 맞죠?"

"네, 프리티 걸에서는 수련회 장소가 필요했고, 난 아무에게도 의심받지 않고 레이크 에덴에 올 수 있었으니 좋은 기회였죠. 그래도 호텔은 정말 훌륭해요. 무기명 투표를 통해 매년 수련회를 이곳에서 갖기로 했답니다."

"샐리가 들으면 무척 좋아하겠네요."

안드레아가 말하고는, 더 이상 질문을 방해하지 않겠다는 의미로 한나를 바라보았다.

"바네사와는 얘기해보셨어요?"

"아뇨, 기회가 없었어요. 여기 온 첫날 닐에 대해 바네사에게 물어볼 작정으로 매그놀리아 블로썸 베이커리로 갔었어요."

"그게 몇 시였어요?" 한나가 펜을 잡으며 물었다.

"호텔에서 5시 30분이 조금 지난 시각에 출발했으니까 6시쯤 도착했겠군요. 하지만 베이커리는 잠겨 있었고, 문을 두드려도 아무런 대답이 없었어요."

"그래서 어떻게 하셨어요?"

"뒤쪽으로 돌아 가봤죠. 모퉁이를 도는데 뒷문이 열려 있는 게 보이더군요."

"그래서 들어가셨어요?"

"네, 계단을 올라가서 바네사의 이름을 불렀어요. 하지만 아무런 대답도 없었죠. 주방 불이 켜져 있기에 안으로 몇 걸음 들어갔어요, 그리고……, 그리고 바네사가 바닥에 쓰러져 있는 걸 봤어요."

"그건 바네사가 아니었어요."

안드레아가 미안하다는 듯한 눈빛으로 한나를 바라보며 대화에 끼어들었다.

"나중에서야 알았지, 그때는 몰랐어요. 바네사를 청첩장에 인쇄된 사진으로만 봤을 뿐 직접 만난 적은 없었으니까요."

"쇼우나 리를 보셨을 때 어떻게 하셨어요?"

"난……, 무척 당황했어요. 나와 그녀의 관계를 누구라도 알게 된다면 내가 바네사를 죽였다고 생각했겠죠. 한눈에 보기에도 그녀는 확실히 죽어 있었어요. 어느 누가 온다고 해도 이미 늦은 상황이었죠. 그래서 난……, 그 길로 그곳을 빠져나와 문을 닫고, 서둘러 차를 세워놓은 곳으로 돌아갔어요."

"그게 몇 시였어요?"

"모르겠어요. 시계를 보지 않았거든요. 내가 기억하는 건 성당의 종소리가 들렸고, 식이 거의 끝나가나 보다 하고 생각했던 거예요. 그래서 결혼식을 끝낸 축하객들이 호텔로 몰려오기 전에 빨리 돌아가 옷을 갈아입어야겠다고 생각했죠."

"사실이겠지?"

안드레아가 운전대 밑으로 미끄러져 들어가며 물었다.

"그런 것 같아."

"내 생각도 그래. 역시 그런 거야."

"뭐가 그래?"

안드레아의 알쏭달쏭한 말에 한나가 물었다.

"두 자매를 헷갈리는 사람이 나뿐만이 아니었다는 거 말이야."

그때 안드레아의 백에서 희미한 벨 소리가 들렸다.

"운전대 좀 잡아봐, 언니. 전화가 왔어."

안드레아가 백에서 핸드폰을 꺼내 통화연결 버튼을 누르는 동안 한나는 조수석에 앉아 차창 밖을 유심히 바라보며 운전대를 움직였다.

이거 불법 아닌가? 그리고 만약 이 상황에서 사고가 나면 그건 나의 과실일까? 안드레아의 과실일까? 누군가의 손이 운전대를 잡고 있었는데도 경찰에서는 핸드폰 통화로 인한 교통사고라고 기록할까? 그리고 그 손이 누구의 손이었는지가 정말 중요할까?

"안녕, 엄마."

안드레아가 왼손으로 핸드폰을 쥔 채 오른손으로 운전대를 잡았다.

"이제 놓아도 돼, 언니. 내가 잡았어."

"운전하면서 통화할 수 있겠어?"

고속도로 사고사 기록으로 남고 싶지 않은 한나가 물었다.

"당연하지."

안드레아가 깜빡이도 켜지 않은 채 차선을 바꾸며 자신의 말을 증명해 보였다.

"네, 엄마. 언니 부른 거 맞아요. 같이 레이크 에덴 호텔에 다녀오는 길이에요."

한나는 두 눈을 꼭 감았다.

안드레아와 같이 차를 타면 늘 때를 잘못 만나곤 한다. 지금도 과히 좋은 때는 아니다. 한나의 기분대로 슬그머니 뒷자리로 빠져버린다면 안드레아가 기분 나빠 하겠지?

"당연히 그래야죠, 엄마."

안드레아가 레이크 에덴으로 향하는 진입로로 급하게 우회전했다.

"10분 안에 갈게요. 우리가 갈 때까지 편안히 기다리고 계세요."

"엄마 가게로 가는 거야?"

안드레아가 전화를 끊자 한나가 물었다.

"아니, 엄마 집에." 안드레아가 대답했다.

"오늘은 가게에 나갔다가 정오쯤 일찌감치 집으로 오셨대."

"아프시데?"

한나의 가슴이 놀라 쿵쾅거리기 시작했다.

엄마는 웬만큼 아프지 않은 이상 집에서 쉬는 법이 없었다.

"그런 것 같진 않은데, 뭔가 문제가 있나 봐."

"엄마가 그러셔?"

"꼭 그런 건 아니구. 조언을 구할 게 있다면서 우리 둘 다 와줄 수 있겠느냐고 하셨어."

"우리한테 조언을 구한다고?"

"그러시던데."

"그럼 정말 엄청난 문제인가 보군. 지금껏 우리한테 한 번도 조언 같은 거 구하신 적 없잖아."

초콜릿 아몬드 토스트

오븐은 섭씨 175도로 예열합니다. 틀은 오븐 중앙에 둡니다.

재료

녹인버터 1과 1/2컵 / 코코아가루 1컵 / 황설탕 2와 1/2컵

베이킹소다 4티스푼 / 소금 1티스푼 / 바닐라 2티스푼

아몬드 1컵 / 거품 낸 계란 5개 분량(포크로 저어주세요)

밀가루 6컵(체질할 필요 없습니다)

만드는법

1. 녹인 버터에 코코아 가루, 황설탕을 넣고 섞은 뒤 조금 식혔다가 거품 낸 계란을 넣어줍니다. 그런 후 소다와 소금, 바닐라, 아몬드를 넣고 골고루 섞일 때까지 저어줍니다. 밀가루는 재료 하나를 섞을 때마다 조금씩 같이 넣어주세요.
2. 2개의 쿠키틀에 들러붙음 방지 스프레이를 뿌린 뒤 반죽을 다섯 개로 나눠 높이 1인치, 길이 7~8인치, 넓이 3~4인치 정도의 덩이를 만들어주세요. 그런 후 두 덩이는 팬 하나에 넣고, 세 덩이는 다른 팬에 넣은 다음 섭씨 175도에서 35분 동안 구워줍니다.

3. 완성된 것은 틀 위에서 10분간 식혀주세요. 참, 아직 오븐은 끄지 마시구요. 틀 위에서 다 식혔으면 선반으로 옮겨 5분쯤 더 식혀줍니다. 그런 다음 잘 드는 칼로 3/4인치의 두께(빵처럼)로 썰어주세요(가장자리는 더 구울 필요가 없으니 따로 모아두었다가 커피에 찍어 드세요).

4. 기름칠한 쿠키틀에 빵을 자른 단면이 밑으로 가도록 올려놓고 5분 더 오븐에서 구워줍니다. 그런 뒤 다시 뒤집어 10분을 더 구워주세요. 쿠키틀 위에서 5분을 식힌 다음에 다시 선반으로 옮겨 충분히 식혀줍니다.

뭔가를 찍어 먹기에 아주 안성맞춤인 쿠키에요.
비스코티처럼 만들고 싶다면, 끝 부분을 초콜릿 같은 것에 담근 후
기름종이 위에 나열하여 초콜릿이 굳을 때까지
냉장고에 넣어두면 됩니다.

현관문을 열고 나오는 엄마를 보자마자 한나는 충격을 감추느라 안간힘을 써야만 했다.

　오늘처럼 엄마가 늙어보이기는 처음이었다. 안드레아를 슬쩍 쳐다보니 안드레아 역시 엄마의 모습에 한나와 똑같은 충격을 받은 듯한 눈치였다. 뭔가 심각하고 끔찍한 문제가 발생한 것이 분명하다.

　"안녕, 엄마. 무슨 일이에요?"

　한나가 일부러 쾌활하게 인사를 건넸지만 실패였다. 그녀의 의도와는 다르게 너무 가볍고 경망스럽게 들렸던 것이다.

　"죄송해요, 이게 아닌데."

　"상관없다."

　엄마가 맥 빠진 목소리로 대답하고는 옆으로 비켜서며 말했다.

　"들어와라, 얘들아. 거실에 커피 준비해놨다."

　엄마의 뒤를 따르며 한나는 용기를 모으려고 심호흡을 했다.

　지금껏 대부분의 가족회의는 주방의 둥근 떡갈나무 테이블에 둘러앉아 이루어졌다. 바로 그곳에서 엄마는 안드레아에게 졸업파티에 입고 갈 드레스 비용으로 얼마나 주실 수 있는지 공표했고, 한나가 어느 대학에 지원하면 좋을지도 논의했다.

반면 거실은 좀더 무게감 있는 주제를 논의하는 장소였다. 이를테면, 안드레아가 빌과 결혼하겠다고 했을 때, 그리고 한나가 레이크 에덴으로 돌아와 조단 고등학교에서 영어를 가르치는 대신 1년 더 대학에 남아 석사과정을 마치겠다고 했을 때 가족들은 늘 거실에 앉아 얘기를 나눴다.

"엄마가 걱정돼요."

한나가 자리에 앉자마자 말했다.

"어디 편찮으세요?"

"아픈 게 아니다. 그냥 마음이 좀 아픈 게지. 윈슬롭이야말로 내 짝이라고 생각했는데 말이다. 모든 면에서 완벽했어. 헌데 이제는 그가……, 다른 여자가 좋다는구나."

한나는 안드레아를 쳐다보았다. 안드레아는 이 상황을 언니에게 맡기겠노라는 의미로 아주 미세하게 고개를 젓고 있었다.

"윈슬롭이 좀 그런 면이 있잖아요? 크리스마스 포트락 때 로드 부인은 물론 버티 스트롭과 플로렌스 에반스에게도 관심을 보였잖아요. 기억하죠?"

"기억하지. 하지만 그건 그냥 호기심 같은 거였어. 윈슬롭은 절대로……, 그러니까, 음, 다른 여자는 쳐다보지 않을 줄 알았다. 물론 좀……, 한눈을 팔긴 했지만. 근데 이번에는 한눈파는 것 이상이구나, 내 말이 무슨 뜻인지 안다면 말이야."

안드레아는 여전히 시선을 조심스럽게 내리깔고 있었고, 한나는 그 의미를 명확하고 분명하게 이해했다. 여동생은 아직 엄마의 연애 상담을 해주기에는 역부족이었다. 지금 엄마를 상대할 수 있는 건 오로지 한나뿐인 것이다.

"왜 그렇게, 어, 그러니까 이번 일이……, 단순한 호기심 이상……, 이라고 생각하셨어요?"

머릿속에서 사용 가능한 완곡 표현을 전부 뒤져가며 한나가 물었다.

"여자가 있어. 캐리나 플로렌스나 버티 같은 여자들이 아니야. 이번 경우는 그 여자의 전적도 있고, 나이도 문제가 돼."

"무슨 말씀인지 알겠어요."

한나는 자신이 엄마 말을 이해했다는 데 내심 스스로 놀라며 말했다.

"그러니까 윈슬롭과, 어……, 만나고 있다고 엄마가 의심하는 여자가 나이도 어리고 경험도 많다는 얘기죠……, 그러니까 그, 남자를 만나는 데 있어서요."

"그래."

"그러니까, 이번 경우는, 그 여자의 나이와……."

한나는 하던 말을 멈추고는 엄마를 쳐다보았다.

사용할 수 있는 완곡 표현이 다 떨어지고 만 것이다.

"왜 우리가 이렇게 얘기해야 하죠?"

"어떻게 말이냐?"

"우회적으로 말이에요."

한나가 또다시 완곡 표현을 사용하며 말했다.

"엄마는 지금 윈슬롭이 젊고 그다지 질도 좋지 못한 여자와 엄마 사이에서 양다리를 걸치고 있다는 거잖아요, 맞죠?"

"굳이 말하자면……."

속이 뻥 뚫리는 듯 엄마가 상쾌한 숨을 내쉬었다.

"그래, 바로 그거야. 도대체 내가 어떻게 해야 좋을지 모르겠구나!"

그러자 대화가 시작된 후 처음으로 안드레아가 시선을 들고 엄마를 똑바로 쳐다보았다.

"죽여 버려요." 안드레아가 말했다.

"만약 빌이 바람을 피웠다면, 난 그랬을 거예요."

"넌 결혼이라도 했지만, 난 아니잖니."

"얼마나 가까운 사이셨는데요?" 한나가 또다시 질문했다.

"그러니까 제 말은, 안드레아와 전, 엄마의 사생활에 대해 자세히 알고 싶은 생각은 없지만, 윈슬롭이 엄마한테 청혼했나요?"

"그래, 그것도 여러 번이나. 그리고 난 그러겠다고 했단다. 비공식적으로는 약혼 상태였다고 봐도 좋을 것 같구나. 몇 주 전에 영국으로 어머니 반지를 보내달라고 편지도 보냈단다."

한나는 신음 소리가 나오려는 것을 억지로 참아 눌렀다.

지금 엄마에게는 비난이나 책망이 아니라 도움이 필요하다.

"처음 의심하게 되신 게 무엇 때문이었어요? 윈슬롭이 다른 여자랑 같이 있는 걸 보신 거예요?"

"그런 게 아니야. 다만 윈슬롭이 쇼우나 리 퀸의 사진을 가지고 있더구나."

이런, 연극의 1막이 내렸다. 한나는 박수갈채라도 보내고 싶은 불길한 충동을 느꼈다. 만약 이것이 정말로 한 편의 연극이었다면, 한나는 이 자리에서 바로 커튼을 내려버렸을 것이다.

하지만 엄마는 심각할 정도로 불행해 보였다. 아무것도 거리낄 것이 없던 강한 엄마가 이토록 실패감에 젖은 얼굴을 하고 있다니.

"기운을 내요, 엄마."

강한 약을 처방해야겠다고 결심한 한나가 말했다.

"지금은 비운의 여주인공 역을 하고 있을 때가 아니에요."

"난 지금까지 단 한 번도 비운의 여자가 되어본 적이 없다!"

엄마의 볼에 발그레하게 생기가 돌기 시작했고, 눈도 반짝반짝 빛나기 시작했다.

"무슨 말을 하는 게냐, 한나?"

"지금 쇼우나 리 퀸 걱정을 하고 계신 거잖아요. 그녀는 엄마의 경쟁자가 될 수 없어요. 이미 죽었다구요."

"나도 안다. 하지만……."

엄마가 얼굴을 찌푸렸다.

"그래, 네 말이 맞아. 쇼우나 리는 죽었고, 난 아니지. 하지만 윈슬롭이 왜 그 여자 사진을 갖고 있었는지는 아직도 궁금하구나."

"직접 물어보시지 그래요?"

안드레아가 제안하자 한나와 엄마는 동시에 안드레아를 쳐다보았다.

"좋은 생각이야."

한나는 안드레아를 향해 고개를 끄덕인 뒤 다시 엄마를 돌아보았다.

"그냥 물어봐요, 엄마. 그럴만한 이유가 있었는지도 모르잖아요. 그러니까……, 남자들은 원래 지갑에 온갖 종류의 사진을 넣고 다니니까 그 사진이 거기 있었는지도 모를지 몰라요. 베이커리 오픈 광고 전단에 실린 쇼우나 리의 스냅 사진이 어찌어찌해서 지갑에 들어가게 됐을 수도 있구요."

"그건 스냅 사진이 아니었다. 그의 지갑에 있지도 않았고……."

"좋아요."

한나가 엄마의 말을 있는 그대로 받아들였다.

"그럼 어디에 있었는데요?"

"액자에 든 사진이었어, 그것도 아주 큰. 그리고, 그게……, 그게 윈슬롭의 속옷 서랍에 들어 있었다."

또다시 2막이 내렸다. 안드레아와 시선을 교환한 한나는 떡 벌어지는 입을 간신히 추슬렀다. 오늘 오후에 엄마가 사람을 여러 번 놀라게 하는군.

"좋아요." 한나가 심호흡을 하며 말했다.

"우리 둘 다 궁금해하는 걸 물어볼게요. 도대체 윈슬롭의 속옷 서랍은 왜, 어떻게 해서 열어보게 되신 거예요?"

"윈슬롭의 세탁물을 정리해주고 있었다면 믿겠니?"

"아뇨." 한나가 명쾌하게 대답했다.

"엄마는 엄마 세탁물도 정리 안 하시잖아요. 마조리 행크스가 청소하러 왔을 때 대신 해주시죠."

"알았다, 그게……, 그런데 사실 사진을 어떻게 해서 발견하게 되었는지는 별로 중요하지 않잖니? 중요한 건 발견했다는 거지. 그리고 이런 상황이기 때문에 윈슬롭에게 직접 물어보지 못하는 거란다."

"물어보면 엄마가 몰래 훔쳐본 걸 알게 될 테니까요?"

안드레아가 씩 웃으며 물었다.

"그게……, 그래. 꼭 그렇게 표현하고 싶다면 말이다. 난 이왕이면……, 정보를 수집 중이었다고 하고 싶구나."

"표현, 좋은데요." 한나가 말했다.

"나도 언젠가 사용해봐야겠어요. 아무튼 다시 사진으로 돌아와서, 그때 상황을 좀더 자세히 설명해주실 수 있어요?"

"물론 할 수 있지! 윈슬롭이 샤워를 마치고 나오기 전에 잠깐 봤는데도 아직 기억에 생생하니까."

안드레아가 한나를 향해 몹시 충격을 받은 듯한 표정을 지었고, 한나는 동생이 무슨 생각을 하고 있는지 알 것 같았다.

'샤워라구? 윈슬롭이 샤워를 하는 동안 엄마는 그의 침실에서 도대체 뭘 하고 있었던 거야?'

"같이 외출하기로 했는데, 윈슬롭이 옷 갈아입는 게 늦어져서 말이다. 원래 거실에서 기다리고 있었는데, 아주 살짝 엿봤지."

흘끗 쳐다본 안드레아는 다행히도 한결 안도한 얼굴을 하고 있었다.

"사진에 대해서 얘기해보세요."

"무슨 클럽인 것 같더라. 사진사가 테이블 사이를 돌아다니며 사진을 찍어주는 곳 말이다. 그런 곳 알고 있지?"

"굉장히 비싸죠."

한나가 대답했다.

"맞아, 매우 트렌디하기도 하지. 두 사람이 같이 부스에 앉아 있는데, 윈슬롭이 쇼우나 리의 어깨에 팔을 두르고 있더라. 굉장히 행복해 보였고, 또 굉장히……, 친근해 보였단다."

"정말 쇼우나 리였어요?"

한나를 슬쩍 한 번 쳐다본 뒤 안드레아가 물었다.

"그러니까 제 말은……, 바네사였을 수도 있지 않을까요? 두 사람이 많이 닮았으니까요."

엄마는 잠시 생각하는 듯하더니 이내 얌전히 어깨를 으쓱해 보였다.

"미처 생각해보지 못했는데, 바네사였을 수도 있겠지. 만약 그렇다면 아직 그녀는 살아 있으니 난 정말로 비운의 여주인공 역을 맡아야 하고 다시 걱정을 시작해야 한단 말이 아니냐! 윈슬롭의 집에 가서 그 사진을 다시 한 번 봐야겠다."

"안 돼요." 한나가 엄마의 손을 잡으며 말렸다.

"엄마가 직접 가시는 건 너무 위험해요. 이번엔 윈슬롭이 눈치 챌 수도 있잖아요. 안드레아랑 제가 대신 가서 그 사람이 쇼우나 리인지 아니면 바네사인지 확인할게요."

"그래, 그러면 좋겠구나."

엄마가 한나를 물끄러미 바라보며 말했다.

"그런 일이라면 나보다 두 사람이 더 익숙하지. 그리고 내일 윈슬롭이 돌아와서 누군가 그의 물건을 뒤진 것 같다고 얘기하면, 난 매우 양심적으로 내가 그러지 않았다고 얘기할 수도 있으니 말이다."

"윈슬롭이 내일 돌아온다는 건 지금 마을에 없단 얘긴가요?"

한나가 엄마의 말을 집어내어 물었다.

"그래. 무슨 투자 세미나가 있다더구나. 내일 저녁 6시쯤 돌아올 거라고 했단다."

"완벽한 타이밍이네."

한나가 안드레아를 돌아보며 말했다.

"지금 바로 윈슬롭의 아파트를 몰래 열고 들어가서 사진을 찾아봐야겠어요."

그러자 엄마가 슬며시 미소를 지었다.

"그렇게 해줄 줄 알았다. 우리 딸들은 도움이 필요할 땐 언제나 이렇게 의지가 되지."

엄마는 커피잔 옆에 놓아 두었던 열쇠를 집어 한나에게 건넸다.

"몰래 들어갈 필요 없다, 애들아. 여기 내 열쇠를 사용해라."

"이게 무슨 의미인지 난 별로 알고 싶지 않아."

안드레아가 차를 운전하며 한 손으로 열쇠를 꼭 잡아 쥐었다.

"생각하고 싶지도 않구 말이야."

"나도 마찬가지야. 그 집 싱크대 밑에 고무장갑이라도 있어야 할 텐데. 그 남자 속옷이 잔뜩 든 서랍을 맨손으로 뒤지고 싶지 않거든."

"언니!"

안드레아가 발작적인 웃음을 터뜨렸고, 한나도 거기에 합류했다. 한 번 터진 웃음은 좀처럼 그칠 줄 몰랐고, 그 때문에 안드레아의 볼보가 도로에서 비틀거리기 시작하자 두 자매는 시릴 머피의 중고차 매장에 잠시 차를 세우고 웃음이 잦아들 때까지 기다려야 했다.

"이 죽이는 외제차에 무슨 문제라도 생겼나?"

시릴이 무슨 일인지 궁금해하며 이쪽으로 다가왔다.

"네, 여기 새 운전사가 필요해요."

한나가 대답하자마자 자매에게는 또다시 웃음 폭풍이 몰아닥쳤다.

두 사람이 간신히 정신을 차리자 시릴이 킥킥거리며 말했다.

"방금 쿠키단지로 전화했었어. 오늘 오후에 한나 트럭을 좀 손보려고 하는데."

"왜요?"

지금 트럭을 몰고 나온 것이 아닌데도 오후에 트럭을 사용하지 못하게 되는 것이 한나는 싫었다.

"공장에서 리콜이 들어왔거든. 비용은 전혀 없어. 우리 애들을 보내서 가져오라고 할게. 수리하는 동안 탈 수 있는 차도 같이 보낼 테니 걱정하지 마. 한나 트럭은 오늘 문 닫기 전까지 수리를 끝낼 계획이니까."

"잘 됐네요."

시릴의 수리점은 10시까지 문을 연다는 사실을 한나는 기억하고 있었다.

"그럼 제가 오늘 밤 시내까지 나가서 차를 가져와야 하는 건가요?"

그러자 시릴이 고개를 저었다.

"그것도 우리 애들을 시켜서 한나 집까지 가져다 두라고 할게. 렌터카 열쇠는 운전석 바닥 매트 밑에 넣어 두고. 그럼 배달한 직원이 트럭은 두고 렌터카는 가져갈 거야."

"그거 정말 잘 됐네요."

한나가 재빨리 동의하며 대답했다.

시릴과 몇 마디 더 얘기를 나눈 뒤 안드레아는 다시 차를 몰기 시작했다. 그런 뒤 고속도로에 진입해 윈슬롭의 아파트 단지가 있는 출구에 가까워지자 한나가 안드레아를 쳐다보며 물었다.

"들어간 김에 아파트를 전부 뒤져보는 건 어때?"

"수색을 하잔 말이야?"

"그렇지. 엄마가 윈슬롭을 차버려야 할 다른 이유는 없는지 알아보고 싶어."

"언니가 그러자고 안 했으면, 나 엄청 실망할 뻔했어."

안드레아가 고속도로에서 내려 일하는 싱글들이 많이 거주하는 레이크 사이드 빌라로 향하는 진입로를 탔다.

"엄마 열쇠 좀 봐."

안드레아가 한나에게 열쇠를 건네며 말했다.

"몇 호인지 열쇠에 적혀 있을 거야."

"223."

한나가 번호를 읽었다.

"좋아. 그건 2동 건물에 2층이란 뜻이야."

"전에 와본 적 있어?"

한나는 호기심이 생겼다.

"댄스 수업 카풀 때마다 오잖아. 트레시 친구 중 한 명이 여기 단지 3동 살거든. 침실 2개짜리 건물에."

안드레아가 운전하는 볼보가 A자 형의 클럽 회관을 지나 2동 건물을 도는 동안 한나는 흥미로운 시선으로 창밖을 바라보았다. 건물 뒤쪽에는 거주자를 위한 차양이 쳐진 주차 공간이 마련되어 있었는데, 방문자용 주차 공간에는 차양이 달리지 않았다.

안드레아는 방문자용 주차 공간에 차를 세운 뒤 시동을 껐다.

"좋아, 어서 가서 엄마의 명예를 수호하자구."

"그러기엔 조금 늦은 것 같은데."

한나가 장난스럽게 씩 웃었다.

"엄마의 사생활 얘기는 이제 그만하고파. 어서 가자."

원슬롭의 아파트 동 로비 문에는 보안을 위해 굳게 잠겨 있다는 표식이 떠 있었고, 안드레아는 엄마의 열쇠를 사용해 문을 열었다. 하지만 로비 문 안쪽에는 또다른 문이 있었고, 그 문 역시 잠겨 있었다.

"보안이 진짜 철저하네."

안드레아가 다시 열쇠구멍에 열쇠를 찔러 넣으며 말했다.

그런 뒤 문을 열고 카펫이 깔린 안으로 발을 들여놓았다.

안드레아의 뒤를 따르던 한나는 활짝 미소를 지었다.

"아냐, 그렇지 않아. 두 개 문 다 잠금장치를 종이로 막아놓았어. 잠기지 못하도록 말이야."

"그럴 리가!"

안드레아가 다시 문으로 돌아가 자세히 보더니 충격 어린 얼굴로 한나를 쳐다보았다.

"언니 말대로잖아! 아무라도 다 들어올 수 있었겠어. 근데 왜 표식에는 잠겨 있다고 되어 있었지?"

"읽을 줄 아는 사람들을 못 들어오게 하려고."

한나가 재빨리 말하고는 또다시 발작적으로 킥킥거리는 안드레아의 팔을 잡고 엘리베이터가 있는 곳으로 이끌었다.

엘리베이터를 타고 올라가는 동안 자매는 말이 없었다.

사방이 거울로 된 엘리베이터는 날씬하고 세련된 금발의 미녀가 수십 명, 그리고 통통한 빨간 곱슬머리가 수십 명은 탄 듯 보였다. 한나는 이런 엘리베이터가 정말 싫었다.

"휴!"

엘리베이터에서 내리며 한나는 안도의 한숨을 내쉬었다.

"아, 정말 정신없어."

"정신없다니?"

"내가 코를 긁을 때마다 수십 명이나 되는 빨간 머리들이 전부 다 따라 코를 긁잖아."

"무슨 말인지 알겠어. 나 역시 수많은 나를 보는 건 별로 좋아하지 않거든."

거주자들과 한 번도 마주치지 않았는데도 두 사람은 윈슬롭의 현관문 앞에 도달할 때까지 조심스럽게 걸었다.

아무 말 없이 한나가 문을 여는 동안 안드레아는 시계를 내려다보았다. 그리고 두 사람은 재빨리 안으로 들어가서 등 뒤로 문을 닫았고, 여전히 숨소리도 들리지 않을 만큼 조용히 까치발을 딛고 주방과 욕실, 침실, 그리고 기타 문이란 문은 모두 살펴보았다.

그런 후 마침내 한나가 입을 열었다.

"이제 괜찮아. 확실히 아무도 없어. 집이 어떤 것 같아?"

안드레아가 거실을 한 바퀴 둘러보더니 어깨를 으쓱해 보였다.

"그냥……, 전형적이네. 윈슬롭처럼."

"전형적!"

한나가 경쾌한 웃음을 터뜨렸다.

"정말 딱 맞는 표현이야. 윈슬롭이야말로 여러 면에서 전형적인 영국 남자이니까. 책에서 그대로 본 따온 것 같은 기질이랄까."

"영화에 나오는 영국 귀족 정도일 거야. 윈슬롭은 책 읽는 타입은 아니잖아."

"네 말이 맞을지도 모르겠다." 한나도 집 안을 둘러보았다.

"내 취향에는 너무 세련됐는걸."

"누구든 그럴 거야. 엄마가 이런 곳에서 어떻게 지내는지 모르겠어."

안드레아가 가짜 벽난로 위 선반에 놓인 액자를 살펴보다가 입을 떡 벌렸다.

"왜?"

한나가 물었다.

"이 사진들 말이야. 피트랑 데이지야."

"아는 사람들이야?"

"당연히 알지." 안드레아가 대답했다.

"소년과 그 소년이 키우는 강아지에 대한 아이들 영화야. 작년에 트레시랑 카렌을 데려가서 보여줬거든. 귀엽다고는 생각했지만, 윈슬롭은 이걸 액자에 넣어서 보관하는 것을 보니 엄청 좋아하나 봐."

"벽난로 선반 위에 사진을 놓고 싶었는데, 마땅히 놓을만한 진짜 사진이 없었을지도 몰라."

"어째서?"

"그거야……, 옛날에 찍은 진짜 사람들 사진을 감히 사용할 수 없었나 보지."

"그래, 하지만 왜 진짜 사진을 사용할 수 없었다는 거야?"

"경찰에 쫓기고 있기 때문에?"

"아니면 윈슬롭이 증인보호 프로그램 대상자인지도?"

"아마도, 하지만 윈슬롭은 그런 타입의 인물이 아니야. 그리고 증인보호 프로그램 대상자들은 증인보호 프로그램 대상자처럼 보이지도 않는다구. 아이들 영화를 좋아하는 것 같다는 네 생각은 맞을지 모르겠지만. 다른 사진들은 어때? 또다른 유명한 영화배우 사진이라도 있어?"

"그런 것 같지 않아."

안드레아가 계속해서 사진을 가까이 들여다보았다.

"유명인은 피트와 데이지가 유일해, 그런데……."

안드레아가 사진 앞에서 멈칫하더니 이내 액자를 뒤집어보았다.

"왜?"

한나가 물었다.

"이건 킵-잇keep-it 액자잖아."

"그게 뭔데?"

"코스트 마트에 새로 들어온 브랜드 이름이야. 나도 독립기념일에 쿠키단지 퍼레이드에서 노먼이 찍어준 트레시 사진을 넣어놓으려고 이것과 똑같은 것을 샀거든."

"그게 중요해?"

안드레아는 종종 이야기의 핵심을 뒤늦게 짚어주곤 한다.

"어쩌면." 안드레아가 사진을 들고 다가왔다.

"여기 액자 속에 나이 든 커플 보여?"

"보여. 유명한 영화배우야?"

"아니, 유명한 액자용 모델들인지는 몰라도. 내가 산 킵-잇 액자에 끼워져 있던 사진 속 커플이랑 똑같아."

"윈슬롭이 코스트 마트에서 이 액자를 사고는 안에 있던 사진을 그대로 두었다는 거야?"

"그런 것 같아. 내가 어젯밤에 트레시 사진을 끼워놓고, 원래 들어 있던 사진은 버렸으니까 아직 쓰레기통에 있을 거야. 집에 가는 대로 확인해보고 전화해줄게."

"좋아." 한나가 안드레아의 등을 토닥였다.

"너랑 같이 와서 다행이야. 안 그랬으면 모르고 지나칠 뻔했잖아."

"고마워, 그런데 액자를 사서 원래 사진을 그대로 끼워 두는 게 불법은 아니잖아."

"아니지, 하지만 의심스러운 일이긴 해. 넌 여기 거실부터 살펴봐. 난 고무장갑을 찾는 대로 침실부터 습격할게."

"일어났어, 일어났다구."

모이쉐의 까칠까칠한 혓바닥 공격을 사전에 막아내려고 한나는 가까스로 자리에서 일어나 앉으며 신음 소리를 냈다.

모이쉐의 신경질적인 핥기는 얼어붙은 툰드라 지역에 아침이 찾아왔다는 것을 알리기 위한 녀석만의 방법이었다. 이제 모이쉐의 귀를 따갑게 할 알람시계를 서둘러 끄고 아침식사를 준비해줘야만 한다.

한나는 알람이 채 울리기도 전에 시계를 끈 뒤 가장자리에 부드러운 털이 달려 겨울용 실내화로 사용하는 모카 신을 찾아 발에 꿰었다.

"이리 와, 모이쉐. 난 커피부터 마셔야겠어. 다시 잠자리에 들어 꿈같은 꿈을 꿀 일은 없을 테니 말이야!"

한나는 가장 따뜻하지만, 오래돼서 겨우 원래 색깔만 알아볼 뿐 아주 많이 낡고 헤진 셔닐 실(겉에 고운 잔털이 붙은 실, 장식용 뜨개질을 하는 데 쓴다) 가운을 걸쳤다. 이 가운은 석사를 마치고 레이크 에덴에 다시 돌아왔을 때 자선 매장에서 찾아낸 것이었는데, 한나는 기꺼운 마음으로 그들이 달라는 대로 값을 치렀다.

가운을 볼 때마다 한나는 잉그리드 할머니의 가운이 생각났다. 할머니의 레시피를 하나씩 만들 때마다 간절해지는 할머니에 대한 그리움에 한나는 가운을 입을 때면 마치 할머니에게 포근하게 안긴 듯한 느낌을 받곤 했다.

"쇼우나 리랑 바네사가 나오는 꿈을 꿨어."

주방으로 향하는 복도를 걸으며 한나가 말했다.

"두 사람이 윔블던에서 테니스를 하고 있지 뭐야. 그리고 공은 다름 아닌 윈슬롭의 머리였어."

"냐아아옹!"

한나의 실내화를 향해 헛발질하며 모이쉐가 대꾸했다.

"심하다면 그보다 더 심했을 수도 있겠지만, 그것만으로도 나한테 충분히 끔찍했어. 그런 꿈을 꾼 게 아마도 어제 안드레아랑 내가 잠시 빌려 온……."

"냐아아옹!"

모이쉐가 큰소리로 끼어들었다.

"알았어, 그래, 네 말이 맞아. 빌린 게 아니라 훔쳐온 거지. 하지만 오늘 오후에 다시 갖다놓을 거니까 빌렸다고 표현해도 되는 거잖아."

"냐아아옹!"

모이쉐가 아까보다 더 큰소리로 대꾸했다.

"알았다, 그래. 우리가 주인 허락도 없이 빌려 왔어. 그렇게 말하면 되지?"

녀석이 다시금 가르랑거리기 시작하자 한나는 미소를 지었다.

어떤 사람들은 고양이가 사람 말을 알아듣지 못한다고 하지만, 모이쉐는 늘 적당한 타이밍에 울어대곤 하니, 한나로서는 사람들의 말에 의심을 품을 수밖에 없었다.

"아무튼 사진은 손에 넣었는데, 사진 속 여자가 자매 중 누구인지 도통 모르겠어. 안드레아도 모르겠대. 아마 마이크는 알지도 모르지만 대놓고 물어볼 순 없잖아!"

한나는 모이쉐에게 밥을 주고 배도 아침의 첫 카페인 한 잔으로 든든히 채운 뒤, 샤워하러 욕실로 향했다. 그녀는 늘 완전히 잠에서 깨어나기 전에 샤워를 하고 옷을 입으니 오늘도 예외일 수는 없었다.

10분도 채 지나지 않아 한나는 주방 테이블 앞에 앉았다.

두 잔째 커피를 반쯤 비운 한나는 어느덧 잠에서 완전히 깨어나 음흉한 웃음을 웃으며 말했다.

"엄마."

"야옹!"

그러자 모이쉐가 등을 활처럼 구부리며 난폭한 울음소리를 냈다.

"그래, 하지만 어젯밤에 엄마한테 전화해서 윈슬롭의 액자에 대한 얘길 해드렸어야 했어. 물론 하지 않은 게 더 좋은 일일지도 몰라. 윈슬롭을 완전히 넘어뜨리기 전에 우리의 오리들을 한 줄로 세워놓아야 해."

모이쉐는 한나의 생각에 승낙하는 의미로 한나를 슬쩍 한 번 곁눈질하더니 다시 녀석의 먹이그릇 앞으로 돌아갔다.

좀처럼 웃는 법이 없는 모이쉐에게는 웃은 것이나 다름없는 표정이었다. 모이쉐는 윈슬롭을 넘어뜨리는 일, 혹은 오리를 한 줄로 세우는 일에(정확히 둘 중 어느 것인지는 한나도 알 수 없었다) 대한 자신의 결정에 의지를 보이려는 듯 평소보다 더 큰소리로 키티 크런치를 오물거리고 있었다.

한나는 저러다가 이빨이라도 부러져 급하게 고양이 치과의사를 찾아 헤매게 되면 안 될 텐데 생각하는데 문득 문제에 대한 해결책이 머릿속에 반짝였다.

"노먼!"

한나의 갑작스러운 소리에 모이쉐가 깜짝 놀라 고개를 들고 한나를 쳐다보았다.

"널 놀라게 하려던 건 아니었어. 그런데 네 덕분에 아주 좋은 생각이 떠올랐어."

한나는 모이쉐가 아주 좋아하는 물고기 모양의 연어 맛 통조림을 따 녀석에게 몇 개 던져주었다.

"지난주에 봤던 과학 치아감식 수사대 같은 거라고 보면 돼. 바네사랑 쇼우나 리는 모두 노먼의 환자였고, 사진 속 여자는 환하게 웃고 있잖아. 두 사람의 치아 기록을 확인해보면 그 여자가 누구인지 노먼은 알 수 있을 거야."

한나는 수첩을 열어 오늘의 계획을 적었다.

첫 줄에 제빵, 두 번째 줄에 노먼&사진, 그리고 세 번째 줄에는 사진을 다시 돌려주러 가기.

그런 후 한나는 뭔가 좋은 생각이라도 날까 싶어 쇼우나 리의 살인사건에 대해 메모해 두었던 페이지를 넘겼다.

한나는 의심스러운 용의자들을 쭉 적어놓은 첫 페이지를 다시 한 번 찬찬히 살펴보았다. 첫 번째 용의자는 마이크였고, 동기는 사랑싸움이었다. 하지만 안드레아가 마조리 행크스와 나눈 대화 덕분에 마이크는 혐의를 깨끗이 벗지 않았는가.

한나는 마이크의 이름 위에 두 줄을 그었다. 사건이 일어났던 날 내내 마이크는 마조리의 시선이 닿는 곳에서 줄곧 그녀의 청소기 돌아가는 소리를 듣고 있었을 테니 그가 쇼우나 리를 죽였을 리 없다.

다음 용의자들은 쇼우나 리가 노골적으로 추파를 던졌던 몇몇 경찰의 부인들이었다. 하지만 그들 각자에게는 알리바이가 있었고, 그들의 경찰 남편들도 마찬가지였다. 그들은 모두 리사와 허브의 결혼식에 참석했음은 물론, 피로연에도 다 함께 참석했다.

로니 워드의 이름이 그 옆을 자리하고 있었지만, 한나는 그녀의 이름도 역시 지워버렸다. 설마 절뚝거리는 발로 목발을 짚고 매그놀리아 블로썸 베이커리 뒤쪽으로 돌아가 쇼우나 리를 쏘았을까. 이미 병원에 전화해서 사건 당일 그녀가 온종일 병원 입원실에서 지냈었다는 사실도 확인받은 뒤였다.

바바라 도넬리의 이름도 있었지만, 그건 이미 줄이 그어져 있었다. 노먼의 이야기를 듣고 난 직후에 바로 지워버린 것이다. 바바라가 노먼에게 스케일링을 받으면서 피로연에 네티 그랜트와 함께 갔었노라는 얘길 했고 한나가 바로 네티에게 전화해서 확인해본 결과 그녀의 말은 사실이었다.

그리고 페이지의 가장 밑 부분, 그것도 한나가 생각의 전환점을 구분하기 위해 수평으로 그어놓은 줄 아래 바네사의 이름이 커다란 대문자로 적혀 있었다.

바로 이 시점에서 안드레아가 혹시 범인이 쇼우나 리를 바네사로 착각하고 죽인 것이 아닐까 하는 의문을 던졌고, 그 때문에 새로운 동기와 새로운 용의자들이 생겨났다. 우선 글로리아 트라비스가 우선적으로 새로운 용의자 명단에 올랐지만, 한나는 그녀를 직접 만나보고는 그녀의 이름 뒤에 물음표 마크를 붙였다. 물론 글로리아에게는 알리바이도 없고 쇼우나 리를 바네사로 착각하고 죽였을만한 동기도 충분했지만, 한나도 안드레아도 글로리아가 그랬으리라고는 생각하지 않았다.

한나는 펜을 집어 가볍게 종이 위를 톡톡 두드렸다.

적을까? 말까? 한나는 잠시 고심하다 윈슬롭의 이름을 적었다.

그에게 동기가 있는지 없는지 알 수는 없지만, 그의 속옷 서랍에서 발견된 바네사 혹은 쇼우나 리와 함께 찍은 사진은 뭔가 미심쩍은 구석이 있었다. 물론 그가 리사와 허브의 결혼식에 참석했었던 것은 사실이지만, 식이 진행되는 내내 자리를 지켰던 것은 아니다.

윈슬롭은 엄마가 차에 두고 온 쌀을 가지러 자리를 비웠었다. 비록 잠시였을지는 몰라도 단 몇 분만에 매그놀리아 블로썸 베이커리로 달려가 창문을 통해 쇼우나 리를 쏜 뒤 총을 차에 숨기고, 다시 쌀을 가지고 성당으로 돌아오는 것은 가능했다.

그때 모이쉐가 울음소리를 냈고, 한나는 녀석을 돌아보았다.

"그래, 내가 객관적으로 판단하지 못하고 있다는 건 알아. 그래도 윈슬롭에게는 뭔가 의심스러운 점이 있어. 영국 귀족이 무엇 때문에 레이크 에덴 같은 곳에 온 거야?"

모이쉐가 다시 한 번 울음소리를 냈고, 한나는 녀석에게 대답했다.

"그래, 낚시도 좋지. 하지만 지금은 여름도 아니고, 윈슬롭은 낚시에 대해 한 마디도 꺼낸 적이 없잖아. 우리 마을이 우연히 어찌하다가 오게 되는 그런 곳은 아니잖아. 뭔가 목적이 있어서 레이크 에덴에 왔을 것 같은데……, 그게 뭘까?"

모이쉐가 또다시 울음소리를 냈고, 한나가 녀석의 기지 넘치는 아침 대화에 감복해 막 칭찬을 해주려던 찰나 모이쉐의 빈 먹이그릇이 눈에 들어왔다.

모이쉐는 자신의 여주인과 흥미진진한 대화를 나눈 것이 아니었다. 녀석은 단지 밥을 더 달라고 울었던 것뿐이다.

한나는 모이쉐의 먹이그릇을 다시 채워준 뒤 수첩을 숄더백에 넣고, 파카 코트를 입은 다음 문밖을 나섰다. 밖에 나서자마자 차가운 공기가 한나의 얼굴을 확 덮쳐왔고, 니트로 된 와치캡(모직으로 된 테 없는 모자)을 귀까지 푹 눌러쓴 그녀는 눈이 쌓이거나 얼음이 얼어 계단이 얼어붙는 걸 막기 위해 천정에 만들어놓은 지붕에 감사하며 서둘러 계단을 내려왔다.

그리고는 콘크리트로 된 보도를 밟으며 차고로 향했다. 한나의 쿠키 트럭은 시릴이 약속한 대로 제자리에 있었다.

트럭을 몰고 온 직원이 전기선도 꽂아놓았을 뿐더러 무엇보다도 차는 티 하나 없이 반짝이는 광을 뽐내고 있었다.

시릴의 차고에서 나올 때면 늘 이렇게 반짝이는 것이 한나가 시릴의 수리점에 트럭을 보내는 것을 좋아하는 이유 중 하나였다. 수리공들이 수리를 끝내면 시릴이 늘 차를 깨끗이 닦아놓는 덕분이었다.

한나는 전기선을 뽑아 다시 범퍼에 감고는 운전석에 올라탔다.

이제 일하러 나가야 할 시간이다. 주차장에서 빠져나온 한나는 경사로를 올라 아파트 안을 가로질러 바람 부는 도로 위로 나섰다.

사랑스러운 공 모양의 구식 가로등 불빛을 제외한 어둠이 한나를 둘러쌌다. 아직 새벽 4시 30분밖에 안 된 시간이니 깨어 있는 사람이 많지 않은 것이 당연했다.

한나가 잘 아는 갓난아이가 있는 부부의 집을 제외한, 다른 집들은 모두 아직 깊은 잠에 빠져 있었다. 아파트 출입문 개폐기에 카드를 대니 삑 소리와 함께 한나 앞을 가로막고 있던 바가 올라갔다.

한나는 출입문을 지나 큰길로 나왔다. 바람이 여전히 매섭고, 주변이 온통 은빛 눈얼음으로 덮인 것을 보니 밤새 얼음 폭풍이라도 불어친 모양이다. 트럭 헤드라이트 불빛에 반사되어 은빛이 반짝이는 눈 때문에 한나는 눈이 부셨다.

게다가 전깃줄에는 아침의 보석, 다이아몬드 같은 얼음 방울이 송골송골 맺혀 있었다. 가까스로 눈길을 지나 고속도로에 이르기까지 주변에 살아 있는 것이라곤 전혀 보이지 않았다.

한나는 트럭의 속력을 올렸다. 그러자 차창으로 내리던 눈발이 한나의 트럭을 중심으로 양 갈래로 갈라지듯 날렸다.

이른 아침은 늘 이렇게 고요하다. 너무 고요해서 위넷카 카운티에 살아 있는 사람이라고는 오직 한나 혼자뿐인 것 같은 느낌이 들 정도다.

다른 사람들은 모두 우주 비행선을 타고 어디론가 멀리 떠났다. 제시간에 메인 가에서 우주 비행선을 기다리지 않고 혼자서만 깊이 잠들어 있던 탓에 한나 홀로 마을에 남은 것이다.

완벽하게 홀로 남은 한나는 어떻게 해서든 저 머나먼 곳의 행성에 연락을 취해 행성의 주인에게 또다른 비행선을 보내달라고……

별안간 코지 카우 데일리 트럭이 한나의 옆을 쌩하니 지나며, 경적을 울려대자 우주 마을로 떠나려던 한나의 상상 속 여행은 순식간에 사라져버리고 말았다.

역시 이 시간대에 깨어 있는 사람은 한나뿐이 아니었고, 모든 것은 다 예전 그대로였다.

다만……, 한나는 너무나 깊이 골몰한 나머지 앞이마에 자글자글한 주름이 잡혔다……, 오늘 아침 출근길에는 평소와 다른 점이 딱 하나 있었다.

"후아!"

방금 성립된 이론을 시험해보려고 한나는 혼란스러운 머리로 숨을 몰아 내쉬었다.

차가운 차창에 대고 숨을 뱉어보았지만, 입김은 전혀 보이지 않았다.

"후아!"

다시 한 번 숨을 몰아 내쉬었다. 이번에도 입김이 보이지 않는다.

한나는 왼손에 낀 두꺼운 겨울 장갑을 벗어 가죽처럼 보이는 비닐을 씌워놓은 좌석 사이의 콘솔을 손가락 끝으로 살짝 만져보았다.

따뜻했다, 콘솔이 따뜻했다. 운전대도 마찬가지였고, 계기판도 그랬다. 심지어는 후미경의 틀까지 따뜻했다.

드디어 차의 히터가 돌아가는 것이다!

한나는 수컷 큰 사슴도 울고 갈만한 큰 소리로 기쁨에 겨운 소리를 질렀다.

리콜의 원인이 바로 히터였던 것이 틀림없다.

시릴이 그야말로 제대로 고쳐놓았다!

레이크 에덴의 지선도로에 이를 때까지 한나의 얼굴에는 미소가 사라질 줄을 몰랐다. 심지어는 마을로 진입한 뒤, 아니 쿠키단지 주차장에 차를 세울 때까지도 한나는 싱글벙글 웃고 있었다.

웃는 얼굴의 한나가 막 트럭에서 내려 카페로 향하려는데 조수석에 놓인 피처가 눈에 띄었다.

"내 피처잖아!"

무심코 외친 한나는 옆에 아무도 대꾸하는 사람이 없다는 사실에 조금 부끄러워졌다. 하지만 어쨌든 그건 한나의 피처가 맞았다.

바네사의 주방에서 깨끗이 씻은 뒤 카운터 위에 올려놓고는 깜빡 잊고 그냥 두고 나온 그 피처 말이다.

'이게 어떻게 해서 트럭에 와 있는 거지?'

피처를 집어든 한나는 누군가 안에 넣은 쪽지가 눈에 들어왔다.

한나는 뚜껑을 열고 쪽지를 꺼내 읽었다.

> 한나-오렌지 줄리어스 고마웠어요. 바네사가 피처를 깨끗하게 씻었어요.

"아니, 바네사가 씻은 게 아니야."

한나는 중얼거렸다, 그런 뒤 계속해서 쪽지를 읽어나갔다.

> 이대로 뒀다가는 한나가 평생가도 히터를 고치지 않을 것 같아서 빌과 머리를 맞대고 계획을 세운 뒤 시릴을 끌어들여 새로 히터를 장착했습니다. 구멍도 잘 고쳤으니 이제 더 이상 발이 시리지 않을 거예요. 지난밤에 바네사와 함께 있었던 일을 모르는 척 여유 있게 넘어가 줘서 고마웠어요. 이렇게라도 하는 게 고마움에 대한 보답일 것 같아서요.

그리고 쪽지의 마지막 줄에는 이렇게 적혀 있었다.

> 사랑해요, 마이크로부터

한나는 화를 내야 한다는 사실을 잘 알고 있었다.

제대로 된 자기 생각이 있고, 자신의 평안과 안녕을 전적으로 남자에게만 의지하지 않는 여성이라면 이런 상황에서는 당연히 화를 내야만 했다. 한나는 화를 내보려 애썼지만, 그러기에는 너무나 고마웠다.

마이크가 가짜 리콜 신청으로 한나를 좀 속였던들 어쩌랴? 한나에게 한마디 상의도 없이 한나를 위한 일을 해주었던들 어쩌랴?

어쨌든 히터는 다시 잘 돌아가고, 트럭을 구입한 이래로 올겨울이 되어서야 처음으로 출근길에 따뜻한 온풍을 쐴 수 있었던 한나는 만약 지금 별안간 마이크가 눈앞에 나타나 쇼우나 리와 바네사 사이에서 양다리를 걸쳤던 일에 대해 한나에게 용서를 구한다면, 간발의 차로 그의 용서를 받아줄 마음마저 생기고 있었다!

오렌지 스냅스 120개, 초콜릿칩 크런치 쿠키 264개, 오트밀 건포도 크리스피 96개, 블랙 앤 화이트 108개, 그리고 다양한 쿠키 바 14팬.

한나가 오늘 아침에 구운 것들이었다. 이제 한나에게 남은 일이라고는 점심을 준비하는 것밖에 없다.

주재료는 아파트 냉동실에 가득 쌓여 있는 샐러드용 새우 2파운드(900g), 중간 크기 새우 2파운드(900g), 그리고 점보 새우 2파운드(900g)다.

한나는 우선 샐러드 새우를 사용해 새우 비스크(새우나 게, 닭고기, 채소 등을 사용한 진한 크림수프)를 만들어 정오쯤 카페에 들르는 친구들이 있거든 조금씩 맛을 보이자고 생각했다.

조단 고등학교의 미술 선생님이었던 트루디 내쉬가 에드나에게 필요한 재료들을 전부 넣어서 만들지 않은 '가짜' 새우 비스크 레시피를 주었던 적이 있다.

에드나는 그 레시피를 사용해서 음식을 만들 때마다 이렇게 말했다.

'입맛이 어지간히 까다롭지 않고서는 눈치 채기 어려워.'

한나는 흐르는 물에 꽁꽁 언 새우를 녹인 뒤 칼로 잘게 다졌다.

그리고는 '가짜' 재료인 토마토 수프 통조림 1개와 초록색 콩 수프 1캔을 꺼내 믹서에 넣고 우유까지 섞은 뒤 믹서의 강도를 낮음으로 설정해 재료들이 골고루 섞이도록 가동했다.

그렇게 완성된 것을 소스 팬에 넣고 점심때가 가까워 오면 바로 데워먹을 수 있도록 냉장실에 가져다 둔 뒤 녹여서 잘게 다진 새우도 따로밀폐기에 담아 소스 팬 옆에 놓아두었다.

한나는 냉장실 문을 닫고 나와 커피를 한 잔 따라서 홀의 가장 좋아하는 뒷자리로 가 앉았다. 밖은 아직 어두웠고, 움직이는 것도 전혀 없었다.

아직 새벽 6시 47분밖에 되지 않은 시각이니 놀랄 일은 아니었다.

늘 아침 일찍 일어나던 리사도 오늘은 지금보다 몇 분이나 지난 뒤에야 일어날 것이다. 당연하지 않은가, 이제 갓 결혼한 신부이니······.

뭉게구름처럼 떠오르는 상상을 애써 물리치며 한나는 오늘 해야 할일이 무엇인지에만 집중했다. 오늘의 할 일이란 주제는 그다지 흥미롭진 못하지만, 당분간은 독신에 머물고 싶어 하는 여성이 관심을 두기에는 아주 안전한 대상이었다.

트루디의 새우 비스크

주의: 게살을 사용해도 되고, 게살과 새우를 섞어서 사용해
도 됩니다.

재료

토마토 수프 1캔(10과 3/4온스, 약 300g)

초록색 콩 수프 1캔(11과 1/2온스, 약 320g)

우유 3컵(좀더 풍부한 맛을 원한다면 크림을 사용하세요)

샐러드용 새우 2파운드(약 900g) 다진 것

셰리주 1/2컵(선택 사항이에요)

만드는법

1. 토마토 수프와 초록색 콩 수프를 섞습니다(분명히 초록색 콩 수프입니
   다. 완두콩이 아니에요). 초록색 콩 수프는 건더기가 많이 들어 있으
   니 믹서를 사용해서 갈아주세요. 그런 후 우유나 가벼운 크림
   을 넣습니다.
2. 소스 팬에 섞은 것을 넣고 낮은 불에 올려서 간간이 저어줍니
   다. 그러면서 동시에 냉동 새우를 녹여 다져주세요. 소스 팬이

웬만큼 따뜻해졌으면 다진 새우를 넣고 저어줍니다.
3. 수프가 골고루 끓었으면, 셰리주를 넣어 손님에게 냅니다.

리사의 말이 작년 밸런타인데이에 허브가
데려갔던 미니애폴리스의 아주 고급스럽고
값비싼 레스토랑에서 먹은 비스크보다
이것이 훨씬 맛있다고 해요.
허브도 리사의 말에 동의했답니다.
물론 싼 가격 때문에 그런 것은 절대 아니에요.

"빌이랑 마이크가 내 히터 고쳐준 것 알았어?"

안드레아의 볼보 조수석에 올라타며 한나가 물었다.

"알았지."

안드레아가 인정했다.

"하지만 반드시 비밀로 해달라고 했어. 그래서 내가 어제 일부러 시릴의 수리점 앞에 차를 세웠던 거라구. 시릴이 가짜 리콜 얘기하는 게 완전한 우연인 것처럼 보여야 했거든."

"오늘 아침에 카페로 나오는데 어찌나 따뜻하던지……."

"발은 어땠어? 우리 그이가 그러는데, 어젯밤 언니네 아파트 주차장에 트럭을 두고 나오는데 마이크가 어디 구멍이 났는지 마지막까지 샅샅이 살펴보더래."

"마이크가 결국 찾아냈어. 오늘 아침에 트럭에서 내릴 때는 확실히 발에 감각이 있었거든."

"그럼……, 용서한 거야?"

안드레아가 물었다.

"빌을 말이야?"

안드레아의 말을 일부러 오해한 척하며 한나가 되물었다.

"아니, 무슨 소리야. 마이크 말이야. 지금 미안해하고 있대, 언니. 빌한테 모든 걸 다시 되돌렸으면 좋겠다고 하더래."

"뭘 되돌려?"

안드레아는 조금 긴장한 듯 보였다.

"음……, 쇼우나 리와 같이 보냈던 시간을 말이야."

한나는 아무 말도 하지 않았지만, 히터를 고쳐주었던 마이크에 대한 고마운 마음이 독립기념일 날 나들이 길에 사먹곤 하는 소프트 아이스크림처럼 순식간에 녹아버렸다.

"그리고 둘 사이에는 정말로 아무 일도 없었다고 하던데."

"당연히 그랬겠지. 마이크는 빌이 그 얘기를 너한테 할 줄 알고 있었고, 결국 나에게까지 전해지리라는 걸 알고 있었어."

안드레아가 말했다.

"어쩌면. 하지만 언니가 엄마에게 말했던 그대로야……, 쇼우나 리는 이제 죽었으니 더 이상 언니의 경쟁 상대가 될 수 없어."

한나는 자신이 했던 말을 떠올렸다. 하지만 엄마에게 했던 말이 나에게도 반드시 적용되리라는 법은 없었다.

"그래서 둘이 같이 있는 모습을 그렇게 빌에게 자주 들킨 거야?"

"그렇지. 아니, 그러니까 빌이랑 마이크는 같이 일하니까 점심도 보통 비슷한 레스토랑에서 먹게 되잖아. 마이크가 쇼우나 리를 데리고 점심 먹으러 가면 그곳에서 우연히 빌을 자주 만나게 되는 거지. 하지만 걱정하지 않아도 돼. 아무 일도 없었대. 둘이 같이 있는 걸 봤다고 빌이 얘기할 때마다 마이크가 그렇게 얘기했대."

"그렇다면 쇼우나 리가 왜 그렇게 마이크에게 목을 맨 건지 궁금해지는데. 전혀 아무 일도 없었던 만남이었는데 말이야, 왜 굳이 마이크만 쫓아다녔을까?"

"말하지 마요."

노먼이 대기실과 접수처 사이에 있는 유리판을 옆으로 밀어 열고는 말했다.

"법의학 치과의사를 만나러 온 거죠?"

한나는 씩 웃었다, 노먼은 늘 이렇게 눈치가 빠르다.

"맞아요."

한나가 인정했다.

"어떻게 알았어요?"

"둘이 동시에 응급 치료 상황이 발생했을 리는 없는데다가 둘 중 누구도 치통을 앓은 것으로 보이지 않으니 치료 때문에 온 건 확실히 아니죠. 물론 한나가 내 새로운 면모를 발견하고는 나를 만나러 온 거면 좋겠지만요, 내 놀랍도록 지적이고, 매력적이고, 섹시하고, 그리고……."

"맞아요, 그것도요."

한나는 노먼의 훌륭한 성품 목차에 기꺼이 포함할 형용사에 재빨리 동의하고 나섰다.

"사진을 좀 봐줬으면 해서요. 전문가의 소견이 필요하거든요."

"건네줘 봐요."

한나는 열린 유리판 사이로 윈슬롭의 아파트에서 가져온 사진 액자를 노먼에게 건넸다.

"그 사진 속 여자가 쇼우나 리인지 바네사인지 꼭 알아야 해요."

"바네사."

노먼이 사진을 한번 쓱 보자마자 말했다.

"그……, 진료 기록 같은 거 보지 않아도 돼요?"

안드레아가 물었다.

"그럴 필요 없어요. 바네사에요."

"어떻게 그렇게 확신해요?"

한나가 손가락으로 사진을 두드리며 물었다.

"내가 보기엔 쇼우나 리 쪽이 더 가까운 것 같은데."

"여기 여자는 왼쪽 앞니 모양이 아주 반듯하잖아요. 쇼우나 리의 왼쪽 앞니는 조금 흠이 나 있거든요."

"그럼, 흠이 생기기 전에 찍은 사진일 수도 있잖아요."

한나가 제안했다.

"아뇨, 유치원 때 그네에서 떨어져서 그렇게 된 거라고 쇼우나 리가 얘기했었어요."

"그럼 바네사가 확실하다는 거군요?"

그러자 노먼이 고개를 끄덕였다.

"내 의사 면허를 걸어도 좋아요. 원한다면 진료 기록을 찾아볼 수도 있겠지만, 내 생각이 분명히 맞을 거예요."

"난, 그 정도면 된 것 같은데."

안드레아가 한나에게 말했다.

"엄마한테는 말 안 하는 게 좋겠어. 언니가 겨우 안정을 시켰는데, 이

애길 하면 또다시 흥분하시고 말 거야.”

“그래, 네 말이 맞아. 바네사는 아직 살아 있으니까. 언젠가는 말씀드려야겠지만, 당분간은 잠자코 있는 게 좋겠다.”

노먼은 깊은 물 속에서 가까스로 수면 위까지 올라왔다가 다시 물에 잠겨버린 듯한 사람의 표정을 하고 있었다.

“이해가 안 돼요. 한나 어머님께서 왜 이 사진 때문에 마음이 상하시죠? 이건 그냥 평범한 사진인데. 윈슬롭과 바네사가 무슨 레스토랑이나 클럽 같은 곳에 나란히 앉아 카메라를 향해 웃은 거잖아요.”

“윈슬롭이 바네사를 안다는 얘길 한마디도 꺼낸 적이 없거든요. 엄마는 그가 엄마에게 모든 얘기를 다 털어놓은 줄 알았는데 말이에요.”

“그렇게 중요한 일이 아니라고 생각했겠죠. 더구나 둘이 별로 친한 사이가 아니라면요. 호기심이 생기는 건 이해하지만, 그렇게까지 생각할 건 아닌 것 같아요.”

“오, 아니지 않아요.”

한나가 대꾸했다.

“어떻게요? 이건 그냥 흔히들 찍는 사진이잖아요.”

“그래요, 하지만 윈슬롭은 바네사와 무척 가까운 사이였던 게 틀림없어요. 이 사진을 속옷 서랍 깊숙이 숨겨 두고 있었거든요.”

“오.”

노먼이 대답하고는 이내 조용해졌다.

훌륭하게도 그는 한나의 엄마가 윈슬롭의 속옷 서랍에서 무엇을 찾고 있었던 것인지 묻지 않았다. 어쩌면, 한나와 안드레아처럼 별로 알고 싶지 않는지도 모른다.

"이제 이 사진이 어디에서 찍힌 것인지 알아내는 일이 남았어요."

한나가 노먼에게 말했다.

"엄마가 궁금해하시거든요."

"그건 쉬워요."

노먼이 다시 한나에게 사진을 내밀며 말했다.

"이건 분명히 전문 사진가가 찍은 거예요. 사진 뒤에 스튜디오 이름이 찍혀 있는지 한번 봐요."

"네가 봐."

한나가 다시 사진을 안드레아에게 건넸다.

"알았어."

안드레아는 액자를 카운터 위에 놓고 액자의 유리면이 아래로 향하도록 뒤집었다.

"다들 행운을 빌어줘……."

안드레아가 고정핀을 구부려 마분지 판을 꺼내는 것을 노먼과 한나는 말없이 지켜보았다.

드디어 사진의 뒷면이 드러나고, 왼쪽 구석 하단에 도장이 하나 찍혀 있는 것이 눈에 띄었다.

"피치트리 포토."

안드레아가 기쁜 표정으로 한나와 노먼을 돌아보며 큰소리로 외쳤다.

"전화번호도 있어. 사진사는 조지아주 메이컨에 사는 사람이야. 내가 전화해볼까?"

"당연하지."

한나가 대답했다.

"지금 걸어봐."

정보수집 능력을 시험해볼 수 있는 업무에는 항상 준비가 되어 있는 안드레아가 백에서 핸드폰을 재빨리 꺼내 번호를 눌렀다.

한나 역시 가방을 뒤적여 수첩을 꺼낸 뒤 새 페이지를 펼쳐 안드레아에게 건네주었다.

"오, 여보세요!"

전화가 연결되자 안드레아가 말했다.

"정말 환상적으로 잘 나온 제 친구 사진을 보고 전화했는데요, 이 사진을 한 장 더 현상할 수 있을까 해서요. 그게 안 된다면 원판이라도 얻을 수 있을까요? 제 친구 생일에 깜짝 파티를 하려고 하는데, 레스토랑에 붙여놓을 제 친구의 확대 사진이 필요해서요. 살펴보니 이게 가장 잘 나온 것 같아서……."

안드레아가 싱글벙글 미소 짓기 시작했고, 한나는 마음을 다잡았다.

저 미소는 분명히 긍정의 표시다.

"어떤 레스토랑이나 클럽 같은 곳에서 찍힌 거예요."

안드레아가 반복해서 말했다.

"그리고 바네사랑 그 친구가 조지아에 있을 때 만났던 남자가 같이 찍은 사진인데, 정말 사진이 잘 나왔어요. 지금껏 본 바네사 사진 중에 이게 제일 예쁘게 나온 것 같아요."

또다른 은근한 미소가 앞의 미소에 더해졌고, 한나의 얼굴에도 역시 절로 미소가 번졌다.

안드레아는 전화선 건너편에 있는 사람도 마치 마술 부리듯 잘 다루었다.

"네, 두 사람이 찍힌 사진이에요."

안드레아가 한나를 향해 윙크해 보였다.

"열대 느낌이 나는 장식에 피콕 의자(등받이가 공작새의 깃털 모양으로 넓게 펴진 의자), 그리고 라탄으로 된 테이블에 유리잔이 놓여 있어요. 배경에는 우리 안에 든 앵무새도 있는데, 도움이 될까요?"

안드레아는 잠시 조용하더니 이내 허리를 숙여 사진을 가까이 들여다보았다.

"왼쪽 구석 하단에 번호요? 네! 보여요. 정말 작은데요. 잠깐만 기다리세요. 읽어줄게요."

한나와 노먼은 안드레아가 수화기 건너편 사람에게 번호를 불러주는 것을 가만히 듣고 있었다.

"좋아요. 기다릴게요."

"파일을 찾아보고 있어."

안드레아가 힘든 경주를 막 마친 선수처럼 머리를 흔들며 말했다.

"여기 여직원이 도와주고 싶어 해, 잘 됐지."

여러 번 숨을 들이쉬고 내쉬는 정도의 시간이 흐르고 노먼과 한나가 안드레아와 시선을 교환했고, 한나와 안드레아는 다시 노먼과 시선을 교환했다.

마침내 안드레아가 다시 수화기에 집중하기 시작했다. 피치트리 사진관의 직원이 다시 돌아온 것이다.

"네, 여보세요. 보비 조 피터스가 원판을 사갔다구요? 그 사람이 누군데요?"

잠깐의 시간이 또 흐르고 안드레아가 웃음을 터뜨렸다.

"그러네요. 누구인지 직원분이 아실 리가 없겠죠. 어쨌거나 그럼 그 사람이 현상료도 내고 원판도 사갔단 말이네요?"

안드레아는 한나와 시선을 주고받았다.

'보비 조 피터스가 도대체 누구란 말인가?'

"맞아요! 왜 진작 그 생각을 못했을까요! 사진을 스캔한 다음 복사해주는 곳에 가서 크게 키워달라고 하면 될 것을. 알려줘서 고마워요."

"보비 조 피터스?"

안드레아가 전화를 끊자 노먼이 물었다.

"맞네요."

안드레아가 적은 수첩을 들여다보며 한나가 대답했다.

"바네사랑 윈슬롭이 또다른 커플과 함께 외출했었던 게 분명해요. 그 커플의 남자 쪽이 현상 값을 낸 거죠."

그러자 안드레아가 얼굴을 찌푸렸다.

"그랬을 수 있겠네. 근데 실상 별로 알아낸 게 없잖아, 안 그래?"

"인터넷에서 검색해볼 수 있을 정도는 알아냈어요."

노먼이 대답했다.

"내가 보비 조에 대한 걸 찾아볼 테니 두 사람은 쿠키단지로 돌아가요. 다음 진료가 1시에 있으니까 1시간 정도는 자유거든요. 자료를 찾으면 출력해서 카페로 갖다줄게요."

"어머, 이럴 수가!"

리사가 사진 액자를 보더니 외쳤다.

"한나 어머님도 알고 계세요?"

"아니, 그러니까, 응, 하지만 많이는 모르셔. 내 말은, 알고 계시긴 하지만……."

안드레아가 설명하려다 말고 한나를 돌아보았다.

"언니!"

고등학생이던 시절 수학 문제가 풀리지 않을 때마다 한나를 찾아 외치던 때의 절박함이 담긴 목소리로 안드레아가 한나를 불렀다.

한나는 다시 옛날로 돌아간 듯 대답했다.

"진정해. 내가 설명할게."

그런 후 한나가 말을 이었다.

"엄마도 사진을 보셨어. 그런데 엄마는 사진 속 여자가 쇼우나 리라고 생각해. 사실은 바네사인데 말이야."

"그리고 원슬롭이구요."

"그렇지. 보비 조 피터스라는 남자가 사진 현상 값을 냈다고 해서 노먼이 지금 인터넷으로 검색해보고 있어. 2시쯤에 자료를 출력해서 갖고 올 거야."

"그 보비 조 피터스라는 사람이 중요한 인물일까요?"

리사가 물었다.

"나도 모르겠어. 살인범이 쇼우나 리를 바네사로 잘못 알고 살해한 것이라면 그 남자가 중요한 인물이 될 수도 있겠지."

한나는 잠시 말을 멈추고 심호흡을 했다.

"희박한 가능성이기는 하지만, 지금으로선 그 외에 다른 단서가 없으니까."

한나가 사실을 인정했다.

"게다가 엄마는 윈슬롭이 바네사랑 도대체 조지아 메이컨의 식당에서 무얼 하고 있었는지 우리가 보비 조 피터스에게 물어봐 주길 원하실 거야."

"일찍 왔네요!"

재빠르고 묵직하게 이어지는 노크 소리에 쿠키단지의 뒷문을 열어 노먼이 온 것을 확인한 한나가 외쳤다.

"새우 비스크 좀 먹겠어요? 정말 맛있어요."

"당연히 그렇겠죠. 좀 가져가서 전자레인지에 데워 먹어도 될까요?"

한나는 국자로 비스크를 듬뿍 퍼서 포장 용기에 담았다.

"여기요."

한나가 노먼에게 용기를 건네며 말했다.

"고마워요. 쿠헨 부인의 엑스레이 촬영 결과를 기다리는 동안 살짝 출력물을 봤어요. 쿠헨 부인이 진료실에서 기다리고 있어서 얼른 돌아가 봐야 해요."

"자료에 중요한 정보라도 있었어요?"

안드레아가 노먼이 안으로 들어서며 열었던 문을 닫으며 물었다.

"보비 조 피터스. 5페이지에 사진이 있는데, 아무래도 윈슬롭인 것 같아요. 수염만 없으면 딱 윈슬롭이에요."

"어-오!"

한나는 힘들게 침을 삼켰다.

"하지만……, 치아 모양으로 구분할 수는 없겠어요? 바네사를 알아봤던 것처럼?"

"웃고 있지 않아요. 보통 상반신 사진만 찍을 때는 사진 찍는 사람이 웃지 말라고 하잖아요. 읽어보면 알 거예요. 쿠헨 부인이 버림받았다고 생각하기 전에 난 얼른 가야겠어요."

노먼이 다시 그의 환자에게로 돌아간 뒤 한나와 안드레아는 작업대 앞에 앉아 출력물을 단어 하나 빠짐없이 읽었다.

보비 조 피터스라는 사람은 정말로 윈슬롭과 똑 닮아 있었지만, 정작 한나와 안드레아를 소스라치게 놀라게 한 것은 따로 있었다. 그건 바로 보비 조 피터스가 작년 8월 조지아에 있는 최소 경비의 교도소에서 탈출했다는 사실이었다.

그는 중년을 넘긴 부인의 노후 자금을 갈취한 혐의로 10년 형을 선고받았다고 되어 있었다.

"정말 보비 조가 윈슬롭일 거라고 생각해? 그래서 엄마와 데이트를 하는 거고?"

"어떻게 판단해야 할지 모르겠어."

한나는 안드레아에게 다음 페이지를 넘기며 말했다.

"읽어봐. 더 있어."

출력물을 전부 읽은 두 사람은 보비 조 피터스에 대해 그의 신발 사이즈를 제외한 모든 사실을 알게 되었다.

그는 과거에 다양한 전과를 지닌 사기꾼이었고, 함께 범죄를 저지르고 다니던 여자도 있었다.

"하지만 윈슬롭은 우리 마을에 올 땐 여자랑 같이 오지 않았잖아."

안드레아가 지적했다.

"아직 교도소에 있기 때문인지도 몰라. 아니면 이번에는 윈슬롭 혼자 작업하기로 했다던가. 엄마에게 지금 당장 이 자료들을 보여드려야 할까?"

"물론."

안드레아가 코트를 가지러 가기 위해 자리에서 일어나며 대답했다.

"나도 갈게."

한나도 외친 뒤 꾸러미를 하나 집어 트윈 초콜릿 딜라이트를 담았다.

"윈슬롭이 정말 윈슬롭이 아니었다는 사실을 알게 되신 후에는 이게 필요하실 거야."

두 자매가 쿠키단지가 있는 건물과 엄마의 앤티크점이 있는 건물 사이의 짧은 거리를 서둘러 가로질러 앤티크점 뒷문에 도달하는 동안 세찬 바람이 불었다.

그래니의 앤티크 뒷방은 엄마가 창고로 사용하고 있었기 때문에 늘 그랬듯이 몸 하나 돌릴 공간도 없이 빽빽했다.

안드레아는 계란 모양의 거울 뒤쪽을 미끄러지듯 빠져나와 깨금발로 발 받침대를 건너뛰었고, 한나 역시 그런 안드레아의 뒤를 따랐다.

방에 가득 차 있는 가구와 물건 사이를 돌고 돌아서야 두 사람은 마침내 안쪽으로 이르는 문까지 도달할 수 있었다.

"안녕하세요, 로드 부인."

안드레아가 계산대를 지키던 노먼의 어머니께 인사를 건넸다.

"엄마는 어디 계세요?"

"30분만 일찍 왔으면 좋았을걸. 볼일이 좀 있다면서 오후 내내 자리를 비울 거라고 했어. 그래도 문 닫기 전까지는 올 거야."

"무슨 볼일인지 혹시 아세요?"

루드 부인의 평소 참견쟁이 기질이 빛을 발하길 간절히 바라며 한나가 물었다.

"전부는 몰라. 통장을 챙기는 걸 보니 아마 은행에 가지 않았을까 싶네. 아마 원슬롭과 관련된 일인 것 같은데……. 확실하게는 모르겠어."

"왜 원슬롭과 관련이 있는 일이라고 생각하셨어요?"

한나가 명쾌하게 이어지는 다음 질문을 던졌다.

"사랑에 빠진 사람들이 서로에 대해 어느 만큼 신뢰하는지에 대한 얘길 했거든. 남자가 여분의 집 열쇠를 어디에 숨겨놓는지 여자가 안다는 사실은 너무 아름답다면서. 내 생각에는 그게 원슬롭을 두고 한 얘기인 것 같아. 네 아버지가 돌아가시고 나서 네 엄마가 진지하게 만난 사람은 원슬롭이 유일하잖니. 내 가장 친한 친구가 상처받지 않았으면 하는데, 원슬롭은 뭔가 좀 너무, 너무……."

"능숙하죠."

한나가 로드 부인 대신 단어를 채워주고 가져온 쿠키를 건넸다.

"걱정하지 마세요, 로드 부인. 저희가 엄마를 찾아볼게요. 그동안 여기 쿠키 좀 드시고 계세요. 기분이 좀 나아지실 거예요."

로드 부인에게 만약 엄마가 돌아오면 어디 다른 곳에 가지 못하게 붙잡아 달라고 부탁했다.

한나는 리사에게도 역시 똑같은 부탁을 한 다음, 또다른 트윈 초콜릿 딜라이트 꾸러미로 무장하고 안드레아의 볼보 조수석에 올라탔다.

두 사람의 목적지는 퍼스트 내셔널 머컨타일 은행이었다.

은행은 한나의 카페에서 엎어지면 코 닿을 곳에 있었지만, 혹시라도 엄마를 보게 되면 금방 따라잡을 수 있도록 차를 가져가자고 안드레아가 고집하는 바람에 볼보를 타게 된 것이었다.

은행에는 대기자가 넘쳐나고 있었기 때문에 한나는 곧장 도우 그리어슨의 사무실로 향했다.

도우 그리어슨은 그 은행의 실질적인 은행장이라고 할 수 있을 만한 사람이었다. 은행이 돌아가는 사정을 전부 알고 있으니 엄마가 왔었다면 그것도 알고 있을 것이다.

바로 그것이 한나가 쿠키단지를 위한 대출을 이곳 은행에서 받지 않은 이유 중 하나이기도 했다.

물론 도우는 대출 건에 대해 함부로 다른 사람에게 얘기하지 않겠지만, 대출 관련 서류들이 여러 사람의 손을 거치니 그 과정에서 조금이라도 얘기가 새어나갈 수 있었다.

"한나."

한나가 열려 있는 도우의 사무실 문을 똑똑 두드리자 그가 자리에서 일어서며 한나를 맞아주었다.

"그리고 안드레아. 커피 좀 들겠어요? 과테말라에서 온 아주 훌륭한 프렌치 토스트(에스프레소나 아이스커피에 종종 사용되는 쓴 맛이 나는 원두)가 있는데."

"오늘은 괜찮아요, 도우."

한나가 안드레아의 대답까지 겸하여 말했다.

"혹시 우리 엄마가 여기 왔었는지 물어보려고 왔어요."

안드레아가 화두를 던졌다.

"왔었지. 한 15분쯤 전에 떠나셨다네."

"어디 간다고는 말씀 안 하시구요?"

한나가 물었다.

"아니, 내가 물어보지 않으니까. 무슨 일인데 그러지?"

한나는 안드레아와 시선을 주고받았다, 도우는 믿을만한 사람이다.

"부디 엄마에게는 이 얘기하지 마세요. 지금 엄마와 가까이 지내는 누군가가 엄마에게서 거액의 돈을 **빼내려는** 것 같아서요. 그런 일이 생기지 않도록 막으려는 거예요."

"투자사기 같은 건가?"

도우가 물었다.

"일종의 그런 비슷한 거예요. 엄마가 벌써 거액의 돈을 인출하지 않았어야 하는데……."

"한나 어머님이 얼마를 인출하셨는지는 말해줄 수 없네."

도우가 고개를 설레설레 저으며 말했다.

"내가 말해줄 수 있는 건 돈을 인출하는데 지점장의 승인이 필요했다는 것뿐이야."

"지점장의 승인을 받아야 할 만한 금액이라면 얼마 이상이……?"

한나가 물었다.

"2천 달러 이상이어야지. 내 승인이 필요한 금액은 5만 달러 이상이고, 참고로 오늘 내 승인을 거쳐 간 인출 건은 하나도 없었다네."

"고마워요, 도우."

엄마가 2천 달러 이상 5만 달러 이하의 돈을 인출했다는 사실을 간접적으로 알려준 도우에게 한나가 감사 인사를 했다.

"결국 엄마가 도우의 승인이 필요할 만한 금액은 인출하지 않았다는 거네."

안드레아가 차에 올라타며 말했다.

"그렇지. 그래도 엄마가 4만 9천 달러를 인출했을 수도 있잖아. 그것도 엄청난 돈인데! 우리 이제 어쩌면 좋지? 무작정 엄마를 찾아나서?"

"엄마 집을 지나면서 혹시 엄마 차가 거기 있는지 확인해보자."

안드레아는 골목을 돌아 엄마 집을 향해 달렸다.

집에 도착해서 한나가 벨을 눌러보았지만, 안에서는 아무런 대답이 없었기 때문에 자매는 갖고 있던 엄마의 집 열쇠로 문을 열고 안으로 들어갔다.

집과 연결된 차고 역시 텅 비어 있었다. 엄마는 차를 타고 어디론가 떠난 것이다.

"쪽지를 남겨야겠어."

한나가 주방에서 찾아낸 마분지 조각에 끼적이며 말했다.

그리고는 그것을 현관문과 바로 마주하는 계단에 붙여놓았다.

"들어오자마자 보실 수 있을 거야."

"차고 문으로 들어오시지 않는다면 말이지."

"아, 운전해서 오실 테니까 그렇겠다. 고마워, 안드레아. 너무 당황해서 제대로 생각을 못 했어."

한나는 쪽지를 다시 떼어 주방 의자에 붙인 뒤 의자를 차고로 통하는 문 바로 앞쪽에 가져다 놓았다.

"이렇게 해놓아야 해. 이러면 의자를 움직이지 않고서는 안으로 들어올 수 없게 되니까, 어때?"

"윈슬롭은 가짜 이름을 쓰는 탈옥수예요. 위험해요. 한나와 안드레아에게 곧장 전화하세요!"

안드레아가 쪽지 내용을 큰소리로 읽었다.

"좋네, 그런데 엄마가 이 말을 믿을까?"

"모르겠어. 믿으셔야 할 텐데. 이제 윈슬롭의 아파트로 가보자. 엄마가 인출한 돈은 분명히 윈슬롭을 위한 걸 거야. 확실해."

"하지만 윈슬롭은 오늘 저녁때나 돌아온다고 했잖아. 엄마가 그 집에 가만히 앉아서 그가 올 때까지 기다리고 있을 것 같진 않은데?"

"어림도 없지. 엄마는 그렇게 참을성 있는 사람이 아니니까. 아마 엄마라면 그 돈을 봉투에 넣어서 가져다 두었을 거야. 예전에 엄마가 집을 비울 때마다 우리한테 용돈을 줬던 방법대로 말이야."

"봉한 봉투."

안드레아가 옛 기억을 상기시켰다.

"봉투를 붙여놓아서 얼마를 받았는지 알 수가 없었지, 언니도 마찬가지였고. 기억나?"

"당연하지. 그래, 그때 얼마 받았었는데?"

"절대 말할 수 없어."

"나도 마찬가지야. 자, 어서 가자. 엄마가 봉투에 윈슬롭의 이름을 써서 그의 아파트에 두었다면, 우리가 얼른 가서 되가져와야 해."

안드레아가 고속도로로 접어들자 눈발이 날리기 시작했고, 한나는 안드레아의 볼보보다 자신의 트럭을 가져가는 편이 더 나을 텐데 생각했다.

"이번엔 내 트럭을 가져갈 걸 그랬어. 이제 히터도 고쳤는데."

"언니 트럭은 너무 눈에 띄어. 지금 봉투를 되찾으러 가는 길인데 누군가 원슬롭의 아파트 방문자용 주차장에 세워져 있는 언니 트럭을 발견하면 어떡해."

"그렇군."

안드레아가 요점을 정확히 짚어냈다.

"넌 원슬롭이 정말 보비 조 피터스라고 생각하는 거야? 아니면 보비 조가 원슬롭의 악마 같은 쌍둥이 형제쯤 될 거라고 생각하는 거야?"

"원슬롭은 보비 조 피터스야. 내가 그 사람 뭔가 너무 능숙하고 마치 영화 속에 나오는 영국 귀족 역을 훌륭히 소화해내는 것 같은 느낌이 든다고 했던 거 기억나?"

"기억나."

"바로 그게 지금 그놈이 하는 짓이야. 원슬롭이 바로 보비 조 피터스라구. 우리의 유산이 그런 놈에게 흘러들어 가는 걸 얼른 막아야 해."

"우리의 유산?"

한나가 충격 어린 음성으로 되물었다.

"아니, 그게 그러니까, 엄마가 우리 트레시랑 베서니에게 뭔가 해주시겠다고 약속하셨거든."

"뭘?"

"대학 학비를 대주신다거나 하는 것들 말이야. 매해 대학 등록금이 엄청나게 오르는 판국에 원슬롭에게 거의 5만 달러에 가까운 돈을 주고 나면 남는 게 별로 없을지도 몰라."

"오."

한나는 아무런 대꾸도 하지 않았다.

아버지가 돌아가시고 다시 고향으로 돌아온 이후로 한나는 자금 관리를 전혀 하지 않았던 엄마의 개인 회계사 역을 맡고 있었다.

엄마가 가진 돈의 상세한 내역을 안드레아와 미셸에게 말해줄 수 없지만, 한나가 아는 한 엄마는 원금을 전혀 건드리지 않고서도 그저 이자와 투자 수익만으로도 평생을 풍족하게 사실 수 있을 만큼의 재산을 갖고 있었다.

하지만 그러한 사실은 한나와 엄마를 제외하고는 아무도 몰랐고, 둘 중 누구도 쉽게 입 밖으로 꺼내지 않았다.

"설마 엄마가 이번 일 때문에 파산하거나 하시는 건 아니겠지?"

안드레아가 염려가 잔뜩 묻어나는 목소리로 물었다.

"그렇지 않을 거야."

한나가 대답했다.

"그보다 더 많은 돈을 사기당하셨어도 괜찮을 거야. 단지 그 뱀 같은 놈이 현금 말고 다른 것에 손을 대진 말았어야 할 텐데."

"그러게!"

안드레아가 엑셀을 힘껏 밟으며 말했다.

"속도 줄여, 안드레아. 고속도로 교통단속반에 걸리면 윈슬롭이건 보비 조이건, 엄마의 돈을 노리는 놈이 누구이건 간에 막을 수가 없다구."

"알았어."

안드레아가 속도를 조금 줄이긴 했지만, 한나에게는 여전히 너무 빨랐다.

한나는 안드레아가 지금껏 단 한 번도 사고를 낸 적이 없다는 사실을 끊임없이 상기하며, 자꾸만 상승하는 속도계의 바늘을 보지 않으려고 노력했다.

이번 일은 실패가 없어야 했다.

얼른 이 궁지의 상황을 벗어나야만 했다.

윈슬롭에게 건넬 돈 봉투를 갖고 있는 엄마를 찾아내 쥐같이 간교한 남자가 부정한 이득을 취하는 것을 막아야만 했다.

"여기 세워."

한나가 223호에 할당된 주차 공간 한 곳을 가리키며 말했다.

"윈슬롭의 차가 들어오거든 경적을 세 번 울려."

"하지만……, 날 볼 텐데!"

"그래도 괜찮아. 자기를 보고 경적을 울린 거라고 생각할 거야. 내가 집에서 빠져나올 때까지 몇 분 정도 얘기도 나누고. 그런 다음 뒤쪽 덤프스터 옆으로 돌아와서 날 태우면 되는 거야. 여기에 무슨 일로 왔는지는 네가 알아서 꾸며내."

"문제없어, 내게 맡겨."

"벌써 떠올랐어?"

한나가 깜짝 놀라 물었다.

"난 부동산 중개인이잖아. 그런 일에는 능숙하다구. 새집이 완성될 때까지 방 하나짜리 아파트를 구하는 손님이 있어서 왔다고 할 거야. 그러면서 아파트에 대한 것도 몇 가지 물어보고, 관리는 어떤지도 물어봐야지. 그 정도면 5분 정도는 잡아둘 수 있을 걸, 어쩌면 10분까지도 가능해."

"좋아. 내가 좀 오래 걸리더라도 너무 걱정하지 마. 엄마가 돈을 아무데나 뒀을 것 같진 않으니까."

"여유 있게 해."

안드레아가 쿠키 꾸러미를 집으며 말했다.

"난 여기서 쿠키나 먹으면서 기다리고 있을게."

한나는 다시 돌아왔을 때 트윈 초콜릿 딜라이트가 조금이라도 남아 있기를 바라며 빠른 걸음으로 건물 현관으로 향했다.

어쩌면 엄마는 윈슬롭의 아파트에 아직 있는지도 모른다. 한나는 이번에는 엄마의 열쇠를 사용할 필요 없이 아파트 로비로 이르는 문을 열었다. 두 번째 문도 마찬가지였다. 둘 다 아직 잠겨 있지 않은 상태였다. 아마 주민 중 누군가가 관리소에 이의를 제기하지 않는 한 이 두 개의 문은 계속 열려 있을 것이다.

한나는 정말이지 사방이 거울로 된 엘리베이터를 타고 싶지 않았다. 더구나 파카 코트를 입은 오늘 같은 날에 그런 엘리베이터를 탔다가는 스칸디나비아 빙하 지대에서 온 한 무리의 빨간 머리 트롤(난쟁이)들처럼 보일 것이다. 물론 거울 효과 때문이라는 건 한나도 알고 있었지만, 그런 상황을 감당하기에 지금은 별로 마음의 여유가 없었다.

한나는 계단 문을 열고 한 번에 두 계단씩 껑충껑충 뛰어올라 갔다. 시간이 없다. 난처한 상황이 발생하기 전에 윈슬롭의 집에서 가져온 사진 액자도 다시 속옷 서랍에 넣어 두어야 했고, 엄마의 돈이 든 봉투도 찾아 안드레아의 차로 돌아가야만 했다.

한나는 잠시 걸음을 멈추고 숨을 가다듬고는 다시 한 번 계단을 뛰어올라 가 카펫이 깔린 2층 복도 밖으로 나왔다. 그리고는 주변에 아무도 보는 사람이 없는지 두리번거리며 조심스럽게 223호에 열쇠를 꽂고는 재빨리 손잡이를 돌려 안으로 들어가 문을 닫았다.

한 손으로는 액자를 쥔 채 한나는 봉투를 찾아 주변을 둘러보았다. 여기 어딘가에 분명히 있을 텐데, 가짜 사진을 넣은 새 액자들이 놓여 있는 벽난로 위에도 없고, 커피 테이블 위에도 없었다.

막 침실로 향하려는데 순간 무슨 소리가 들렸고, 한나는 그 자리에 얼어붙고 말았다. 누군가 침실에서 서랍을 여는 소리였다.

윈슬롭이다!

한나가 채 등을 돌려 달아나기 전에 윈슬롭이 나타났다.

"누군가 있는 것 같더라니……."

윈슬롭이 얼굴을 잔뜩 찌푸리며 한나를 쳐다보았다.

"여기서 뭐 하는 거죠? 그리고 어떻게 들어왔어요?"

한나는 재빨리 머리를 굴려 제일 먼저 떠오르는 대답을 말했다.

"몇 가지 물어볼 것이 있어서 왔어요. 문이 잠겨 있지 않길래 안에 있는 줄 알았고요. 제가 노크하는 소리를 못 들으셨나 봐요."

"못 들었어요."

윈슬롭의 얼굴이 여전히 찌푸린 채인 것으로 봐서는 한나의 말을 믿지 않는 듯했다.

"무슨 질문인가요?"

한나는 심호흡을 한 뒤 단도직입적으로 달려들었다. 어쩌면 꽃병이라도 던지고는 그대로 달아나야 하는지도 모르겠다.

"진짜 이름이 보비 조 피터스면서 왜 윈슬롭이라고 가짜 영국인 행세를 했죠? 그리고 우리 엄마한테서 뭘 얻어내려고 하죠?"

"오, 마이 디어. 사실을 알게 되다니 무척 유감이군."

어느새 영국식 억양을 날려버린 윈슬롭이 대답했다. 그러더니 주머니에서 권총을 꺼내 한나에게 겨누었다.

"앉아, 저기 저 소파에."

한나는 앉았다. 그럼 어찌하겠는가? 생전의 아버지는 물론이거니와 마이크도 거듭 말했다. 누군가 총구를 겨누고 있다면, 뭐든 그 사람이 시키는 대로 하라고.

"자기가 꽤 똑똑한 줄 알았겠지, 하?"

한나는 입을 꾹 다물고 있었다. 그의 질문은 한나의 대답을 듣고자 하는 것이 아니었다. 그저 지금은 어떤 방법으로 이 상황을 빠져나갈 수 있을까 하는 것에만 골몰해 있었다.

"바네사의 남편이 살해당한 뒤 내가 그녀를 레이크 에덴에서 만나기로 했던 사실도 벌써 알아낸 건가?"

"살해당해요?"

한나는 묻지 않을 수 없었다. 그에게 계속 말을 시킬 수 있는 유일한 단서였고, 그러다 보면 도망칠 기회도 찾아오지 않을까 하는 생각에서였다.

"바네사의 남편은 자연사한 줄 알았는데."

"오, 그랬지."

윈슬롭이 흉포한 웃음을 지었고, 그건 한나에게 결코 좋은 징조가 아니었다.

"바네사가 그의 얼굴을 베개로 덮어 질식시켜 버렸으니까 말이야, 그보다 더 자연스러운 죽음이 어디 있겠어."

한나는 하마터면 큰 신음 소리를 낼 뻔했다.

이런 엄청난 사실들을 폭로해버린 윈슬롭이 한나를 곱게 보내줄 리 없었다. 그를 막는 방법을 얼른 찾아내지 않으면 한나 역시 닐 로퍼처럼 베개 밑에서 질식사할지도 모른다.

"바네사가 날 배신했지. 모든 계획을 같이 짜놓고 그런 식으로 날 버릴 줄은 몰랐어. 바네사는 거의 일 년간 늙은 노인네의 뒷바라지를 혼자 감수했으니 그 돈은 자기가 다 가져야 한다더군."

한나는 윈슬롭의 총과 자신이 있는 곳 사이의 거리를 가늠해보았다. 너무 멀다. 그녀가 고난도의 무술 유단자라고 하더라도(실상 그렇지도 않고) 윈슬롭의 손에 들린 권총을 발로 차내기에는 거리가 너무 멀었다.

"바네사가 마을에 온 첫날 난 그녀를 만나러 갔어. 모든 것이 다 잘 되었다고 믿었거든, 안 그렇겠어? 우리 둘 다 제 역할을 한 결과 계획이 성공했으니까. 하지만 그 많은 돈이 그녀를 바꿔놓았지. 자기가 나한테는 너무 과분하다는 거야. 심지어 내가 이 마을에서 사라져주지 않으면 나를 신고하겠다고 협박까지 했어."

한나는 위험스러운 의견을 내놓았다.

"하지만 당신은 마을에서 떠나지 않았잖아요."

"우리 두 사람 모두 막다른 길에 몰려 있다는 사실을 알고 있기 때문이었지. 바네사는 날 협박할 수 없었어. 그녀가 남편을 죽였다는 사실을 내가 알고 있으니까. 나 역시 그녀를 협박할 수 없었지, 바네사는 내가 교도소에서 탈옥했다는 것을 알고 있었거든."

"그럼 왜 계속 그 상태로 가지 않았죠? 서로 다치지 않도록 어느 정도 거리를 유지하면서?"

"우린 거래를 했기 때문이지, 그게 이유야! 그런데 그녀가 그걸 깨려고 했기 때문이라고!"

원슬롭의 두 눈이 증오로 불타올랐고, 한나는 괜한 질문을 던진 것 같아 주춤했다.

"내 동업자를 그런 식으로 보내줄 순 없지!"

그때 한나의 눈앞에 보비 조 피터스에 대해 읽었던 문장 한 줄이 선명하게 떠올랐다.

함께 범죄를 저지르고 다니던 여자가 있었다. 바네사 퀸 로퍼가 바로 노먼이 뽑아준 출력물에 있던 동업자였던 것이다.

"그래도 난 의리를 지켰어. 내가 그녀의 범죄를 신고했다면, 내 형량이 줄었을지도 모르는데 말이야."

한나는 잉그리드 할머니가 해주셨던 말씀이 떠올랐다. 도둑들에게 의리 같은 건 없단다.

한 영역의 윤리 규범이 깨지고 나면 다른 영역의 윤리 규범이 깨지는 것도 결국 시간문제가 되어버리는 걸까.

"날 협박하는 그녀를 가만둘 수 없었지. 더구나 내가 모든 기술을 다 알려주고 이 일을 시작할 수 있도록 도와줬는데. 그저 적당한 때를 찾기만 하면 되었어."

"결혼식 날."

원슬롭이 엄마의 쌀을 가지러 잠시 성당을 빠져나갔던 것을 떠올리며 한나가 나지막이 말했다.

"그렇지. 네 엄마와 함께 성당에 온 나를 모든 사람이 보게 했어. 그러고는 쌀을 가져오는 걸 잊었다며 다시 밖으로 나갔지."

"그러고는 정말 쌀을 가져왔죠. 바로 옆에 있는 매그놀리아 블로썸 베이커리로 가서 그녀를 죽인 뒤에요."

"맞았어."

윈슬롭은 마치 영민한 학생을 바라보는 선생님 같은 눈초리로 한나를 쏘아보았다.

"머리가 잘 돌아가는군. 하지만 너무 솔직한 게 탈이야. 그것만 아니라면 훌륭한 동업자가 될 수도 있을 텐데."

한나는 그에게 고맙다고 해야 할지 말아야 할지 알 수 없었다. 사실 사기꾼에게 훌륭한 동업자로 점 찍혀진다는 건 그리 좋아할 만한 일은 아니었다.

한나는 주변에 있는 물건들 중 무기로 쓰일만한 것이 없나 몰래 주변을 흘끗거려 보았지만, 손에 집히는 것이라고는 부드럽디 부드러운 쿠션뿐이었다.

그때 밖에서 경적 소리가 들렸다. 윈슬롭이 나타나지도 않았는데 안드레아가 주차장에서 경적을 울린 것이다.

윈슬롭, 아니, 보비 조, 아니, 정체가 무엇이든지 간에 이 남자는 지금 바로 내 앞에서 총을 겨누고 있는데 말이다.

"하지만 그날 오후에 바네사는 베이커리에 없었어요."

한나가 시간을 벌어보려는 속셈으로 말했다.

"맞아, 하지만 난 그걸 몰랐어."

한나는 자신의 무릎을 내려다보았다. 거기에는 윈슬롭과 바네사가 함께 찍은 사진 액자가 놓여 있었고, 액자의 모서리는 날카로웠다. 위협이 될 만한 무기는 아니었지만, 달리 눈에 띄는 것이 없는 지금 상황에서는 이것으로라도 시도해볼 만했다.

한나는 부디 안드레아가 지금 이리로 올라와 한나와 같이 난처한 상황에 부닥치지 않기만을 바랐다.

"그래서 매그놀리아 블로썸 베이커리에 갔을 때 무슨 일이 일어난 거죠? 그때 눈이 오지 않았었나요?"

"맞아. 눈이 엄청 오고 있었어. 난 베이커리 뒤쪽으로 돌아갔고 바네사가 오븐에서 뭔가를 꺼내는 걸 봤지."

"하지만 당신이 본 그 여자는 바네사가 아니라 쇼우나 리였어요."

"그때는 몰랐다고 했잖아. 창문에 서리가 끼어 있어서 손으로 닦아봤지만 소용이 없었어. 창문 밖에서 한 발을 쏘았는데, 맞추지 못했지."

"그럼 두 발을 쏘았단 말인가요?"

"그래, 그녀가 돌아보는 순간 또 한 발을 쏘아 맞혔어. 그리고 다음날까지 내가 죽인 사람이 쇼우나 리라는 사실을 몰랐지. 네 엄마가 말해주더군. 바네사는 며칠간 조지아에 머물고 있다고."

"그럼 무고한 언니를 죽인 거군요."

한나가 말했다.

"지금은 잠시 몸을 피하는 중일 뿐, 바네사를 없앨 적당한 기회를 다시 노릴 거야. 그전에 일단 너부터 없애야겠지."

윈슬롭이 한나를 향해 겨눈 총을 다시 고쳐 잡았다.

"일어나. 지하실로 가야겠어. 난방로 옆에 작은 방이 하나 있는데 거기에 널 데려갈 거야. 거긴 아주 시끄러워서 네 비명도 안 들릴걸."

"나를……, 죽일 작정인가요?"

여전히 시간을 벌어보려는 의도로 한나가 당연한 질문을 던졌다. 지금쯤은 지원군이 도착해야 하는 거 아닌가? 아니면 안드레아가 윈슬롭을 교란시키기 위해 또다시 경적을 울려주진 않으려나?

"당연히 죽여야지. 내가 널 고이 살려 두진 않을 거란 사실은 말하지 않아도 알 정도의 머리는 있을 텐데."

"엄마는요?"

윈슬롭이 어쩌면 엄마도 해치려 할지도 모른다는 생각에 한나의 심장이 마구 뛰었다.

"설마 엄마도 해치려는 건 아니겠죠?"

"해칠 이유가 없지. 그저 어리석은 노인네일 뿐인걸. 그래서 난 그들이 좋아. 늙은 것들은 그저 약간만 관심을 두면 넘어오거든."

윈슬롭이 하던 말을 멈추고 얼굴을 찌푸렸다.

"뭐지?"

"뭐가요?"

한나 역시 무슨 소리를 들었지만 시치미를 떼고 물었다.

누군가 복도를 걸어오는 듯했지만, 한나는 입을 꾹 다물었다.

"뭔가 소리가 들리는데."

"난 아무 소리도 안 들리는데요."

'제발 지원군이기를, 지원군이기를.'

"흠, 뭔지는 모르지만, 이제 갔군. 사실 너한테 얼마나 고마운지 몰라. 노인네가 네가 날 좋아하지 않는 것 같다면서 엄청 걱정을 했거든. 이제 거치적거리던 너도 없어지게 된데다가 딸의 비극적인 사고 소식을 듣고 절망에 빠져 있을 노인네에게 내가 얼마든지 사랑과 위로를 퍼

줄 수 있으니 덕분에 난 더 많은 돈을 뽑아낼 수 있게 됐잖아."

한나는 액자를 단단히 잡아쥐었다.

한 가지 알아낸 사실이 있다. 윈슬롭은 한나의 죽음을 단순 사고로 위장하려 하고 있다. 그 말은 즉, 극한 상황에 치닫지 않는다면 권총은 사용하지 않을 거란 얘기다. 총을 사용하게 되면 비극적인 사고의 경위를 설명할 수 없지 않은가.

"자, 이제 일어서!"

윈슬롭이 다시 총을 휘휘 저었다.

한나는 그의 눈을 바라보며 자리에서 일어났다. 조금이라도 그의 시선이 흐트러지는 순간이 포착되면 그대로 액자를 들고 그에게 돌진한 뒤 최선의 결과가 벌어지길 기도할 생각이었다.

그런데 바로 그때 한나와 윈슬롭, 모두를 충격에 빠뜨린 일이 발생했다. 현관문이 활짝 열리더니 엄청난 힘을 지닌 무언가가 바람처럼 안으로 들어온 것이다.

"이 지독한 악당 같으니!"

엄마가 소리쳤다. 엄마는 문 옆에 놓여 있던 우산을 집어 마치 펜싱 칼처럼 윈슬롭을 겨누고는 그대로 그를 향해 달려들었다.

"엄마!"

한나 역시 액자의 날카로운 모서리로 윈슬롭의 팔을 찌르고는 마침내 그의 손에서 총을 떨어뜨리는 데 성공했다.

우산의 꼭지가 윈슬롭의 어깨 부근을 찌르자 그는 고통에 소리를 질렀다. 물론 죽을 정도는 아니었지만, 그를 무릎 꿇게 하기엔 충분했다.

한나는 그가 몸을 일으키기 전에 얼른 다시 그에게 달려들었다.

"묶을 것을 찾아봐요, 엄마."

"그래."

어느 정도 안정을 회복한 엄마가 대답했다.

"전기선은 어떠냐? 텔레비전 뒤에 하나 있는데."

"그거면 될 거예요. 얼른 갖다주세요. 그리고 응급실에 연락해요."

"어째서냐?"

"피를 흘리고 있잖아요. 우산 꼭지가 가슴을 찔렀어요."

그러자 엄마가 어깨를 으쓱해 보였다.

"별로 많이 흘리는 것도 아니잖니. 우선 경찰에 전화해서 오라고 해
야겠다. 치료가 필요한지는 경찰이 판단하겠지."

"알았어요."

진실한 마음을 모욕당한 여자의 권리를 인정한 한나가 엄마의 말에
순순히 따랐다. 윈슬롭이 엄마에 대해 한 얘기를 엄마도 들은 것이 분
명했다.

전기선이 무척 길었기 때문에 한나는 윈슬롭의 손과 발을 꽁꽁 묶어
마치 크리스마스 식탁에 오르는 거위처럼 만들어놓고는 그의 욕실 문
뒤쪽에 걸려 있던 가운 끈을 풀러 그의 입까지 막아놓았다. 이렇게 해
야 이놈이 두 번 다시 엄마를 모욕하는 일이 없지 않겠는가!

"입은 왜 막았니, 애야?"

전화를 걸기 위해 주방에 갔다 온 엄마가 물었다.

"말이라면 충분히 했어요. 더는 듣고 싶지 않아요."

"아주 잘했다."

엄마가 한나를 향해 고개를 끄덕였다.

"교환원 말이 경찰차가 곧 도착할 거라는 구나."

"그래도 나한테는 늦은 거죠. 고마워요, 엄마."

"경찰에 전화해서 말이냐?"

"아뇨, 제때에 나타나주신 거요. 내 목숨을 구해주셨잖아요."

그러자 엄마가 살짝 어깨를 으쓱해 보였다.

"너도 액자로 공격할 생각은 참 잘했다."

"고마워요, 엄마. 그런데 여긴 어떻게 오셨어요? 혹시 윈슬롭에게 돈을 주러 오신 거예요?"

엄마는 잠시 난처해하더니 한나에게 의문 섞인 표정으로 물었다.

"이제 그건 별로 중요한 일이 아니잖니?"

"그렇죠. 사실이 다 밝혀졌으니 말이에요. 나쁜 악당이 지고, 선량한 여자들이 승리한 거죠."

"사필귀정이지."

엄마가 윈슬롭의 소파 팔걸이에 앉으며 말했다.

"그래, 내 기술이 어땠니, 애야?"

"무슨 기술이요?"

"이래 봬도 고등학교 때 펜싱을 했었단다. 당연히 그때는 우산이 아니라 진짜 펜싱 칼을 사용했지. 그래도 어쨌든 비슷하잖니."

"엄마의 기술은 완벽했어요. 경기에서 엄마가 이긴 거예요."

"내가 이겼지."

엄마는 기쁜 듯 미소를 지었다.

한나는 진술서에 서명하고 나서 엄마에게 펜을 건네주었고, 엄마 역시 사인을 했다. 진술서가 타이핑되는 동안 두 사람은 위넷카 카운티 경찰서의 취조실 중 한 곳에 앉아 한 시간째 기다리는 중이었다.

마이크가 아파트에서 벌어진 일은 까맣게 모른 채 내내 주차장에서 기다리던 안드레아에게 전화해서 집에 있는 아이들에게 가보라고 전했다. 빌이 내일 아침 안드레아의 진술서도 받아올 것이다.

"이 일에 대해서는 우리 모두 입을 봉해야 합니다."

마이크가 경고했다.

"둘 중 누구도 무슨 일이 있었는지를 누구에게도, 한 마디도 얘기하면 안 돼요."

한나는 얼굴을 찌푸리기 시작했다.

"하지만 윈슬롭……, 아니, 보비 조는 바네사가 닐 로퍼를 죽였다고 했어요. 둘이 같이 모든 것을 계획했던 거였다구요. 그 정도면 바네사를 체포하기에 충분하지 않나요?"

"대부분 상황에서는 그렇죠. 하지만 이번 건은 조금 난해해요. 보비 조 피터스는 탈옥수입니다. 탈옥수의 말은 그다지 신용이 없어요. 그리고 살인으로 추정되는 닐 로퍼 건은 조지아주 메이컨에서 발생한 사건이라 우리 관할이 아닙니다. 메이컨에 연락해 영장을 청구해서 바네사를 체포할 수도 있겠지만, 똑똑한 변호사가 그 점을 기술적으로 이용해 사건을 기각시키지 않을까 염려되는군요."

"그럴 수도 있겠구나."

경관이 가져다준 커피를 홀짝이며 엄마가 말했다.

이내 잔뜩 얼굴을 찌푸리는 엄마를 보며 한나는 동정심을 느꼈다. 경찰서 커피 맛은 알 만한 사람은 다 알 정도로 끔찍하니 말이다.

"적합한 절차를 신중하게 밟아야 하는 마이크의 입장을 이해해요."

한나가 말했다.

"하지만 보비 조가 붙잡혔단 얘기를 듣고 혹시 바네사가 도망가지 않을까요?"

그러자 마이크가 고개를 저었다.

"두 숙녀분이 얘기만 안 한다면요. 안드레아에게는 이미 빌이 당부해 두었으니 이제 제가 당부할 차례군요. 입에 지퍼를 채우세요."

"하지만 보비 조가 체포됐다는 사실을 아는 건 우리 둘뿐이 아니잖아요. 우리 진술서를 타이핑한 비서도 알고 그에게 수갑을 채워서 여기까지 데려온 경관들도 모두 알고 있으니, 사실을 아는 건 우리뿐이 아니에요, 안 그래요?"

가능하면 중복 표현을 사용하지 않으려 애쓰며, 문법 달인을 자청하던 내가 '안다' 는 표현을 한 번에 여러 번이나 사용하다니.

한나는 한숨을 내쉬었다.

"그건 문제가 안 됩니다. 사실을 아는 다른 사람들은 모두 경찰서 직원들이니까요. 그들은 얘기 못 합니다."

"안 하는 거겠죠. 말을 못한다는 건 벙어리라는 얘긴데……."

한나가 나지막이 중얼거렸다.

"뭐라고 했습니까?" 마이크가 물었다.

"아무것도 아니에요. 그냥 혼잣말이었어요. 그럼 다 끝난 거예요? 아직 오늘 해야 할 일이 남아 있어서요."

"끝났습니다."

"하느님, 감사합니다!"

엄마가 매우 가뿐한 표정을 지었다.

"안드레아에게 얘기해서 이 방을 어떻게 좀 해보라고 해야겠구나. 빌이 경찰서장이니 말이다. 관공서 느낌이 절로 나는 이 칙칙한 페인트 색은 정말이지 못 견디겠다. 창문도 별로 없는데 약간 흐린 노란색 페인트를 칠하면 괜찮을 것 같구나. 그래야 좀더 생기가 나지. 그리고 가구도 새로 바꿔야겠어. 왜 의자들을 죄다 바닥에 묶어놓았는지 모르겠다. 정신이 나가지 않은 이상 경찰서 가구를 훔쳐가려는 사람이 누가 있겠니!"

마이크가 빙긋 미소를 지었고, 한나는 그가 내심 즐거워한다는 사실을 눈치 챘다.

"어머님 말씀이 맞습니다. 가구들이 형편없죠. 하지만 여긴 취조실이라 그렇게 보기 좋게 꾸밀 필요가 없습니다. 거기 의자 팔걸이에 남은 흔적 보이시죠?"

"이거 말인가?"

엄마가 철판 위에 페인트가 닳아 없어져 버린 곳을 만지며 물었다.

"네, 그게 바로 수갑 자국이에요. 범인이 자술서를 쓸 수 있도록 한쪽 팔은 수갑을 끌러주는 대신 다른 한쪽 팔을 다시 의자 팔걸이와 함께 수갑을 채우거든요. 그것 때문에 의자를 고정해놓은 거랍니다."

"오." 엄마가 말했다.

"몰랐구나."

"모르시는 것이 당연하죠. 취조실 같은 곳에는 처음 들어와 보셨을 테니까요."

"그렇지."

엄마가 자그마한 웃음을 터뜨렸고 마이크도 그에 합류했다. 그리고 한나 역시 두 사람을 따라 웃었다. 엄마를 기분 좋게 상대해주는 마이크의 모습을 보니 한나는 어쩐지 흡족해졌다. 오후에 충격적인 일을 겪은 엄마의 자존심은 지금 최저 상태일 것이다.

"협조해주셔서 감사합니다."

마이크가 두 사람을 향해 미소를 지었다.

"진술서 작성하는 일이 재밌지는 않았겠지만, 저희에게는 꼭 필요한 거거든요."

"다른 아가씨들에게도 그렇게 얘기하나 봐요."

한나가 재빨리 말했다. 하지만 마이크가 전혀 웃지 않았기 때문에 한나는 다시 엄숙해져야만 했다.

"미안해요. 우린 이만 가볼게요, 그럼. 발설하는 건 걱정하지 마요. 아무에게도 얘기하지 않을게요."

엄마의 차까지 가는 동안 모녀는 말이 없었다.

두 사람이 차에 올라타 안전벨트를 매고 난 뒤에야 엄마가 먼저 입을 열었다.

"곧장 집으로 가야 하니, 애야?"

"꼭 그렇진 않아요."

몹시 낙담한 표정의 엄마를 향해 한나가 대답했다.

"그럼 어디 가서 커피 한 잔 하지 않겠니?"

"좋죠."

한나가 흔쾌히 대답했다. 사실 시간이 없었지만, 없는 시간이야 만들면 될 테니까.

한나는 자동차 계기판에 비치는 시간을 확인했다.

오후 5시 45분, 어느덧 겨울밤이 찾아오고 있었다.

"쿠키단지로 가요, 새로 커피를 끓일게요. 리사는 퇴근했겠지만, 남은 쿠키가 조금 있을 거예요. 아까 카페에서 나오면서 쿠키를 한 꾸러미 챙겨왔는데, 안드레아가 주차장에서 기다리는 동안 다 먹어버렸지 뭐예요."

한나가 예상했던 분노의 표현이 나오거나 한나의 쿠키를 너무나도 좋아하는 둘째 딸에 대한 생각에 자연스러운 웃음을 터뜨리거나 그도 아니라면 그렇게 단 것을 좋아하는 안드레아가 어떻게 체중을 감량했는지에 대한 얘기도 꺼내지 않은 채 엄마는 그저 고개만 끄덕였다.

한나를 더욱 걱정스럽게 만든 것은 한나가 준비했던 쿠키가 무슨 쿠키였는지 엄마가 묻지 않는다는 사실이었다. 예전에는 적어도 그게 무슨 쿠키였는지는 물어보셨는데.

쿠키단지까지 가는 길에 엄마는 내내 조용했다. 들리는 소리라고는 맞은편에서 따뜻한 집으로 돌아가려고 달려오는 차가 옆을 지나칠 때마다 나는 '응―' 하는 소리뿐이었다.

마이크가 처음 레이크 에덴으로 이사 왔을 때 겨울철에는 저녁 6시가 되면 순찰을 한다고 얘기했던 적이 있었다. 늦은 시간까지 문을 여는 버티 스트롭의 미용실에서 흘러나오는 불빛을 제외하고는 메인 가의 모든 상점들은 그 시간이 되면 문을 닫았다. 게다가 추운 겨울밤에는 보도를 걸어다니는 사람도 눈에 띄지 않았다.

"캐리가 보안 알람을 켜두는 걸 잊지 않았는지 모르겠구나."

엄마가 골목을 돌아 그래니의 앤티크점이 있는 건물을 지나치며 말했다.

"잠깐 들러서 확인해보실래요?" 한나가 물었다.

"아니, 괜찮다. 캐리가 알아서 잘했을 게야."

엄마는 쿠키단지 뒤쪽으로 돌아가 한나의 트럭 옆에 차를 세웠다.

"다른 일이 있거나 바쁘다면 그냥 집으로 가마."

"바쁘지 않아요. 다른 일도 없구요."

한나는 우스갯소리를 건넸지만 이번에도 엄마는 웃지 않았다.

"들어오세요, 엄마. 엄마한테는 지금 초콜릿이 필요한 것 같아요."

5분 후, 모녀는 뒤쪽 테이블에 마주 앉아 초콜릿 아몬드 토스트와 함께 커피를 마셨다.

"맛있구나." 한결 안도한 듯한 표정으로 엄마가 말했다.

"네 말이 맞구나, 한나. 초콜릿을 먹으면 정말로 기분이 좋아져. 그래서 남자들이 나이를 불문하고 여자들에게 모두 초콜릿을 선물하는가 보다. 레전시 시대에도 초콜릿이 있었단다."

"그래요?"

"그래, 대개 음료로 마셨지. 젊은 여자들은 초콜릿을 아침식사로 먹었단다."

"그럼 우리의 핫 초콜릿 같은 건가요?"

"비슷하지, 하지만 그보다는 덜 달았단다. 마지 비즈먼이 작년에 알려준 얘기야."

엄마가 냅킨 가장자리로 눈가를 찍어냈다.

"미안하구나, 한나. 정말이지 너무나 우울해. 자꾸만 윈슬롭이 즐겨 말하던 말이 생각나지 뭐냐."

"뭐였는데요?"

윈슬롭이 사실은 사기꾼 보비 조 피터스였으니 즐겨 말하던 얘기가 있었다면, 그건 바로 '얼간이에겐 휴식을 주지 마라(never give a sucker an even break: 미국의 유명한 코미디 영화)' 였을 것이다.

"그는 늘 이렇게 말하곤 했지. 인생은 우리가 숨을 쉬는 횟수로 가늠할 수 있는 것이 아니라, 우리의 숨결을 앗아가는 소중한 순간들로 가늠할 수 있다."

"닐 로퍼에게는 해당하지 않는 말이군요."

아차 하는 순간에 한나가 말을 툭 던졌다.

"그게 무슨 뜻이냐?"

한나는 끙 소리를 냈다.

안 그래도 엄마는 한창 우울해하고 있다. 그토록 믿었던 남자에게, 거의 결혼까지 갈 뻔했던 남자에게 배신을 당했으니 지금 엄마에게는 다정한 사랑의 위로가 필요한 판국인데, 한나가 턱 하니 발을 들여놓고 만 것이다.

"그게, 닐은 숨이 막혀 죽었으니까요. 말 그대로 따진다면 말이에요. 닐이 그 순간을 그다지 소중하다고 생각했을 것 같지 않아서요."

"한나!"

엄마가 한나를 꾸짖었지만, 입가에는 미소가 떠오르고 있었다.

"정말 끔찍하구나."

"알아요. 그냥 제 생각이 그랬다구요. 이런 건 아버지를 닮았나 봐요."

"아니면 나를 닮았거나."

엄마의 웃음이 점점 번져가고 있었다.

"나도 한때는 꽤 우스갯소리를 즐겼는데 말이다. 네 아빠가 죽은 이후로는 그런 걸 모두 잃었구나."

"다시 찾으실 수 있을 거예요."

엄마에게 적절한 위로가 되기를 바라며 한나가 말했다.

사실 세심하고 자상하게 누군가를 위로하고 상담해주는 건 한나의 특기가 아니었다. 누구에게든, 어떤 상황에서도 늘 직선적으로 말해버리곤 하니 말이다.

"나도 그랬으면 좋겠다. 깔깔거리며 웃음을 터뜨리던 옛날이 그리워. 나랑 자리를 바꾸자, 한나. 거울에 비치는 내 모습이 보기가 싫구나."

"좋아요."

한나는 자리에서 일어나 엄마와 자리를 바꾸어 앉았다.

"그런데 왜 거울에 비치는 모습이 싫으시다는 거예요?"

"내 모양새가 형편없거든."

"아니에요!"

한나가 충격 어린 얼굴로 엄마를 바라보았다.

엄마는 날씬한 몸매를 돋보이게 해주는 맵시 좋은 짙은 녹색 바지 정장을 입고 있었고, 화장 역시 흠 잡을 데 없이 완벽했으며, 머리 모양도 훌륭했다.

"엄만 지금 아주 예뻐요. 바지 정장도 정말 잘 어울리구요. 엄마 같은 몸매를 가질 수만 있다면 지금 이 자리에서 죽어도 좋겠어요."

"그러니?"

한나의 칭찬에 엄마는 기분이 좋아진 듯했다.

"그럼요."

"몸매 가꾸는 건 어렵지 않단다, 애야. 음식을 조절하면서 운동을 하면 돼."

"알아요. 하지만 말처럼 쉽지 않아요."

"하지만……, 나 같은 몸매를 가질 수 있다면 죽을 수도 있다고 하지 않았니?"

"오, 차라리 죽으면 죽었지 음식 조절이랑 운동은 못해요."

엄마가 웃음을 터뜨렸다. 하지만 한나가 듣기에 약간의 어색함이 느껴지는 웃음소리였다.

엄마는 이내 냅킨으로 다시 눈가를 닦아냈다.

"얼마나 창피한지 모르겠구나, 한나. 윈슬롭 말이 맞아. 난 어리석은 노인네야."

"아니에요!"

한나는 제발 엄마의 마음을 눈 녹듯 위로해줄 수 있는 말들이 생각나기를 간절히 바랐다.

"난 바보야. 세상에 어떤 쉰 살 난 여자가 자기보다 열 살이나 어린, 가짜 영국 귀족에게 홀라당 빠지겠느냐. 단지 잘 생기고, 탱고를 잘 춘다는 이유만으로 말이다."

사실 엄마의 나이는 쉰 살이 아니라 쉰일곱 살이었다. 엄마가 여전히 나이를 속이는 것을 보면 아직 미래에 희망이 남아 있다는 얘기다.

물론 한나의 긍정적인 생각들을 방해하는 부정 요소가 하나 있긴 하다. 그건 바로 엄마가 너무 오랫동안 나이를 속이다 보니 엄마의 진짜 나이가 몇인지 잊어버린 것인지도 모른다는 가정이었다.

"어리석다고 하지 않으면 달리 뭐라고 하겠니?"

"로맨틱하다구요." 한나가 대답했다.

"그게 내가 엄마를 가장 부러워하는 점이에요. 엄마는 꿈꾸는 걸 두려워하지 않잖아요. 한번 꿈을 찾으면 그대로 밀고 나가죠. 나도 그랬으면 좋겠어요."

"하지만 뭐든 잘 속아 넘어가는 건 부러워하지 마라."

엄마가 희미하게 미소를 지으며 말했다.

"오, 물론이죠."

한나 역시 동의하며 엄마를 꼭 안았다.

"비록……, 남은 인생이 지루해진다고 하더라도 말이에요."

"넌 지루하니, 얘야?"

"난 아니에요. 조금 지루한 것 같다는 생각이 들 때마다 뭔가 일이 생기곤 하니까요."

"그렇지. 그러니까 내 말은……."

엄마가 문득 하던 말을 멈추고 인상을 찌푸렸다.

"방금 바네사의 코르벳(미국의 고급 자동차)을 본 것 같은데 말이다."

"정말이에요?"

그러자 엄마가 짤막한 웃음을 터뜨렸다.

"정말이고말고. 레이크 에덴에 황금색 코르벳이 몇 대나 되겠니?"

"정확한 지적이에요."

고개를 돌려 저쪽 모퉁이에서 자동차 미등 빛이 사라지는 것을 보며 한나가 말했다.

"집으로 가는 모양인데요."

"흠, 어디로 도망가지 말아야 할 텐데 말이다."

엄마는 한나를 쳐다보았고, 한나 역시 엄마를 바라보았다. 엄마와 딸의 레이더가 잘 작동한 덕분에 한나는 엄마도 자신과 똑같은 생각을 한다는 사실을 깨달았다.

"누군가 바네사에게 전화해서 전 동업자가 체포됐다는 걸 알렸고, 그녀는 마이크가 조지아에서 영장을 받기도 전에 도망가 버릴 거라는 생각을 하고 있었죠?"

한나가 물었다.

"그래, 바로 맞췄다. 넌 어떠냐?"

"나도 똑같이 생각했어요. 마이크가 뭘 몰라서 그러는데, 레이크 에덴에선 비밀 같은 게 있을 수 없어요. 우리가 뭔가 조치를 취해야 하는게 아닐까요?"

"감시하자꾸나."

"감시. 좋아요. 만약 어디론가 떠나는 것 같으면 어떻게 하죠?"

"쫓아가야지. 그리고 경찰서에도 알리고 말이다. 마땅히 그래야 하지 않겠니?"

"그렇죠, 당연히 그래야죠. 근데 전 핸드폰이 없어요, 엄마는요?"

"나도 없다. 진작부터 하나 장만하려고 했다만……, 바네사가 간다!"

매그놀리아 블로썸 베이커리로 이어지는 골목길에서 차가 빠져나오는 것을 엄마가 유리창 너머로 가리켰다.

"어디에 있었는지는 모르겠지만, 얘기를 들은 모양이구나. 떠나기 전에 돈이나 여권 같은 것을 챙기려고 잠깐 들른 모양이야."

한나도 밖을 더 잘 보려고 자리에서 일어났다.

"엄마 말이 맞아요. 바네사에요. 길가에 보는 사람이 없는지 둘러보고 있어요. 우리도 어서 가요!"

"아주 흥미진진하구나."

엄마가 손에 들고 온 커피 컵을 홀짝이며 말했다.

"정말 네 트럭으로 바네사의 코르벳을 따라잡을 수 있겠니?"

"바네사는 별로 빨리 달리지 않아요."

"아마 남부 출신이라 그렇겠지. 거기서는 여기처럼 날씨에 따라 어떻게 운전해야 하는지 터득할 필요가 없을 테니 말이다. 그런데 우리가 쫓아간다는 것을 눈치 채지 않았을까?"

"어쩌면요, 그래도 상관없어요. 마침 기름도 가득 넣었고, 어디까지 가든 끝까지 쫓아갈 수 있으니까요."

조용한 거리를 가로지르는 바네사의 뒤를 따르며 한나와 엄마 역시 아무 말 없이 조용했다. 들리는 것이라고는 앞 유리창을 분주히 오가는 와이퍼 소리뿐이었다.

다시 눈이 내리고 있었다. 아주 약하게 날리고 있긴 하지만 와이퍼는 가동해야 했다. 왜 눈이나 비는 와이퍼가 쓸고 지나가지 않는 순간에만 내려앉는 것일까?

"우리가 뒤쫓고 있다는 걸 알고 멈추면 어쩌니?"

엄마가 물었다.

"무기는 가지고 있니?"

"쿠키밖에 없어요. 강제로 초콜릿을 먹일 수는 있겠지만, 그다지 효과가 있을 것 같진 않은데요."

"나한테 커피 컵이 있다." 엄마가 말했다.

"이걸 던지면 될 게야."

"잘 맞추실 수 있겠어요?"

"물론이다. 고등학교 때 소프트볼팀에서 투수도 했었는걸."

"와오!" 한나가 엄마를 돌아보며 감탄했다.

"그럼 쿠키단지 팀에서 뛰어주실래요? 이번 여름에 소프트볼팀을 만들 계획인데 마침 투수가 필요했거든요."

엄마는 한나가 이제껏 본 중 가장 환한 표정을 지으며 말했다.

"기꺼이 하마! 투수를 제대로 골랐다!"

"고마워요, 엄마."

그런데 바로 그때 바네사가 전혀 예상치 못한 행동을 했고, 한나는 입을 떡 벌렸다.

바네사가 잘 달리던 길에서 갑자기 유턴을 해 곧장 한나의 트럭을 향해 돌진해 오고 있었던 것이다.

"바네사가 뭘 하려고 그러는 거지?"

엄마가 물었다.

"모르겠어요. 꽉 잡아요, 엄마. 바네사를 길옆으로 밀어내도록 해볼
게요. 나와 정면으로 충돌하느니 차라리 도랑에 빠지는 게 나을 걸요."

바네사는 제법 맹렬하게 이쪽으로 달려오고 있었지만, 그래 봤자 소
용없었다. 바네사의 코르벳은 바닥에 거의 납작하게 붙은 모양을 하고
있었고, 한나가 몰고 있는 트럭은 어떤 차량 관련 잡지에서 탱크와 비
교해도 손색이 없다고 했을 정도로 우량한 미국형 SUV였기 때문이다.

한나의 차가 막 바네사의 차를 덮치려는 순간 바네사가 핸들을 옆으
로 틀었고, 그 바람에 코르벳은 길가의 빙판에 미끄러져 도랑에 빠지고
말았다.

"됐다!"

바퀴가 전부 잠길 정도로 깊은 눈밭에 빠진 코르벳을 보고 엄마가 환
호했다.

"저기서 빠져나올 방법은 없을 게다!"

"그러게요. 근데 왜 그녀가 갑자기……, 저기 봐요!"

바네사가 갑자기 차를 돌릴 수밖에 없었던 이유가 눈앞에 펼쳐지고
있었다. 네 대의 경찰차가 차의 헤드라이트를 환하게 밝히며 고속도로
입구에서 대기하고 있었던 것이다.

"뒤쪽에도 더 있구나!"

엄마도 소리쳤다.

한나가 뒤를 돌아보니 경찰차 진영이 이쪽을 향해 달려오고 있었다.
진영이 한나 쪽에 가까워져 오자 사이렌 소리가 거의 찢어질 듯 날카로
워졌고, 한나와 엄마는 두 손으로 귀를 막았다.

두 명의 경찰관이 바네사의 코르벳으로 다가갔고, 무전기로 명령을 주고받는 소리가 얼음장 같은 밤 공기를 갈랐다.

"괜찮아요, 엄마?"

눈밭에 어른거리는 다채로운 붉은 불빛에서 눈길을 떼며 한나가 물었다.

"괜찮다."

반짝반짝 빛나는 눈빛으로 엄마가 대답했다.

"요 몇 년간 이렇게 흥미진진 해보기는 처음이구나."

커피와 카페에서 나올 때 가져온 쿠키 꾸러미로 엄마를 확실히 진정시킨 후 한나는 트럭에서 내려 현장으로 다가갔다. 길가의 눈 제방을 넘으니 눈밭에 묻힌 바네사의 차가 보였다.

두 명의 경찰이 바네사에게 수갑을 채우고 있었고, 그녀가 체포되는 과정을 마이크가 감독하고 있었다. 절차가 모두 끝나자 마이크는 한나를 발견하고는 자신이 그리로 갈 테니 기다리라며 손짓을 보냈다.

"바네사는 왜 뒤쫓았습니까?"

마침내 한나 앞에 도달한 마이크가 물었다.

한나는 침을 꿀꺽 삼켰다.

마이크는 그다지 즐거운 표정이 아니었다.

"그게……, 엄마랑 내 생각에 아마도……."

"아마도 내가 바보 얼간이라서 바네사 집에 감시도 붙이지 않았을 거라 생각했단 말입니까?"

"그게 아니라요. 난 그냥……."

"내가 일하는 방식이 믿음직스럽지 못했던 모양이로군요?"

마이크가 또다시 끼어들었다.

"아니에요! 엄마랑 쿠키단지에서 커피를 마시고 있었는데, 우연히 바네사가 차를 타고 떠나는 걸 봤어요. 바네사에게 감시를 붙인다거나 하는 얘긴 우리한테 해주지 않았잖아요. 만약 그런 비슷한 얘기라도 해줬다면 일부러 이렇게까지 쫓지 않았을 거라구요."

"어쨌든 나를 과소평가한 거로군요."

마이크가 말했다.

"난……, 난……."

한나는 뭔가 반격할 말을 찾으려 애썼지만, 마이크의 말이 백번 옳았으니 순순히 인정하는 수밖에 없었다.

"그래요, 과소평가했어요. 미안해요, 마이크."

마이크는 아무런 대답도 하지 않았다. 그저 물끄러미 한나를 바라보고 있을 뿐이었다.

마침내 그가 입을 열었다.

"지금 방금 사과한 건가요?"

"네."

한나가 고개를 끄덕이며 사과에 대해 좀더 확실히 하는 게 좋겠다고 결심했다.

"다른 이유는 전혀 없이, 단지 과소평가한 것에 대해서만 미안한 거예요."

그러자 마이크가 씩 웃었다.

"그 정도면 됐습니다."

순간 한나는 마이크가 키스할 거라고 생각했는데, 그는 그저 한나의 허리에 팔을 감고는 살짝 포옹만 했다.

"피곤하겠어요. 세상을 모두 통제하려 드니 그럴 수밖에 없을 테지만. 그렇죠, 한나?"

"아니, 그게……."

한나는 하던 말을 멈추었다.

부탁할 것이 있는 지금 상황에서 마이크를 공격해봤자 득 될 것이 없었다.

"바네사랑 잠깐 얘기 좀 할 수 있을까요? 아직 마무리하지 못한 일이 있는데……."

"그래요, 바네사 얼굴을 할퀴거나 흠씬 두들겨 패지만 않는다면요."

"그건 걱정하지 않아도 돼요. 이렇게 많은 목격자들 앞에서는 안 그래요."

마이크가 웃음을 터뜨리자 한나는 기분이 한결 좋아졌다. 역시 사과보다는 웃음이 낫다.

"잠깐 기다리지."

마이크가 막 경찰차에 타려는 두 명의 경찰을 불러 세웠다. 그리고는 한나를 돌아보았다.

"나랑 같이 가요. 1분을 줄게요."

마이크는 한나를 데리고 경찰차로 가 뒷문을 열었다.

"당신과 얘기하고 싶어 하는 사람이 있어요, 바네사."

"너!" 바네사가 한나를 쏘아보았다.

"네가 날 길에서 밀어붙였지!"

"당연하지. 널 고이 보내줄 순 없었으니까. 내가 변호사를 알아봐 줄까?"

그러자 바네사의 입이 놀라움에 떡 벌어졌다.

"나를 위해 그렇게 해주겠다고?"

"물론……, 단, 당신 베이커리에 있는 모든 물건들을 나에게 판다면 말이야. 전부 갖고 싶어졌거든."

"가져. 난 상관 안 해. 거기 있는 건 전부 가져도 좋아. 선물이야. 단 변호사만 알아봐 줘."

"그렇게 큰 것을 공짜로 갖는 건 불법이야. 더구나 네가 구속 수감 중일 때는 더욱 안 되지. 가격을 정해. 그럼 내가 지불하지."

"그럼 전부 해서 1천 달러로 해, 됐지? 이제 마을에서 제일 실력 있는 변호사를 찾아줘."

"정말이야?"

"정말이지."

"좋아."

한나가 미소를 지으며 대답했다, 그러고는 마이크를 돌아보았다.

"들었죠?"

"들었습니다."

"좋아요. 그럼 난 얼른 가봐야겠어요. 바네사에게 변호사를 알아봐 줘야 하니까요."

한나가 다시 트럭으로 돌아올 때까지도 그녀의 얼굴에서 미소는 사라질 줄 몰랐다. 이렇게 성과 좋은 밤이 또 있을까.

"행복해 보이는구나." 엄마가 말했다.

"행복해요."

한나는 운전석에 올라타고는 차를 돌려 다시 마을로 향했다.

레이크 에덴에서 제일 실력 좋은 변호사라면 호위 레빈뿐이다. 동시에 마을에서 단 한 명뿐인 변호사이기도 했으니, 어찌 됐든 상관없다.

집에 돌아가자마자 그에게 전화를 걸어 새 고객을 소개해줄 것이다. 그 정도면 바네사와 맺은 거래에 충실하게 임하는 것이 아닌가. 이제 바네사가 가지고 있던 크리스털과 은식기, 도자기들을 처분하기만 하면 된다. 그렇게 해서 남은 돈으로 그동안 쿠키단지의 적자를 모두 메울 수 있을 것이다.

"왜 그렇게 웃는 게냐?"

엄마가 물었다.

한나는 엄마에게 바네사와 맺은 놀랍도록 수익이 높은 계약 건에 대해서, 그리고 마이크와 극적으로 화해하게 된 경위와 그 덕분에 마음이 날아갈 정도로 가뿐해졌다는 얘기까지 모두 해주고 싶었지만 간단히 설명하기에는 너무나 복잡했다.

오늘은 정말 길고 긴 하루였고, 한나는 그 모든 것을 설명하기엔 너무 지쳐 있었던 것이다. 결국 한나는 간단한 한 문장의 대답으로 모든 것을 축약해버리고 말았다.

"착한 일당이 승리했으니까요."

한나는 거울을 비춰보았다. 아주 예뻤다. 정말로 그랬다. 머리도 차분했고, 피부 역시 빛이 나고 있었다. 머리는 안드레아가 골라준 새 헤어젤 덕분이었고, 피부는 아침에 쓰레기를 버리러 나갔다 오는 동안 얼음 알갱이가 섞인 바람을 마구 맞았기 때문이었다.

　한나가 입고 있는 의상은 클레어의 의상실에서 산 것이었다. 한나의 쿠키단지의 이웃인, 고급 의상실 '부 몽드'의 주인 클레어 로저스가 새로 들어온 의상 중에 한나에게 아주 잘 어울릴만한 것이 있다며 한나를 부른 것이다.

　오렌지빛이 섞인 짙은 갈색의 의상은 한나의 빨간 머리와 어울려 더욱 돋보였고, 몸에 딱 맞는 재킷과 주름이 가득 잡힌 스커트로 이루어진 콤비는 직물로 짠 것이라 클레어의 말처럼 한나 몸매의 장점을 살려주는 대신 단점은 감춰주고 있었다. 장점보다는 단점이 많은 한나로서는 클레어의 설득에 순순히 넘어갈 수밖에 없었다.

　오늘은 특별한 날이다. 리사와 허브가 글로리아 트라비스에게 결혼 선물로 받았던 샴페인 브런치 이용권을 오늘 사용하기로 한 것이다. 샐리가 특별히 준비하는 레이크 에덴 호텔의 샴페인 브런치는 가히 전설

적이었고, 오늘의 이벤트를 위해 한나는 무려 24시간 동안이나 쫄쫄 굶고 있었다.

오늘은 윈슬롭 해링턴 2세로 알려졌던 보비 조 피터스가 쇼우나 리퀸 살인죄로 경찰에 체포된 것을 축하하는 자리이기도 했으며, 바네사 퀸 로퍼가 남편을 살해한 죄로 역시 경찰에 체포된 것을 축하하는 자리이기도 했다.

거기에 기념할 만한 일이 한 가지 더 있었는데, 그건 바로 한나가 리사 부부에게 두 번째 결혼 선물을 선사했다는 것이었다. 이제 매그놀리아 블로썸 베이커리에 있는 모든 가구와 집기류의 소유자가 된 한나가 리사에게 베이커리 2층 아파트에서 신혼집에 놓으면 좋을 만한 것들을 마음껏 골라보라고 한 것이다.

한나는 미리 준비해 둔 귀고리를 집었다. 평소에는 잘 하지 않고, 특별한 때만 가끔 하는 장신구였다. 거울을 보고 막 귀고리를 달려고 손을 반쯤 올리던 한나는 그대로 멈칫하고 말았다.

모이쉐가 침실로 들어오고 있었다. 입에는 분명히 키티 크런치를 물고 있었다. 녀석은 종종 이렇게 더 편안히 먹이를 먹을 수 있는 곳으로 크런치를 날라 오곤 한다. 하지만 이번에는 침실 바닥에 앉거나 침대 위로 훌쩍 뛰어올라 가져온 간식을 즐기는 대신 앞발로 미닫이식 벽장문을 몇 번 건드려 문을 열었다.

'이상한데.'

고양이 룸메이트가 온갖 신발과 상자들, 그리고 차마 버릴 수 없어 무작정 쟁여두고만 있는 물건들 사이로 사라지는 모습을 지켜보며 한나는 생각했다. 그리고 잠시 후, 모이쉐가 다시 벽장에서 나와 문을 닫고, 또다시 크런치를 가지러 주방으로 돌아갔다.

'더 이상하잖아.' 한나는 생각했다.

'도대체 무엇을 하는 거지? 벽장 안에 쥐를 넣어 두고 먹이라도 날라 다 주는 건가?'

귀고리를 달며 한나는 킥킥거렸다.

그건 말도 안 되는 생각이었다. 고양이가 쥐에게 밥을 먹이는 설정은 만화에서나 가능하지 현실에서는 어림도 없다. 현실에서는 문자 그대로 고양이가 쥐를 배부르게 하는 것이 아니라 쥐가 고양이를 배부르게 한다.

어쩌면 벽장이란, 모이쉐에게 작은 설치류들을 포함한 예전에 즐겨 먹었던 특별 간식들을 섭취하는 곳인지도 모른다. 즉 벽장을 녀석의 개별적인 식사 공간으로 여기는 것인지도.

한나가 다른 쪽 귀고리를 마저 달고 목걸이를 채우느라 끙끙거리고 있는데 모이쉐가 다시 침실로 들어왔다. 이번에도 입에 가득 키티 크런치를 물고 있었고, 역시나 이번에도 앞발로 벽장 문을 열었다.

한나는 유심히 귀를 기울였지만, 크런치를 오물거리는 소리 같은 건 들리지 않았다. 모이쉐는 아무것도 먹고 있지 않았다. 한나는 확신할 수 있었다. 그런데 오물거리는 소리 대신 찍소리가 들려왔다.

설마 처음 생각이 사실이었던 건가? 정말로 모이쉐가 벽장 안에 쥐를 넣어 두고 먹이를 먹이는 것인가?

만약 그렇다면 거기에는 분명히 이유가 있을 테고, 그럴 듯한 두 가지 이유가 한나의 머릿속에 떠올랐다.

쥐들이 그새 모이쉐의 친구가 되어 모이쉐가 쥐들의 생계를 책임지는 것인지도 모르고, 레이크 에덴의 농부들을 보고 배운 모이쉐가 나중에 한꺼번에 잡아먹기 위해 대량으로 쥐들을 키우면서 오동통하게 살을 찌우는 것인지도 모른다.

알아내야만 했다. 한나는 모이쉐가 다시 주방으로 돌아갈 때까지 기다렸다가 벽장 문을 열었다.

눈앞에 펼쳐진 광경은 한나를 놀라게 하기에 충분했다. 쥐는 그림자도 보이지 않고 키티 크런치만 수북이 쌓여 있었던 것이다.

"갈수록 이상하잖아."

서둘러 주방으로 향하며 한나가 중얼거렸다.

모이쉐는 아직 주방에 있었다. 녀석이 찬장 문에 낸 구멍 안쪽에 들어가 있어 모습이 보이지 않을 뿐이었다. 그 구멍은 곧장 25파운드(약 11.3kg)의 키티 크런치 꾸러미로 이어져 있었다.

모이쉐가 기어코 찬장 문에 구멍을 뚫어놓고는 한나에게 들키기 전에 하늘이 주신 이 습득물을 안전한 곳으로 옮기려고 했던 것이었다!

"더 이상은 안 되겠어요!"

샐리가 갓 구운 포포버(살짝 구운 머핀 과자의 일종) 광주리를 테이블로 가져오자 한나가 고개를 설레설레 저으며 말했다.

"벌써 너무 많이 먹었는걸요."

"정말이에요?"

황금색 패스트리가 먹음직스럽게 부풀어 오른 포포버 광주리를 한나에게 잘 보이도록 살짝 내리며 샐리가 물었다.

"에……, 하나 정도는 더 먹을 수 있겠어요. 버터 발라서, 살구 잼도."

한나의 오른편에 앉은 노먼과 왼편에 앉은 마이크를 포함하여 전부가 웃음을 터뜨렸다.

한나는 자연스럽게 씩 웃어 보이고는 버터 접시와 수제 살구 잼 단지를 찾아 주변을 두리번거렸다.

"버터, 여기 있습니다."

마이크가 한나의 왼손 쪽에 버터 접시를 가까이 가져다주며 말했다.

"여기 잼도 있고요."

노먼 역시 한나의 오른손 쪽에 잼 단지를 가까이 대주며 말했다.

"포포버랑 같이 먹을 수 있게 커피를 더 따라줄까요?"

노먼이 주전자를 쥐며 물었다.

"아니면 오렌지 주스?"

노먼이 다른 손에 오렌지 주스 피처를 들고 물었다.

"미모사(오렌지 주스와 스파클링 와인을 넣어 만드는 브런치 칵테일)를 만들어 줄 수도 있는데 말입니다."

마이크가 얼음 양동이에서 샴페인을 꺼내며 말했다.

"고맙지만, 미모사는 됐어요." 한나가 마이크에게 대답했다.

"그냥 샴페인만 조금 마실게요."

그리고는 노먼을 돌아보며 말했다.

"커피도 좀더 마시구요. 오렌지 주스는 괜찮아요."

왼손엔 버터를, 오른손에는 잼을 쥐고, 노먼이 따라준 커피 컵과 마이크가 따라준 샴페인 잔을 대동한 채 무엇이든 기꺼이 그녀의 시중을 들려 하는 두 남자의 사이에서 한나는 어쩐지 우스꽝스러운 기분마저 들었다.

다음번 '연장된 개념의 가족 모임'을 주최하는 사람에게는 모임 전에 꼭 개별적인 면담 신청을 해야겠다. 노먼과 마이크표 오레오 사이에 낀 흰색 크림 소 같은 기분을 느끼는 데는 이제 진력나버렸으니 말이다.

모두가 한자리에 모여 떠들썩하고 들뜬 기분을 즐기고 있었다. 우선 안드레아와 빌 부부는 리사와 허브 부부만큼이나 행복해 보였으며, 마지 비즈먼과 잭 허먼도 그러했다. 다행히 두 사람의 거주 문제가 아무런 문제없이 잘 해결된 덕분이었다.

마이크 역시 두 건의 사건을 해결한 것에 행복해하고 있었고, 노먼은 한나의 수사를 도왔다는 사실에 뿌듯해하고 있었다.

로드 부인과 엄마는 난생처음 샴페인 브런치에 초대를 받은 트레시를 가운데 두고 양옆에 사이좋게 앉으셨다. 트레시는 샴페인 잔에 스파클링 사과 주스를 따라 마시고 있었는데, 꼬마 아가씨가 무슨 말을 했는지 로드 부인과 엄마가 한바탕 웃음을 터뜨렸다.

"자, 오늘 브런치를 위해 한나가 특별히 준비한 겁니다."

한나가 두 명의 살인범을 철창 안에 가두게 된 것을 기념하는 의미로 공을 들여 만든 초콜릿 듬뿍 쿠키 바를 은색 접시에 담아 내오며 샐리가 말했다.

아주 오랫동안 사람들 사이에서 일상적인 대화는 들리지 않았다. 그저 쿠키 바를 만든 제빵사에 대한 칭찬의 말들만 오갔을 뿐이었다. 한나는 가족과 친구들이 깊고 풍부한 맛의 초콜릿 치즈 케이크 쿠키 바를 먹으며 흡족해하는 모습을 물끄러미 바라보았다. 그리고 얼마 지나지 않아 접시는 텅 비어 버렸고, 사람들은 얼굴에 한가득 미소를 띤 채였다.

"한나?"

노먼이 빌과 이야기를 나누는 동안 기회를 잡은 마이크가 한나를 불렀다.

"잠깐 시간 좀 있습니까? 단둘이 할 얘기가 있어요."

한나는 싫다고 대답하고 싶었지만, 그건 예의에 어긋나는 행동이었다. 사실 무슨 일일까 궁금하기도 했다. 호기심이 신세를 망친다는 옛말은 잘 알고 있었지만, 그래도 그 옛말이 선뜻 나서는 한나의 발길을 붙잡진 못했다.

무리에서 빠져나온 두 사람은 레스토랑에서 나와 로비로 향하는 카펫이 깔린 복도를 걸었다. 마이크가 화강암으로 만든 커다란 벽난로 옆에 놓인 소파 쪽으로 한나를 안내했고, 한나가 자리에 앉자 그가 입을 열었다.

"미안하다는 말을 하고 싶었습니다."

마이크가 한나의 손을 잡으며 그녀의 옆자리에 앉았다.

"난 정말 형편없는 바보였어요. 나를 용서해주겠습니까?"

"모르겠어요."

객관성을 유지하려고 애쓰며 한나가 솔직한 대답을 던졌다.

마이크와 이렇게 가까이 있을 때마다 한나는 약에 취한 것처럼 현기증을 느꼈다. 만약 그가 없다면 한나의 일상은 너무나도 적적하고 허전할 것이다. 한나는 마이크와 함께라면 무슨 일이든 가능할 것만 같은 기분이 들었지만, 새삼 이런 감정들을 느낀다는 것 자체가 두려워 일부러 마음속에서 몰아내려 안간힘을 썼다. 이건 사랑이 아니다, 중독일 뿐이다.

"생각을 많이 해봤습니다."

마이크가 한나의 두 손을 부여잡으며 말을 이었다.

"이번 일로 내가 당신을 얼마나 사랑하는지……, 얼마나 진심으로 사랑하는지를 깨달았어요. 그리고 이제 두 번 다시 다른 여자는 쳐다보지 않겠다고 약속할게요. 나한테는 이제 오로지 당신 하나뿐입니다."

한나는 숨을 쉴 수가 없었다, 즉 어떤 말도 나오지 않았다는 뜻이다.

'마이크가 한 말들이 내가 생각하는 그런 의미가 정말 맞는 건가?'

"전에는 미처 준비가 되어 있지 않았는데, 이제는 준비됐어요."

마이크가 단언했다.

"모든 것이 바뀌었습니다. 이제 과거는 뒤로하고 새 인생을 당신과 함께 시작하고 싶어요. 한나, 당신이 만약 그렇게 해준다면요."

한나는 움직일 수도, 숨을 쉴 수도, 말을 할 수도 없었다. 자동차의 헤드라이트 불빛 앞에 얼음처럼 굳어버린 한 마리 사슴처럼 구세주, 아니면 살인범, 혹은 사냥꾼……, 그 누구라도 나타나 한나를 이 상황에서 꺼내어주기를 기다렸다.

숨을 못 쉬는 한나가 산소 없이 얼마나 오래 버틸 수 있을까 의아해하는 찰나 마이크가 한나의 앞에 무릎을 꿇고는 그의 주머니에서 벨벳으로 덮인 조그마한 보석 상자를 꺼냈다.

"원래는 리사와 허브의 결혼 피로연 때 주려고 했는데……, 그게……, 한나도 알겠지만, 그렇게 됐죠. 다이아몬드는 색깔이 없어서 좋아하지 않는다고 했던 거 기억하고 있었습니다."

"맞아요."

완벽하게 막혀버린 줄 알았던 목청에서 그 어떤 단어라도 끄집어 낸 스스로에 대해 한나는 대견스러운 마음이 들었다.

그때 마이크가 벨벳으로 덮인 상자의 뚜껑을 열었고, 안에는 반지가 들어 있었다.

"그래서 에메랄드 약혼반지를 샀어요. 초록색이 당신의 눈과 잘 어울리는 것 같아서요. 나와 결혼해주겠어요, 한나?"

물끄러미 반지를 바라보는 한나는 또다시 말을 잃었다.

'좋아요.' 나 '싫어요.', 혹은 '생각해볼게요.' 그 어떤 대답도 할 수가 없었다. 상자에서 반지를 꺼내 손에 쥐는 마이크를 보며 한나의 심장은 마치 금방이라도 가슴에서 뛰쳐나와 어디로든 멀리 사라져버릴 것만 같았다.

드디어 프러포즈구나, 마이크에게서! 무얼 망설이는가. 승낙하기만 하면 될 일이다. 그러면 이제 한나는 명색이 킹스턴 부인이 되는 것이다. 그런데 저쪽 편에서 노먼이 다가오는 것이 눈에 띄었고, 한나의 입가를 맴돌던 '좋아요.'라는 대답은 다시 목청 안으로 사라져버리고 말았다.

마이크가 로비에 무릎을 꿇은 것을 본 노먼은 팔을 치켜들고 '타임아웃'의 뜻이 담긴 손짓을 해보였다. 굉장히 고민스러운 순간인데도 그런 노먼의 모습을 바라보며 한나는 씩 미소를 지을 수밖에 없었다. 노먼이 팔을 둥글게 치켜드는 모습에 절로 나오는 웃음을 한나도 어찌할 수 없었던 것이다.

"왜 그래요?"

한나의 신경이 다른 곳으로 흐트러진 것을 눈치 챈 마이크가 물었다.

"아무것도 아니에요."

한나가 대답했고, 노먼은 다시 황급히 사라졌다.

'노먼이 대체 뭘 하고 있었던 거지? 승낙하면 안 된다는 뜻이었나?'

"한나? 결혼해주겠어요?"

마이크가 이번에는 얼굴을 살짝 찌푸리며 다시 물었다.

"마이크 킹스턴 씨에게 긴급 전화가 왔습니다."

바로 그때 스피커에서 커다란 안내 멘트가 흘러나왔다.

"빨리 프런트 데스크로 와주시기 바랍니다."

"이런."

마이크가 자리에서 벌떡 일어서며 말했다.

"대답은 나중으로 미뤄요. 중요한 전화일지도 모르니까 일단 받아야 할 것 같습니다, 괜찮죠?"

미처 대답하기도 전에 마이크는 저쪽으로 사라져버렸다.

한나는 마이크와 결혼하면 그녀의 인생이 전부 이런 식이 되어버릴지도 모르겠다는 생각이 들었다. 어떤 경우에서건 한나는 늘 뒤로 밀려버릴 것이 불 보듯 뻔하니 말이다.

한나는 문득 노먼이 마이크의 청혼을 적극적으로 훼방 놓지 않았다는 사실이 서운……

"한나!"

그때 노먼이 황급히 한나에게 달려오며 말했다.

"마이크와 결혼하지 마요! 그가 당신을 사랑할지는 모르지만, 결국 당신의 마음을 아프게 하고 말 거예요. 대신 나와 결혼해요. 나도 당신을 사랑해요. 그리고 난 매일 당신을 웃게 해주겠다고 약속할게요. 우리가 함께하는 인생은 정말로 멋질 거예요."

한나는 저쪽에 놓인 전화 부스가 눈에 들어왔다. 전화가 걸린 채로 수화기가 올려진 것을 본 한나는 마이크에게 온 긴급 전화가 바로 노먼이 건 것이었다는 사실을 깨달았다.

이 얼마나 치사한 방법인가! 그리고 동시에 유쾌하도록 악랄한 방법이기도 했다!

"한나?"

조심스러운 얼굴로 노먼이 다시 물었다.

"나와 결혼해서 함께 우리의 '꿈의 집'에 살지 않겠어요?"

한나는 아주 잠시 고민에 잠겼다. 하지만 이내 인생에 있어 가장 중요한 일을 자신이 너무 빨리 결정하려는 것이 아닌가 하는 생각이 들었다. 충분히 생각할 시간을 벌려면 이렇게 하는 수밖에 없다.

"금방 답해줄게요."

한나가 노먼의 입술에 다정하게 키스를 하며 말했다.

"마이크가 돌아오거든, 그에게도 그렇게 일러줘요."

초콜릿 듬뿍 쿠키 바

오븐은 섭씨 175도로 예열합니다. 틀은 오븐 중앙에 둡니다.

재료

쿠키 바의 크러스트(껍질):

밀가루 1과 1/2컵 / 코코아가루 1/4컵

설탕 3/4컵 / 부드러운 버터 3/4컵

만드는 법

1. 마른 재료를 모두 섞은 뒤 부드러운 버터를 넣습니다(믹서를 사용해서 섞으셔도 됩니다).

2. 기름칠한 9×13 크기의 케이크 팬에 섞은 것을 붓고 고무 주걱으로 잘 눌러줍니다.

3. 섭씨 175도에서 15분 동안 굽습니다(다 구워진 후에도 오븐은 끄지 마세요-두 번째 단계 때 다시 사용해야 하거든요).

쿠키 바의 필링(속):

부드러운 크림치즈 16온스(약 450g, 너무 크림 타입이면 안 돼요)

녹인 초콜릿칩 2컵(12온스(약 340g) 꾸러미) / 계란 4개

바닐라 2티스푼 / 마요네즈 1컵 / 설탕 1컵

1. 손으로 하셔도 되지만, 전기 믹서를 사용하면 훨씬 더 편해요. 크림치즈와 마요네즈를 넣고 부드러워질 때까지 섞습니다. 설탕을 중간, 중간 조금씩 넣어주세요. 계란도 한 번에 한 개씩 넣은 뒤 모든 재료들이 골고루 섞일 때까지 저어줍니다.
2. 초콜릿칩은 전자레인지에 3분 정도 돌려서 녹입니다(초콜릿이 녹았어도 형태는 유지하고 있을 수 있으니 형태가 없어지도록 잘 저어주세요). 녹인 초콜릿을 1~2분 정도 식힌 다음 1.에 조금씩 더해줍니다. 그런 후 바닐라를 넣고 먼저 구워 놓은 쿠키 바의 껍질에 붓습니다.
3. 그렇게 준비된 것을 섭씨 175도에서 35분 동안 구워주세요. 다 구워졌으면 실온에서 식힌 다음 적어도 4시간 동안 냉장실에 넣어 둡니다.

브라우니 크기로 잘라서 드세요. 딸기나 휘핑크림, 설탕 가루 등 기호에 맞는 장식을 얹어 드셔도 아주 좋답니다.

복숭아 파이 살인사건

2008년 4월 5일 초판 발행
2011년 11월 20일 중쇄 발행

지은이   조앤 플루크
옮긴이   박영인
펴낸이   이경선
펴낸곳   해문출판사

등 록   1978년 1월 28일 제3-82호
주 소   서울시 서초구 서초동 1328-11 도씨에빛 2차 1420호
전 화   325-4721
팩 스   325-4725

값 12,000원

ISBN 978-89-382-0416-5
ISBN 978-89-382-0400-4(세트)

※ 잘못 만들어진 책은 구입하신 곳에서 바꾸어 드립니다.

국립중앙도서관 출판시도서목록(CIP)

복숭아 파이 살인사건 / 조앤 플루크 지음 ; 박영인
옮김. -- 서울 : 해문출판사, 2008
p. ;   cm. -- (코지 미스터리; 7)

원표제: Peach cobbler murder
원저자: Joanne Fluke
ISBN 978-89-382-0416-5 04840 : ₩12000
ISBN 978-89-382-0400-4(세트)

843-KDC4
813.54-DDC21   CIP200800808